नरेन्द्र मोदी का राजनीतिक सफ़र

तेजपाल सिंह धामा

हिन्द पॉकेट बुक्स
पेंगुइन रैंडम हाउस इम्प्रिंट

हिन्द पॉकेट बुक्स

यूएसए। कनाडा। यूके। आयरलैंड। ऑस्ट्रेलिया। सिंगापुर
न्यू ज़ीलैंड। भारत। दक्षिण अफ्रीका। चीन

हिन्द पॉकेट बुक्स, पेंगुइन रैंडम हाउस ग्रुप ऑफ़ कम्पनीज़ का हिस्सा है,
जिसका पता global.penguinrandomhouse.com पर मिलेगा

पेंगुइन रैंडम हाउस इंडिया प्रा. लि.,
चौथी मंजिल, कैपिटल टावर -1, एम जी रोड,
गुड़गांव 122 002, हरियाणा, भारत

पेंगुइन
रैंडम हाउस
इंडिया

प्रथम हिन्दी संस्करण हिन्द पॉकेट बुक्स द्वारा 2012 में प्रकाशित
यह हिन्दी परिवर्द्धित संस्करण हिन्द पॉकेट बुक्स में पेंगुइन रैंडम हाउस द्वारा 2022 में प्रकाशित

10 9 8 7 6 5 4 3 2

ISBN 9789353493028

मुद्रकः रेप्रो इंडिया लिमिटेड

www.penguin.co.in

FSC www.fsc.org MIX Paper from responsible sources FSC® C047271

This is a legitimate digitally printed version of the book and therefore might not have certain extra finishing on the cover.

अपनी बात

इस बात में कोई संदेह नहीं है कि नरेन्द्र दामोदरदास मोदी भारत के सबसे प्रतिभावान प्रधानमंत्री और नेता हैं। 26 मई 2014 को भारत के प्रधानमन्त्री पद की शपथ लेने के बाद से आज तक उन्होंने भारत ही नहीं सारी दुनिया में भारतीय संस्कृति और गौरव को चार चाँद लगाए हैं, तभी तो जनता ने उन्हें 2019 में भी दोबारा प्रधानमंत्री चुना, क्योंकि सारे देश की जनता ने सांसदों के नाम पर नहीं, वरन मोदी जी के नाम पर ही 2019 में मतदान किया। वे इस पद पर आसीन होने वाले स्वतंत्र भारत में जन्मे प्रथम व्यक्ति हैं और कांग्रेस के बाद विपक्ष के ऐसे नेता हैं, जो लगातार दो बार प्रधानमंत्री बने हैं। प्रधानमंत्री बनने से पूर्व मोदी जी गुजरात राज्य के 14वें मुख्यमन्त्री रहे। उन्हें उनके काम के कारण गुजरात की जनता ने लगातार 4 बार (2001 से 2014 तक) मुख्यमन्त्री चुना। उन्हें नमो नाम से भी जाना जाता है। टाइम पत्रिका ने मोदी को पर्सन ऑफ द ईयर 2013 के 42 उम्मीदवारों की सूची में शामिल किया है।

अटल बिहारी वाजपेयी की तरह नरेन्द्र मोदी एक राजनेता और कवि हैं। वे गुजराती भाषा के अलावा हिन्दी में भी देशप्रेम से ओतप्रोत कविताएँ लिखते हैं। मोदी जी की इन्हीं विशेषताओं को ध्यान में रखते हुए इस पुस्तक की रचना की गई है। यह पुस्तक पूर्णतः प्रामाणिक तथ्यों के आधार पर लिखी गई है। इसी के साथ इसमें मोदी जी के जीवन के प्रेरक-प्रसंगों को अत्यंत सरल भाषा में दिया गया है। आशा ही नहीं पूर्ण विश्वास है कि एक ओर जहाँ यह पुस्तक आम पाठकों के लिए लाभकारी सिद्ध होगी, वहीं इतिहास और राजनीति के शोधार्थियों के लिए भी बहु उपयोगी सिद्ध होगी। इसी आशा और विश्वास के साथ।

तेजपाल सिंह धामा

समर्पण

मेरे प्रेरणास्रोत मातृ-पितृतुल्य
श्री गणेशदास गरिमा गोयल जी
को सादर समर्पित

हिन्द पॉकेट बुक्स

नरेन्द्र मोदी का राजनीतिक सफ़र

तेजपाल सिंह धामा हिन्दी साहित्यकार एवं सामाजिक कार्यकर्ता हैं। *हमारी विरासत* (शोध-ग्रंथ) इनकी प्रसिद्ध रचना है। इन्होंने हैदराबाद से प्रकाशित *दैनिक स्वतंत्र वार्ता* एवं दिल्ली से प्रकाशित *दैनिक विराट वैभव* एवं *दैनिक वीर अर्जुन* के संपादक विभागों में दशकों तक कार्य किया। उत्तर प्रदेश के बागपत जिले के खेकड़ा शहर में जन्मे तेजपाल सिंह धामा मुख्यतः इतिहास पर लिखने वाले साहित्यकार हैं, जिनकी इतिहास से सम्बन्धित अनेक पुस्तकें छप चुकी हैं। इन्हें अनेक साहित्यिक एवं सामाजिक पुरस्कार प्राप्त हो चुके हैं। शहीदों पर लिखने के कारण इन्हें 2017 में संस्कृति मंत्रालय भारत सरकार ने 'संस्कृति मनीषी' पुरस्कार से सम्मानित किया है। इनके प्रख्यात उपन्यास *अग्नि की लपटें* पर ही भंसाली प्रोडक्शन की बहुचर्चित फिल्म *पद्मावत* का निर्माण हुआ है। इन्होंने कई फिल्मों की पटकथाएँ भी लिखी हैं।

लेखक की अन्य पुस्तकें

- हमारे राष्ट्रीय खेल
- हमारा राष्ट्रीय पुष्प कमल
- हमारा राष्ट्रीय पक्षी मोर
- हमारा राष्ट्रीय गीत
- हमारी राष्ट्रीय संस्कृति वैदिक
- हमारा राष्ट्रीय फल आम
- हमारा राष्ट्रीय चिह्न अशोक चक्र
- हमारा राष्ट्रीय वृक्ष बरगद
- हमारी राष्ट्रीय जलचर डॉल्फिन
- हमारी राष्ट्रीय नदी गंगा
- हमारा राष्ट्रीय ग्रंथ गीता
- हमारे राष्ट्रीय पर्व और दिवस
- हमारे राष्ट्रीय स्मारक
- हमारा राष्ट्रीय ध्वज तिरंगा
- हमारे राष्ट्रीय विरासत स्थल
- हमारी राजभाषा हिन्दी
- हमारे नेशनल पार्क
- लोकप्रिय बाल गीत
- हमारे देशभक्ति गीत
- हमारे राष्ट्रीय गीत
- शहीदों के अमर गीत
- महाभारत की कहानियाँ
- पुराणों की कहानियाँ
- रामायण की कहानियाँ
- बेताल पचीसी, दो भागों में
- महापुरुषों का बचपन
- महाराणा प्रताप
- बहादुर बेटी मलाला
- भगवान तिरुपति

अनुक्रम

आदर्श बालक मोदी का बचपन

एक गरीब बालक, जिसने अभी किशोर अवस्था में खेल-कूद का आनंद पूरी तरह नहीं लिया था, एक दिन रात को छत पर सोने के लिए गया, तो पास ही चारपाई पर लेटे हुए उसने अपने पिता से पूछा, ''पिताजी ये तारे इतनी सुंदरता के साथ क्यों चमकते हैं?''

''पुत्र, जो व्यक्ति अपने देश और धर्म पर बलिदान होकर इस दुनिया को छोड़कर चले जाते हैं, वही आसमान में जाकर तारे बनकर चमकते हैं।'' पिता ने अपने पुत्र को बहका दिया था।

''तो क्या ये हमेशा इसी प्रकार चमकते रहेंगे?''

''हाँ पुत्र किसी का भी यश हमेशा यूँ ही चमकता रहता है।'' पिता की बातों में अब दार्शनिकता भी दिखाई देने लगी थी।

उत्तर दिशा में एक तारा बड़ी तेजी के साथ चमक रहा था, तो बालक ने उसकी ओर इशारा करते हुए पूछा, ''पिताजी, तो वो कौन हैं?''

''बेटे वह तो किशन सिंह हैं।''

''कौन किशन सिंह!''

''वह अपने ही प्रदेश के कच्छ में कभी भारतीय सीमा पर तैनात सबसे बहादुर सिपाही था।''

''कुछ उनके बारे में और कुछ अपने कच्छ के बारे में बताओ ना पिताजी!''

''ठीक है बेटे,'' पिताश्री पुत्र को बताने लगे थे, ''कच्छ हमारे गुजरात का एक जिला है। गुजरात के इतिहास के बारे में जानना है, तो कच्छ को जाने बिना यह ज्ञान अधूरा ही रहेगा। 45652 वर्ग किमी. के क्षेत्रफल में फैले गुजरात के इस सबसे बड़े जिले का अधिकांश हिस्सा रेतीला और दलदली है। जखाऊ, कांडला और मुन्द्रा यहाँ के मुख्य

बंदरगाह हैं। जिले में अनेक ऐतिहासिक इमारतें, मंदिर, हिल स्टेशन आदि पर्यटन स्थलों को देखा जा सकता है। कच्छ प्राचीन सिन्धु संस्कृति का हिस्सा माना जाता है। सन् 1270 में कच्छ एक स्वतंत्र प्रदेश था। सन् 1815 में यह ब्रिटिश साम्राज्य के अधीन हुआ। रजवाड़े के रूप में कच्छ के तत्कालीन महाराजा ने ब्रिटिश सत्ता स्वीकार कर ली। सन् 1947 में भारत की स्वतंत्रता के बाद कच्छ तत्कालीन महागुजरात राज्य का जिला बना। सन् 1950 में कच्छ भारत का एक राज्य बना। 1 नवम्बर सन् 1956 को यह मुंबई राज्य के अंतर्गत आया। सन् 1960 में भाषा के आधार पर मुंबई राज्य का महाराष्ट्र और गुजरात में विभाजन हो गया तथा कच्छ गुजरात का एक हिस्सा बन गया।''

''परंतु लोग कहते हैं कि कच्छ का रन एक व्यर्थ-सा प्रदेश है?''

''नहीं ऐसी बात नहीं है, इस क्षेत्र के पचासों ग्रामों में बसे लोगों से पूछिए कि नमक वाली इस धरती की उनके मन में क्या कीमत है?''

''क्या कीमत है?''

''वही तो बता रहा हूँ, एक समय था जब बहुत कम लोग भारत में ही बसे कच्छ के रन के बारे में अत्यंत कम जानते थे, पर पाकिस्तान ने एक दिन अचानक ही कच्छ के रन का महत्त्व लोगों को बता दिया। यह बात है सन् 1957 के अप्रैल माह की। बहुत कम लोगों को मालूम है कि कच्छ के रन में भारत ने जिस हमले का सामना किया, उसके आसार 1956 से ही शुरू हो चुके थे, जब पाक घुसपैठिये चोरी-चोरी कच्छ के रन में समाने लगे थे। पुरानी, लुटेरी तकनीक से पाकिस्तान ने इस क्षेत्र में भी वही प्रारम्भ किया था, जिसे बीस सालों तक वह समूचे भारतीय सीमा-प्रदेश में अपनाए रहा। पर सन् 1956 का पाक-षड्यंत्र विफल कर दिया गया था। इस खामोशी से कि न तो वह अखबारों की सुर्खियों में ही बदल सका और न ही धरती की सुर्खी बन पाया।

दुष्ट पाक सिपाही पकड़ लिए गए थे। कई-कई बार पकड़े जाते रहे थे और माफीनामों के आधार पर छोड़ दिए जाते थे। लेकिन बाद में घुसपैठियों की घटना बढ़ने लगी तो सरकार सतर्क हो गई और राजकोट के डिप्टी इन्स्पेक्टर जनरल पुलिस ने 12 मार्च, 1965 को नीमच सी. आर.

पी. द्वितीय बटालियन के मेजर करनैलसिंह को आदेश भेजा कि उन्हें तुरन्त अपने साथियों के सहित कच्छ के रन में पहुँचकर सीमा-क्षेत्र में महत्त्वपूर्ण सैनिक चौकियों की स्थापना करनी है। करनैलसिंह निश्चित तिथि पर पहुँच चुके थे। पाकिस्तानी सीमा से उत्तेजनात्मक कार्यवाहियाँ चलती रहती थीं और वैसे में मेजर को सैनिक चौकियों की स्थापना के अतिरिक्त रन-प्रदेश के दौरे करने पड़ रहे थे। अग्रिम मोर्चे पर पाक-सीमा से छह सौ, सात सौ और आठ सौ गज के फासलों पर चौकियाँ बना दी गई थीं। कई नाम थे : सरदार चौकी, टैंक चौकी और हर चौकी के कर्तव्य...लगातार सीमा-क्षेत्र के दौरे, सामान्य गश्त और हर क्षण आने वाले खतरे से जूझ जाने की सतर्कता।

"अक्सर पाकिस्तानी सीमा-सैनिक भारतीय चौकियों के सैनिकों को उकसाने की कोशिश करते थे। वे कभी-कभी निरुद्देश्य ही मूर्खतापूर्ण तरीके से भारतीय क्षेत्र में फायरिंग करने लगते, कभी लाउडस्पीकरों पर बेहूदा बातचीत की जाती और कभी भारतीय सीमा-क्षेत्र में घुसकर शरारतें की जातीं। भारतीय उच्चाधिकारियों ने अपने सैनिकों को निर्देश दे रखा था कि वे संयम और अनुशासन से काम लें। लेकिन एक दिन पाकिस्तानियों ने करनैलसिंह को सूचित किया कि वे अब कोई शरारत नहीं करेंगे और उनसे भेंटवार्ता के लिए तैयार हैं और उन्हें स्थान की सूचना की प्रतीक्षा है। भारतीय अधिकारियों ने प्रसन्नता व्यक्त करते हुए उन्हें स्थान की सूचना दी। सरदार चौकी से कुछ आगे यह स्थान निश्चित किया गया था और कहा गया था कि बैठक 10 अप्रैल को होगी। सीमाक्षेत्र में सन्तोष और निश्चिन्तता फैल गई। अधिकारियों की बैठक से निश्चय ही तनाव दूर हो जाएगा, यदि दूर न भी हुआ तो आंशिक रूप में खतरा तो टल ही जाएगा...पर...उसी रात...रन में सन्नाटा बिखरा हुआ था। सीमा-सुरक्षा सैनिक चौकियों के बाहर गश्त पर थे। अचानक उन्होंने देखा कि अंधेरे में मुँह छिपाए हुए कुछ पाक सैनिक ठीक उनके सामने आ गए हैं। अभी वे उन्हें सावधान ही कर रहे थे कि गोलाबारी होने लगी। सीमा सैनिकों ने अपने कुछ साथी इस एकाएकी हमले में खो दिए। कुछ ने जवाबी कार्यवाही कर अपने पिछले साथियों को सावधान किया। मुकाबला शुरू

हो गया। काफी देर तक लड़ाई होती रही और अपने को घिरा हुआ एवं मरता देख पाकिस्तानी सैनिक भाग खड़े हुए।

"कई भारतीय सैनिक बुरी तरह घायल हुए थे, इसलिए खन्दकों में बैठे भारतीय सैनिकों ने अपने घायल साथियों की उपचार व्यवस्था प्रारंभ की...मोर्चे की दृष्टि से अन्य महत्त्वपूर्ण सुरक्षा व्यवस्थाएँ प्रारंभ हो गईं। अभी यह सब चल ही रहा था कि अचानक फिर से भगोड़े लौट पड़े और अंधेरे में भारतीय सैनिकों को घेर लिया और बंदी बना लिया।

"एक जमादार बलदेवसिंह के अलावा 18 भारतीय जवान उनकी गिरफ्त में आ गए। गिरफ्तार भारतीय अधिकारी और जवानों को लेकर भगोड़े पाक सैनिक अपनी सीमा में लौट गए। और इसके बाद की कहानी बन्दी सैनिकों में से एक ने मुझे सुनाई थी, वह हमारे ही गाँव का रहने वाला था। उसने मुझे बताया था कि

"मेजर साहब और जमादार साहब सहित हम 19 लोगों को उसी रात, जिस रात गिरफ्तार किया गया था, एक पाकिस्तानी ट्रक में भरकर पाकिस्तानी इलाके में भेज दिया गया...

"किशनसिंह को खंदक में ही गोली लग गई थी। वह लम्बा-चौड़ा दीर्घकाय आदमी था। गोली लग जाने के बावजूद वह देर तक मुकाबला करता रहा था और अब भी इस तरह मुस्कराता हुआ पीड़ा सह रहा था, जैसे उसे गोली नहीं लगी, साधारण-सा घाव हो गया है। हमें वे इस तरह ले जा रहे थे, जैसे हम बहुत बड़े अपराधी हों। लोगों के बीच हमारा प्रदर्शन किया जा रहा था।

"इस तरह चलते हुए अचानक ही आ गया था रहीम का बाजार! यह वही स्थान था, जो सन् 1956 में कच्छ और ध्रागंध्रा के शासकों के बीच हुए समझौते के अनुसार कच्छ क्षेत्र के अन्तर्गत ही था और भारतीय प्रदेश था, किन्तु पाक घुसपैठियों ने इस पर कब्जा कर रखा था। उस समय 'राम का बाजार' नाम से प्रसिद्ध यह स्थान अब 'रहीम का बाजार' कहलाने लगा है।

"रहीम का बाजार में भी हमने बहुत गरीबी देखी। नागरिक रास्तों से जब हम गुजरे, तब हमें आश्चर्य हुआ कि पाकिस्तान ने इतनी दुखद

स्थिति पैदा कर रखी है कि जन-साधारण हर क्षण अपने-आपको नागरिक नहीं, गुलाम महसूस करता है। यह सचमुच आश्चर्यजनक बात थी कि जैसे ही पाकिस्तान रेंजर्स के यह ट्रक सड़कों पर पहुँचते, नागरिक स्त्री-पुरुष भागकर, सहमते हुए एक किनारे हो जाते।...मुझे बरबस ही पुरानी बगदाद वाली कहानियाँ याद आ जातीं, जब शाही सवारी निकलते समय जनता कोनों में दुबक जाया करती थी...

"रहीम का बाजार में हमें अधिक समय नहीं रहने दिया गया। वहाँ से अचानक ही हमें बदीन ले जाया गया। बदीन भी एक तरह से कच्छ क्षेत्र का स्थान है। बदीन की स्थिति भी लगभग उन्हीं पाक स्थानों जैसी थी, जिन्हें हम पीछे छोड़ आए थे। हम लोग आपस में बहुत बातचीत या टिप्पणी नहीं कर पाते थे। पास खड़े पाकिस्तानी सैनिक हम लोगों से दुर्व्यवहार करते और गालियाँ बकते। यदा-कदा हममें से कोई निहत्था आदमी भड़ककर जवाब भी दे देता और बदले में उसे पाकिस्तानी दरिन्दों की मार सहनी पड़ती।

"यहाँ से हमें कोहाट पी. डब्ल्यू. कैम्प में ले जाया गया। यहाँ कुछ समय तक हम सभी लोग कैद रहे। इस कैद के अनुभव बड़े विचित्र हैं। बाहरी दुनिया के लोग नहीं जानते हैं कि पाकिस्तानी तानाशाहों के यहाँ न तो किसी तरह का मानवीय नैतिक विधान है और न युद्ध के अन्तर्राष्ट्रीय नियमों की कोई पालन-व्यवस्था। पाकिस्तानी फौजियों को, भले वह एक सिपाही हो या कोई बड़ा अफसर, सिर्फ हैवानियत सिखाई गई है और वह एक असभ्य जानवर से अधिक कुछ नहीं हैं। बदीन में हमें ऐसे ही अनुभव हुए।

"हम सभी अलग-अलग कोठरियों में बन्द थे। सीलनभरी इन कोठरियों में सोने-बैठने की कोई व्यवस्था न थी। पानी माँगने पर मूर्खतापूर्ण गालियाँ और व्यंग्य सुनने को मिलते थे। भोजन के नाम पर तन्दूर की घटिया किस्म की कच्ची दो रोटियाँ और दाल दी जाती थी। पर ये सब बातें उस समय बहुत छोटी-सी लगने लगीं, जब पाकिस्तानियों ने युद्धबन्दियों से होने वाले व्यवहार के सारे नियम किनारे रखकर बर्बरतापूर्ण नाटक शुरू किया।

“एक सुबह बैरकों के दरवाजे खुले और संगीनवाले पहरेदारों ने हमें बाहर निकाला। कोठरी से बाहर आकर मैंने देखा कि मेरे अन्य साथी और मेजर साहब बहुत पहले मैदान में ला खड़े किए गए हैं। बरामदे में पाकिस्तानी रेंजर्स के कुछ अधिकारी और सैनिक हथियारबन्द खड़े हुए थे। समूचे ग्राउंड में चारों ओर थोड़ी-थोड़ी दूरी पर पाक सैनिकों का पहरा था। मुझे भी अपने साथियों के साथ खड़ा कर दिया गया।

“मेजर!...यू, इण्डियन मेजर!...’ एक पाकिस्तानी अधिकारी मेजर साहब के सामने जा खड़ा हुआ, ‘हम लोग चाहते हैं कि आप अपने वतन को जिन्दा वापस लौटें।...आपकी समझदारी इसी में है कि हम जो पूछें, वह आप चुपचाप बताते जाएँ।’

“मेजर साहब चुप रहे। हम लोग भी चुप रहे। सब जानते थे कि पाक अधिकारी क्या चाहता है। और जैसा हमने सोचा था, वही हुआ। उस अधिकारी ने क्रमवार ऐसे सवाल शुरू कर दिए, जिनसे भारतीय सीमा और रक्षा-व्यवस्था की जानकारी इकट्ठा हो सके। हर सवाल के साथ वह हम लोगों को मौत की धमकी देता था और लोभ भी बताता था। जब हमने कुछ नहीं बताया तो सारे दिन हम लोग चिलचिलाती धूप में खड़े रहे। हमारे कपड़ों के भीतर सोतों की तरह पसीना बह निकला था। थोड़ी देर बाद वह कपड़ों को भिगोता हुआ बाहर तक निकल आया था। माथे पर सूरज की तेज किरणें घनों की तरह बरसती रही थीं और कई-कई बार चक्कर आ जाता था, पर इस सबसे विचलित होकर गद्दारी तो की नहीं जा सकती थी। सर्वाधिक दुखांत और कष्टदेह मृत्यु सिपाही किशनसिंह ने पाई। वह घायल था। न तो उसे पर्याप्त परिचर्या दी गई और न ही उसके खाने-पीने, रहने-सहने की उचित व्यवस्था की गई। यही नहीं, उसे घायल अवस्था में ही यातनाएँ दी जाती रही थीं और एक सुबह हम लोगों को बताया गया था कि किशनसिंह ने दम तोड़ दिया है। लाचारी और बेबसी से हम लोग घुटकर रह गए थे, फिर भी सन्तोष था कि किशनसिंह ने वीरोचित मृत्यु पाकर देश को गौरवान्वित किया है। किन्तु किशनसिंह की मृत्यु भी शैतान पाक अधिकारियों के लिए सबक नहीं बनी। हम पर लगातार अत्याचार किए जाते रहे। कई-कई बार लगता था कि यह सब

झेलने के बजाय मर जाना कहीं अधिक श्रेयस्कर है, किन्तु हम मृत्यु के लिए भी स्वतन्त्र न थे।...

"निर्लज्ज हमले में बन्दी किए गए उक्त 19 आदमियों में से 18 को 14 अगस्त, 1965 को मुक्ति मिली। सीमाक्षेत्र पर ही पाक रेंजर्स ने भारतीय सेना को उन्हें सौंपा। वे कृशकाय हो चुके थे और उनका शरीर पाकिस्तानी अत्याचारों की कहानी सुना रहा था। एक और चीज भी थी, जिसे पाकिस्तान के 'दुष्टों' ने भारतीय सेना को सौंपा। किशनसिंह सिपाही की अस्थियाँ। अपनी निर्ममता और पाशविकता का प्रमाण!...देख रहे हो न वह तारा...वह किशन सिंह ही हैं।"

"ओह! इससे एक बात मेरी समझ में आती है पिताजी?"

"वह क्या?"

"पाकिस्तान के दुष्ट सैनिकों और शासकों पर कभी विश्वास नहीं किया जा सकता और हमारा प्रदेश तो पाकिस्तान की सीमा से लगा हुआ है, इसलिए हमें तो और सतर्क रहने की आवश्यकता है।"

"ठीक कहते हो बेटे।"

जिस उम्र में कोई बालक या किशोर राजा-रानी और परियों की कहानियाँ सुनना पसंद करता है, उस उम्र में यह बालक नरेन्द्र भारतीय वीरों की कहानियाँ सुना करता था।

किशन सिंह के बलिदान की गाथा सुनकर उस किशोर की आँखों में आँसू आ गए थे, जो चाँदनी रात में मोती की तरह चमक रहे थे। पिता ने पूछ ही लिया था, "तुम रोने क्यों लगे?"

"पिताजी वीर किशन सिंह की कुर्बानी की गाथा सुनकर मेरा भी दिल करता है कि मैं भी सैनिक बनूँ और देश के लिए बलिदान होकर ध्रुव तारे की तरह गगन में चमकता रहूँ।"

"नहीं मेरे बच्चे मरने की बात कभी नहीं कहना!"

"क्या देश के लिए भी पिताजी!"

"मेरा मतलब यह नहीं, देश के लिए तो मैं भी मरने को तैयार हूँ, तुम जैसे हजार पुत्र देश पर वार दूँ, लेकिन अभी तुम्हारी उम्र पढ़-लिखकर बड़ा आदमी बनने की है।"

“ठीक है पिताजी।”

बालक उस दिन तो सो गया, लेकिन किशन सिंह के बलिदान की कहानी उसके हृदय में झंकृत होती रही। अगले ही दिन उस किशोरवय छात्र ने अखबार में एक इश्तहार देखा, सैनिक स्कूल में दाखिले का। दो रुपये जमाकर उसने पोस्ट ऑफिस के पोस्टमास्टर की मदद से स्कूल का प्रोस्पैक्टस मँगवाया। हालाँकि दो रुपये एक साथ उसने कभी नहीं देखे थे, लेकिन चाय की दुकान पर मजदूरी करता था और अपना पारिश्रमिक एडवांस में ले लिया था। उसने फार्म जमा किया। पिता जी से टिकट के पैसे माँगे कि परीक्षा देनी है, लेकिन पिता जी पैसे का इंतजाम नहीं कर पाए, “पुत्र, मैं भी चाहता हूँ कि तुम परीक्षा दे दो और सैनिक स्कूल में पढ़ो, लेकिन मेरी विवशता समझो लाड़ले।”

“क्या विवशता समझूँ पिताजी?”

“मेरे पास किराये के पैसे नहीं हैं।”

“तो किसी से उधार लेकर दे दो पिताजी।”

“पहले ही कर्ज चढ़ा हुआ है, मुझ अभागे को कौन उधार देगा।”

“अच्छी बात है पिताजी, कर्ज, सांप और शत्रु की कभी वृद्धि नहीं करनी चाहिए, नहीं तो ये बढ़ते ही रहते हैं, मुझे नहीं जाना आपकी मुश्किलें बढ़ाकर सैनिक स्कूल में...जब पैसे होंगे, सेना में तब चला जाऊँगा और देश की रक्षा के लिए काम करूँगा, देश सेवा करूँगा और अपने देश का नाम रोशन करूँगा।” और वह बालक दाखिला नहीं ले पाया। लेकिन उसकी भावनाओं का आदर करते हुए पिताजी ने उसे आशीर्वाद दे दिया था, “एक दिन तुम्हें भी अवसर मिलेगा और पुत्र मेरा आशीर्वाद है कि तुम एक सैनिक से बढ़कर इस देश की सेवा करोगे।”

खैर, पढ़ाई के दौरान एनसीसी लेकर उन्होंने सैनिक होने का गर्व तो फिर भी महसूस कर ही लिया था।

भारतीय सैनिकों की शालीनता, दृढ़ता, फुर्ती और अपार शक्ति की कहानियाँ वह सुनता ही रहता था। जब वह बालक 12 साल का था, तो उसके जीवन में एक और अद्भुत घटना घटी।

एक झील के बीचों-बीच एक मंदिर था, उस मंदिर पर भगवा झंडा

लहराता था, लेकिन अब वो झंडा बहुत ही पुराना, मैला और जीर्ण-शीर्ण सा हो चुका था, इसलिए उसे बदलने का समय आ चुका था, परन्तु उस नदी के बीचों-बीच स्थित उस मंदिर को घेरे हुए थे अनेक मगरमच्छ। उस मंदिर के चारों ओर मौजूद मगरमच्छों के कारण गाँव में किसी की भी हिम्मत नहीं हो रही थी नदी में उतरकर उस भगवा ध्वज को बदलकर उसके स्थान पर नया भगवा ध्वज लहरा दे। सभी अपने को धर्मनिष्ठ और माँ दुर्गा का भक्त समझते थे, लेकिन दुर्गा के शेर बनने की हिम्मत किसी में नहीं थी। उस दिन नवरात्र का पहला दिन था, लोग चाहते थे कि मंदिर का ध्वज बदला जाए, लेकिन मगरमच्छों के बीच से मंदिर तक कौन जाए भला। एक भगवा ध्वज के लिए कौन अपनी जान की बाजी लगाएगा? क्या एक भगवा ध्वज के लिए जान की बाजी लगाना पागलपन नहीं! कई प्रश्न उभर रहे थे उस समय, लेकिन वह बालक बोल उठा था, "यह मात्र भगवा ध्वज नहीं है, हमारे बलिदानियों के रक्त की निशानी है, त्याग और बलिदान का प्रतीक है भगवा ध्वज, इसको तो बदलना ही होगा, मंदिर पर पुराना और फटा हुआ ध्वज नहीं होना चाहिए।"

"लेकिन इसको बदलेगा कौन? कौन इसके बदले जान जोखिम में डालेगा, क्या तुम ऐसा कर सकते हो?" किसी ने पूछा।

"क्यों नहीं कर सकता मैं ऐसा?"

"क्या तुम्हें डर नहीं लगेगा?"

"डर..." वह बालक निर्भयता के साथ बोला था, "कैसा डर, देश और धर्म के काम के लिए भी भला डरने वाली कोई बात होती है?"

"अच्छी बात है, उपदेश तो बहुत देते हो, पर कुछ करते क्यों नहीं।"

"मैं तो करूँगा ही, लेकिन तुम लोगों को देख रहा था कि तुम सबमें अपने धर्म के प्रति कितनी निष्ठा है।"

"ओह! हमें निष्ठा का पाठ पढ़ाता है, तुम खुद ही क्यों नहीं कूदते मगरमच्छों के बीच।"

और इतना सुनते ही उस बालक की स्थिति ऐसी हो गई थी, जैसी कभी त्रेता काल में हनुमान की उस समय हुई होगी, जब वह माता सीता का पता लगाने के लिए समुद्र पार करने के लिए महेंद्र पर्वत पर चढ़ा होगा।

सुग्रीव की तरह इस गाँव में भी खुद को मर्द कहने वाले सभी लोग चुपचाप उस झील के किनारे पर खड़े थे, लेकिन उसमें उतरने को कोई तैयार नहीं था, आखिर अपने प्राण सभी को प्यारे थे, उसी समय वह बारह साल का बच्चा वहाँ आया, उसके मन में शुरू से ही भगवा के प्रति अपार श्रद्धा थी, बिना कुछ सोचे और बिना अपने प्राणों की परवाह किए वह बारह साल का बच्चा नया भगवा झंडा लेकर नदी में कूद पड़ा, मात्र बारह साल का वो बालक उन मगरमच्छों से लड़ता हुआ नदी के बीचों-बीच स्थित उस मंदिर तक पहुँचा और उस बालक ने ध्वज को बदल डाला। जब ध्वज बदलकर वापस आने लगा तो मगरमच्छों से तब भी उसे संघर्ष करना पड़ा। उसने

मगरमच्छों को सबक सिखाने की सोच ही ली थी और मगरमच्छों से लड़ते हुए उसने उनके एक बच्चे को अपनी काख में दबोच लिया था और उसे बाहर ले आया था।

उसकी वीरता देखकर सारा गाँव उस बालक की जय-जयकार के नारों से गूँज उठा। मगरमच्छ के

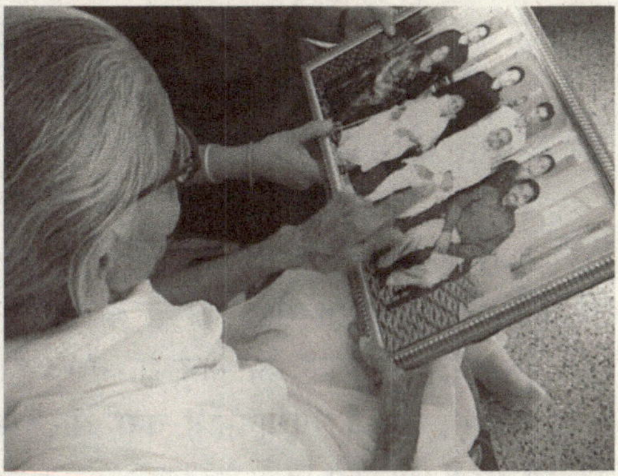

उस बच्चे को लेकर फिर वह घर की ओर चल दिया था। गाँव के बहुत से बालक उसके पीछे-पीछे उसकी बहादुरी की प्रशंसा करते हुए चल रहे थे। लेकिन जैसे ही घर में घुसा तो दरवाजे पर ही माँ मिल गई, जो उसका इंतजार कर रही थी कि मेरा लाड़ला आए और कब खाना खाए।

"यह क्या उठा लाए?" उस बालक को धमकाते हुए उसकी माँ ने पूछा, "मगरमच्छ?"

"हाँ मगरमच्छ।" बालक ने जवाब दिया, "लेकिन बड़ा नहीं अभी यह मेरी ही तरह बच्चा है।"

"तेरी ही तरह बच्चा है!" माँ ने डाँटते हुए फिर पूछा, "मगर यह मिला कहाँ से?"

"शर्मिष्ठा झील से मिला है घड़ियाल का यह बच्चा, इसलिए घर ले आया।"

"अगर शेर का बच्चा मिल जाता तो क्या उसे भी उठा लाते।"

"हाँ उठा लाता, उसके साथ तो खेलने में बड़ा मजा आता।"

"और उस शेर के बच्चे की माँ तुम्हें जिंदा छोड़ देती!"

"हाँ छोड़ देती!"

"कैसे?"

"जैसे शकुंतला-पुत्र भरत को छोड़ देती थी। वह भी तो शेरों के बच्चों के साथ खेलता था।"

"तो क्या तू शकुंतला-पुत्र भरत है।"

"हाँ भारत का पुत्र हूँ, तो मेरी प्यारी माँ मैं भरत ही हुआ ना।"

"तू बहुत जबान लड़ाता है," माँ ने लंबी साँस लेते हुए फिर आगे कहा, "कोई तुझे भी इस तरह उठा ले जाए तो मुझे कैसा लगेगा, यह तूने

सोचा है या नहीं।" माँ ने फिर डाँटा था, "छोड़कर आता है कि नहीं?"

"अभी छोड़ आता हूँ, चिंता क्यों करती है मेरी प्यारी माँ।" और वह बालक तुरंत झील पर लौटा और घड़ियाल के बच्चे को छोड़ आया।

यह कोई काल्पनिक किस्सा या कहानी नहीं बल्कि आज से 55 साल पहले गुजरात के वड़नगर में घटी एक सत्य घटना है...और क्या आप बता सकते हैं कि वो बारह साल का बच्चा कौन था...?

इस बेखौफ बालक का नाम था नरेन्द्र दामोदर दास मोदी, जो आगे चलकर भारत देश का प्रधानमंत्री बना और उससे पहले कई बार गुजरात का मुख्यमंत्री भी रहा।

नरेन्द्र मोदी का जन्म दामोदरदास मूलचन्द मोदी व उनकी पत्नी श्रीमती हीराबेन मोदी के साधारण परिवार में गुजरात के मेहसाणा जिले में हुआ था। यह जिला उन दिनों भारत में बम्बई राज्य के अन्तर्गत था। 17 सितम्बर, 1950 को भारत माता की गोद में खिलने वाला गुजरात का यह पुष्प नरेन्द्र भाई मोदी आज देश के प्रधानमंत्री के रूप में भारतीय स्वाभिमान के प्रतीक माने जाते हैं और देश के सबसे लोकप्रिय नेताओं में से एक हैं। अपने माता-पिता की कुल छः सन्तानों में तीसरे नरेन्द्र पूर्णतः शाकाहारी हैं। सिगरेट, शराब को कभी हाथ नहीं लगाया। वे आमतौर पर अपने आधी बाजू के कुर्ते में नजर आते हैं। नरेन्द्र मोदी परंपरागत परिधानों से हटकर आधुनिक परिधान भी आजमा चुके हैं। जब मौज में आते हैं, तो सूट-बूट में भी निकलते हैं किसी नायक की तरह। नरेन्द्र मोदी को पतंगबाजी का भी शौक है। सियासत के मैदान की ही तरह वो पतंगबाजी के खेल में भी अच्छे-अच्छे पतंगबाजों की कन्नियाँ काट डालते हैं। एक दिन वे सरदार पटेल जैसी वेशभूषा में थे, तो माँ ने उन्हें

प्यार से डाँटते हुए कहा, ''यह क्या अपने महापुरुषों की नकल उतारता है।''

''माँ यह महापुरुषों की नकल नहीं, वरन् मैं तो सरदार पटेल जैसा ही बनना चाहता हूँ।''

''लेकिन मैं नहीं चाहती कि तू सरदार पटेल जैसा बने।''

''क्यों माँ तुम ऐसा क्यों नहीं चाहती, क्या सरदार पटेल बुरे आदमी थे। मैंने तो सुना है कि वे बहुत बड़े देशभक्त थे।''

''मैंने कहाँ कहा वे बुरे आदमी थे, वे तो बड़े ही महान थे। उन्होंने ही तो सारे देश को एकता के सूत्र में बाँधा है। 550 से अधिक देशी रजवाड़ों और रियासतों को मिलाकर अखंड भारत का निर्माण उन्होंने ही तो किया था।''

''तो फिर मैं उनके जैसा क्यों नहीं बन सकता।''

''इसलिए कि तुम नरेंद्र हो और नरेंद्र जैसे ही बनो।''

''मैं कुछ समझा नहीं माँ।''

''सरदार पटेल, महान समाज सुधारक स्वामी दयानंद सरस्वती, स्वामी विवेकानंद, सुभाषचंद्र बोस की तरह तुम भी अपनी अलग पहचान बनाओ। बस मैं यही चाहती हूँ कि दुनिया तुम्हें तुम्हारे नाम और तुम्हारी पहचान से ही जाने।''

''अच्छी बात है माँ मैं दुनिया में अपनी अलग ही पहचान बनाऊँगा।'' और यही कारण है कि नरेंद्र मोदी को हम कई तरह की वेशभूषा में देखते हैं। वास्तव में नरेंद्रभाई बचपन से ही अपने ही ढंग से रहते थे। रंगमंच उन्हें खूब लुभाता था। नरेंद्र मोदी स्कूल के दिनों में नाटकों में बढ़-चढ़कर हिस्सा लेते थे और अपने पात्र पर काफी मेहनत भी करते थे। नरेंद्र मोदी वड़नगर के भगवताचार्य नारायणाचार्य स्कूल में पढ़ते थे। पढ़ाई में नरेंद्र एक औसत छात्र थे, लेकिन पढ़ाई के अलावा बाकी गतिविधियों में वे बढ़-चढ़कर हिस्सा लेते थे।

अपनी पढ़ाई के दौरान एक तरफ जहाँ नरेंद्र मोदी अभिनय में हिस्सा लेते थे, वहीं उन्होंने एनसीसी में प्रशिक्षण भी लिया। बोलने की कला में तो उनका कोई जवाब नहीं था, हर वाद-विवाद प्रतियोगिता में मोदी हमेशा

अव्वल आते थे। जिस समय वे अभिनय करते थे, उस समय उनकी मित्रता कई ऐसे लोगों से थी, जो वृद्ध थे और जिन्होंने स्वतंत्रता की लड़ाई में भाग लिया था। किशोर नरेंद्र मोदी को पुस्तकें पढ़ना बहुत पसंद था, इसलिए वे पुस्तकालय से पुस्तकें लेकर बहुत पढ़ते थे। इसी के साथ गीताप्रेस गोरखपुर से प्रकाशित बाल साहित्य पढ़ना उन्हें बहुत भाता था। गीताप्रेस गोरखपुर की पुस्तकें धर्म और अध्यात्म की बेजोड़ सामग्री लिए होती हैं, जिन्हें पढ़कर किशोर नरेंद्र मोदी के मन पर व्यापक प्रभाव पढ़ा। उन दिनों तक बाल-विवाह का प्रचलन था और ऐसे में नरेंद्र मोदी के विवाह को उसका परिवार नजर-अंदाज नहीं कर सकता था, क्योंकि हर भारतीय माता-पिता अपनी संतान का विवाह संस्कार करना तो परम गौरव की बात मानता ही है।

उन दिनों नरेंद्र मोदी की उम्र बारह वर्ष थी। नरेंद्र अपने परिवार के साथ मेहसाणा जिले के वडनगर में रहा करते थे। तभी एक साधु वडनगर आया।

मोदी की माँ हीराबा से उस साधु ने बेटों की कुंडली माँगी। हीराबा ने मोदी के साथ उनके बड़े भाई सोमभाई की भी कुंडली दिखाई। साधु ने सोमभाई की कुंडली देखकर कहा, ''इसका जीवन तो सामान्य ही रहेगा, लेकिन तुम्हारे छोटे बेटे मोदी का जीवन उथल-पुथल भरा रहेगा। इसकी

कुंडली में ऐसा योग है कि यह या तो एक दिन राजा बनेगा या फिर शंकराचार्य की तरह एक महान संत की सिद्धि हासिल करेगा।''

''महाराज, मेरा बेटा राजा बने या नहीं, ऐसी मेरी कोई आकांक्षा नहीं, लेकिन मैं नहीं चाहती कि मेरा पुत्र साधु-संन्यासी बने, कोई ऐसा उपाय है, जो इसे वैराग्य के पथ से रोका जा सके?''

''माई, तुम भी कैसी बात करती हो? विधाता का लिखा भला कौन मिटा सकता है। किसी उपाय से विधि का विधान बदला जाए तो फिर हर कोई मन की चाहत पूरी न कर ले।''

''लेकिन कोई न कोई उपाय तो होगा ही।''

''नहीं माई ऐसा कोई उपाय नहीं, हाँ आपका यह नरेन्द्र अवश्य ही यशकाय बनेगा, इसमें कोई संशय नहीं।''

''अच्छी बात है महाराज।'' कहते हुए मोदी की माँ ने उस संन्यासी को वापस कर दिया था।

नरेन्द्र मोदी तो गीता प्रेस गोरखपुर द्वारा प्रकाशित धार्मिक पुस्तकों में डूबा ही रहता था, यही कारण है कि इसी बीच उनकी पूजा-पाठ में बहुत रुचि हो गई। वे अधिकतर समय पूजा-पाठ में ही व्यतीत करने लगे, तो परिजनों को चिंता होने लगी कि कहीं ये सचमुच में ही साधु न बन जाए। एक दिन माँ ने पूछ ही लिया था, ''बेटा तुम आजकल धर्म-कर्म में बहुत विश्वास करने लगे हो।''

''माँ जो धर्म का त्याग कर देता है धर्म उसका त्याग कर देता है और जो धर्म की रक्षा करता है धर्म उसकी रक्षा करता है, तो क्या तुम चाहती हो कि मैं धर्म के पथ पर न चलूँ?''

''मेरे कहने का यह मतलब नहीं था बेटा।''

''तो क्या मतलब था माँ?''

''तुम कहीं मुझे छोड़कर तो नहीं चले जाओगे?''

''माँ मैं तुम्हें छोड़कर कहाँ जाऊँगा भला?''

''कहीं शंकर की तरह संन्यासी बनकर तुम शंकराचार्य तो नहीं बन जाओगे।''

''अगर बन भी गया तो इसमें बुराई क्या है माँ?''

"बुराई तो नहीं, लेकिन मैं चाहती हूँ कि बुढ़ापे में तुम मेरी सेवा करो।"

"यदि मैं संन्यासी भी बन गया तो क्या कोई मुझे तब तुम्हारी सेवा करने से रोक देगा।"

"कोई संन्यासी बनने के बाद अपने घर आज तक लौटकर अपने माता-पिता के पास आया है क्या भला?"

"माँ तुम भी बहुत भोली हो! जिस शंकर और शंकराचार्य की बात करती हो, वह शंकराचार्य भी तो जब-जब उसकी माँ पुकारती थी, उनके श्रीचरणों में दौड़ा चला आता था।"

"तो तुम नहीं मानोगे?"

"माँ मेरे मानने या न मानने से क्या होता है, दयानंद सरस्वती की माता यशोदा ने भी बहुत चाहा था कि उसका बेटा मूलशंकर संन्यासी न बने, इसलिए उसकी शादी करने की बात भी चल पड़ी थी, परंतु फिर भी वह गृह-त्याग करके संन्यासी बन गया और यदि वह संन्यासी न बनता तो सामाजिक बुराइयों का विनाश कैसे होता?"

"यह सब मैं नहीं जानती, लेकिन तुम्हें संन्यासी नहीं बनना है बस।"

"अच्छी बात है माँ, लेकिन साधना करने पर तो प्रतिबंध नहीं है ना।"

"हाँ साधना और धर्मकर्म करने पर कोई प्रतिबंध नहीं है।" माँ की तरह बड़े भाई ने भी बहुत समझाया, लेकिन उनके दिमाग से साधु बनने की बात निकल ही नहीं रही थी। इसी के चलते परिवार ने मोदी की शादी करवा देने का फैसला लिया। उन्हें लगा कि शादी हो जाने के बाद वह परिवार में व्यस्त हो जाएगा। परिवार ने आनन-फानन में न सिर्फ मोदी की शादी के लिए वधू जशोदाबेन की तलाश कर ली, बल्कि उनके ही गाँव जाकर मोदी की शादी भी कर दी। मोदी की बारात बैलगाड़ी में गई थी। सच बात तो यह है कि उस उम्र में मोदी शादी का अर्थ भी नहीं जानते थे। लेकिन एक पारिवारिक परम्परा समझते हुए उन्होंने विवाह करवाना स्वीकार किया, परंतु वे तब तक यह न जानते थे कि विवाह का बंधन साधु या संन्यासी बनने के मार्ग में एक बड़ी रुकावट है।

चायवाला

यह वह समय था, जब बड़ों के फैसलों का छोटे विरोध नहीं कर सकते थे और उस समय बाल-विवाह प्रचलित था। इस समय देश में सबसे ज्यादा चर्चा का विषय नरेंद्र मोदी द्वारा अपनी पत्नी जशोदाबेन के नाम का जिक्र करना ही है। उनकी पत्नी का नाम जशोदाबेन है। इसीलिए अब मोदी की शादी के गुजरे इतिहास के कई पन्ने खुले। शादी के बाद मोदी ने मैट्रिक की परीक्षा पास की। अब वे बड़े हो चुके थे और परिवार ने तय किया कि अब मोदी की पत्नी को घर बुला लेना चाहिए। अभी तक जशोदाबेन का गौना नहीं हुआ था और वे अपने माता-पिता के साथ ही रहा करती थीं। यह बात सुनते ही मोदी ने 'न' कह दिया और कहा कि उन्हें वैवाहिक जीवन में कोई रुचि नहीं। वे साधु बनना चाहते हैं और इसके लिए हिमालय पर जाने की तैयारी कर रहे हैं। परिजन मोदी को मनाते रहे, लेकिन मोदी अपनी जिद पर ही अड़े रहे। हालाँकि मोदी माँ हीराबेन का बहुत सम्मान करते थे। वे उनका आदेश नहीं टाल सकते थे। इसलिए उन्होंने माँ से कहा कि मैं तुम्हारी मर्जी और आशीर्वाद के बगैर नहीं जा सकूँगा, लेकिन फिर भी मैं आपसे कहना चाहता हूँ कि मुझे साधु बनना है।

"बेटा तुम्हारी शादी इसलिए की थी कि तुम साधु न बनो और वंशबेल आगे बढ़ाओ।"

"लेकिन तब मुझे क्या पता था कि विवाह का बंधन संन्यास-धर्म को अपनाने में बाधा है।"

"यदि ऐसा मानते हो तो फिर क्यों संन्यासी बनते हो? गृहस्थ धर्म का पालन क्यों नहीं करते?"

"मेरा अभी गौना भी नहीं हुआ और जब तक गौना न हो जाए

विवाह को पूर्ण बंधन कैसे मान सकता हूँ, वह चाहे तो बड़ी होकर पुनर्विवाह कर सकती है।''

''तुम कैसी बात करते हो जसोदाबेन एक संस्कारी लड़की है, वह तेरे पल्लू से बँधी है और तुम उसे छोड़कर साधु या संत बनना चाहते तो तुम बन सकते हो, लेकिन मैं उसको अच्छी तरह जानती हूँ, वह जीवनभर तुम्हारी प्रतीक्षा करती रहेगी, लेकिन कभी दोबारा विवाह नहीं करेगी।''

''तो ठीक है, उसके लिए मेरा संदेश है कि वह मेरी जीवनभर प्रतीक्षा ही करे।''

''तो क्या उसकी प्रतीक्षा का कभी अंत होगा?''

''यह तो ईश्वर ही जानता है, लेकिन यदि उसने मेरे लिए जीवनभर प्रतीक्षा की तो जीवन के वे क्षण जिसमें पत्नी को पति की सर्वाधिक आवश्यकता महसूस होती है, तब उसकी प्रतीक्षा का अंत अवश्य होगा।''

''तेरी बात मेरे कुछ पल्ले नहीं पड़ी बेटा।''

''नहीं पड़ी तो अच्छी बात है, इसलिए यदि तुम चाहती हो कि मैं जीवित रहूँ, तो मुझे हिमालय पर जाकर साधना की अनुमति दे दो।''

''ठीक है मैं तुम्हें हिमालय पर जाकर साधना की अनुमति देती हूँ, लेकिन संन्यासी बनने की अनुमति नहीं दे सकती।''

''मगर क्यों?''

''क्योंकि तुम्हारा विवाह हो चुका है और अब संन्यासी बनने की अनुमति तुम्हें अपनी पत्नी से लेनी होगी।''

''लेकिन मैंने तो उसका अब तक मुँह तक नहीं देखा, ऐसे में उसकी अनुमति...''

''तो ठीक है, जैसे वह तुम्हारी प्रतीक्षा करेगी, वैसे ही तुम भी जीवनभर संन्यासी बनने के लिए उसकी अनुमति की प्रतीक्षा करो।''

इस प्रकार मोदी को साधना करने की अनुमति तो मिली, लेकिन संन्यासी बनने की अनुमति नहीं मिल पाई।

जब उनकी शादी हुई तब जशोदा महज आठवीं तक पढ़ी थीं। ये बात नरेन्द्र मोदी को रास नहीं आई। जशोदाबेन अपने पिता चिमनलाल पटेल के घर वापस भेज दी गईं। पति की इच्छा के मुताबिक, उन्होंने आगे

की पढ़ाई शुरू की। 1972 में एसएससी करने के बाद उन्होंने प्राइमरी टीचर का कोर्स किया और अहमदाबाद में एक स्कूल में तीन महीने के लिए पढ़ाया भी। हालाँकि इसके बाद भी नरेंद्र मोदी के जीवन में उनकी दोबारा वापसी नहीं हो पाई।

23 मार्च, 1978 को उन्होंने बनासकाँठा जिले के देकवली गाँव में एक प्राइमरी स्कूल में पढ़ाना शुरू कर दिया। आठ साल पहले वह बनासकाँठा जिले के राजोसाना गाँव में रहतीं थीं और वहीं के एक प्राइमरी स्कूल में पढ़ाती थीं। उनके विद्यार्थियों में अधिकांश बच्चे मुस्लिम थे।

हालाँकि एक लेखक ने ऐसा भी लिखा है कि नरेन्द्र मोदी और यशोदाबेन का विवाह बचपन में हुआ था। लेकिन उनका 'गौना' नहीं हुआ। उस जमाने में बाल-विवाह की प्रथा थी और मोदी का विवाह भी इसी प्रथा के तहत हुआ। हालाँकि बाद में उनका झुकाव संघ की ओर हो गया और उन्होंने गृहस्थी के चक्कर से दूर रहने का फैसला किया। यशोदाबेन ने भी मोदी के फैसले का सम्मान किया और उनसे अलग हो गईं। लेकिन उन्होंने भी दोबारा शादी नहीं की।

उन्हीं दिनों एक दिन वडनगर गाँव में एक साधु आया, तो नरेंद्र मोदी ने पूछा, "बाबा, आपने संन्यास क्यों लिया?"

"मैं मुक्ति चाहता हूँ बेटा।" संन्यासी ने नरेन्द्र मोदी को बताया था, "यह जन्म-मरण का चक्कर बहुत बुरा है।"

बचपन में नरेंद्र मोदी को साधु-संतों को देखना बहुत अच्छा लगता था। मोदी खुद संन्यासी बनना चाहते थे। माँ के मना करने के बावजूद संन्यासी बनने के लिए नरेंद्र मोदी स्कूल की पढ़ाई के बाद घर से भाग गए थे और इस दौरान मोदी पश्चिम बंगाल के रामकृष्ण आश्रम सहित कई जगहों पर घूमते रहे और आखिर में हिमालय पहुँच गए एवं कई महीनों तक साधुओं के साथ घूमते रहे। एक दिन उन्होंने एक संन्यासी के सामने इच्छा प्रकट की, "बाबा मैं भी संन्यासी बनना चाहता हूँ।"

"क्यों?" उस संन्यासी ने पूछ ही लिया था, "आखिर क्यों बनना चाहते हो तुम संन्यासी।"

"मैं मुक्ति चाहता हूँ।"

"किस बात से मुक्ति चाहते हो तुम?" संन्यासी ने फिर पूछ लिया था, "तुम्हें क्या चाहिए?"

"मैं इस जन्म-मरण के बंधन से मुक्ति चाहता हूँ।"

"जन्म-मरण के बंधन से मुक्ति चाहते हो!" साधु हँसा था, "भारत-माता आँसू बहा रही है, स्वराज्य मिला है, लेकिन गोरों की जगह काले अंग्रेज आ गए। भूख, गरीबी और महामारी से भारतमाता पीड़ित है और तुम्हें मुक्ति चाहिए!"

"तो फिर मैं क्या करूँ?"

"देशसेवा करो!" उस साधु ने आदेश दिया था, "घर लौट जाओ और दीन-दुखियों की सेवा करो। बेटा उसी से तुम्हें मुक्ति मिल सकती है।"

साधुओं के साथ वे ईश्वर की तलाश में दर-दर भटकते रहे। हालाँकि उनकी उम्र अब भी बहुत छोटी थी, लेकिन फिर भी वे जीवन के वास्तविक अर्थ की तलाश में निकल पड़े थे। उनकी छोटी-सी उम्र को देखते हुए एक साधु ने उन्हें समझाया कि ईश्वर की प्राप्ति समाज की सेवा करके भी की जा सकती है। इसके लिए साधु बने रहने की कोई जरूरत नहीं। इसके बाद मोदी हिमालय से वडनगर वापस आ गए। लेकिन फिर भी उन्होंने अपना वैवाहिक जीवन शुरू नहीं किया। दरअसल वे अपने घर सिर्फ एक दिन के ही लिए आए थे। परिवार भी अब पूरी तरह समझ चुका था कि मोदी को साँसारिक जीवन में रुचि नहीं। इसके लिए पूरे परिवार ने जशोदाबेन के परिवार से माफी माँगी। जशोदाबेन के परिजनों को भी सूचना दे दी थी कि वे मोदी को वैवाहिक बंधन से मुक्ति दे दें। मोदी के परिजनों को इस फैसले का दुख था, लेकिन मोदी अपनी हठ पर अडिग थे।

यह लेखक जब-जब मोदी की माँ हीराबा से मिला तो उनकी आँखों में आँसू ही थे। उनका कहना था कि नरेंद्र की मर्जी के खिलाफ उनकी शादी कराना जीवन की सबसे बड़ी भूल थी। हीराबा ने बताया कि नरेंद्र के पिता को तो अंतिम समय तक इस बात का रंज रहा कि उन्होंने जबर्दस्ती नरेंद्र पर शादी थोप दी थी।

माँ हीराबा ने एक दिन उससे कहा, "ठीक है तुम अपनी पत्नी को नहीं लाना चाहते, क्योंकि तुम घर-गृहस्थी का भार उठाने से डरते हो।"

"ऐसी बात नहीं है माँ, मैं परिश्रम करने से नहीं डरता?"

"लेकिन मैं कैसे मानूँ कि तुम निठल्ले नहीं रहना चाहते।"

"तो ऐसा क्या करूँ मैं कि तुम्हें यकीन हो जाए कि मैं मेहनती हूँ और अपने लिए ही नहीं आपके लिए भी पूंजी कमा सकता हूँ।"

"तो कमाकर दिखा ना, तब ही तो मानूँ। दमड़ी कमाने के लिए धूप में चमड़ी जलानी पड़ती है।"

"अच्छी बात है माँ।" कहते हुए उसी समय नरेन्द्र घर से निकल गया था और उस दिन मात्र चौदह वर्ष की आयु में उन्होंने रेलवे स्टेशन पर अपने पिता की चाय की दुकान पर काम करना शुरू कर दिया था। छोटी-सी उम्र में ही वे वडनगर में एक ऑयल कंपनी में तेल के पीपे उठाया करते थे और हर पीपे को उठाने के एवज में उन्हें 5 पैसे की मजदूरी मिलती थी।

नरेंद्र मोदी के पड़ोसी बताते हैं कि जब भी रेलवे स्टेशन पर कोई ट्रेन आती तो हाफ पैंट में नरेंद्र चाय की केतली लेकर दौड़ पड़ते थे। चाय के अलावा वे पाँच-पाँच पैसे में पानी के ग्लास भी बेचा करते थे। प्रचारक जीवन के दरमियान उनकी जवाबदारी सुबह उठकर चाय के लिए दूध लाने से हुआ करती थी। संघ प्रचारकों की चाय के लिए मोदी सुबह 5.00 बजे उठकर दूध लेने जाया करते थे। मोदी जब चाय बनाते थे, तो वह बहुत अच्छी होती थी और लोग उनकी चाय की प्रशंसा भी करते थे, "छोटू तुम्हारी चाय तो बड़ी अच्छी है, किसने सिखाई इतनी अच्छी चाय बनानी।"

"समय ने बाबूजी। समय सबसे बड़ा शिक्षक है।" यही जवाब रहता था मोदी का। तभी रेल आ गयी थी और वे केतली उठाकर दौड़ पड़े थे। एक-एक पैसेंजर को चाय दी, पैसे लिए और अगले डिब्बे में चाय पिलाने के लिए चल पड़े। दूसरे पैसेंजर को चाय दी, लेकिन रेल ने सीटी मार दी। पैसेंजर के पास खुले पैसे नहीं थे, उसने बँधा नोट दे दिया। पैसेंजर धनवान था, नोट देते हुए बोला, "रख ले, खुले देने की जरूरत नहीं।"

"नहीं बाबूजी, मैं खुले लाकर देता हूँ।"

पैसे खुलवाने चला गया था बालक मोदी और जैसे ही दुकान से खुले पैसे लेकर आया तो रेल बहुत तेजी के साथ दौड़ने लगी थी। वह भी साथ-साथ दौड़ा और अंततः पैसेंजर को उसके पैसे वापस कर ही दिए। ऐसी ही कुछ बात थी, इस चाय बेचने वाले बालक में। जो लोग रेल में डेली सफर करते थे और नौकरी पेशे वाले थे, वे इस बालक के संस्कारी गुणों से अच्छी तरह परिचित थे। एक दिन एक पैसेंजर ने उससे पूछ लिया था, "छोटू, जिस उम्र में तुम्हें पढ़ना चाहिए, उस उम्र में तुम चाय बेचते हो?"

"तो क्या पढ़ने वाले चाय नहीं बेच सकते?" नरेन्द्र मोदी ने उल्टा प्रश्न किया था।

"क्या तुम पढ़ते भी हो?" फिर अगला प्रश्न था, "चाय बेचते समय पढ़ने का समय मिल जाता है?"

"समय मिलता नहीं, निकालना पड़ता है। वरना बाद में पछताना पड़ता है, क्योंकि गया समय किसी के हाथ नहीं आता।"

"तुम तो दर्शनशास्त्र की बातें करते हो? क्या तुम्हें दर्शनशास्त्र बहुत पसंद है?"

"पसंद की बात करें तो समाजशास्त्र और इतिहास में मेरी रुचि है।"

इस प्रकार मोदी काम के प्रति गंभीर होने के साथ-साथ पढ़ाई में भी काफी होशियार थे। उनकी विशेष रुचि समाजशास्त्र और इतिहास में थी। इन विषयों को मोदी बहुत रुचि के साथ पढ़ा करते थे। मोदी को कई छात्र पढ़ाकू कहते थे, जिस पर वे मुसकरा दिया करते थे।

हालाँकि नरेंद्र एक औसत छात्र रहे हैं, परंतु मोदी की स्मरणशक्ति हमेशा से ही बहुत तेज रही है। एक बार वे किसी से भेंट कर लें तो फिर

उसका नाम कभी नहीं भूलते हैं। जीवन संघर्ष ने मोदी को निखारा और आज उन्हें ऐसा प्रतिभावान व्यक्तित्व बना दिया, जिसके चलते वे 'गुजरात उदय' का नारा बुलंद कर सके और गुजरात के बाद दिल्ली फिर दूर कहाँ रही और देश के प्रधानमंत्री बने।

1965 में जब भारत और पाकिस्तान का युद्ध हुआ तो नरेन्द्र मोदी करीब 15 साल के थे। उन दिनों वे सुबह ही अपनी टोली के साथ रेलवे स्टेशन पहुँच जाते और वहाँ से होकर गुजरने वाले सैनिकों की सेवा में जुट जाते थे। एक दिन उन्होंने एक सैनिक से पूछ लिया था, "ऐसा सुनने में आया है कि पाकिस्तान के साथ-साथ चीन के भी हौंसले बहुत बढ़ गए हैं?"

"चीन तो हमारे भूतों से भी डरता है, उसके हौंसले कैसे बढ़ सकते हैं?" सैनिक ने जवाब दिया था।

"मैं समझा नहीं?"

"जानते हो हमारे एक फौजी बाबा से सारा चीन डरता है।"

"मतलब?"

"1962 में चीन ने हमें बहुत परेशान किया, यह बात सही है, लेकिन उस युद्ध में हमारे देश के जाँबाजों ने अपने लहू से गौरवगाथा लिखी थी। 1962 के शहीद सैनिक तो आज भी जिंदा हैं?"

"शहीद तो होते ही अमर हैं।"

"यह बात नहीं, बात दरअसल यह है कि हम एक ऐसे शहीद की बात करेंगे, जिसका नाम आने पर न केवल भारतवासी बल्कि चीनी भी सम्मान से सिर झुका देते हैं। वो मोर्चे पर लड़े और ऐसे लड़े कि दुनिया हैरान रह गई, इससे भी ज्यादा हैरानी आपको ये जानकर होगी कि 1962 के युद्ध में शहीद हुआ भारत माता का वह सपूत आज भी ड्यूटी पर तैनात है।"

"वह कैसे?"

"हमारे एक शहीद राइफलमैन को समय पर प्रमोशन मिलता है। उनकी सेना की वर्दी हर रोज प्रेस होती है, हर रोज जूते पॉलिश किए जाते हैं। उनका खाना भी हर रोज भेजा जाता है और वो देश की सीमा की

सुरक्षा आज भी करते हैं। सेना के रजिस्टर में उनकी ड्यूटी की एंट्री आज भी होती है और उन्हें प्रमोशन भी मिलते हैं। अब वे कैप्टन बन चुके हैं। इनका नाम है : कैप्टन जसवंत सिंह रावत। महावीर चक्र से सम्मानित फौजी जसवंत सिंह को आज बाबा जसवंत सिंह के नाम से जाना जाता है। अरुणाचल प्रदेश के तवांग जिले के जिस इलाके में जसवंत ने जंग लड़ी थी उस जगह वे आज भी ड्यूटी करते हैं और भूत-प्रेत में यकीन न रखने वाली सेना और सरकार भी उनकी मौजूदगी को चुनौती देने का दम नहीं रखती। बाबा जसवंत सिंह का ये रुतबा सिर्फ भारत में ही नहीं बल्कि सीमा के उस पार चीन में भी है। अरुणाचल प्रदेश के तवांग जिले में नूरांग में बाबा जसवंत सिंह ने वह ऐतिहासिक जंग लड़ी थी। वह 1962 की जंग का आखिरी दौर था। चीनी सेना हर मोर्चे पर हावी हो रही थी। लिहाजा भारतीय सेना ने नूरांग में तैनात गढ़वाल यूनिट की चौथी बटालियन को वापस बुलाने का आदेश दे दिया। पूरी बटालियन लौट गई, लेकिन जसवंत सिंह, लांस नायक त्रिलोक सिंह नेगी और गोपाल सिंह गुसाईं नहीं लौटे। बाबा जसवंत ने पहले त्रिलोक और गोपाल सिंह के साथ और फिर दो स्थानीय लड़कियों की मदद से चीनियों के साथ मोर्चा लेने की रणनीति तैयार की। बाबा जसवंत सिंह ने अलग-अलग जगह पर राईफल तैनात कीं और इस अंदाज में फायरिंग करते गए मानो उनके साथ बहुत सारे सैनिक वहाँ तैनात हैं। उनके साथ केवल दो स्थानीय लड़कियाँ थीं, जिनके नाम थे, सेला और नूरा। चीनी परेशान हो गए और तीन दिन यानी 72 घंटे तक वो ये नहीं समझ पाए कि उनके साथ अकेले जसवंत सिंह मोर्चा सम्भाल रहे हैं। तीन दिन बाद जसवंत सिंह को रसद आपूर्ति करने वाली नूरा को चीनियों ने पकड़ लिया। इसके बाद उनकी मदद कर रही दूसरी लड़की सेला पर चीनियों ने ग्रेनेड से हमला किया और वह शहीद हो गई, लेकिन वे जसवंत तक फिर भी नहीं पहुँच पाए। बाबा जसवंत ने खुद को गोली मार ली। भारत माता का ये लाल नूरांग में शहीद हो गया। चीनी सैनिकों को जब पता चला कि उनके साथ तीन दिन से अकेले जसवंत सिंह लड़ रहे थे तो वे हैरान रह गए। चीनी सैनिक उनका सिर काटकर अपने देश ले गए। 20 अक्टूबर, 1962 को संघर्ष विराम की घोषणा हुई।

चीनी कमांडर ने जसवंत की बहादुरी का लोहा माना और सम्मान स्वरूप न केवल उनका कटा हुआ सिर वापस लौटाया बल्कि काँसे की मूर्ति भी भेंट की।

जिस जगह पर बाबा जसवंत ने चीनियों के दाँत खट्टे किए थे उस जगह पर एक मंदिर बना दिया गया है। इस मंदिर में चीन की ओर से दी गई काँसे की वह मूर्ति भी लगी है। उधर से गुजरने वाला हर जनरल और जवान वहाँ सिर झुकाने के बाद ही आगे बढ़ता है। स्थानीय नागरिक और नूरांग फॉल जाने वाले पर्यटक भी बाबा से आशीर्वाद लेने के लिए जाते हैं। वे जानते हैं बाबा वहाँ हैं और देश की सीमा की सुरक्षा कर रहे हैं। वो जानते हैं बाबा शहीद हो चुके हैं, वो जानते हैं बाबा जिंदा हैं, बाबा अमर हैं।''

फौजी बाबा की कहानी सुनकर नरेन्द्र मोदी गद्‌गद हो उठे थे। सैनिकों की सेवा करते-करते उनके हृदय में मानवमात्र के कल्याण के बीज अंकुरित हो उठे थे। इसी दौरान उन्हें लाला लाजपत राय की जीवनी पढ़ने का सौभाग्य मिला। उन्होंने उस जीवनी में पढ़ा कि लाला जी ने बंगाल के अकाल पीड़ितों की किस प्रकार सहायता की थी! दुर्भाग्यवश 1967 में गुजरात में भयंकर बाढ़ आई तो नरेन्द्र मोदी अपने साथियों के साथ बाढ़ पीड़ितों की मदद और सेवा में कूद पड़े। घर-घर जाकर उन्होंने अन्न और अन्य आवश्यक सामान दान के रूप में एकत्र करवाया और उसे बाढ़-पीड़ितों में वितरित किया। राष्ट्रीय स्वयंसेवक संघ के कई कार्यकर्ता भी बाढ़-पीड़ितों की मदद कर रहे थे। एक कार्यकर्ता वकील साहब के नाम से प्रसिद्ध थे, वे नरेंद्र के सामाजिक कार्य को देखकर बड़े प्रसन्न हुए और बातों ही बातों में नरेंद्र के बारे में सबकुछ पता कर लिया, ''तुम्हारे अंदर सेवाभाव देखकर मुझे लाला लाजपत राय का जीवन याद आ गया।''

''उन्हीं का जीवन दर्शन पढ़कर तो मुझे पीड़ितों के लिए कुछ करने की प्रेरणा मिली है।''

''तो तुम बनना क्या चाहते हो?''

''बस लाला लाजपत राय जैसा ही।''

''तो फिर शाखा ज्वाइन क्यों नहीं कर लेते?''

“शाखा मतलब?”

“अरे भाई राष्ट्रीय स्वयंसेवक संघ।”

“मैं कुछ समझा नहीं।”

“राष्ट्रीय स्वयंसेवक संघ एक राष्ट्रवादी संगठन है, जिसके सिद्धान्त समाजसेवा, हिंदुत्व और भारतीय संस्कृति में निहित और आधारित हैं।”

“इसे किसने बनाया?”

“इसकी शुरुआत सन् 1925 में विजयदशमी के दिन परम् पूजनीय डॉ. केशव हेडगेवार द्वारा की गयी थी। संघ विश्व का सबसे बड़ा स्वयंसेवी संस्थान है। समाज सेवा और जन-कल्याण के कार्य करने में संघ के कार्यकर्ता सदा आगे रहते हैं और संघ को तुम्हारे जैसे कार्यकर्ताओं की ही जरूरत है।”

अंततः नरेन्द्र मोदी किशोर अवस्था में ही आरएसएस से जुड़ गए थे। दीपावली के दिन गुजरात आरएसएस के प्रांत प्रचारक लक्ष्मण राव इनामदार उर्फ वकील साहब ने नरेन्द्र मोदी को संघ में प्रवेश करवाया। आरएसएस से जुड़ने के बाद नरेन्द्र मोदी ने नमक और तेल खाना बंद कर दिया था। इससे उनकी माँ और भाई प्रह्लाद डर गए कि कहीं नरेन्द्र योगी बनने के लिए गृह-त्याग करने की तो नहीं सोच रहे हैं, इसलिए माँ ने पूछ ही लिया था, “नरेंद्र तुमने नमक खाना छोड़ दिया?”

“हाँ माँ अधिक नमक खाने से रक्तचाप बढ़ सकता है।”

“लेकिन तुम तो बालक हो तुम्हें रक्तचाप की बीमारी क्यों होगी भला।”

“लेकिन मुझे बिना नमक का ही भोजन अच्छा लगता है।”

“कहीं तुम फिर से हिमालय जाने की तो नहीं सोच रहे?”

“क्या हिमालय जाने से पहले लोग नमक-मिर्च खाना छोड़ देते हैं।”

“वह तो मुझे पता नहीं।”

“फिर यह शंका क्यों की?”

“इसलिए कि घर में तुम्हारे लिए अलग से सब्जी बनानी पड़ती है, एक तो गरीबी और ऊपर से तुम्हारे लिए...”

“माँ मैं कहाँ कहता हूँ मेरे लिए कुछ अलग से करो। मैं तो गंगाजल

से भी सूखी रोटी खा सकता हूँ। गंगाजल मेरे लिए सब्जी और घी से भी बढ़कर है।''

''तुम आखिर चाहते क्या हो?''

''माँ मैं बस यही चाहता हूँ कि तुम लोग मेरे बारे में ऐसे-वैसे विचार मत लाओ, मैं अब कहीं साधु-संन्यासी बनने नहीं जा रहा। मैं तो अपने देश के लिए कुछ करना चाहता हूँ और अच्छे कार्यों के लिए सात्विक आहार और सद्विचारों का ग्रहण करना अत्यंत आवश्यक है।''

''तो क्या घर में सात्विक खाना नहीं बनता?''

''मैं कहाँ कहता हूँ, सात्विक खाना नहीं बनता, लेकिन नमक और मिर्च मुझे अच्छे नहीं लगती, प्याज और लहसुन तो कतई नहीं।''

''तुम किस युग के हो बेटा?''

''मैं इसी युग का हूँ माँ।'' फिर आगे कहा, ''तुम्हारी सेवा करने के लिए आया हूँ माँ।'' नरेंद्र मोदी की यह बात सुनते ही हीराबा शांत हो गई थी।

तब का छोड़ा नमक नरेंद्र मोदी ने बहुत बाद में दोबारा खाना शुरू किया। नरेंद्र मोदी के मस्तिष्क में बचपन से ही भारतीय संस्कृति के प्रति निष्ठा और राष्ट्रभावना विद्यमान थी। नरेंद्र संघ की शाखाओं में नियमित जाते थे। लेकिन जब मोदी ने चाय की दुकान खोली तो शाखाओं में जाना कम हो गया। इतना होने के बावजूद भी गुजरात आरएसएस के दफ्तर हेडगेवार भवन में सुबह नरेंद्र मोदी प्रचारकों के लिए चाय-नाश्ता बनाते थे। इसके बाद हेडगेवार भवन के सारे कमरों की सफाई में जुट जाते थे। आठ-नौ कमरों की सफाई के बाद अपने और वकील साहब के कपड़े धोने की बारी आती थी।

नरेंद्र मोदी को अपने बाल्यकाल से ही कई तरह की विषमताओं एवं विपरीत परिस्थितियों का सामना करना पड़ा है, किन्तु अपने उदात्त चरित्रबल एवं साहस से उन्होंने तमाम अवरोधों को अवसर में बदल दिया, विशेषकर जब उन्होंने उच्च शिक्षा हेतु कॉलेज तथा विश्वविद्यालय में प्रवेश लिया। उन दिनों वे कठोर संघर्ष एवं दारुण मनःताप से घिरे थे, परन्तु अपने जीवन-समर को उन्होंने सदैव एक योद्धा-सिपाही की तरह लड़ा है।

आगे कदम बढ़ाने के बाद वे कभी पीछे मुड़ कर नहीं देखते, साथ-साथ पराजय उन्हें स्वीकार्य नहीं है। अपने व्यक्तित्व की इन्हीं विशेषताओं के चलते उन्होंने राजनीति शास्त्र विषय के साथ अपनी एम.ए. की पढ़ाई पूरी की। अपने संघ कार्य के दौरान नरेंद्र मोदी ने कई मौकों पर महत्त्वपूर्ण भूमिकाएँ निभाई हैं। फिर चाहे वह 1974 में भ्रष्टाचार के खिलाफ चलाया गया आंदोलन हो, या 19 महीने (जून 1975 से जनवरी 1977) चला अत्यंत प्रताड़ित करने वाला आपातकाल हो। नरेंद्र मोदी बहुत मेहनती कार्यकर्ता रहे हैं। आपातकाल के दौरान उन्होंने देशभक्त युवाओं को जाग्रत किया और अन्याय एवं भ्रष्टाचार के खिलाफ निर्णायक जंग लड़ने का आह्वान कर दिया, "हमारा देश आज लोकतांत्रिक राष्ट्र है, राजा-महाराजाओं का युग समाप्त हो चुका है, लेकिन अब एक प्रधानमंत्री तानाशाह बन बैठी है, इसलिए समय आ गया है, देश में दोबारा से आजादी की जंग लड़ने का।"

वह अपने कुछ साथियों को समझा ही रहे थे कि तभी कुछ सिपाही आ खड़े हुए थे, "तुम लोग यह मीटिंग क्यों कर रहे हो?"

"हम लोग तो अपने सिलेबस पर डिस्कस कर रहे हैं, यूनिवर्सिटी के एग्जाम होने वाले हैं।" नरेंद्र मोदी ने कहा, जो उस समय सरदार की वेशभूषा में थे। उन्होंने दाढ़ी बढ़ाई हुई थी और सिर पर सरदारों की तरह ही पगड़ी भी थी। कंघा, कड़ा, केश आदि सब लक्षण उसे पूर्ण रूप से पंजाबी सरदार सिद्ध कर रहे थे।

"ये नरेंद्र मोदी कौन है?" एक पुलिस वाले ने पूछ लिया था।

"हमें नहीं पता?" सरदार बने नरेंद्र मोदी ने ही उत्तर दिया था। और पुलिसवाले नरेंद्र मोदी को आपातकाल के दौरान अरेस्ट न कर सके, उन्हें बैरंग लौटना पड़ा।

1975 में इंदिरा गांधी द्वारा घोषित आपातकाल के दौरान नरेंद्र

मोदी ने शंकर सिंह बाघेला के साथ मिलकर गुजरात जनसंघ के कार्यकर्ताओं में नया जोश भरने का काम किया और मजबूत कार्यकर्ताओं की फौज तैयार की। उन दिनों शंकर सिंह बाघेला जनता के प्रिय नेता थे और मोदी को बेहतरीन रणनीति बनाने के लिए जाना जाता था। इमरजेंसी के दिनों में मोदी ने गुजरात में कई भाषाओं में लाखों की तादाद में संघ की विचार-धारा को दर्शाने वाले पर्चे और पोस्टर छपवाए और बेहद गुप्त तरीके से पूरे देश में संघ के दफ्तरों तक पहुँचाने का काम किया। इमरजेंसी के दौरान ही मोदी को विश्व हिंदू परिषद की एक सभा के संचालन की जिम्मेदारी दी गई। चंदे के तौर पर एक बड़ी रकम वहाँ इकट्ठा हुई और विश्व हिंदू परिषद के तमाम नेताओं को उस रकम की चिंता हो रही थी। मोदी ने उसी वक्त जमीन में एक गड्ढा खोदकर उसमें वो सारी रकम दबा दी और खुद अपना गद्दा उसके ऊपर बिछा कर लेट गए। मोदी का जीवन जिस प्रकार संघर्ष से गुजरा वह हर किसी के लिए प्रेरणा का स्रोत है। उनके बचपन और किशोर जीवन की घटनाओं को पढ़कर उसी समय किसी ने कहा था कि यह आदमी एक दिन गुजरात ही नहीं सारे देश का मार्गदर्शन कर सकता है। यद्यपि वे संघ से बचपन से ही जुड़ गए थे, लेकिन 1984 में आरएसएस के स्वयं सेवक के रूप में पूरी सक्रियता के साथ उन्होंने अपने एक नए जीवन की शुरुआत की। यहीं उन्हें निस्वार्थता, सामाजिक दायित्वबोध, समर्पण और देशभक्ति के विचारों को आत्मसात् करने का अवसर मिला।

नरेंद्र मोदी ने राजनीति-शास्त्र के साथ-साथ भारत के प्राचीन ग्रंथ 'चाणक्य नीति' का अध्ययन भी बड़ी गहराई के साथ किया था। इसी के साथ हनुमान का जीवन-चरित्र भी उन्हें अत्यंत प्रभावित करता था। खासकर प्रबंधन के गुण भारतीय इतिहास में सबसे पहले हनुमान जी में देखे जा सकते हैं। सीता की खोज का विषय हो या अशोक वाटिका में तांडव मचाकर रावण का ध्यान आकर्षित करने की बात, या फिर संजीवनी बूटी लाकर लक्ष्मण के प्राण बचाकर राम की वानर सेना में उत्साह भरने की बात! ये सब बातें ही तो हनुमान को एक कुशल प्रबंधन गुरु सिद्ध करती हैं और चाणक्य-नीति अपने आप में पूर्ण राजनीतिशास्त्र है ही। ये

पौराणिक पात्र या शास्त्र नहीं, वरन् हमारी विरासत हैं और नरेंद्र मोदी ने इन्हीं विरासतों से प्रेरणा लेकर प्रबंधन की कला सीखी थी। यही कारण है कि आरएसएस के बड़े शिविरों के आयोजन में वे अपने प्रबंधन का कमाल भी दिखाते थे। हनुमान द्वारा माता सीता की खोज की तरह ही आरएसएस नेताओं का ट्रेन और बस में रिजर्वेशन का जिम्मा उन्हीं के पास होता था। रावण के दरबार में हनुमान द्वारा प्रभु राम का संदेश सुनाने की तरह ही गुजरात के हेडगेवार भवन में आने वाली हर चिट्ठी को खोलने का काम भी नरेंद्र मोदी को ही करना होता था।

भारतीय संस्कृति में आस्था और प्राचीन शिक्षाओं का आधुनिक जीवन में अनुकरण करके असंभव को संभव करने के गुण के कारण ही नरेंद्र मोदी हर किसी की दृष्टि में चढ़ गए थे। नरेंद्र मोदी की कार्यकुशलता व प्रबंधन को देखने के बाद आरएसएस में उन्हें बड़ी जिम्मेदारी देने का फैसला लिया गया। इसके लिए उन्हें राष्ट्रीय कार्यालय नागपुर में एक महीने के विशेष ट्रेनिंग कैंप में बुलाया गया। आरएसएस के नागपुर मुख्यालय में ट्रेनिंग लेकर नरेंद्र मोदी गुजरात आरएसएस प्रचारक बनकर लौटे। आरएसएस ने नरेंद्र मोदी को गुजरात अखिल भारतीय विद्यार्थी

परिषद का प्रभारी बना दिया। इसके बाद उनकी जिम्मेदारियों का और अधिक विस्तार हो गया था।

नरेंद्र मोदी के कार्य करने का तरीका अपना अलग था। इसलिए उनके साथी रहे कई व्यक्ति आज ऐसा भी आरोप लगाते हैं कि नरेंद्र मोदी शुरू से ही थोड़े मनमौजी थे। उनके पुराने साथी बताते हैं कि मोदी रात में देर से सोने के चलते अक्सर संघ की सुबह की शाखा के लिए लेट हो जाया करते थे और जब सभी कार्यकर्ता पूरी बाजू का कुर्ता पहनते तो नरेंद्र मोदी का कुर्ता आधी बाजू का होता था। जब सभी कार्यकर्ता खाकी नेकर पहनते तो नरेंद्र का कार्य स्कूली सफेद नेकर से ही चलता था। नरेंद्र मोदी की वेशभूषा सारे प्रचारकों से जुदा होती थी। सभी कार्यकर्ता जानते थे कि चूँकि नरेंद्र मोदी एक अत्यंत गरीब परिवार से थे, इसलिए वे संघ की ड्रिल के लिए अलग कपड़े और घर एवं स्कूल के लिए अलग-अलग कपड़े नहीं बनवा सकते थे और उनके पास अकसर एक-दो गिने-चुने कपड़े ही हुआ करते थे, लेकिन उन्होंने अपने इसी अभाव को गुण में बदल लिया था और कपड़ों के अभाव के कारण उन्होंने कभी हीन भावना अपने मन में पनपने नहीं दी। नरेंद्र मोदी समय के अनुसार नहीं बदले, वरन् समय को ही उन्होंने अपने अनुसार बदलने का गुण ग्रहण किया था। लेकिन उनके एक साथी का यह भी कहना है कि वह दाढ़ी रखते थे और ट्रिम भी करवाते थे। एक बार आरएसएस के तत्कालीन अध्यक्ष परम् पूजनीय माधवराव गोलवलकर ने सबके सामने मोदी से दाढ़ी ट्रिम किए जाने की वजह भी पूछी थी।

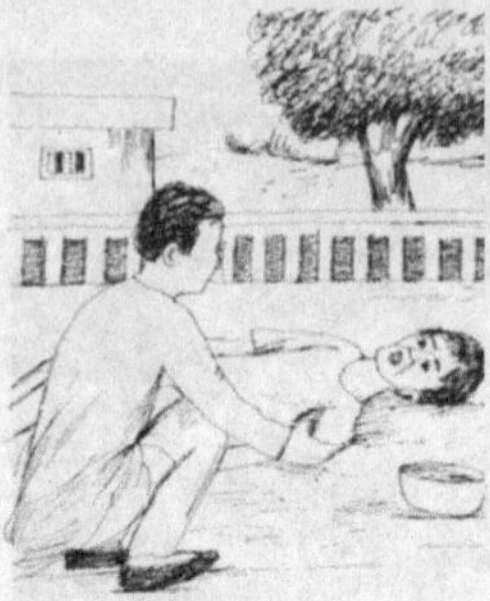

परोपकारी जीवन

नरेन्द्र मोदी बचपन एवं किशोर अवस्था में राष्ट्रीय स्वयं सेवक संघ से जुड़े रहे हैं, जिसके कारण उन्हें राष्ट्रवादिता के अच्छे सुसंस्कार मिले। दरअसल राष्ट्रीय स्वयं सेवक संघ में संगठनात्मक रूप से सबसे ऊपर सरसंघ चालक का स्थान होता है, जो पूरे संघ का दिशा-निर्देशन करते हैं। सरसंघचालक की नियुक्ति मनोनयन द्वारा होती है। सरसंघचालक अपने उत्तराधिकारी की घोषणा करता है। संघ के ज्यादातर कार्यों का निष्पादन शाखा के माध्यम से ही होता है, जिसमें सार्वजनिक स्थानों पर सुबह या शाम के समय एक घंटे के लिए स्वयंसेवकों का परस्पर मिलन होता है।

वर्तमान में पूरे भारत में संघ की लगभग पचास हजार से ज्यादा शाखा लगती हैं। वस्तुतः शाखा ही तो संघ की बुनियाद है, जिसके ऊपर आज यह इतना विशाल संगठन खड़ा हुआ है। शाखा की सामान्य गतिविधियों में खेल, योग, वंदना और भारत एवं विश्व के सांस्कृतिक पहलुओं पर बौद्धिक चर्चा-परिचर्चा शामिल है और शाखा की इन्हीं गतिविधियों के कारण नरेंद्र मोदी के व्यक्तित्व का विकास हुआ।

शाखा की सामान्य गतिविधियों के साथ वे नेशनल कैडेट कोर के

सदस्य भी रहे हैं, इसलिए एकता और अनुशासन का पाठ उन्होंने एनसीसी की ड्रिल करते हुए भी सीखा। कठोर अनुशासन ही उनके सफल जीवन का मूल मंत्र रहा है। स्कूल या विश्वविद्यालय जीवन में भी एक सैनिक की तरह साहसिक खेलों के साथ अनुशासित रहने का पाठ नेशनल कैडेट कोर

में ही सीखना संभव है। एनसीसी में ट्रैकिंग, माउंटेनिंग, साइकलएक्सपेडिशन जैसे रोमांचक खेल तो होते ही हैं, साथ ही पर्सनलिटी डेवलपमेंट के लिए रचनात्मक कार्य, वाद-विवाद प्रतियोगिता, तात्कालिक भाषण जैसी गतिविधियाँ भी एनसीसी के लगने वाले कैंपों में होती हैं, जिनका नरेंद्र मोदी ने भरपूर लाभ उठाया। जो युवा भारतीय सेना में शामिल होकर देश सेवा को अपना कॅरियर बनाना चाहते हैं, उनके लिए एनसीसी एक बढ़िया माध्यम बन सकता है। लेकिन जो देश की अन्य प्रकार से सेवा करना चाहते हैं, उनके लिए भी एनसीसी मार्गदर्शक और चरित्र निर्माण की भूमिका निभाती है, जैसा कि नरेंद्र मोदी के जीवन को देखकर आकलन किया जा सकता है। यही कारण है कि आज भी नरेंद्र मोदी की छवि एक कठोर प्रशासक और कड़े अनुशासन के आग्रही की मानी जाती है, लेकिन साथ ही अपने भीतर वे मृदुता एवं सामर्थ्य की अपार क्षमता भी संजोये हुए हैं। नरेन्द्र मोदी को शिक्षा-व्यवस्था में पूरा विश्वास है। एक ऐसी शिक्षा-व्यवस्था जो मनुष्य के आंतरिक विकास और उन्नति का माध्यम बने एवं समाज को अँधेरे, मायूसी और गरीबी के विषचक्र से मुक्ति दिलाए।

विज्ञान और प्रौद्योगिकी में नरेन्द्र मोदी की गहरी दिलचस्पी है। आज वे देश के प्रधानमंत्री हैं, लेकिन जब वे गुजरात के मुख्यमंत्री थे, तब उन्होंने गुजरात को ई-गवर्नेंस राज्य बना दिया था और प्रौद्योगिकी के कई नवोन्मेषी प्रयोग सुनिश्चित किये थे। 'स्वागत ऑनलाइन' और 'टेली फरियाद' जैसे नवीनतम प्रयासों से ई-पारदर्शिता आई, जिसमें आम नागरिक सीधा प्रशासन के उच्चतम कार्यालय से संपर्क कर सकता है। जनशक्ति में अखण्ड विश्वास रखने वाले नरेन्द्र मोदी ने अपने मुख्यमंत्रित्व काल के दौरान बखूबी करीब पाँच लाख कर्मचारियों की मजबूत टीम की रचना की थी। नरेन्द्र मोदी यथार्थवादी होने के साथ ही आदर्शवादी भी हैं। उनमें आशावाद कूट-कूट कर भरा है। उनकी हमेशा एक उदात्त धारणा रही है कि असफलता नहीं, बल्कि उद्‍देश्य का अनुदात्त होना अपराध है। वे मानते हैं कि जीवन के प्रत्येक क्षेत्र में सफलता के लिए स्पष्ट दृष्टि, उद्देश्य या लक्ष्य का परिज्ञान और कठोर अध्यवसाय अत्यंत ही आवश्यक गुण हैं। नरेन्द्र मोदी एक कार्यकर्ता हैं, जिनके पास देशवासियों के सपनों

को वास्तविकता में बदलने की उत्कृष्ट क्षमता है। उन्होंने हमेशा बड़े लक्ष्य सामने रखे, लेकिन वे स्वयं के लिए नहीं, बल्कि राष्ट्र की उन्नति के लिए थे। उनका सर्वोच्च लक्ष्य गुजरात के बाद अब सारे देश का ही उत्थान और कायापलट और अंततः अपनी मातृभूमि को एक विकसित और शक्तिशाली राष्ट्र के रूप में उभारना है। भारत के लिए उनका लक्ष्य बहुत व्यापक है जैसे कि आवश्यक रूप से कृषि अनुसंधान को बढ़ावा देना, पर्यावरण की सुरक्षा, उद्योगों की जीवन रेखा के समान बुनियादी सुविधाएँ और वैश्विक निवेश। संक्षेप में कहें तो, एक ऐसे नए और प्रसन्न समाज का उदय, जो जीवन के अनंत उत्सव को मना रहा हो! नरेन्द्र मोदी सख्ती से काम लेने वाले और कड़े अनुशासक के रूप में माने जाते हैं लेकिन साथ ही, वे शक्ति और दया के एक अवतार हैं। ये एक ऐसे व्यक्ति हैं जिन्हें समाज को घिरे अंधेरे, उदासी और गरीबी से बाहर निकालने तथा संपूर्ण मानव विकास और प्रगति के माध्यम के रूप में शिक्षा पर दृढ़ विश्वास है।

मोदी जी शिक्षा के प्रसार पर जोर देते हैं, खासकर लड़कियों की शिक्षा, जिसकी अब तक काफी हद तक उपेक्षा की गई है। शिक्षा के लिए नरेन्द्र मोदी का प्रेम शिक्षकों के प्रति उनके सम्मान और कन्या शिक्षा योजनाओं में प्रगट होता है, जो उनके दिल के बहुत करीब है और ठीक बुनियादी स्तर पर प्रबुद्धता और सशक्तीकरण के युग में प्रवेश करवाती है। आपको ऐसे प्रधानमंत्री कहाँ मिलेंगे जो दूरदराज के गाँवों में डेरा डाले हुए, गर्मी और धूल में, माता-पिता को अपनी बेटियों को शिक्षित करने के लिए प्रोत्साहित करते हों? टेक्नोलॉजी और विज्ञान में गहन रुचि के कारण नरेन्द्र मोदी ने गुजरात को एक ई-शासित राज्य का रूप दिया है और टेक्नोलॉजी के कई प्रयोजनों को बढ़ावा दिया है और अब प्रधानमंत्री बनने के बाद तो सारे देश का उत्थान करने में जुट गए हैं। गुजरात में जब वे मुख्यमंत्री थे, तब उनके द्वारा शुरू की गई 'स्वागत ऑनलाइन' और 'टेली फरियाद' ऐसी पहल हैं, जिनकी वजह से ई-ट्रैन्स्पेरन्सी (पारदर्शिता) आई है और आम नागरिक भी प्रशासन के सर्वोच्च कार्यालय से सीधे संपर्क कर सकते हैं।

ऐसे नेतृत्वकर्त्ता मिलना मुश्किल हैं, जो आम आदमी की शिकायतों

को इतना ध्यान से सुनते हों और यह सुनिश्चित करते हों कि उनकी समस्याएँ एक निश्चित समय सीमा में हल हो जाएँ।

आज तो वे प्रधानमंत्री हैं, लेकिन जब गुजरात के मुख्यमंत्री थे, तब अपने लोगों में बड़ा विश्वास करने वाले नरेन्द्र मोदी ने 'कर्मयोगी महा अभियान' नाम से जानी जाती निरंतर अभ्यास की एक पहल के माध्यम से सक्रिय कार्य संस्कृति के क्षेत्र में पाँच लाख के लगभग सरकारी कर्मचारियों की एक मजबूत टीम का कुशलतापूर्वक नेतृत्व किया था।

नरेन्द्र मोदी एक प्रबल आशावादी होने के साथ-साथ, यथार्थवादी और आदर्शवादी दोनों हैं। उन्होंने एक बहुत उच्च दृष्टिकोण को आत्मसात् किया है कि 'विफलता नहीं, लेकिन निम्न लक्ष्य साक्षात् एक अपराध है'। वे स्पष्ट दृष्टिकोण, उद्देश्य के तात्पर्य और सतत परिश्रम को जीवन के किसी भी क्षेत्र में उपलब्धि के लिए आवश्यक गुण मानते हैं। उनके मन में अपनी भूमि और लोगों के लिए चिंता सबसे अधिक होती है।

एक बार उनकी माँ ने बचपन में उन्हें कोई काम करने को कहा, लेकिन वे खेलने में इतने व्यस्त हो गए कि उसे भूल गए। परंतु जब माँ ने शाम को उन्हें डाँटा, तो उन्होंने चरण पकड़कर क्षमा याचना करते हुए कहा था, ''आज के बाद मैं कोई काम नहीं भूलुँगा माँ और सब काम समय पर एवं उचित ढंग से करूँगा।'' और हुआ भी ऐसा ही, उन्होंने उसके बाद किसी भी काम में कोताही नहीं बरती। आज नरेंद्र मोदी का मंत्र है कुछ बनने की नहीं, करने की सोचो। उनकी दृष्टि में अनवरत् कर्म ही लक्ष्य पर पहुँचने की एकमात्र कुंजी है।

मातृभक्त मोदी

रात के दो बजे होंगे, आसमान में तारे टिमटिमा रहे थे। बेटे को गीता का ज्ञान हर दिन सुनानेवाली माँ आज बीमार थी और बेटा उसके पास जाग रहा था कि कहीं माँ को रात में किसी चीज की जरूरत न पड़ जाए। माँ ने करवट बदली और बोली, ''बेटा थोड़ा पानी पिला दो।''

बेटा घड़े से पानी लेने गया, लेकिन जब तक पानी लेकर आया, तब तक माँ की अचानक ही आँख लग गई, शायद पानी उन्होंने नींद में ही माँगा था। बेटे ने आवाज दी, ''माँ पानी ले आया।''

माँ ने कोई उत्तर नहीं दिया, तो बेटे ने माँ को ध्यान से देखा और पाया कि माँ तो सो गई है। बेटे ने माँ को जगाना उचित नहीं समझा और पानी लेकर पास ही खड़ा रहा। सुबह माँ की आँख खुली तो देखा कि बेटा पानी लिए पास खड़ा है, माँ ने पूछा, ''तुम मेरे पास यह लोटा लिए इस तरह क्यों खड़े हो?'' शायद रात की बात भूल गई थी।

''माँ आपने ही तो पानी माँगा था, वही लेकर आया हूँ।''

''लेकिन मैंने पानी कब माँगा?''

''यही करीब रात दो बजे, और फिर आपकी आँख लग गई, क्षमा करना मैंने आपको जगाना उचित नहीं समझा।''

''और तू रातभर यहाँ मेरे पास इतनी ठंड के मौसम में खड़ा रहा है, क्यों?''

''इसलिए कि पता नहीं आप कब जाग जातीं और पानी माँग लेती।''

माँ की आँखों में आँसू आ गए थे। बेटे को आशीर्वाद देते हुए बोली, ''तुझे तो भारत माता का सेवक होना चाहिए। यदि तू ठान ले तो भारत माता भी मेरी तरह गौरवान्वित होगी।''

"माँ का आशीर्वाद चाहिए, तो बेटा क्या नहीं कर सकता।" तभी से नरेंद्र मोदी के प्रत्येक कार्य, सभा का समापन भारत माता की जय से होता है।

सच में यह बालक आगे चलकर केवल अपनी जननी का ही नहीं, वरन् भारत माता का भी परम भक्त और लाड़ला पुत्र बना और हमारे देश का प्रधानमंत्री, जिसे हम सब नरेंद्र मोदी के नाम से जानते हैं। माँ के आशीर्वाद से जब वे गुजरात के मुख्यमंत्री बने थे, तब उन्होंने एक बार मातृ-दिवस पर बहुत ही सुंदर भाषण दिया था, जिसे हम यहाँ दे रहे हैं:

"अनेक शहरों में उपस्थित सभी मेरे भाइयो और बहनो..! मैं देख रहा हूँ कि आप खड़े होकर के, तालियों की गड़गड़ाहट और गूँज के साथ मुझे सम्मानित कर रहे हैं..! ये आपका प्यार किसी भी इंसान को बहुत बड़ी नई ताकत देता है, मन को आनंद भी होता है, लेकिन भाइयो-बहनो, ये गौरव, ये प्यार, ये आपका सम्मान नरेन्द्र मोदी का नहीं है, किसी एक व्यक्ति का नहीं है। ये प्यार, ये सम्मान, ये गौरव, छह करोड़ गुजरातियों का है, उन्हीं की बदौलत है, उन्हीं के पुरुषार्थ का परिणाम है, उनके परिश्रम के कारण आज गुजरात ने विश्व में नाम कमाया है, उसके कारण है..! और इसलिए भाइयो-बहनो, मैं सभी मेरे गुजरात के भाइयों-बहनों की तरफ से इस सम्मान के लिए आप सब का अभिनंदन करता हूँ, अभिवादन करता हूँ और ये सम्मान गुजरात को प्रेम करने वाले विश्व के सभी भाई-बहनों को मैं समर्पित करता हूँ..!

आज विश्व में 'मातृ दिवस' मनाया जा रहा है, 'मदर्स डे' मनाया जा रहा है..! हो सकता है जब समाज में कुछ-ना-कुछ ऐसी चीजों की आवश्कता रहती है, तब नई-नई व्यवस्थाओं के विकास करने की भी जरूरत खड़ी होती है। मैं इस 'मदर्स डे' पर मातृ-शक्ति को प्रणाम करता हूँ, मातृ-शक्ति का सम्मान करता हूँ, उनका गौरव गाता हूँ..! लेकिन मैं आप सबको हमारी उन सांस्कृतिक विरासत की ओर ले जाना भी उचित मानता हूँ। हम वो लोग हैं, हम उन पूर्वजों की संतान हैं, हम आज जो कुछ भी हैं वो उस महान विरासत की बदौलत हैं और हमारे पूर्वजों ने, ऋषियों ने, मुनियों ने हमें एक मंत्र दिया था और आज जब दुनिया 'मदर्स

डे' मना रही है तब उसका महत्त्व और बढ़ जाता है। तब शायद विज्ञान तो इतना विकसित नहीं हुआ था..! पृथ्वी क्या है, जगत क्या है, मानव जाति क्या है, कौन कहाँ है, शायद इतना भी ज्ञान कैसे प्राप्त किया होगा! लेकिन उस समय इसी हिन्दुस्तान की धरती पर से एक आवाज हमेशा सुनाई देती थी और वो आवाज थी, वो मंत्र था, 'माता भूमिः पुत्रो अहं पृथिव्याः'..! माता भूमिः, भूमि मेरी माता है, पुत्रो अहं पृथिव्याः, मैं पृथ्वी का पुत्र हूँ..! यानि हम वो लोग हैं जिन्होंने पृथ्वी को माँ माना है और माँ को बच्चों का लालन-पालन, बच्चों को माँ की सुरक्षा, ये एक अजोड़ नाता जुड़ा हुआ है। मैं आज ये दुःखद बात भी बताना चाहता हूँ। मैं नहीं जानता हूँ कि बाल की खाल उखाड़ने में लगे पॉलिटिकल पंडित इन चीजों के क्या अर्थ निकालेंगे, क्या कहेंगे, वो तो हमें मालूम नहीं है। लेकिन मैं ये कहता हूँ कि माता नाम का जो एक भाव-विश्व है, माँ नाम का जो हमारे यहाँ भाव-जगत है, उसकी कितनी बड़ी ताकत रही है..! और जब-जब पूरे ब्रह्मांड की व्यवस्था में ये माँ तत्व, ये माँ भाव-विश्व सशक्त रहा, सामर्थ्यवान रहा, पूजनीय रहा, हम संकटों से बचते चले गए। वहीं से हमें संकटों से बाहर निकलने की ताकत भी मिलती रही। लेकिन जब-जब उस सारे भाव-विश्व में कुछ बदलाव आया, स्थितियाँ बदलती गईं..! दुनिया कभी-कभी हमें पूछती है कि क्या कारण है कि हस्ती मिटती नहीं हमारी..! ये हमारी हस्ती मिटती नहीं का सवाल। विश्व की, दुनिया की कई संस्कृतियाँ समाप्त हो गईं और हम समाप्त नहीं हुए, तब स्वाभाविक पूछा जाता है। कई कारण होंगे, लेकिन आज जब 'मातृ दिवस' मना रहे हैं तब मैं कहूँगा कि हमारी हस्ती मिटती नहीं उसका एक कारण हमारी परिवार व्यवस्था है। पारिवारिक बाइडिंग के जो संस्कार हमें मिले हैं वो इसकी सबसे बड़ी ताकत है..! और मैंने तो देखा है, अमेरिका के हर चुनाव में हर पॉलिटिकल पार्टी, हर पॉलिटिकल लीडर एक बात अवश्य बोलता है कि जब हम सरकार में आएँगे तो परिवार-व्यवस्था को फिर से एक बार ताकतवर बनाने का प्रयास करेंगे, परिवार सुरक्षित रहे इसकी हम चिंता करेंगे..! ये आज अमेरिका में भी चर्चा का, एजेंडा का एक विषय होता है। भाइयो-बहनो, क्या बात है कि हस्ती मिटती नहीं हमारी..? मैं

कहूँगा कि उसका कारण है, हजारों साल पहले हमारे पूर्वजों ने जो परिवार-व्यवस्था विकसित की, उस परिवार-व्यवस्था की ताकत है जिसने आज भी हम लोगों को नित्य नूतन रूप धारण करने की ताकत दी है और अपने आप को आगे बढ़ाने का भी सामर्थ्य दिया है। वह पूरी परिवार-व्यवस्था टिकी हुई थी, पनपती रही थी उसका कारण क्या..? कारण यह था कि उसके केन्द्र बिंदु में माँ का त्याग, माँ की तपस्या, हर दिन शिवजी की तरह जहर पीते जाना और परिवार के भीतर अमृत बाँटते जाना..! यही तो कारण था कि आज हमारी परिवार-व्यवस्था बनी रही है। ये सिर्फ एक लग्न-संस्था नहीं थी, वो उससे भी बहुत कुछ आगे थी..! और इसलिए माता का महात्म्य क्या होता है वो हम परिवार की जिंदगी जीने वाले, संयुक्त परिवार की जिंदगी जीने वाले, बृहद् परिवार की जिंदगी जीने वाले भली-भाँति समझते हैं और जानते हैं..!

भाइयो-बहनो, हमारी संस्कृति की एक और विशेषता है। जिन-जिन चीजों को हमने सर्वोच्च माना है, जिन-जिन बातों को हमने बहुमूल्य माना है, अनमोल माना है, उन सब बातों को हमने माँ से जोड़ कर गौरवान्वित किया है और तभी तो हमारे पूर्वजों ने पृथ्वी को माँ के रूप में और हमें पृथ्वी के पुत्र के रूप में कहा। 'माता भूमिः पुत्रो अहं पृथिव्याः'..! भूमि मेरी माता है, मैं पृथ्वी का पुत्र हूँ..! लेकिन जब वो माँ का भाव कम हुआ, डिटीरीओरेशन आया, पुत्र को अपनी चिंता ज्यादा जरूरी लगी, माँ की चिंता कम हुई और तब हमने ग्लोबल वार्मिंग को निमत्रंण दिया। आज पूरा विश्व छटपटा रहा है ग्लोबल वार्मिंग से..! लेकिन अगर 'माता भूमिः पुत्रो अहं पृथिव्याः', ये मंत्र घर-घर पहुँचाने में हम सफल हुए होते और आज भी उसको जीने का अगर सामर्थ्य रखते होते, तो मैं कत्तई नहीं मानता हूँ कि आज ग्लोबल वार्मिंग के कारण मानव जाति इतनी चिंता में होती..! भाइयो-बहनो, हम हिंदुस्तान के वासी हैं। गंगा में डुबकी लगा कर के पवित्र होने का सपना हर किसी का होता है। जो गंगा हमें पवित्र करती थी, उसी गंगा की पवित्रता के लिए आज हम लोग परेशान हैं, क्यों..? गंगा तब तक पवित्र रही थी, गंगा तब तक शुद्ध रही थी, जब तक हमारे भीतर गंगा एक माँ का रूप थी..! लेकिन जिस दिन दुनिया ने हमको

सिखाया कि अरे पानी तो पानी होता है, हर नदी सिर्फ एक नदी ही होती है, पानी-पानी में फर्क क्या होता है, गंगा का पानी भी तो 'एच$_2$ओ' ही है..! ये विज्ञान के तराजू से जब हमें पानी की व्याख्याएँ दिखाई गईं, हमारा माँ का भाव कम होता गया, हम रेशनलाइज होते गए, हमारे भाव-विश्व पर सवाल उठते गए और फिर ऐसा लगने लगा कि हम नदी को भी गंदा कर सकते हैं, हमारा कोई दायित्व नहीं है और माँ, जिसको गंगा कहते थे उसको हमने ही बर्बाद कर दिया..! और इसलिए भाइयो-बहनो, हम जिस भूमि से बोल रहे हैं, ये भारत माता को हमने माँ के रूप में देखा है..! हम 'मदर-लैंड' बोलते हैं, दुनिया के कई देश हैं जो 'फादर-लैंड' बोलते हैं, फर्क तुरंत ध्यान में आता है..! भाइयो-बहनो, आज हमारी अपनी जननी माँ, हमारी गुर्जरी माँ, हमारी भारत माँ, हमारी पृथ्वी माँ..! आइए, समय है, हम इन सभी माँ के रूप को प्रणाम करें, प्रेरणा लें, पुरुषार्थ का संकल्प करें और माँ जिस रूप में भी हो, उसका सम्मान, उसका आदर, उसकी रक्षा, उसका गौरवगान, ये हमारी ना सिर्फ जिम्मेवारी हो, अपितु ये हमारा डी.एन.ए. होना चाहिए, और तभी तो व्यवस्थाएँ चलेंगी..!

आप सब 'गुजरात दिवस' मना रहे हैं, लेकिन मुझे खुशी इस बात की है कि आप गुजरात इवेंट भी ग्लोबली मना रहे हैं..! मैं देख रहा था, शिकागो के मेयर इसमें पार्टिसिपेट कर रहे हैं। मैं देख रहा था, जो कभी गुजरात आए भी नहीं हैं, गुजरात कभी देखा भी नहीं है ऐसे कई भिन्न-भिन्न भाषा-भाषी हिन्दुस्तान के मेरे भाई-बहन इस समारोह में हैं! और जब मैं यहाँ बोलने के लिए खड़ा हुआ तो मुझे पहली सूचना ये मिली कि साहब, सिर्फ गुजराती लोग नहीं, वहाँ तो सब लोग हैं तो आप जरा हिन्दी में बोलिए..! भाइयो-बहनो, यही दिखाता है कि हम सीमाओं में बँध कर के सोचने वाले लोग नहीं हैं। गुजराती इज अ ग्लोबल कम्यूनिटी, वो जहाँ गया है, सबको अपना बनाया है, सबको अपने साथ जोड़ा है और इसलिए विश्व भर में फैले हुए मेरे सभी भारतीयों का, मेरे सभी गुजराती भाइयों और बहनों का मैं अन्तःकरणपूर्वक अभिनंदन करता हूँ कि दुनिया ने आपके माध्यम से हम लोगों को जाना। विश्व ने पहले आपको जाना, फिर पूछा कि आप कहाँ से हैं, तब उसे पता चला कि वो महान विरासत

जिसके पास है वो आप लोग हैं..! आपने वहाँ रहते हुए, उन परंपराओं के बीच जीने के बावजूद भी, वहीं की भाषा, वहाँ का खान-पान, जिंदगी को जीने के लिए संजोगों ने आपको वहाँ रखा तो भी आप लोगों ने किसी भी व्यवहार से, आचरण से हिन्दुस्तान का नाम बुरा नहीं होने दिया है, गुजरात का नाम बुरा नहीं होने दिया है, उसी का कारण है कि आज सब लोग आपको प्रेम करते हैं, आपके माध्यम से गुजरात को प्रेम करते हैं, देश को प्रेम करते हैं। एक प्रकार से आप सभी वहाँ बैठे हुए और टीवी के माध्यम से सुन रहे आप सभी भाई लोग सच्चे अर्थ में हमारे कल्चरल एम्बेसेडर हैं..! और आज का ये अवसर इसमें एक सामूहिकता की ताकत देता है, एक नयी शक्ति देता है और इस अर्थ में भी, आप इंडिया परेड करते हैं, तो कितना गौरव होता है..! आप गुजरात दिवस करते हैं, तो कितना गौरव होता है..! आप अनेक उत्सव वहाँ मना करके वहाँ के समाजों को जोड़ते हैं, तो कितना आनंद, उत्साह और उमंग होता है..! और इसलिए आप सभी बहुत-बहुत अभिनंदन के अधिकारी हैं..!

भाइयो-बहनो, मुझे और भी एक जानकारी मिली। वहाँ जो एलिस आइलैंड का एक बहुत महत्त्वपूर्ण एवार्ड होता है, इस बार हमारे तीन गुजरात के भाइयों को भी वो अवार्ड मिला है। डॉ. भरत भाई बाराई हैं, श्री महेन्द्र भाई हैं, श्री रमेश भाई हैं... मैं आप सबका अभिनंदन करता हूँ! हो सकता है और भी होंगे, लेकिन मुझे जो जानकारी मिली, कोई रह जाए तो क्षमा करना, लेकिन जिन्होंने अपने जीवन में कुछ ना कुछ अचीव किया है उन सबका मुझे अभिनंदन करने पर गर्व होता है। मैं उन सबका अभिनंदन करता हूँ, स्वागत करता हूँ..!

भाइयो-बहनो, इन दिनों सब जगह गुजरात की चर्चा हो रही है, गुजरात के विकास की चर्चा हो रही है। दरअसल ये चर्चा सिर्फ गुजरात की नहीं है। चर्चा क्यों हो रही है..? हम पिछले तीस साल की तरफ नजर करें, बीसवीं सदी के आखिरी दशक को देखें, इक्कीसवीं सदी के प्रथम दशक को देखें, तो सारे विश्व में एक चर्चा केन्द्रित है कि 21वीं सदी किसकी सदी..? कोई कहता है 21वीं सदी एशिया की सदी है, कोई कहता है 21 वीं सदी हिन्दुस्तान की सदी है, कोई कहता है 21वीं सदी चाइना

की सदी है..! ये चर्चा बहुत बड़ी मात्रा में हो रही है। और उसके कारण क्या हुआ? सारा विश्व 21वीं सदी के अनुकूल एशिया में कौन देश किस प्रकार से करवट बदल रहा है, किसका विजन क्या है, किसकी दृष्टि क्या है, कौन किस दिशा में कदम उठा रहे हैं, इस पर चर्चा करता रहता है और जब इतनी बारीकियों से चर्चा रहती है, इतनी बारीकियों से फोकस होता है तो बहुत स्वाभाविक है कि हिन्दुस्तान की हर छोटी-मोटी घटना पर विश्व का ध्यान जाए। आज अगर हमारे यहाँ किसी एक बेटी पर बलात्कार हो जाए तो सिर्फ हिन्दुस्तान नहीं, विश्व भर के अंदर एक आह और आँसू टपकने लगते हैं। क्यों..? क्योंकि पूरे विश्व को हिन्दुस्तान से बहुत अपेक्षाएँ हैं और उसमें कोई खरोंच भी आ जाए तो विश्व की मानव जाति बहुत बेचैन हो जाती है..! हमारे देश में कोई भी दुर्घटना घट जाए, चमड़ी का रंग कोई भी हो, पासपोर्ट का कलर कोई भी हो, हर एक को जैसे कंसर्न लगता है! तो जैसे बुरी घटनाओं के साथ भी विश्व अपने आप को जोड़ कर के देखता है... पूणे का बम ब्लास्ट हुआ हो, हैदराबाद का बम ब्लास्ट हुआ हो, कश्मीर में हमारे देश के जवानों के सिर काट कर कोई ले गया हो, मेरे ही देश के एक बेटे को दुनिया के किसी देश की जेल में मार दिया जाता हो... घटना कोई भी हो, इन दिनों हिन्दुस्तान की हर घटना के साथ विश्व को लगता है कि भाई, ऐसा क्यों हो रहा है..! जैसे ध्यान इन घटनाओं की तरफ जाता है, उसी प्रकार से अच्छी घटनाओं का भी आज पूरे विश्व में बारीकी से एनालैसिस हो रहा है। और जब बारीकी से हमारे देश की ओर लोग देखने लगे हैं तब लोगों का गुजरात की तरफ भी ध्यान गया है। क्या कारण है कि जिस राज्य में रेगिस्तान ही रेगिस्तान की चर्चा रही हो, जिस राज में 1600 किलोमीटर का समुद्री तट एक प्रकार से अनुपजाऊ माना गया हो, लोगों को कच्छ और सौराष्ट्र को छोड़ कर के रोजी-रोटी के लिए बाहर जाना पड़ता हो, जिसके पास नदियाँ न हों, बारिश न हो, पानी का संकट हो, क्या कारण है कि वो राज्य आज कृषि के क्षेत्र में अपना नाम रोशन कर रहा है..! क्या कारण है..? क्या कारण है कि गुजरात का किसान जो कॉटन पैदा करता है, जो पहले भी करता था, लेकिन आज दुनिया के बाजार में गुजरात का कॉटन खरीदने के लिए

साल भर पहले से सौदे लग जाते हैं..! क्या कारण है..? हर बारीक चीजों को आज दुनिया बड़ी गहराई से देखती है। एक विश्व-मन तैयार हुआ है, सिर्फ आर्थिक व्यवस्थाओं के कारण हुआ है ऐसा नहीं है, हमारे पूर्वजों ने जो 'वसुधैव कुटुम्बकम्' की कल्पना की थी, आज किसी न किसी रूप में, कभी खेल के रूप में विश्व की एकता की बात, कभी पर्यावरण के रूप में विश्व की एकता की बात, कभी ग्लोबल इकोनॉमी के नाम पर विश्व की एकता की बात, कभी निशस्त्रीकरण की बात पर ग्लोबल एकता की बात... पहलू, मार्ग, शब्द रचना अलग-अलग हो सकती है, लेकिन जो मूल मंत्र हमारे पूर्वजों ने दिया था, 'वसुधैव कुटुम्बकम्', उसी को किसी न किसी रूप में आज दुनिया चरितार्थ होते देखने के लिए लालायित हुई है। विश्व तड़प रहा है कि हम सब मिल कर के जहाँ अधिक शक्ति है और जहाँ कम शक्ति है, उन दोनों को जोड़ कर के, दोनों को समान रूप से आगे कैसे बढ़ाया जाए। ये समय की माँग खड़ी हुई है, तब जा कर के हर बारीक बातों का एनालिसिस होना स्वाभाविक हुआ है और जब सब बारीक बातों का एनालिसिस होता है तो सौभाग्य हमारा कि गुजरात हर एक के सामने आता है, गुजरात हर एक की नजर में आता है..! और इसलिए भाइयो-बहनो, आज के इस गुर्जर दिवस पर, गुजरात की स्थापना के दिवस पर मैं आप सब भाइयों-बहनों को बहुत-बहुत बधाई भी देता हूँ!

इस बार गुजरात ने अपना स्थापना दिवस, एक मई को नवसारी में मनाया था। आज कुछ समय वहाँ जो हमारे वक्ता बोल रहे थे, किसी ने यह भी कह दिया कि कितनों को पता होगा कि एक मई ये गुजरात की स्थापना का दिवस है..! आपका सवाल बहुत स्वाभाविक था, क्योंकि सालों तक राजनीतिक कारणों से गुजरात में इस बात को भुला दिया गया था कि एक मई को गुजरात का स्थापना दिवस है..! ये भुला दिया गया था कि इंदुचाचा के नेतृत्व में महागुजरात का एक बहुत बड़ा आंदोलन चला था..! ये भुला दिया गया था कि हमारे विद्यार्थियों ने गुजरात को जब अलग भाषावार प्रांत रचना के रूप में, अधिकार के रूप में जब माँगा तो उनको गोलियों से भून दिया गया था..! कुछ लोग झूठ बोल कर के सत्य को नकारने की कोशिश करते हैं, लेकिन उन्हें इस बात को स्वीकार करना

होगा कि वह एक जमाना था जब आज जो भद्र है, आज जहाँ लाल दरवाजा बोलते हैं, जहाँ से हमारी लाल बसें चलती हैं, वहीं पर कांग्रेस का एक बड़ा हैड क्वार्टर हुआ करता था, और उसी कांग्रेस के हैड क्वार्टर से गोलियाँ चली थीं और हमारे कई विद्यार्थियों को मौत के घाट उतार दिया गया था और उसी में से महागुजरात के आंदोलन में एक नई ताकत आ गई थी। आखिरकर गुजरात मिला था..! मैं आज उन सभी शहीदों को भी नमन करता हूँ, इंदुचाचा को प्रणाम करता हूँ, गुजरात बनाने में जिन-जिन लोगों ने अपना जीवन लगाया, खपाया, समय दिया, उन सबका भी मैं अभिनंदन करता हूँ..! और मैं उन सबको विश्वास दिलाता हूँ कि आपने जो त्याग और तपस्या करके इस गुजरात नाम के राज्य की जो रचना की है, हम कभी भी आपके सपनों को चूर-चूर नहीं होने देंगे, हम कभी भी आपकी आशा-आकांक्षाओं पर खरोंच नहीं आने देंगे। ईश्वर ने हमें जितनी बुद्धि दी है, जितनी शक्ति दी है, आपने जो भी दायित्व दिया है, उस दायित्व को भली-भांति पूरा करने का प्रयास करेंगे..!

भाइयो-बहनो, हम एक ऐसे विकास के सपने को देखते हैं जो सर्वांगीण हो। विकास वो हो जो सर्व समावेशक हो, विकास वो हो जो सर्व स्पर्शी हो, विकास वो हो जो सर्व व्यापक हो, ऐसा ना हो कि गुजरात के एक कोने में विकास हो रहा है और बाकी सब जगह पर हम वैसे के वैसे रहें। अगर साइकिल की ट्यूब में हम हवा भरवाने के लिए जाते थे, जो लोग आज वहाँ हैं, 60 के कालखंड में हम लोगों को मालूम हैं कि हम साइकिल रखते थे और रोड पर जो साइकिल की दुकानें रहती थीं, उस पर हम हवा भरवाने जाते थे। तो हवा कितनी भरी उसका एक मीटर रहता था और हवा भरने वाला मीटर देख कर बताता था कि इतना काफी है, इतनी गर्मी में इतनी हवा काफी है..! लेकिन मान लो, उस साइकिल की ट्यूब में एक कोने में हवा भर जाए और एक ही तरफ फुग्गा हो जाए तो मीटर तो ठीक बताएगा कि हाँ भई जितनी हवा भरनी थी उतनी भर गई, लेकिन वो साइकिल चलेगी क्या..? नहीं चलेगी। वो साइकिल तो तब चलेगी कि जब साइकिल में भरी हुई जो हवा है वो हवा पूरी ट्यूब में समान रूप से फैली हो। अगर उस ट्यूब के अंदर एक कोने में फुग्गा हो

गया, गुब्बारा हो गया, तो वो एक प्रकार से साइकिल को रोकने का कारण बन जाता है..! विकास का भी ऐसा ही है। एक कोने में विकास का गुब्बारा हो जाए तो उससे विकास नहीं होता। हमारे यहाँ कभी-कभी कहा जाता था कि वापी से मुंबई की ओर जाएँ तो गोल्डन कोरिडोर है, और बड़े गर्व से पुरानी सरकारें सीना तान-तान के कह रही थीं कि इतना डेवलपमेंट हुआ, गोल्डन कोरिडोर तैयार हुआ..! मैं कभी-कभी सोचता हूँ कि भाई, एक सौ किलोमीटर के रोड पर की पट्टी के दोनों तरफ यदि उद्योग लग गए हैं और गोल्डन कोरिडोर बना कर के हम नाचते रहेंगे तो विकास होगा..? विकास कच्छ में भी चाहिए, विकास बनासकाँठा में भी चाहिए, राधनपुर में भी चाहिए, विकास हमारे गुजरात की पूर्व पट्टी के आदिवासियों के बीच में भी होना चाहिए, विकास हमारे 1600 किलोमीटर लंबे समुद्र तट पर रहने वाले मेरे मछुआरों का भी चाहिए... विकास सर्व स्पर्शी होना चाहिए..! बिजली आ गई, अहमदाबाद तो जगमगा रहा हो, लेकिन अगर गाँव अंधेरे में डूबा हो तो उस विकास से क्या होगा..! और तब जा कर के हमने एक आमूलचूल परिवर्तन किया, विकास के रूप को ही बदल दिया..!

मैं जानता हूँ मित्रो, राजनीतिक विरोध के कारण आज लोग कुछ भी कहते होंगे। मैंने कहा था ना, बाल की खाल उधेड़ने में लगे हुए हैं। मेरे आज के इस भाषण के बाद भी फैको इंडस्ट्री वाले लग पड़ेंगे, पता नहीं क्या-क्या गालियाँ देंगे। वो अपना काम करेंगे..! लेकिन इतिहास को इस सच्चाई को स्वीकार करने की नौबत आएगी, इस विश्वास के साथ भाइयो-बहनो, मैं आपको कहना चाहता हूँ कि जिस रास्ते पर हम विकास को ले गए हैं वो एक ऐसा रास्ता है जो आने वाली सदियों तक गुजरात को नई ऊँचाइयों पर ले जाने की एक भीतर की ताकत को जन्म देने वाला है। मैं एक छोटा उदाहरण देता हूँ, हम कहते हैं ना कि विकास में इन्फ्रास्ट्रक्चर का बहुत बड़ा महत्त्व है, कोई इंकार नहीं कर सकता..! आप भी मानते हो कि भाई, इन्फ्रास्ट्रक्चर अच्छा होना चाहिए। लेकिन इन्फ्रास्ट्रक्चर की बात करते हैं तो क्या होता है..? रोड्स हों, एयरपोर्ट हो, बस स्टेशन हो, रेलवे स्टेशन हो, यही बातें करते हैं ना..! लेकिन कभी

बारीकी से देखा है? आपको मैं एक बात बताता हूँ, आप सब विदेश में रहते हैं तो आपको बराबर ध्यान में आएगा। हमारे गुजरात के अंदर रोड्स का इन्फ्रास्ट्रक्चर क्या था? नॉर्थ टू साउथ, राजस्थान से आओ, गुजरात से गुजरना और महाराष्ट्र की ओर चले जाना..! और फिर भी कोई अच्छे इन्फ्रास्ट्रक्चर का दावा कर सकता है, मैं उससे इंकार नहीं करता हूँ..! लेकिन अगर गुजरात का विकास करना हो तो हमने इसमें मूलभूत परिवर्तन किया। हमने कहा ये होरिजॉन्टल रास्ते हैं उसको हमें वर्टिकल रास्तों से भी जोड़ना होगा। जब तक वर्टिकल रास्ते और होरिजॉन्टल रास्तों का नेटवर्क नहीं बनाते हैं, हम पूरे गुजरात को इन्फ्रास्ट्रक्चर के रूप में नहीं ला सकते हैं। और इसलिए भाइयो-बहनो, जो वर्टिकल रास्ते थे, दो या तीन, जो राजस्थान से आते थे और दक्षिण को जाते थे, उसमें हमने नौ के करीब होरिजॉन्टल रोड बना दिए। कोई आदिवासी बेल्ट से निकलते थे, पूरब की तरफ से, कोई अंबाजी से निकलता है और पोरबंदर जा कर मिलता है, कोई दाहोद से निकलता है और द्वारका जा कर मिलता है, तो ये जो हम पूरा बदलाव लाए उसका परिणाम ये आया कि विकास के फल के लिए एक नई विधा खड़ी हो गई। भाइयो-बहनो, अमेरिका के एक प्रेजीडेंट मि. केनेडी कहा करते थे कि पैसे नहीं है जो रास्ते बनाते हैं, लेकिन ये रास्ते हैं जो संपत्ति बनाते हैं..! भाइयो-बहनो, हमने इन्फ्रास्ट्रक्चर का जो ये नया मॉडल खड़ा किया है, उसका लाभ दिखाई दे रहा है।

उसी प्रकार से आपने दो-चार जगह पर अच्छी कॉलेज बना दी, इंस्टीट्यूशन्स चालू कर दी। आप गर्व कर सकते हो कि बच्चे आएँगे, पढ़ेंगे..! आप दिखा भी सकते हो, दुनिया के समाने विकास दिखेगा, लेकिन क्या कभी सोचा था कि हमारे पंचमहाल के अंदर, दाहोद के अंदर, साबरकाँठा के अंदर, डाँग है जहाँ ट्राइबल बस्ती रहती है, ऐसी जगह पर भी कोई यूनिवर्सिटी हो सकती है, ऐसी जगह पर भी कोई इंजीनियरिंग कॉलेज हो सकता है, ऐसी जगह पर कोई मेडीकल कॉलेज हो सकता है! भाइयो-बहनो, हमने उस पर बल दिया। हमने एक-एक क्षेत्र ढूँढा कि वो कौन-सी तहसील है जहाँ विज्ञान का स्कूल नहीं है, तो पहले वो करो। अच्छी लेबोरेट्री नहीं है, तो वो करो..! फिर धीरे-धीरे इंजीनियरिंग कॉलेज,

मेडिकल कॉलेज, फार्मेसी के कॉलेज, नर्सिंग के कॉलेज, यानि इतना दायरा हमने बढ़ाया और उसी का तो परिणाम है, पहले हमारे यहाँ 11 यूनिवर्सिटी थीं, कोई भी कहेगा कि भाई, कौन कहता है कि पहले गुजरात में शिक्षा नहीं थी..? थी, 11 यूनिवर्सिटी थीं, कौन मना करता है..! लेकिन आज, आज दस साल के भीतर-भीतर 44 यूनिवर्सिटी हैं, क्या आप इससे इंकार कर सकते हो..? लेकिन ये कहने से बात बनती नहीं है कि यूनिवर्सिटी पहले थीं। थी, कौन मना करता है भाई, यूनिवर्सिटी पहले भी थी..! लेकिन हमारी सारी यूनिवर्सिटी क्या थीं? सब बंदर का व्यापार था, यूनिवर्सिटी में जाओ, जो भी अवेलेबल कोर्सेज हैं, उसको देखते रहो..! हम उसमें बदलाव लाए। हमने 'सेंटर फॉर एक्सीलेंसी' को बढ़ावा दिया। अगर गैस, पैट्रोलियम और एनर्जी विश्व के भविष्य के साथ जुड़ा हुआ है, तो हमारे पास 'एनर्जी यूनिवर्सिटी' होनी चाहिए, 'पैट्रोलियम यूनिवर्सिटी' होनी चाहिए, हमने वो काम किया..! आज विश्व के अंदर जितना रुपयों का महत्व है उतना ही महत्त्व खेल-कूद का बन गया है, इस बात को स्वीकार करना होगा। कोई भी समाज स्पोर्ट्स के बिना स्पोर्ट्समैन स्पिरिट वाला नहीं बन सकता है..! यदि समाज में, परिवार में, व्यक्ति के जीवन में हम स्पोर्टसमैन स्पिरिट को अनिवार्य मानते हैं, तो सामाजिक जीवन में स्पोर्टस का भी उतना ही महत्व होना चाहिए..! वो बच्चे-बच्चे क्या हैं, जिनके जीवन में पसीने का पता तक ना हो..! मैं चाहता हूँ मेरे गुजरात के बच्चे खुले मैदान में खेलें, पसीने से तरबतर हो जाएँ..! भविष्य उससे बनने वाला है और इसलिए हमने 'स्पोर्ट्स यूनिवर्सिटी' बनाई..! क्राइम की दुनिया बदलती जा रही है। क्राइम की दुनिया कह रही है कि आज विश्व के किसी कोने में बैठा हुआ एक छोटा सा बच्चा भी साइबर क्राइम के माध्यम से किसी देश के बैंक को लूट सकता है। इसका मतलब, अगर लुटेरों ने रास्ते बदले हैं तो चोर-लुटेरों को पकड़ने के रास्ते भी बदलने होंगे! और इसके कारण आज साइबर क्राइम की दुनिया में, इकॉनोमिकल ऑफेंस की दुनिया में फॉरेंसिक साइंस का महत्त्व बढ़ गया है। और मेरे अमेरिका में रहने वाले पढ़े-लिखे विद्वान लोग वहाँ बैठे हैं, आप को जानकर गर्व होगा मेरे भाइयो-बहनो, आज गुजरात दुनिया का पहला ऐसा प्रदेश है जहाँ

पर 'फॉरेंसिक साइंस यूनिवर्सिटी' है। जो हमारे बाल की खाल उधेड़ने में लगे हुए लोग हैं, वो क्या कहते हैं..? मोदी झूठ बोलते हैं, फॉरेंसिक साईंस डिपार्टमेंट तो पहले भी था..! फिर से मैं बोल रहा हूँ कि मैं फॉरेंसिक साईंस डिपार्टमेंट की बात नहीं कर रहा हूँ, फॉरेंसिक साइंस डिपार्टमेंट था, किसी ने मना नहीं किया, हम कहते हैं कि हमारा कॉन्ट्रीब्यूशन है, 'फॉरेंसिक साइंस यूनिवर्सिटी'..!

झूठ बोलने वाले लोग ऐसे ही झूठ फैलाते रहेंगे, हो सकता है आज कुछ नया झूठ छोड़ दें..! वो उनका काम है, वो करते रहें, क्योंकि उनके पास इसके सिवा कोई सहारा नहीं है, उसी के भरोसे उनको चलना है..! लेकिन भाइयो-बहनो, मेरे कहने का तात्पर्य यह है कि हम ये तो कभी नहीं कहते कि मोदी जब तक नहीं थे तब तक यहाँ कुछ नहीं था..! मोदी के पहले भी बहुत कुछ था, क्योंकि गुजरात एक पुरुषार्थी समाज है, संकटों के बीच जीने वाला समाज है, नए रास्ते खोजने की कोशिश करने वाला समाज है..! लेकिन गुजरात के पिछले 40 साल और गुजरात के वर्तमान 12 साल, इन दोनों की अगर हम तुलना करेंगे तो हमें पता चलेगा कि हमने विकास की गति को तेज किया है, हमने विकास के व्यास को फैलाया है, हमने विकास को नई ऊँचाइयों पर पहुँचाया है, हमने विकास को सामान्य मानव के कल्याण की दिशा में ले जाने की भरपूर कोशिश की है..! और ये काम बार-बार, बार-बार, ठोक-ठोक कर मैं आपको कहना चाहता हूँ कि ये नरेन्द्र मोदी ने नहीं किया है, ये गुजरात ने किया है, छह करोड़ गुजरातियों ने किया है। उसका यश, उसका गौरव, गुजरात को प्रेम करने वाले, उनकी भाषा कोई भी क्यों न रही हो, उन सबके कारण हुआ है..! और इसलिए भाइयो-बहनो, हम जब गुजरात स्थापना दिवस मना रहे हैं तब इसका महत्त्व बढ़ जाता है। कोई मुझे बताए, क्या पतंग की खोज मोदी ने की..? क्या पतंग को नरेन्द्र मोदी लेकर आया था..? क्या उसके पहले पतंग नहीं था..? पतंग पहले भी था, छत पर पतंग पहले भी उड़ते थे, हो-हल्ला पहले भी होता था, मौज पहले भी होता था, आनंद पहले भी होता था..! लेकिन क्या कभी सोचा था कि कागज के टुकड़ों से बना हुआ रुपये-दो रुपये का पतंग विश्व भर में गुजरात की ताकत का परिचय

दिलाने का माध्यम बन सकता है..! हमने बना दिया। हमारे गरीब लोग झोंपड़पट्टी में पतंग इंडस्ट्री चलाते थे। एन्वायरनमेंट फ्रेन्डली इंडस्ट्री है, कॉटेज इंडस्ट्री है। गरीब लोग दो-तीन महीना पतंग बनाने का काम करते थे, रोजी-रोटी चलती थी। दो करोड़, पाँच करोड़, सात करोड़, दस करोड़, पन्द्रह करोड़ के आस-पास हमारा पतंग का बिजनेस चलता था। इसमें भी हमने जान भर दी, मित्रो..! और पतंग को भी हवा लग जाए तो पतंग कितना आसमान में जाता है, वो ताकत हमने दी। उसका परिणाम ये आया है आज कि इतना छोटा बिजनेस आज अरबों-खरबों रुपयों के बिजनेस में कन्वर्ट हो गया है। कितने गरीब लोगों को रोजी-रोटी मिली है। बदलाव जो कहते हैं ना, इसको कहते हैं..! भाइयो, कोई मुझे कहे कि क्या मोदी के आने से पहले गिर के शेर नहीं थे..? थे..! कोई मुझे कहे, 1600 किलोमीटर का समुद्री किनारा पहले नहीं था क्या? था..! कोई मुझे कहे, श्री कृष्ण की द्वारका पहले नहीं थी क्या? थी..! कोई मुझे कहे, आदिशंकर का बनाया हुआ सोमनाथ का तीर्थक्षेत्र पहले नहीं था क्या..? था..! सब था मेरे भाइयो-बहनो, लेकिन फिर भी टूरिज्म नहीं था..! क्यों? जगन्नाथ को देखने के लिए तो दुनिया जुट जाती है लेकिन सोमनाथ की ओर किसी की नजर नहीं जाती..! क्यों..? हमने कोशिश की और हमने कहा कि ये हमारी अमानत है, इसे दुनिया के सामने ले जाओ..! और श्रीमान अमिताभ बच्चन गुजरात के एम्बेसेडर बन कर आज दुनिया के हर कोने में जाकर के कह रहे हैं, 'गुजरात नहीं देखा तो कुछ नहीं देखा, कुछ दिन तो बिताओ गुजरात में..' और लोग आते हैं, देखते हैं..! सबकुछ था, लेकिन दिशा नहीं थी, दृष्टि नहीं थी और इसलिए आज जो गुजरात के विकास को नकारने के लिए राजनीतिक कारणों से लगे हुए हैं, वो यही कहते हैं कि पहले भी था और इसलिए मैं आज इस मंच पर से उनको आवाहन करता हूँ कि 1600 किलोमीटर समुद्री किनारा था, वो माना लेकिन मछली पकड़ने के सिवाय आपने उसका विकास के लिए कोई उपयोग किया था..? नहीं किया था..! आज हिन्दुस्तान का 35 प्रतिशत कार्गो गुजरात के समुद्री तट पर से चल रहा है, 41 मेजर और माइनर पोर्ट बनाने की दिशा में हमने काम किया है। कब तक नकारते रहोगे..!

भाइयो-बहनो, रेगिस्तान पहले भी था, लेकिन वो रेगिस्तान आपको संकट लगता था..! सिर पर हाथ मारते रहते थे कि रेगिस्तान है, क्या करेंगे? गुजरात क्या करेगा..? अरे, उसी रेगिस्तान में हमने नई जान फूँक दी, दोस्तो..! आज मेरे उसी कच्छ के सफेद रण को देखने के लिए दुनिया उमड़ पड़ती है..! लोगों को लगता है कि ताजमहल तो देखा, लेकिन जब तक कच्छ का रण नहीं देखा तो ताजमहल देखना भी अधूरा रह जाएगा, ऐसा लोग मानने लगे हैं..! क्या कभी सोचा है व्हाइट रण, दुनिया की अजोड़ ताकत हमारे पास है..! पहले भी था, मोदी ने आकर के उस पर कोई चूना नहीं लगाया है कि रण सफेद हो गया, वो पहले भी था..! लेकिन पता नहीं क्यों..! और आज लाखों लोग हमारे कच्छ के रण में आते हैं और आते हैं इतना ही नहीं, करोड़ों रूपयों के हैन्डीक्राफ्ट की बिक्री होती है। और हैंडीक्राफ्ट में कौन हैं..? गरीब माताएँ-बहनें हैं, वो कपड़े पर कढ़ाई का काम करती हैं, पेंटिंग करती हैं, नई-नई चीजें करती हैं! ये हमारे गुजरात का वार्ली पेंटिंग आज दुनिया में फैल रहा है। टूरिज्म आते ही गरीब से गरीब आदमी को रोजी-रोटी मिलती है। मेरे गिर के शेर किसी को पता तक नहीं था और मित्रो, आज मैं बड़े गर्व के साथ कहता हूँ कि सारी दुनिया में वाइल्ड लाइफ के संकट के समाचार सब जगह से आते हैं, हमारे यहाँ टाइगर को बचाने के लिए भारत सरकार अरबों-खरबों रुपया खर्च कर रही है, कहाँ खर्च होता है वो तो पता नहीं, आने वाले समय में सुप्रीम कोर्ट एक और डंडा उस पर भी मार दे, पता नहीं कब कौन सा डंडा पड़ेगा..! लायन की तरफ देखा नहीं किसी ने, लेकिन उसके बाद भी गुजरात के अपने प्रयासों का परिणाम है कि लायन की संख्या बढ़ रही है। टूरिज्म बढ़ रहा है। और दुनिया को देखना होगा कि एक परिवार के नाते लायन की रक्षा कैसे होती है, ये गुजरात के अंदर गिर के जंगलों में रहने वाले मेरे किसान परिवारों ने कर के दिखाया है। एक बेजोड़ नमूना है जो विश्व को स्टडी करने जैसा है, अध्ययन करने जैसा है। कैसे वाइल्ड लाइफ के साथ मानव जीवन एक रूप होकर के रह सकता है, ये स्टडी करने योग्य विषय है, भाइयो...! आप कल्पना कर सकते हो, गुजरात में आज 24 घंटे बिजली होने के कारण कितना बड़ा परिवर्तन आया है,

कितना बड़ा लाभ हुआ है। गाँव के जीवन को बदला है, गाँव की इकोनॉमी को बदला है..! छोटी-छोटी चीजों पर हमने ध्यान दिया है। 2001 का सेन्सस रिपोर्ट आया और मालन्यूट्रीशन की बड़ी गंभीर चर्चा हमारे सामने आई। तो उस चर्चा के समय हमने सारे देश में देखा था और अभी तो प्रधानमंत्री जी भी कह रहे हैं, आपने अगर हिन्दुस्तान के टी.वी. ऐड्वर्टाइज़्मेन्ट देखी हो तो भारत सरकार भी कुपोषण की चर्चा करती है। लेकिन मजा ये है कि बाल की खाल उधेडने वाली ये जो टोली है, गुजरात के खिलाफ लगातार झूठ फैलाने वाली, वो जब कुपोषण की चर्चा आती है तो हिन्दुस्तान के कुपोषण की चर्चा नहीं करती, अकेले गुजरात को गाली देते हैं..! खैर, हम उसमें से भी अच्छा करने की कोशिश करेंगे। हम गालियों का भी गुलदस्ता बना कर के सुवास फैलाने की कोशिश करेंगे! और हमने तो पहले ही 2004 से मिशन उठाया, अरबो-खरबों का बजट खर्च करना शुरू किया, जनजागृति का प्रयास किया और अभी लेटेस्ट सी. ए.जी. की रिपोर्ट है, वो रिपोर्ट कहती है कि पूरे हिन्दुस्तान में कुपोषण से मुक्ति के लिए जो प्रयास हो रहे हैं, उसमें सबसे अधिक सफल कोई हुआ है तो गुजरात का मॉडल हुआ है। 33 प्रतिशत इम्प्रूवमेंट, इतनी सफलता पाने का हमें यश मिला है..! लेकिन वहीं पर अटकने की बात नहीं है, मुझे आगे भी बढ़ना है। मेरा ये विश्वास है कि हमारी माँ तंदुरुस्त हो, हमारे बच्चे तंदुरुस्त हों! अगर हमारी बेटियाँ तंदुरुस्त नहीं होंगी तो वो जब माँ बनेगी तो वो संतान भी तंदुरुस्त पैदा नहीं कर सकती। और अगर बच्चा तंदुरुस्त नहीं है तो हिन्दुस्तान की आने वाली नस्ल तंदुरुस्त नहीं हो सकती, मानव जाति तंदुरुस्त नहीं हो सकती, स्वस्थ नहीं हो सकती..! हमारी ये भावनात्मक बात है, हम इस पर भी बल दे रहे हैं..! विकास की नई ऊँचाइयों को पार करने के लिए भिन्न-भिन्न अनेक प्रयास किये..! भाइयो-बहनो, आज मैं गर्व से कह सकता हूँ कि दुनिया का सबसे बड़ा, ये शब्द लिख लीजिए भाइयो-बहनो, नर्मदा का पानी पहुँचाने का दुनिया का सबसे बड़ा पाइप का नेटवर्क इन्हीं दस साल में खड़ा हुआ है, दुनिया का सबसे बड़ा..! 9000 गाँवों में नर्मदा का शुद्ध पानी पाइप लाइन से पहुँचाने में हमें सफलता मिली है। 18,000 गाँवों में ब्रॉडबैंड कनेक्टिविटी

है, आप वीडियो फोन से अपने परिवार के साथ गाँव में बात कर सकते हैं। ये स्थिति हमने पैदा की है..! हम गुजरात को आधुनिक बनाने के पक्षधर हैं। हम चाहते हैं कि टैक्नोलॉजी का उपयोग गाँव-गाँव, घर-घर तक कैसे पहुँचे..! हम चाहते हैं कि टैक्नोलॉजी हमारी शिक्षा के लिए कैसे एक बहुत महत्त्वपूर्ण रोल अदा करे..! हम चाहते हैं कि टेक्नोलॉजी से कैसे आरोग्य में परिवर्तन आए! एफिशियंसी कैसे आए, ट्रांसपेरेंसी कैसे आए! उसमें भी हमने पहल की। मित्रो, हमारी तो हालत ये है, मैं आपको एक छोटी बात बताता हूँ। कभी भी आपको शक हो जाए, झूठ इतना सुनते हो तो कभी भी आपको शक हो सकता है कि क्या ऐसा होता होगा..? क्योंकि झूठ चौबीसों घंटे चलता है और अब हम सच बोलेंगे तो एक आध बार बोलेंगे, महीने में या साल में एक बार बोलेंगे, क्या करें, हमें तो कोई रोज अवसर होता नहीं है बोलते रहने का..! लेकिन इन झूठ वालों का तो रहता है, कभी इस कोने से झूठ आएगा, तो कभी दूसरे कोने से झूठ आएगा तो कभी तीसरे कोने से झूठ आएगा, कभी एक चेहरा झूठ बोलेगा तो कभी दस चेहरे झूठ बोलेंगे, ये चलता रहता है..! लेकिन कभी आपके मन में भी दुविधा हो जाए, कि सच क्या है..! मेरी आपसे प्रार्थना है, पिछले दस साल में भारत सरकार ने भिन्न-भिन्न चीजों के लिए कई अवार्ड्स दिये हैं। यह सब हिन्दुस्तान सरकार के नेट पर भी उपलब्ध है, जरा देख लीजिएगा..! और आप उसको देखोगे तो पता चलेगा कि जिस मुद्दे पर गुजरात के बाल की खाल उधेड़ी जा रही है, उसी मुद्दे पर अच्छे से अच्छे काम के लिए दिल्ली में बैठी हुई कांग्रेस की यू.पी.ए. की सरकार ने अवार्ड दिया है, तो आपको विश्वास हो जाएगा कि कितना झूठ उछाला जा रहा है..!

भाइयो-बहनो, आज देश एक नए संकट की ओर बढ़ता जा रहा है। मैं जानता हूँ, गुजरात दिवस है। लेकिन मैं भारत माँ का बेटा भी हूँ और आप जो वहाँ बैठे हैं, मैं जानता हूँ आप लोगों को भारत माँ की कितनी चिंता है, उसको मैं कम नहीं आँकता हूँ..! भाइयो-बहनो, देश में जब शासन दुर्बल होता है तो कितना नुकसान होता है, ये पिछले एक महीने की घटनाएँ देखिए। आपने कभी सोचा है, मेरे देश का विदेश मंत्री

इंटरनेशनल फोरम में भाषण करता हो और किसी दूसरे देश के कागज को हाथ में लेकर पढ़ना शुरू कर दे..! कितनी बेइज्जती मेरे देश की हो रही होगी..! और ये कोई पॉलिटिकल मुद्दा नहीं है, ये कोई अपने साथी पक्षों के दबाव का मुद्दा भी नहीं है, एक्स्प्लॉइटैशन का मुद्दा नहीं है, लेकिन पता नहीं, कोई परवाह ही नहीं है..! आप कल्पना करो, हमारे देश के जवानों के सिर काट कर ले जाए और कुछ दिनों के बाद उसी देश के प्रधानमंत्री को चिकन-बिरयानी का भोजन दिया जाए..! तब सवाल उठता है..! चाइना हमारे दरवाजे पर आ कर दस्तक दे दे..! और मैं हैरान हूँ, चाइना तो हिन्दुस्तान की धरती पर से अपनी फौज को वापस ले जाए, लेकिन ये नहीं समझ पा रहा हूँ कि हिन्दुस्तान की सेना हिन्दुस्तान की धरती पर से अपनी सेना को वापस क्यों हटा रही है..! दिल्ली की सरकार जवाब नहीं दे पा रही है। सिंपल सा सवाल है कि चाइना हिन्दुस्तान में घुस कर आया, वापस गया, ठीक है, लेकिन क्या कारण है कि हमारी धरती पर से हम भी पीछे गए..! और तब जाकर के सामान्य मानव के मन में सवाल खड़े होते हैं..! दिल्ली में इतनी मजबूत ताकतवर सरकार होने के दावे हो रहे हैं, लेकिन हमारी माताओं-बहनों की सुरक्षा को लेकर के हमें चिंता हो रही है। भाइयो-बहनो, करप्शन का ये घिनौना रूप शायद ही दुनिया के किसी समाज को देखने को मिला होगा, जो आज हम लोगों को देखने को मिल रहा है..! और कोई परवाह भी नहीं है, क्या स्थिति बनी है..! कोयले तक को नहीं छोड़ा गया, अब क्या बचा है..! और इसलिए भाइयो-बहनो, इस घर को आग लग गई घर के चिराग से..! हम ही लोग हमें बर्बाद करने पर तुले हुए हैं..!

भाइयो-बहनो, इसी मंच से मैं दिल्ली सरकार की आलोचना करने के लिए कुछ कहना नहीं चाहता हूँ, लेकिन भारत माँ को जब याद करने का हम अवसर मना रहे हैं तब सहज रूप से ये पीड़ा, ये दर्द, ये वेदना कभी-कभी शब्दों में फूट पड़ती है..! काश, 21 वीं सदी को हिन्दुस्तान की सदी बनाने के लिए हमारी युवा शक्ति को जोड़ने में सफल होते, हमारी मातृ-शक्ति को जोड़ने में सफल होते तो 19 वीं शताब्दी के उत्तरार्ध में जो उत्साह, आनंद और उमंग का माहौल था, 21 वीं शताब्दी के प्रथम दशक

में वो रियलिटी के रूप में दिखाई देता..! लेकिन हुआ उल्टा..! पिछले छह-आठ साल के कार्यकाल के घटनाक्रमों ने निराश कर दिया है। भाइयो-बहनो, लोग मुझे पूछते हैं, आपके मन में भी होगा, आप कहिए कि आज देश में सबसे बड़ा संकट क्या है..? भाइयो-बहनो, मैं मानता हूँ सबसे बड़ा संकट है कि भरोसा नहीं रहा..! किसी को, किसी पर भरोसा नहीं है! भरोसा करने वाली हर इंस्टिट्यूट में गिरावट आई है। ये भरोसा हमें पुनः स्थापित करना होगा। व्यवस्था पर भरोसा हो, प्रक्रियाओं पर भरोसा हो, इरादों पर भरोसा हो, नीतियों पर भरोसा हो, नीयत पर भरोसा हो, नैतिकता पर भरोसा हो..! भाइयो-बहनो, देश के सामने भरोसा कैसे पुनः स्थापित करें ये बहुत बड़ा सवाल है और ये शब्दों से भरे जाने वाला भरोसा नहीं होता..! रास्ते चलता हुआ कोई भी व्यक्ति अगर बच्चे से कहे कि बेटा कूद पड़ो, मैं तुम्हें कैच कर लूँगा, तो कोई बच्चा नहीं कूदेगा। लेकिन माँ कहती है कि बेटे कूदो, मैं हूँ..! माँ पर बच्चे को भरोसा होता है, वो पी-एच.डी. डिग्री किया हुआ नहीं होता है, लेकिन कूदने में उसको डर नहीं लगता, क्यों..? भरोसा है। कितना ही ताकतवर आदमी आकर के बोले कि बेटा कूदो, मैं उठा लूँगा..! लेकिन वो जंप नहीं लगाता है, क्यों..? उसको उसकी ताकत से लेना-देना नहीं है, उसका संबंध भरोसे से है..! माँ पर भरोसा है तो बच्चा कूद पड़ता है, उसके हाथों में गिरने को तैयार हो जाता है..! आज हिन्दुस्तान के सामने सबसे बड़ी नीड है, भरोसा! अमेरिका ने अभी-अभी चुनाव के अंदर अपना रुतबा दिखाया। किस बात पर..? होप..! आशा जगाई..! नौजवान बेरोजगार हुए थे तो आशा जगाने की कोशिश की गई..! भाइयो-बहनो, हिन्दुस्तान में भरोसा एक बहुत बड़ी अनिवार्यता बन गया है। नेता पर भरोसा हो, नीतियों पर भरोसा हो, दलों पर भरोसा हो, व्यवस्थाओं पर भरोसा हो, समाज पर भरोसा हो..! हर बेटी को किसी भी पुरुष पर भरोसा होना चाहिए..! अगर उसमें गिरावट आई तो बेटियाँ भरोसा कैसे करेंगी..! ये भरोसे के संकट से देश गुजर रहा है। और एकबार भरोसा टूट जाता है तो लोग गलत रास्ते अपना लेते हैं। टिकने के लिए, जूझने के लिए, जीने के लिए..! और ये भरोसा तोड़ने का काम कुछ व्यक्तियों के आचरण से हुआ है। उच्च पदों

पर बैठे हुए लोगों के आचरण ने, उनके व्यवहार ने, उनकी रीतियों ने, नीतियों ने देश के भरोसे को तोड़ दिया है। 120 करोड़ लोगों का भरोसा टूट चुका है..!

भाइयो-बहनो, आज जब माँ गुर्जरी का स्मरण कर रहे हैं तब, आप गुजरात के गौरव का गान करने बैठे हैं तब, मैं विश्वास से कहता हूँ कि आज गुजरात के अंदर अगर कहा जाए कि भाई, पानी का संकट है, हमको हमारे पुराने चैकडेम को खाली करके उसकी मिट्टी निकालनी होगी..! मैं विश्वास से कहता हूँ, सरकार की जरूरत नहीं पड़ती, मेरे गाँव के किसान खुद चैकडेम को ठीक करने लग जाते हैं। क्यों..? भरोसा है..! भाइयो-बहनो, ये भरोसा बहुत बड़ी ताकत होती है। आज गुजरात ने जो विकास किया है, आज गुजरात जो प्रगति कर रहा है वो किसी व्यक्ति के कारण नहीं कर रहा है। विकास इसलिए हो रहा है कि हर एक को हर एक पर भरोसा है..! हर कोई भरोसे के आधार पर हिम्मत के साथ निर्णय कर पा रहा है। हर किसी को भरोसा है कि हाँ भाई, आगे बढ़ेंगे तो कोई तो होगा, कोई तो व्यवस्था होगी ही..!

आइए भाइयो-बहनो, आज इस भरोसे का संकल्प करें। हम भी लोगों को भरोसा दें, हम भी अपने आचरण और व्यवहार से इस खाई को भरें और एक बार भरोसे के दम पर हम आगे बढ़ें! आप लोगों में जो बड़ी उम्र के लोग हैं, जो साठ, सत्तर, पचहत्तर के लोग बैठे होंगे, क्या आपने कभी अपने बचपन में बाजार में 'शुद्ध घी की दुकान' ऐसा बोर्ड देखा था..? हँसो मत भाई, मुझे बताइए कि क्या कभी आपने 'शुद्ध घी की दुकान' ऐसा बोर्ड कभी देखा था..? नहीं..! ऐसा ही लिखा जाता था 'घी की दुकान'। और 'घी की दुकान' लिखा हो तो आदमी को भरोसा था कि वो शुद्ध घी ही होगा, लेकिन भरोसा टूट गया तो बोर्ड लगाना पड़ता है 'शुद्ध घी की दुकान'..! मैं छोटी-छोटी बातों के आधार पर बताना चाहता हूँ कि ये जो भरोसा टूट रहा है, उच्च पदों का तो भरोसा टूट चुका है और तब जा कर के मेरे भाइयो-बहनो, आओ फिर से एक बार महात्मा गांधी, सरदार पटेल का स्मरण करते हुए इस भरोसे का बाइंडिंग कैसे बढ़ें, हम सब इस दायित्व को कैसे निभाएँ, हमारे शब्दों की ताकत कैसे बढ़े, अपने आचरण

से उसमें कैसे ताकत भरें, उसका संकल्प करें..!

भाइयो-बहनो, मैंने काफी समय लिया है आपका, अभी आपका शायद रात्रिभोज भी बाकी होगा..! और मैं देख रहा था कि आप लोग तो एक-एक दो-दो मिनट बोल कर अपना पूरा करके जा रहे थे और मैं घंटे भर से बोल रहा हूँ। आपके मन में सवाल भी रहते होंगे। एक छोटी सी बात बता दूँ। विश्व भर में बैठे मेरे गुजरात के भाइयों से मेरी प्रार्थना है, गुजरात को प्रेम करने वाले भाइयों से मेरी प्रार्थना है, हिन्दुस्तान को प्रेम करने वाले मेरे सभी भारतीय भाइयों-बहनों से प्रार्थना है। गुजरात में हम लोगों ने एक सपना संजोया है और वो सपना है, हम विश्व की सबसे बड़ी मूर्ति बनाना चाहते हैं और दुनिया के सामने हम अपना एक रुतबा खड़ा करना चाहते हैं। हमारा यानि मोदी का नहीं, बीजेपी का नहीं, गुजरात सरकार का नहीं, सवा सौ करोड़ देशवासियों का..! और जिस महापुरुष ने हिन्दुस्तान को एकता के बंधन में बाँधा, छोटे-छोटे रजवाड़ों को मिला कर के ये देश बनाया, एक किया..! इतिहास का एक स्वर्णिम पृष्ठ है, लेकिन उसको भुला दिया गया है। उसका पुनः स्मरण होना चाहिए। वो हमें एक नई ताकत देगा, देश को जोड़ने की ताकत देगा, देश को तोड़ने वाले हर प्रयास का वो जवाब होगा..! और इसलिए हमने एक संकल्प किया हुआ है, 'स्टेच्यू ऑफ यूनिटी'..! और 'स्टेच्यू ऑफ यूनिटी' है भारत के लौह पुरुष सरदार पटेल की दुनिया की सबसे बड़ी और ऊँची प्रतिमा, जो हमें बनानी है..! और उसकी साइज का जो सपना है वो सपना है, 'स्टूच्यू ऑफ यूनिटी' की साइज 'स्टेच्यू ऑफ लिबर्टी' से डबल होगी..! नर्मदा नदी पर सरदार साहब के नाम पर बना हुआ जो 'सरदार सरोवर डैम' है, उसी जगह पर हम ये बनाने जा रहे हैं। काम काफी तेजी से आगे बढ़ रहा है। रिसर्च हो रहा है, डिजाइनिंग हो रहा है, धरती पर भी हम काम बहुत जल्दी शुरू करना चाहते हैं..! लेकिन जैसे हमने जब महात्मा मंदिर बनाया था और आप लोगों ने योगदान दिया था, वैसे ही हम जनता जनार्दन को जोड़ कर के जन-भागीदारी के साथ विश्व का अजोड़, सरदार पटेल का ये विराट रूप, 'स्टेच्यू ऑफ युनिटी' के रूप में प्रस्तुत करने वाले हैं। विश्व भर फैले हुए मेरे भाइयो-बहनो, मेरी आप सबसे प्रार्थना है, कुछ

समय बाद हम विधिवत् रूप से आपके पास कुछ माँगने के लिए आएँगे, आपका कान्ट्रीब्यूशन चाहेंगे। क्योंकि हर एक को लगना चाहिए कि ये जो 'स्टेच्यू ऑफ यूनिटी' बना है, उस यूनिटी का मैं भी एक हिस्सा हूँ, मैं भी एक पार्टीकल हूँ, ये भाव हमें लाना है..! और उसका लाभ होता है। हमने गांधीनगर में जो महात्मा मंदिर बनाया, तो गुजरात के 18,000 गाँवों को कहा था कि आपके गाँव का पानी और मिट्टी ले आइए। दुनिया के हर देश में रह रहे गुजरातियों से मैंने कहा था कि वहाँ का पवित्र जल और मिट्टी ले आइए। हिन्दुस्तान के हर राज्य को कहा था कि वहाँ का पवित्र जल और मिट्टी लाइए और हमने विश्व भर से पवित्र जल और पवित्र मिट्टी एकत्र कर-कर के महात्मा मंदिर की नींव रखी है। ये एक भावनात्मक ताकत होती है और महात्मा गांधी, उनका जो विश्व रूप था उसकी प्रतीकात्मक रूप से अनुभूति करने का हमने प्रयास किया था। ऐसे ही सरदार साहब की ये प्रतिमा एकता की प्रतिमा है, जिस व्यक्ति में एक करने का सामर्थ्य, हर संकट से बाहर निकल कर के बहुत कम समय में इतने बड़े देश को जोड़ने का महान काम, विश्व के सभी समाजों को सीखने और समझने जैसा काम, इसको हमें उजागर करना है, उस महान रूप को उजागर करना है..! और विश्व को गौरव से कहना है कि मेरे देश में इसी कालखंड में ऐसा भी एक वीर पुरुष, महापुरुष पैदा हुआ था..! बड़े गौरव के साथ काम करना है, भाइयो..!

आइए, हम सब अपने-अपने सपनों को पूरा करें ही करें, अपने संकल्पों को पूरा करें, लेकिन राष्ट्र के नाते, समाज के नाते भी हर संकल्प को पूरा करके समग्र मानवजाति के कल्याण के लिए भारत कैसे काम आए और 'माता भूमिः पुत्रो अहं पृथिव्याः'..! भूमि मेरी माता है, मैं पृथ्वी का पुत्र हूँ... ये समग्र पृथ्वी को माँ मानने वाली हम संतान, मानव जाति के कल्याण के मार्ग को लेकर के चलें, 'वसुधैव कुटुम्बकम्' के मंत्र को लेकर के चलें, इसी एक भाव के साथ, आप सबके बीच आने का, आप सब से बात करने का मुझे अवसर मिला, मैं आपका बहुत-बहुत आभारी हूँ, मैं आपको बहुत शुभ कामनाएँ देता हूँ और मैं आपको विश्वास दिलाता हूँ कि ये गुजरात आपका है, आपकी भाषा कोई भी हो, पहनावा कोई भी

हो, हम तो पृथ्वी के पुत्र हैं..! आइए, इसका गौरवगान करें, इसको अपना बनाएँ, यही एक प्रार्थना है। फिर एक बार मैं सभी का अभिनंदन करता हूँ, बधाई देता हूँ..! कई मेहमान वहाँ बैठे हैं, सबका नाम नहीं ले पा रहा हूँ, मुझे क्षमा करें। अमेरिका के कई राजनीतिक नेता भी वहाँ बैठे हैं, मैंने हिन्दी में बोलना पंसद किया, हो सकता है अगल-बगल में बैठे हुए लोग उनको भाषान्तर करके मेरी भावनाएँ उन तक पहुँचाते होंगे..! आइए भाइयो-बहनो, हम सब मिल कर के, आज जब 'मदर्स डे' भी मना रहे हैं, 'गुर्जर दिवस' भी मना रहे हैं, तब पूरी शक्ति के साथ आगे बढ़ें। आप सबको बहुत-बहुत शुभकामनाएँ..!

जय जय गरवी गुजरात..!

जय जय गरवी गुजरात..!

भारत माता की जय..!

-नरेंद्र मोदी, एक संपूर्ण भाषण

माता और भारत माता का गुणगान करने वाले नरेंद्र मोदी को अपनी माँ का सच्चा आशीर्वाद मिला था। माँ ने उन्हें जानते हो भेंट में क्या दिया था, भगवद्गीता। और उसी गीता और भगवान कृष्ण की नीतियों पर चलते हुए नरेंद्र मोदी विश्व के महान नेता बन गए।

राजनीति में सक्रियता

नरेन्द्र मोदी का जीवन राष्ट्रीय स्वयंसेवक संघ के एक निष्ठावान प्रचारक के रूप में प्रारम्भ हुआ था और देश के लिए ही अपना तन, मन और धन अर्पण कर दिया। उन्होंने पहले अखिल भारतीय विद्यार्थी परिषद में जमकर काम किया, फिर संघ के पूर्णकालिक प्रचारक बन गये।

90 के दशक में एक दिन आडवाणी ने उन्हें कहा, "नरेंद्र! आप जानते ही होंगे कि सोमनाथ से अयोध्या तक रथ यात्रा निकालने का निर्णय लिया है, ताकि लोगों में राष्ट्रीय भावना जगाई जा सके और रामजन्म भूमि की मुक्ति के लिए एक जन-आंदोलन चलाने की पृष्ठभूमि तैयार हो।"

"इससे देश को क्या लाभ होगा?" उन्होंने पूछ ही लिया था।

"भगवान राम और श्रीकृष्ण भारत की आत्मा हैं, ये नहीं तो भारत की कल्पना करना भी असंभव है, लेकिन आज इन्हीं महापुरुषों की जन्मभूमि पर अवैध कब्जा है और हम आजाद भारत में भी रामजन्मभूमि को मुक्त करवा पाने में असफल रहे हैं। जहाँ तक लाभ और हानि की बात है तो इससे राम और कृष्ण के प्रति लोगों में आस्था जागेगी और उन्हें अहसास होगा कि जिस प्रकार मुस्लिमों का तीर्थ काबा है, उसी प्रकार हमारा तीर्थ भी अयोध्या है।"

"लेकिन यह यात्रा सोमनाथ से ही क्यों?"

"वह इसलिए कि सोमनाथ की गिनती 12 ज्योतिर्लिंगों में सर्वप्रथम ज्योतिर्लिंग के रूप में होती है। सौराष्ट्र क्षेत्र के वेरावल बंदरगाह में स्थित इस मंदिर के बारे में कहा जाता है कि इसका निर्माण स्वयं चन्द्रदेव ने किया था। इसका उल्लेख प्राचीन ग्रंथों में भी मिलता है। इसे अब तक 17 बार नष्ट किया गया है और हर बार इसका पुनर्निर्माण किया गया।

इतना इतिहास तो जानते ही होंगे।''

''हाँ, मैं यह भी जानता हूँ कि आजादी के बाद सरदार पटेल ने प्रयास करके सोमनाथ मंदिर बनवाने का निर्णय लिया, हालाँकि नेहरू जी शुरू में ऐसा नहीं चाहते थे। सौराष्ट्र के पूर्व राजा दिग्विजय सिंह ने 8 मई, 1950 को मंदिर की आधारशिला रखी तथा 11 मई, 1951 को भारत के प्रथम राष्ट्रपति डॉ. राजेंद्र प्रसाद ने मंदिर में ज्योतिर्लिंग स्थापित किया।''

''ठीक बात, इसलिए सोमनाथ मंदिर केवल पूजा स्थल नहीं, बल्कि भारत की अस्मिता और स्वतंत्रता का प्रतीक भी है। और इसी प्रकार अयोध्या भी होना चाहिए, लेकिन वहाँ रामजन्म भूमि मुक्त नहीं है। 1528 में रामजन्म भूमि पर मस्जिद बनाई गई थी। रामायण और रामचरित मानस की साक्षी है कि यहाँ भगवान राम का जन्म हुआ था।''

''लेकिन यात्रा से क्या सांप्रदायिक दंगे नहीं भड़केंगे?''

''किसी भय से क्या अपने गौरवशाली इतिहास को दफन किया जा सकता है, दंगे कब नहीं हुए? 1853 में हिन्दुओं और मुसलमानों के बीच इस जमीन को लेकर पहली बार विवाद हुआ। 1859 में अंग्रेजों ने विवाद को ध्यान में रखते हुए पूजा व नमाज के लिए मुसलमानों को अन्दर का हिस्सा और हिन्दुओं को बाहर का हिस्सा उपयोग में लाने को कहा। 1949

में अन्दर के हिस्से में भगवान राम की मूर्ति रखी गई। तनाव को बढ़ता देख सरकार ने इसके गेट में ताला लगा दिया। हिन्दुओं की मान्यता है कि राम का जन्म अयोध्या में हुआ था और उनके जन्मस्थान पर एक भव्य मन्दिर विराजमान था जिसे मुगल आक्रमणकारी बाबर ने तोड़कर वहाँ एक मस्जिद बना दी।"

"अच्छी बात है, मैं जानता हूँ कि इसी कारण राष्ट्रीय स्वयंसेवक संघ और भारतीय जनता पार्टी की अगुवाई में इस स्थान को मुक्त करने एवं वहाँ एक नया मन्दिर बनाने के लिए एक लम्बा आन्दोलन चलाने का निर्णय लिया गया है।" फिर उन्होंने कहा, "लेकिन मैं इसमें किस तरह योगदान दे सकता हूँ?"

"तुम तो बहुत योगदान दे सकते हो। रथ के सारथी के रूप में इस पावन कार्य में हाथ बँटा सकते हो, ताकि आने वाली पीढ़ियाँ कम से कम राम के नाम को गौरव के साथ स्मरण कर सकें।"

इस प्रकार नरेंद्र मोदी ने लालकृष्ण आडवाणी की सोमनाथ से पावन नगरी अयोध्या रथ-यात्रा में बड़ी भूमिका निभाई थी।

इसके बाद उन्हें उस वक्त के बीजेपी अध्यक्ष मुरली मनोहर जोशी की एकता यात्रा का संयोजक बनाया गया। मोदी सारथी के रूप में भगवान कृष्ण जैसी भूमिका निभाने में सफल रहे, जैसे कुरुक्षेत्र में वासुदेव ने निभाई थी।

यह यात्रा दक्षिण में तमिलनाडु से शुरू होकर श्रीनगर में तिरंगा लहराकर खत्म होनी थी। इस यात्रा के दौरान हरदा जिले के खिरकिया के हाईस्कूल मैदान पर एक सभा को भी संबोधित किया था, "भाइयो और बहनो! यह यात्रा किसी राजनीतिक लाभ के लिए नहीं, वरन राष्ट्रीय एकता के लिए है। आप जानते ही हैं कि आतंकवाद किस कद्र बढ़ता जा रहा है और भारत के शासक निश्चिंत हैं, देश की एकता और अखंडता की जैसे इन्हें चिंता ही नहीं, लेकिन हमें दिखा देना है कि देश की एकता और अखंडता की चिंता तो भारत के बच्चे-बच्चे को है।"

उस समय मंच पर तत्कालीन विधायक बद्रीनारायण अग्रवाल गुरुजी और कमल पटेल भी आसीन थे और सभा का संचालन तत्कालीन भाजपा

मीडिया प्रभारी सुनील जैन ने किया था।

नरेंद्र मोदी के शानदार मैनेजमेंट में मुरली मनोहर जोशी की एकता यात्रा बहुत कामयाब हुई, लेकिन एक दिन जोशी नरेंद्र मोदी पर गरम भी हो गए थे।

दरअसल तय ये हुआ था कि राष्ट्रीय नेताओं और सभी कार्यकर्ताओं को खाना साथ खाना था, लेकिन बंगलुरू में नरेंद्र मोदी अनंत कुमार के साथ कहीं चले गए। जोशी इस पर बहुत नाराज हुए। सुबह उन्होंने कार्यकर्त्ताओं के सामने मोदी से पूछ ही लिया, "कहाँ चले गए थे तुम?"

"यह परीक्षण करने गया था कि हमारी यात्रा का जनता पर क्या प्रभाव पड़ रहा है।"

"अच्छी बात है, लेकिन बताकर तो जाना था।"

"परीक्षा के लिए क्या यह बताना आवश्यक है कि प्रश्न क्या-क्या पूछे जाएँगे?"

जोशी जी शांत हो गए थे।

नरेंद्र मोदी ने भाजपा में प्रवेश के शुरुआती जीवन से ही राजनीतिक सक्रियता दिखलाई और भारतीय जनता पार्टी का आधार मजबूत करने में प्रमुख भूमिका निभायी। गुजरात में शंकरसिंह बाघेला का जनाधार मजबूत बनाने में नरेन्द्र मोदी की रणनीति ही तो थी।

अप्रैल 1990 में जब केन्द्र में मिली-जुली सरकारों का दौर शुरू हुआ, मोदी की मेहनत रंग लाई जब गुजरात में 1995 के विधान सभा चुनावों में भारतीय जनता पार्टी ने अपने बलबूते दो तिहाई बहुमत प्राप्त कर सरकार बना ली। इससे ठीक पहले दो राष्ट्रीय घटनाएँ और इस देश में घट चुकी थीं, जिनका पहले ही जिक्र कर चुके हैं। पहली घटना थी सोमनाथ से लेकर अयोध्या तक की रथ यात्रा जिसमें आडवाणी जी के प्रमुख सारथी की भूमिका में नरेन्द्र का मुख्य सहयोग रहा। इसी प्रकार की दूसरी रथ यात्रा कन्याकुमारी से लेकर सुदूर उत्तर में स्थित काश्मीर तक की नरेन्द्र मोदी की ही देखरेख में आयोजित हुई। इन दोनों यात्राओं ने मोदी का राजनीतिक कद ऊँचा कर दिया, जिससे खिन्न होकर शंकरसिंह बाघेला ने पार्टी से त्यागपत्र दे दिया। केशुभाई पटेल को गुजरात का मुख्यमन्त्री बना दिया गया और नरेन्द्र मोदी को दिल्ली बुलाकर भाजपा में केन्द्रीय संगठन मन्त्री का दायित्व सौंपा गया। दिल्ली में नरेंद्र मोदी 9 अशोक रोड के एक छोटे से कमरे में रहते थे। 1995 में राष्ट्रीय मन्त्री के नाते उन्हें पाँच प्रमुख राज्यों में पार्टी संगठन का काम दिया गया, जिसे उन्होंने बखूबी निभाया। 1998 में उन्हें पदोन्नत करके राष्ट्रीय महामन्त्री (संगठन) का उत्तरदायित्व दिया गया। इस पद पर वे अक्टूबर 2001 तक काम करते रहे। राष्ट्रीय महामन्त्री होने के कारण उन्होंने देशभर में पार्टी संगठन को मजबूत करने में अहम् भूमिका निभाई।

और ऐसे बने मुख्यमंत्री

2001 की बात है। एक दिन तत्कालीन प्रधानमंत्री अटल बिहारी वाजपेयी बैठे थे। किसी काम से नरेंद्र मोदी उनके पास आए। अटल बिहारी वाजपेयी ने देखा कि एक कुर्सी तिरछी थी कि नरेन्द्र मोदी ने उसे ठीक कर दिया, जबकि उससे पहले कई नेता आए और उन्होंने गलत ढंग से रखी हुई कुर्सी पर कोई ध्यान नहीं दिया। अटल ने उनसे पूछा, ''तुमने कुर्सी ठीक क्यों की? यह काम तो एक चपरासी भी कर सकता था।''

''चपरासी के आने तक गलत तो नहीं रखी जा सकती थी!'' नरेंद्र मोदी ने प्रत्युत्तर में कहा।

''अच्छी बात है,'' अटल जी ने कुछ सोचते हुए आगे कहा, ''तुम यहाँ पंजाबी खाना खा-खाकर मोटे होते जा रहे हो। अब दिल्ली छोड़ो, यहाँ से जाओ।''

"कहाँ," मोदी ने पूछा, "अब यहाँ से भला कहाँ जाना है मुझे कम से कम यह तो पता चले।"

अटलजी बोले, "गुजरात जाओ और वहाँ जाकर कुशलतापूर्वक गद्दी संभालो।"

"गद्दी?" मोदी सकपकाकर बोले, "मैं गुजरात से छह साल दूर रहा हूँ, तमाम मुद्दों से दूर हूँ ये कैसे होगा।"

"क्यों नहीं होगा," अटलजी बोले, "इस कुर्सी की तरह ही गुजरात को ठीक करो। मैं तुम्हें गुजरात का भाग्यविधाता बनना देखना चाहता हूँ और तुम हो कि नकारात्मक सोच रहे हो। सकारात्मक सोचो।"

इस प्रकार उन्हें पता चला कि अटलजी उन्हें गुजरात का मुख्यमंत्री बनाकर भेजना चाहते थे। जब शंकर सिंह बाघेला मुख्यमंत्री बने, तो आपसी खींचतान के कारण वाघेला को हटाकर केशुभाई पटेल को मुख्यमंत्री बना दिया गया था, लेकिन वह भी अपने खिलाफ विद्रोह को दबा नहीं सके और अंततः उनकी जगह अक्टूबर 2001 में मोदी को मुख्यमंत्री बनाया गया। मोदी को सीएम बनाने में अटल जी की हार्दिक इच्छा थी। अटल जी नरेंद्र मोदी की कार्यकुशलता से अच्छी तरह वाकिफ थे और वे जानते थे कि गुजरात के लिए नरेंद्र मोदी वरदान साबित हो सकते हैं और साथ ही पार्टी के लिए भी, क्योंकि राष्ट्रीय स्वयंसेवक संघ की कार्यशाला से नरेंद्र मोदी पूरी तरह घड़कर निकाले गए थे। एक ऐसी चमत्कारित देव प्रतिमा की तरह, जैसे विक्रमादित्य के सिंहासन की पुतली न होकर उसी पर बैठने की उत्तराधिकारिणी प्रतिमा हो।

नरेन्द्र मोदी अपनी विशिष्ट जीवन शैली के लिए समूचे राजनीतिक हलकों में जाने जाते हैं। जब वे गुजरात के मुख्यमंत्री थे, तब उनके व्यक्तिगत स्टाफ में केवल तीन ही लोग रहते थे। कर्मयोगी की तरह जीवन

जीने वाले मोदी के स्वभाव से सभी परिचित हैं। इस नाते उन्हें अपने कामकाज को अमली जामा पहनाने में कोई दिक्कत पेश नहीं आती। उन्हें अटल बिहारी जी का स्नेह और सहयोग कदम-कदम पर मिलता रहा।

आज तो वे प्रधानमंत्री हैं, लेकिन जब वे मुख्यमंत्री थे और लोग उनपर कट्टरवादी होने का ठप्पा लगा रहे थे, तब उन्होंने गुजरात में कई ऐसे हिन्दू मन्दिरों को भी ध्वस्त करवाने में कभी कोई कोताही नहीं बरती

थी, जो सरकारी कानून-कायदों के मुताबिक नहीं बने थे। हालाँकि इसके लिए उन्हें विश्व हिन्दू परिषद जैसे संगठनों का कोपभाजन भी बनना पड़ा था, परन्तु उन्होंने इसकी रत्ती भर भी परवाह नहीं की, जो उन्हें उचित लगा करते रहे और यही कारण है कि एक दिन ऐसा आदर्श व्यक्ति देशवासियों का चहेता बनना ही था और बन गया।

नरेंद्र मोदी ने सबसे पहले 7 अक्तूबर, 2001 को गुजरात के मुख्यमंत्री पद के रूप में शपथ ली थी। दूसरी बार मोदी ने 2002 के दिसंबर महीने की 22 तारीख को खुले आसमान के नीचे मुख्यमंत्री का पद भार संभाला था, वहीं उन्होंने तीसरी बार मुख्यमंत्री की शपथ 25 दिसंबर 2007 को ली और फिर मोदी के नेतृत्व में 2012 में हुए गुजरात विधान सभा चुनाव में भारतीय जनता पार्टी ने पुनः स्पष्ट बहुमत प्राप्त किया। भाजपा को इस बार 115 सीटें मिलीं। कुल 182 सीटों में विपक्षी कांग्रेस को भी लगभग एक तिहाई 61 सीटें मिली। कोई भी विपक्षी या विरोधी कोई करिश्मा न कर पाया। मोदी ने कांग्रेस पार्टी के तमाम आरोप-प्रत्यारोपों का मुँहतोड़ उत्तर देते हुए लगातार तीसरी बार जीत दर्ज की और एक बार फिर से गुजरात की गद्दी सम्भाली, तो अटल बिहारी जी ने उन्हें कहा, ''एक दिन तुम देश के नव निर्माता बनोगे।''

सादगी भरा जीवन

"बेटा तुम यह क्या कर रहे हो?"

"माँ देख नहीं रही कुर्ता फट गया है, उसमें थेगली लगा रहा हूँ।"

"किसलिए?"

"दोबारा से पहनने योग्य बनाने के लिए।"

"मगर क्यों?"

"अब नया तो दीपावली को ही आएगा ना!"

"ऐसा किसने कह दिया, कुर्ता फट गया है तो जल्द ही नया कुर्ता आ जाएगा।"

"वह तो ठीक है, लेकिन पैसे कहाँ से आएँगे।"

"तू पैसों की चिंता काहे को करता है रे।"

"माँ चिंता मैं नहीं करूँगा तो कौन करेगा।"

और फिर माँ के मना करने पर भी उस बालक ने फटा कुर्ता थेगली लगाकर सीकर पहन लिया था और खेलने चला गया था।

नरेंद्र मोदी का जीवन सादगी भरा रहा है, क्योंकि उनका जीवन पूर्णरूपेण भारतीय संस्कृति की छत्र-छाया में ही पुष्पित-पल्लवित हुआ है। आज तो वे बहुत बड़े आदमी हो गए हैं और लोग कहते हैं कि उनकी पसंद अलग ढंग की है। सादे परंतु अच्छे कपड़े उनकी पहचान है। बहुत कम लोग जानते हैं कि उनका जीवन गरीबी और संघर्ष में गुजरा है, इसलिए बालपन में फटे-पुराने कपड़ों में थेगली लगाकर जब कपड़े पहनते थे तो कई साथी उनसे हास्य-विनोद भी किया करते थे, "अरे देख नरेंद्र ये क्या पहनकर आया है?" एक बालक ने दूसरे से कहा।

"क्या पहना है?"

"बाबा जी का झींगोला। फटे-पुराने कपड़ों पर थेगली लगाकर ऐसा आया है जैसे अभी कह देगा, दे दे बाबा के नाम पर?"

"तुम क्या जानो यह अपना स्टाइल है, जानते हो मैंने क्या पहना है।"

"क्या पहना है तूने!"

"यह नए फैशन और नए ढंग का कुर्ता है।"

"यह और नया फैशन!"

"हाँ यह नया फैशन है।" फिर आगे कहा, "अमेरिका में तो जीन्स और कुर्ता लोग ऐसे ही पहनते हैं, बिल्कुल मूर्खों ने मेरी नकल मार ली।"

"तेरी नकल और अमेरिका वालों ने।"

"हाँ और नहीं तो क्या," फिर आत्मविश्वास के साथ कहा, "और देखना जीन्स और कुर्ता फटा-पुराना पहनने का फैशन भारत में भी आने वाला है।"

"इसका मतलब यहाँ के लोग भी तुम्हारी नकल करेंगे?"

"मेरी नकल तो अमेरिका ने की है और भारत के युवा अमेरिका की

नकल करेंगे, सीधे-सीधे मेरी नकल तो कर नहीं सकते। अमेरिका में जो भी चलता है उन्हें वही चाहिए।''

''मान गए बॉस।''

नरेंद्र मोदी में बचपन से यह विशेषता रही है कि वे हर बात का रुख अपने अनुकूल मोड़ देते थे, भले ही वह उनके विरोध में कही गई हो, भले ही उस समय उन्हें गली-मोहल्लों के बालकों के सिवाय और कोई नहीं जानता हो? लेकिन आज! आज तो उन्हें सारी दुनिया जानती है और उनके द्वारा पहने जाने वाले आधी बाजू के कुर्ते का अनुकरण विश्व के अनेक युवा कर रहे हैं।

सादगी, सचाई और ईमानदारी का आज दूसरा नाम नरेंद्र मोदी है, जिसे सारी दुनिया भारत के सबसे दमदार प्रधानमंत्री के रूप में भी जानती है।

बचपन में नरेन्द्र मोदी का जीवन संघर्ष भरा रहा है, लेकिन बाद में जब वे राजनीति में आए तो वह अपने व्यक्तित्व में शानदार ढंग से निखार लाए। नरेंद्र मोदी की बातें जितनी ही शानदार और प्रभावशाली होती हैं, उनका पहनावा भी आजकल उतना ही शानदार होता है और वे अपने पहनावे को और भी शानदार बनाने के लिए नित नए प्रयोग भी करते रहते हैं।

यदि नरेंद्र मोदी आपको नए ढंग के वस्त्रों में दिखें तो चौंकिएगा नहीं! अब तक मोदी अक्सर अपनी आधी बाँह के कुर्ते में नजर आते थे लेकिन अब इनका ये स्वरूप कभी भी बदल सकता है। नरेन्द्र मोदी अब पंजाबी कुर्ते में नजर आ सकते हैं। मोदी के कपड़ों को तैयार करने वाली कंपनी के एक अधिकारी के अनुसार, मोदी जी की छवि देश में सबसे विशिष्ट है और वे उसे बरकरार रखना चाहते हैं यही कारण है कि वह अलग ही अंदाज में दिखना पंसद करते हैं।

अंग्रेजी अखबार 'द इंडियन एक्सप्रेस' के मुताबिक दो दशक से ज्यादा समय से मोदी के कपड़ों और स्टाइल को परख रहे स्टाइलिस्ट विपिन चौहान ने बताया कि नरेन्द्र मोदी के वॉर्डरोब में कुर्ता भी शामिल होने जा रहा है। विपिन के मुताबिक उन्होंने मुझे एक पठानी कुर्ता दिखाया

जो मैंने उनके लिए 1994 में सिला था। उन्होंने कहा कि उन्हें ऐसा ही कुर्ता चाहिए। अलग-अलग फैब्रिक के पठानी सूट ट्रेंड में आने वाले हैं, मुझे लगता है कि शाम के समय मोदी का यही पहनावा होगा।

कुर्ता लंबी बाँहों और कॉलर वाला कुर्ता होता है, जो उत्तर भारत के रहने वालों में बेहद लोकप्रिय है। ये माना जा रहा है कि मोदी उत्तर भारत में इस नए परिधान का प्रयोग कर के अपनी छवि बदलना चाहते हैं।

विपिन ने मोदी से जुड़े कुछ और राज खोले, उन्होंने बताया कि मोदी अपने कपड़ों की फिटिंग पर बहुत ध्यान देते हैं। उन्होंने कहा कि एक बार उन्होंने मोदी को कहते सुना था कि वह कभी अपनी आँखों, कपड़ों और आवाज पर समझौता नहीं कर सकते।

चौहान ने बताया कि मोदी बंद गले और नेहरू जैकेट जैसे परिधानों से दूर रहते हैं, पर इस बार दिल्ली की सर्दी में हो सकता है वह आपको इन कपड़ों में भी दिखें।

उल्लेखनीय है कि विपिन चौहान अहमदाबाद की एक बड़ी गार्मेंट कंपनी के प्रबंध निदेशक हैं। विपिन की पाँच पीढ़ियाँ कपड़ों के काम से ही जुड़ी रही हैं, चौहान ने ही मोदी के हॉफ कुर्ते को नया रूप दिया है। इसे ही बाद में 'मोदी कुर्ते' के नाम से प्रसिद्धि मिली। चौहान ने इसकी लोकप्रियता को लेकर कई वर्ष पूर्व मोदी कुर्ते को ब्रांड के रूप में भी रजिस्टर करवा लिया। गुजरात के बाहर बढ़ती डिमांड को देखते हुए चौहान मोदी कुर्ते की प्रोडक्शन बढ़ाने की तैयारी कर रहे हैं। चौहान अपने इस लोकप्रिय होते ब्रांड से बेहद उत्साहित हैं। उन्होंने कहा कि अब मोदी कुर्ता महिलाओं और युवाओं के बीच अपनी पैठ बना रहा है। चौहान के मुताबिक इस कुर्ते को उन्होंने दो वैरायटी में उतारा है। पायजामा व कुर्ता का मूल्य कॉटन में 1895 रुपए और लीनेन में 2995 रुपए, चूड़ीदार पायजामे के साथ है। इनकी माँग को देखते हुए उन्होंने कीमत कम करके कॉटन कुर्ते की कीमत अब 995 रुपए और लीनेन की कीमत 1900 रुपए रख दी है। विपिन चौहान और उनके भाई जीतूभाई चौहान को आज गर्व है कि वे अब भारत के प्रधानमंत्री के लिए कपड़े तैयार करते हैं।

गोधरा कांड और मिथ्यारोप

जो व्यक्ति अपने लक्ष्य की ओर ईमानदारी के साथ बढ़ता चला जाता है, उसके पथ में अनेक लोग व्यवधान पैदा करते ही हैं, ऐसा ही कुछ नरेंद्र मोदी के साथ भी हुआ है। लेकिन सच बात यह है कि ईमानदारी के साथ अपने कर्म को करने वाला व्यक्ति कभी भी पीछे नहीं हटता और न ही हतोत्साहित होता है।

दंगे भला आज के युग में कहाँ नहीं होते? सच तो यह है कि सृष्टि के आरम्भ काल से ही सारी दुनिया में संस्कृति, सभ्यता को बचाने की जंग और महत्वाकांक्षा पूरी करने के लिए संघर्ष होते ही आए हैं। अपने भारत को ही लें, इसको आजादी मिली तो यहाँ ऐसे भयंकर दंगे हुए कि लाखों लोगों की हत्या कर दी गई और देशभर में खून की नदियाँ बह निकलीं। यह सही है कि धर्म को लेकर लोगों की भावनाओं को सारी दुनिया में सदियों से शासक भुनाते आए हैं, लेकिन भारतीय ऋषि-मुनियों की संतानों पर यह बात कतई लागू नहीं होती। भारतीय तो हमेशा शरणागत रहे हैं। लेकिन ऐसे शरणागतों को लोग निशाना बनाते आए हैं।

गोधरा कांड के बाद गुजरात में दंगे भड़के, जिसके कारण गुजरात के तत्कालीन मुख्यमंत्री नरेंद्र मोदी को मौत का सौदागर तक कह दिया, लेकिन क्या गुजरात का सीएम होने के कारण दंगों के लिए वे जिम्मेदार थे? यदि थे, तो फिर 1984 में इंदिरा जी की हत्या के बाद दिल्ली में हुए दंगों के लिए भी तत्कालीन केंद्र सरकार ही जिम्मेदार ठहरायी जानी चाहिए। लेकिन आलोचक 1984 के दंगों को तो स्वाभाविक प्रक्रिया करार देते हैं, जबकि एक तत्कालीन मंत्री महोदय पर तो मारो-काटो के नारे लगाने का आरोप तक है। जैसा कि सभी जानते हैं कि 27 फरवरी 2002

को अयोध्या से गुजरात वापस लौट कर आ रहे हिन्दू तीर्थयात्रियों को गोधरा स्टेशन पर खड़ी ट्रेन में कुछ लोगों ने आग लगाकर जिन्दा जला दिया। अग्निशमन वाहन को भी जलती गाड़ी तक पहुँचने में रूकावट डाली गई। इस हादसे में 59 स्वयंसेवक भी मारे गये। इस घटना के पीछे, प्रत्यक्षदर्शियों ने कुछ मुस्लिम नेताओं का नाम लिया। रोंगटे खड़े कर देने वाली इस घटना की प्रतिक्रिया स्वरूप समूचे गुजरात में हिन्दू-मुस्लिम दंगे भड़क उठे। इस कांड में 1180 लोगों को अपनी जान से हाथ धोना पड़ा। वैसे सरकारी आँकड़ों के अनुसार इन दंगों में 1044 लोगों की मौत हुई। 223 लोगों का अब भी पता नहीं चल सका है, 2548 लोग घायल हुए। इन दंगों में 919 महिलाएँ विधवा हुईं और तकरीबन 606 बच्चे अनाथ, मालूम हो कि यह आँकड़े आधिकारिक हैं। वैसे तो प्रत्यक्षदर्शी लोगों का

कहना है कि इन दंगों में करीब 2000 लोग मारे गए थे और सात साल बाद जिन लोगों को नहीं पाया गया उन्हें भी मृत मान लिया जाए, तो मौत की संख्या कुछ और बढ़ जाती है।

तब केंद्र में भाजपा की सरकार थी और प्रधानमंत्री वाजपेयी ने मोदी को इन दंगों के बाद राजधर्म का पालन करने को कहा था। श्री नरेंद्र मोदी ने तुरंत उत्तर दिया कि वह राजधर्म का पालन सही रूप में कर रहे हैं। मोदी दंगों को समाप्त करने में सफल हुए थे। प्रदेश में विकास के साथ-साथ सुख और शांति कायम करने में सफल रहे थे और सफल रहे थे लोगों का विश्वास जीतने में, परंतु गोधरा कांड पर आँखें मूँदने वाले न्यूयॉर्क टाइम्स ने दंगों के लिए मोदी प्रशासन को जिम्मेवार ठहराया। कांग्रेस सहित अनेक विपक्षी दलों ने नरेन्द्र मोदी के इस्तीफे की माँग की। मोदी ने गुजरात की दसवीं विधान सभा भंग करने की संस्तुति करते हुए राज्यपाल को अपना त्यागपत्र सौंप दिया। परिणामस्वरूप पूरे प्रदेश में राष्ट्रपति शासन लागू हो गया। राज्य में दोबारा चुनाव हुए, जिसमें मोदी के नेतृत्व में भारतीय जनता पार्टी ने मोदी के नेतृत्व में विधान सभा की कुल 182 सीटों में से 127 सीटों पर जीत हासिल की। कांग्रेस व विदेशियों के आरोपों को एक तरफ कर गुजरात की जनता ने मोदी जी में विश्वास जताया।

विपक्ष के हारे हुए नेता नरेंद्र मोदी को ही निशाना बनाते रहे और मामले को अदालत तक ले जाया गया। वर्ष 2009 में सर्वोच्च न्यायालय द्वारा एक विशेष जांच टीम का गठन कर उसे गुजरात दंगों की वजह और अभियुक्तों की पड़ताल करने का काम दिया गया। यह विशेष जाँच दल दंगों में मारे गये कांग्रेसी सांसद ऐहसान जाफरी की विधवा जाकिया जाफरी की शिकायत पर भेजा गया था। दिसम्बर 2010 में उच्चतम न्यायालय ने एसआईटी की रिपोर्ट पर यह फैसला सुनाया कि इन दंगों में नरेन्द्र मोदी के खिलाफ कोई ठोस सबूत नहीं मिला है। मोदी को निर्दोष करार दिया गया। हालाँकि कई अखबारों ने यह मुद्दा उठाया कि अपनी पहुँच का प्रयोग कर मोदी इस आरोप से मुक्त हुए हैं। उन्होंने दंगों को रोकने के लिए कोई कठोर कदम नहीं उठाए। बीजेपी ने इसे कांग्रेस की

साजिश बता आरोप को नकार दिया। उसके बाद फरवरी 2011 में 'टाइम्स ऑफ इंडिया' ने यह आरोप लगाया कि रिपोर्ट में कुछ तथ्य जानबूझ कर छिपाये गये हैं और सबूतों के अभाव में नरेन्द्र मोदी को अपराध से मुक्त नहीं किया जा सकता। 'इंडियन एक्सप्रेस' ने भी यह लिखा कि रिपोर्ट में मोदी के विरुद्ध साक्ष्य न मिलने की बात भले ही की हो, किन्तु अपराध से मुक्त तो नहीं किया। भारतीय जनता पार्टी ने माँग की कि एसआईटी की रिपोर्ट को लीक करके उसे प्रकाशित करवाने के पीछे सत्तारूढ़ कांग्रेस पार्टी का राजनीतिक स्वार्थ है, इसकी भी उच्चतम न्यायालय द्वारा जाँच होनी चाहिए।

सुप्रीम कोर्ट ने बिना कोई फैसला दिए अहमदाबाद के ही एक मजिस्ट्रेट को इसकी निष्पक्ष जाँच करके अविलम्ब अपना निर्णय देने को कहा। अप्रैल 2012 में एक अन्य विशेष जाँच दल ने फिर ये बात दोहराई कि यह बात तो सच है कि ये दंगे भीषण थे, परन्तु नरेन्द्र मोदी का इन दंगों में कोई भी प्रत्यक्ष हाथ नहीं। 7 मई, 2012 को उच्चतम न्यायालय द्वारा नियुक्त विशेष जज राजू रामचन्द्रन ने यह रिपोर्ट पेश की कि गुजरात के दंगों के लिए नरेन्द्र मोदी को भारतीय दण्ड संहिता की धारा 153 ए (1) (क) व (ख), 153 बी (1), 166 तथा 505 (2) के अन्तर्गत विभिन्न समुदायों के बीच वैमनस्य की भावना फैलाने के अपराध में दण्डित किया जा सकता है। हालाँकि रामचन्द्रन की इस रिपोर्ट पर विशेष जाँच दल (एसआईटी) ने आलोचना करते हुए इसे दुर्भावना व पूर्वाग्रह से परिपूर्ण एक दस्तावेज बताया।

26 जुलाई, 2012 को 'नई दुनिया' के सम्पादक शाहिद सिद्दीकी को दिए गए एक इण्टरव्यू में नरेन्द्र मोदी ने साफ कहा कि 2004 में मैं पहले भी कह चुका हूँ, 2002 के साम्प्रदायिक दंगों के लिए मैं क्यों माफी माँगूं? यदि मेरी सरकार ने ऐसा किया है, तो उसके लिए मुझे

सरेआम फाँसी दे देनी चाहिए। मोदी ने 'नई दुनिया' से फिर कहा, 'अगर नरेन्द्र मोदी ने अपराध किया है, तो उसे फाँसी पर लटका दो। लेकिन यदि मुझे राजनीतिक मजबूरी के चलते अपराधी कहा जाता है, तो इसका मेरे पास कोई जबाव नहीं है।'

यह कोई पहली बार नहीं था, जब मोदी ने ऐसा कहा हो। वे इसके पहले भी ये तर्क देते रहे हैं कि गुजरात में और कब तक गुजरे जमाने को लिए बैठे रहोगे? यह क्यों नहीं देखते कि पिछले एक दशक में गुजरात ने कितनी तरक्की की? इससे मुस्लिम समुदाय को भी तो फायदा पहुँचा है। लेकिन जब तत्कालीन केन्द्रीय कानून मन्त्री सलमान खुर्शीद से इस बावत पूछा गया तो उन्होंने दो टूक जबाव दिया था कि पिछले बारह वर्षों में यदि एक बार भी गुजरात के मुख्यमन्त्री के खिलाफ एफआईआर दर्ज नहीं हुई तो आप उन्हें कैसे अपराधी ठहरा सकते हैं? उन्हें कौन फाँसी देने जा रहा है? कुल मिलाकर सही निष्कर्ष यही निकलता है कि दंगे गोधरा कांड के प्रतिक्रियास्वरूप ही हुए थे। वे सांपद्रायिक दंगे नहीं थे, लेकिन राजनेताओं ने उन्हें सांप्रदायिक बना दिया और मोदी को बिना वजह घेरने की कोशिश की। लेकिन मोदी को जितना घेरने की कोशिश की गई, उनकी ईमानदारी, निष्पक्षता और राजधर्म की बातें उतनी ही स्पष्ट होती गईं। जनता सब जानती है। केवल कुछ अंगुली पर गिने हुए लोग उन्हें बदनाम करके देश की सत्ता को अपने हाथों में रखना चाहते थे, जिनके मनसूबों पर जनता ने पानी फेर दिया और 2014 के लोकसभा चुनाव में देश की बागडोर नरेंद्र मोदी को ही सौंप दी, इस बारे में पूरी चर्चा हम इसी पुस्तक में यथास्थान करेंगे।

आतंकवाद के विनाशक मोदी

सदियों से हमारा देश आतंकवाद से पीड़ित रहा है। पहले मुस्लिम आतंकवादी भारत में आते थे और यहाँ लूटपाट मचाते थे और इतना ही नहीं अनेक मुस्लिम आक्रांताओं ने तो यहाँ के पावन सिंहासन का अपहरण तक करके सदियों तक तानाशाही करते हुए देश को लूटा-खसोटा और ऐसे भयानक और हृदयविदारक कर्मकांड किए कि उन्हें पढ़ते हुए आज हरेक हिन्दुस्तानी का खून खौल उठता है। उसके बाद अंग्रेज आए और उन्होंने देश को लूटा, देश का विभाजन किया आज भी कश्मीर के नाम पर पाकिस्तानी और अफगानी आतंकवादी यदा-कदा भारत की एकता और शांति को आघात पहुँचाने की कोशिश करते रहते हैं, हालाँकि उन्हें हर बार मुँह की खानी पड़ती है।

नरेंद्र मोदी सदियों से चली आ रही अधर्मियों की आतंक की नीति का हमेशा के लिए खात्मा कर देना चाहते हैं। जब वे गुजरात के मुख्यमंत्री थे, तब 18 जुलाई, 2006 को नरेन्द्र मोदी ने आतंकवाद पर तत्कालीन केन्द्र सरकार की ढुलमुल नीतियों के लिए सीधा-सीधा देश के तत्कालीन प्रधानमन्त्री मनमोहन सिंह को दोषी ठहराया था। उन्होंने जोर देकर कहा था कि यदि केन्द्र सरकार आतंकवाद को रोकने में स्वयं को अक्षम समझती है, तो वह पोटा जैसे कानून लागू करने का अधिकार सभी राज्यों को दे दे। फिर देखें आतंकवाद पर हम कैसे काबू करके दिखाते हैं। अगले ही दिन 19 जुलाई को टेलीग्राफ इण्डिया में मोदी का बयान इस प्रकार छपा था :

“आतंकवाद इस देश में युद्ध से ज्यादा खतरनाक है। युद्ध के कुछ नियम तो हैं, आतंकवाद में कोई नियम कानून नहीं। आतंकवादी स्वयं तय करता है कि कब, कहाँ और किसको मौत के घाट उतारना है। भारत में

अब तक युद्ध में इतने लोग नहीं मरे जितने आतंकवाद के कारण मरे हैं।"

नरेन्द्र मोदी ने दो टूक शब्दों में साफ-साफ कहा था कि "यदि भारतीय जनता पार्टी अकेले अपने दम पर केन्द्र में सरकार बनाने में सक्षम हुई तो 2004 में उच्चतम न्यायालय द्वारा अफजल गुरु को दिए गए फाँसी के निर्णय को लागू करके रहेगी। अफजल गुरु को 2001 में संसद पर हुए आतंकवादी हमले के मामले में उच्चतम न्यायालय ने 2004 में फाँसी की सजा सुनाई थी। वह दिल्ली की तिहाड़ जेल में मौज ले रहा है।" यह नरेन्द्र मोदी और भाजपा का ही प्रभाव था कि बाद में 9 फरवरी, 2012 को अफजल गुरु को फाँसी देनी पड़ी, क्योंकि सरकार को तुष्टिकरण के चलते एक ओर तो एक खूंखार आतंकी को पालना पड़ रहा था, और दूसरे उसका वोट बैंक भी खिसकता नजर आ रहा था।

मे.जन. (से.नि.) अफसर करीम, रक्षा विशेषज्ञ ने 28 सितंबर, 2008 के पांचजन्य साप्ताहिक में लिखा था कि देश भर में हो रहे बम धमाकों और आतंकवादी कार्रवाईयों के बारे में एक बात स्पष्ट समझ लेनी चाहिए कि इनके पीछे पाकिस्तान के संगठन शामिल हैं। दूसरी बात यह है कि उन्होंने पैसे और मजहब के नाम पर कुछ लोगों को अपने साथ मिला रखा है, जोकि यहाँ आतंकवादी घटनाओं को अंजाम देते हैं। पर हमारा काम है उनको रोकना, पकड़ना और उन्हें कड़ी सजा देना। लेकिन इन तीनों ही कार्यों में हम असफल सिद्ध हो रहे हैं। आतंकवाद को रोकने में मिल रही असफलता का सबसे पहला कारण है खुफिया विभाग की नाकामी। दूसरी बात यह है कि खुफिया विभाग द्वारा जो सूचनाएँ एकत्र की भी जाती हैं, गृह मंत्रालय के अधिकारी उसका सही विश्लेषण नहीं कर पाते हैं। खुफिया विभाग की सूचना के बाद सचेत रहने (रेड अलर्ट) की सार्वजनिक सूचना देने भर से कुछ नहीं होता। तीसरा, देश में आतंकवाद से लड़ने की क्या नीति हो, इस पर सभी राजनीतिक दल एकमत नहीं हैं। अमरीका में वर्ल्ड ट्रेड सेंटर पर हमला हुआ या इंग्लैंड में बम धमाके हुए, वहाँ के सभी दलों ने एकमत से उसके खिलाफ जंग का ऐलान किया, कड़े कानून बनाए, और इसका परिणाम भी सामने आया। वहाँ उसके बाद कोई बड़ा आतंकवादी हमला नहीं हुआ। पर यहाँ कोई एक दल या उसकी सरकार

आतंकवाद से निपटने का कोई कानून बनाती है, दूसरे दल की सरकार आकर उसे बदल देती है। दरअसल आतंकवाद एक ऐसा मुद्दा है, जिस पर राजनीति नहीं होनी चाहिए, लेकिन भारत में अक्सर इसी मुद्दे पर राजनीति होती है और कट्टरपंथी ऐसे तत्त्व जो अलगाववादी होते हैं, उन्हें समर्थन तक दे देते हैं। यहाँ तो ऐसा भी देखने को मिला है कि किसी आतंकी के मरने के बाद लोग संवेदना लेकर उसके घरवालों के पास पहुँचे और उसे निर्दोष तक बता दिया। चौथा, घटना के बाद हमारी जाँच प्रक्रिया बहुत कमजोर है। पाँचवाँ हमारी न्यायपालिका इतनी सक्षम नहीं है कि दोषी को शीघ्र और कठोर दंड दे सके। यदि किसी दोषी को सजा घोषित होने के बाद भी उसे सजा नहीं देंगे, वह महीनों-महीनों जेल में पड़ा रहेगा तो लोगों का पूरे तंत्र से विश्वास उठ जाएगा। ये सब कारण हैं, जिसकी वजह से हमारा देश आतंकवाद का सही ढंग से मुकाबला नहीं कर पा रहा है।

उन्होंने आगे लिखा था कि इसके साथ ही मुस्लिम समुदाय के जो लोग राह भटक गए हैं, उन्हें मुख्य धारा में लाने का काम भी मुस्लिम समाज के प्रमुखों तथा अन्य सामाजिक संगठनों के माध्यम से लगातार होना चाहिए। भारत में सहिष्णु हिन्दू समाज है वह बड़ी संख्या में है, और उसने किसी दूसरे पर आक्रमण नहीं किया, प्रतिक्रिया को होने से रोका है। यह बातें लोगों को समझ में आनी चाहिए तभी वे आतंकवाद से दूर होंगे। हरेक मुस्लिम को आतंकी नहीं कहा जा सकता, क्योंकि अशफाक उल्ला खां जैसे महान देशभक्त भी भारत में ही हुए हैं, जिन पर हमें गर्व है। लेकिन कुछ युवक पाकिस्तानी प्रभाव से भटक अवश्य गए हैं। यदि हम सिर्फ पुलिस, सिर्फ कानून, सिर्फ खुफिया विभाग, सिर्फ मुस्लिम या सिर्फ राजनीतिक दलों की कमी की बात करेंगे तो सफलता नहीं मिलेगी। इन सब विषयों पर गंभीरता से विचार करके, एक आम सहमति बनाकर, युद्ध के समान एक रणनीति बनाकर आतंकवाद का मुकाबला करेंगे, तभी यह समाप्त होगा। हमें आतंकवादियों को उनके घरों में घुसकर मारना होगा, सीमा पार के उनके नेताओं को मारना होगा, उनमें भय पैदा करना होगा, तभी वे ऐसा करने से डरेंगे। किसी आतंकवादी घटना में किसी मुसलमान

को पकड़ा जाए और कुछ राजनीतिक दल के नेता उसके घर पहुँच जाएँ और कहें कि मुसलमानों पर जुल्म हो रहा है, यह नीति भी गलत है।

और कुछ दलों के नेता कहें कि सब मुसलमान आतंकवादी हैं, यह नीति भी गलत है। दुर्भाग्य यह है कि हम राजनेताओं को कुछ कह नहीं सकते। ये लोग बहुत गलत काम कर रहे हैं। अब जिस संघीय जाँच एजेंसी की बात की जा रही है, उसकी आवश्यकता बहुत पहले से महसूस की जा रही है। आतंकवादी कहाँ छिपे हैं, उन्हें मदद कौन दे रहा है, धन कौन मुहैया करा रहा है, इस सबकी जाँच के लिए एक केन्द्रीय मंत्रालय या विभाग होना चाहिए। यह बात भी स्पष्ट समझ लेनी चाहिए कि अब आंतरिक सुरक्षा और बाह्य सुरक्षा का मामला एक हो गया है। आतंकवाद को सिर्फ आंतरिक सुरक्षा से जोड़कर नहीं देखा जाना चाहिए, क्योंकि अब लड़ाई के तरीके और माध्यम बदल गए हैं। आतंकवाद को देश के खिलाफ एक युद्ध के रूप में देखा जाना चाहिए और उसी के अनुरूप नीति बनाकर सजा के कठोर प्रावधान करने चाहिए।

नरेंद्र मोदी भारत से आतंकवाद का नामोनिशान मिटा देना चाहते हैं, प्रधानमंत्री की शपथ लेते हुए सबसे पहले उन्होंने पाकिस्तान के हुक्मरानों के सामने यही मुद्‌दा उठाया था।

भारत के नए प्रधानमंत्री मोदी के शपथ ग्रहण समारोह में हिस्सा लेने दिल्ली आए नवाज शरीफ ने हैदराबाद हाउस में हुई द्विपक्षीय बैठक में हिस्सा लिया था।

भारतीय विदेश सचिव सुजाता सिंह के अनुसार, बातचीत के दौरान भारतीय प्रधानमंत्री ने सीमा पार आतंकवाद के मुद्दे को उठाया और पाकिस्तान को चरमपंथी गतिविधियों के लिए अपनी जमीन इस्तेमाल न होने देने का उसका वादा याद दिलाया। मोदी ने मुंबई में 2008 के चरमपंथी हमले का मुकदमा पाकिस्तान में धीमी गति से चलने का मुद्दा भी उठाया। भारतीय विदेश मंत्रालय के अनुसार शरीफ के सामने मोदी ने आतंकवाद को लेकर भारत की चिंताओं को रखा।

इस मुलाकात को ऐतिहासिक और दोतरफा संबंधों में एक नया अध्याय जोड़ने वाला बताते हुए नवाज शरीफ ने कहा था कि दोनों देशों

के बीच सभी मुद्दों पर बातचीत के लिए पाकिस्तान तैयार है। फरवरी 1999 में भारत के पूर्व प्रधानमंत्री अटल बिहारी वाजपेयी की लाहौर बस यात्रा से दोनों देशों के बीच संबंधों की एक नयी शुरुआत हुई थी। हमें लाहौर घोषणापत्र के उसी सूत्र से शुरुआत करनी होगी जो अक्टूबर 1999 में छूट गया था।

इतना ही नहीं भारत के नए प्रधानमंत्री नरेंद्र मोदी ने अफगान के हुक्मरानों को भी कड़े शब्दों में चेतावनी दी कि अब वे आतंकवाद की पीड़ा को और नहीं सहेंगे, तथा आतंकियों को उनकी ही माँद में जाकर भी मार सकते हैं, यदि जरूरत पड़ी तो। सच जानें तो नरेंद्र मोदी सत्य और अहिंसा के उपासक हैं, लेकिन इसी के साथ वे सरदार बल्लभ भाई पटेल और नेताजी सुभाषचंद्र बोस को भी अपना आदर्श मानते हैं। वे अच्छी तरह जानते हैं कि लातों के भूत बातों से नहीं मानते, इसलिए आतंकवादियों से सख्ती के साथ निपटने की उन्होंने योजना बनाई है।

लालकृष्ण आडवाणी को भी वे अपना मार्गदर्शक मानते हुए उनका आशीर्वाद अवश्य लेते हैं, भले ही लोग कुछ भी कहें, लेकिन मोदी बड़ों का आदर करना अच्छी तरह जानते हैं, क्योंकि मोदी जी भारतीय संस्कृति के प्रतीक बन चुके हैं।

युवाओं के चहेते मोदी

आज नरेन्द्र मोदी युवा हृदय सम्राट हैं। यही कारण है कि देश का युवा आजकल उन्हें अपना आदर्श मानता है, क्योंकि देश के युवा जान गए हैं कि देश की एकता और अखंडता को बरकरार यदि कोई रख सकता है तो वे केवल नरेंद्र मोदी ही हैं। लेकिन वे एक-दो दिनों या महीनों में युवाओं के चहेते नहीं बने, वरन् दशकों तक उन्होंने जो काम किया, युवाओं को वह बहुत पसंद आया और सबको लगने लगा कि सच्चा विकास पुरुष और मसीहा केवल वही हैं। थोड़ा पीछे चलते हैं कि नरेंद्र मोदी ने युवाओं को कैसे आकर्षित किया। बात उन दिनों की है हमारे प्रिय प्रधानमंत्री जब गुजरात के मुख्यमंत्री हुआ करते थे, यहाँ थे मतलब यही है कि वहाँ की जनता उन्हें बार-बार मुख्यमंत्री चुन लेती थी और वे देश के प्रधानमंत्री बनने से पहले चार बार गुजरात के मुख्यमंत्री बन चुके थे।

फरवरी 2012 में दिल्ली के श्रीराम कॉलेज ऑफ कॉमर्स (एसआरसीसी) में नरेंद्र मोदी ने जब अपना एक व्याख्यान दिया तो युवा शक्ति भाव-विभोर हो उठी थी। उन्होंने अपने संबोधन में कहा था कि ‘‘महात्मा गांधी और सरदार पटेल की भूमि से आया हूँ, जिन्होंने अपनी जवानी देश में स्वराज्य के लिए जेलों में बिता दी, और पूरा जीवन उसी प्रयास में खपा दिया। हमें स्वराज्य मिला, लेकिन आज आजादी के छह दशक से ज्यादा समय बीत जाने के बाद भी देश सुराज के लिए इंतजार कर रहा है।

‘‘पूरी दुनिया की नजरें आज गुजरात के विकास पर हैं, और सभी जगह उसकी चर्चा है। दरअसल, मेरी सोच हमेशा आशावादी रही है, और मैं उसी दिशा में काम करता हूँ, जो हमेशा प्रो-पीपल (जनोन्मुखी) और गुड गवर्नेन्स (सुराज या सुराज्य) के साथ होता है।

‘‘भारत इस समय दुनिया का सबसे नौजवान देश है, जिसकी 65

प्रतिशत आबादी की उम्र 35 साल से कम है, जबकि इसके विपरीत पूरा यूरोप और चीन लगभग बूढ़े हो चुके हैं, लेकिन सबसे ज्यादा अफसोसनाक यह है कि हम इस युवाशक्ति का उचित इस्तेमाल नहीं कर पाए हैं। आज हर तरफ निराशा का माहौल है और हर आदमी उससे बचकर भागना चाहता है, लेकिन मेरी सोच हमेशा आशावादी रही है। मुख्यमंत्री के तौर पर मुझे चार कार्यकालों का अनुभव है और मैं अपने अनुभव से जानता हूँ कि मौजूदा माहौल में भी हम तरक्की कर सकते हैं और इससे कहीं ज्यादा हासिल कर सकते हैं।

"भारत गरीब देश नहीं है, क्योंकि हमारे पास प्राकृतिक संसाधनों के रूप में अपार संपदा है, लेकिन हम उन संसाधनों का उचित इस्तेमाल नहीं कर रहे हैं और यही हमारी चुनौती है। हमने गुजरात के विकास को तीन स्तंभों : कृषि, उद्योग तथा सेवा क्षेत्र पर आधारित रखा है और स्थिति ऐसी है कि यदि इनमें से एक स्तंभ गिर भी जाता है, तो बाकी दोनों राज्य की अर्थव्यवस्था को संभाले रहेंगे।

"यह हमारी बड़ी उपलब्धि है, कि जो राज्य पानी की कमी से लगातार जूझता रहा है, वह आज आवश्यकता से अधिक कृषि उत्पादन कर इतिहास रच रहा है। हम अपने किसानों को अपना उत्पादन बढ़ाने की तरकीबें सिखाने पर जोर देते हैं। गुजरात के प्रत्येक किसान के पास भूमि स्वास्थ्य कार्ड है, जिससे उसे अपनी जमीन के हिसाब से फसल और खाद तय करने में मदद मिलती है। यह गुजरात की उपलब्धि इसलिए है, क्योंकि दूसरी ओर देश में साधारण नागरिकों के पास खुद के स्वास्थ्य कार्ड भी नहीं हैं।"

मोदी ने गौरव के साथ बताया था कि "आज गुजरात इस देश का एकमात्र राज्य है, जहाँ भूमिगत पानी का स्तर ऊपर उठ रहा है, क्योंकि हमने पानी बचाने के लिए परियोजनाएँ चलाई हैं। आज दिल्ली के लोग जो दूध पी रहे हैं, न सिर्फ वह गुजरात से आता है, बल्कि यूरोप में बिकने वाली भिंडी भी सिर्फ गुजरात से ही जाती है। भले ही हम सेवा क्षेत्र में बहुत मजबूत नहीं रहे हैं, लेकिन आज गुजरात की पर्यटन से होने वाली आय देश की पर्यटन आय की तुलना में दोगुनी है। उन्होंने अभिनेता

अमिताभ बच्चन का जिक्र करते हुए भी कहा था कि आज वह लोगों को खुद जा-जाकर गुजरात घूमने की सलाह देते हैं।

कॉलेज में सुशासन और विकास के मुद्दे पर नरेंद्र मोदी के विचार सुनने के लिए लगभग 1,800 छात्रों का भारी जमावड़ा इकट्ठा हुआ था, जबकि कुछ छात्रों ने कॉलेज के बाहर मोदी के विरोध में भी प्रदर्शन किया और नारे लगाए थे। सुरक्षा व्यवस्था के तहत लगाए गए पुलिस बैरिकेडों के सामने लगभग 50 छात्र-छात्राएँ हाथों में ऑल इंडिया स्टूडेंट्स फेडरेशन के बैनर लिए आए, और मोदी-विरोधी नारे लगाते हुए उन्हें वापस भेजने की माँग करने लगे। उनका कहना था कि नरेंद्र मोदी को आमंत्रित करना वर्ष 2002 में गुजरात में हुए सांप्रदायिक दंगों की अनदेखी करना है। मोदी को एसआरसीसी के छात्रों ने वक्ता के रूप में एक पोल के जरिये चुना था।

लेकिन प्रश्न पैदा होता है कि जब देश की किसी अदालत ने मोदी को दोषी नहीं माना तो फिर कुछ विरोधी जो राजनीतिक दृष्टि से पूर्वाग्रह से ग्रसित रहे हैं, वे मोदी को दोषी क्यों मानते हैं? क्या यह हमारे संविधान की अवहेलना नहीं है। भारतीय संविधान के अनुसार कानून जिसे आज तक निर्दोष मानता है, फिर उसे दोषी कैसे ठहराया जा सकता है। केन्द्र में उस समय कांग्रेस की सरकार थी, जिसे मोदी फूटी आँखों नहीं सुहाता था, फिर सीबीआई तक पर केन्द्र का प्रभाव था, ऐसी परिस्थितियों में भी मोदी हर जाँच में निर्दोष सिद्ध हुए, यह मोदी के सच की जीत नहीं तो और भला क्या था?

यह जनता सब जानती है और यही कारण है कि जनता खासकर युवाओं ने नरेंद्र मोदी को देश का नया नेतृत्वकर्त्ता हृदय से स्वीकार किया और उन्हें प्रधानमंत्री के पद तक पहुँचा दिया।

आंदोलनकारी और मोदी

“हम राजनेताओं से कतई बात नहीं करेंगे।” अन्ना हजारे ने बाबा रामदेव से कहा तो बाबा ने पूछ ही लिया, “मगर क्यों?”

“क्योंकि हमारा आंदोलन गैर-राजनैतिक है।”

“अच्छा, हमारा आंदोलन गैर-राजनैतिक क्यों है?”

“लोकपाल लाने के लिए।”

“और लोकपाल पास कहाँ होगा?”

“संसद में।”

“और संसद में कौन पास करेंगे?”

“नेता और कौन।”

“और जब हम नेताओं से बात ही नहीं करेंगे तो फिर हमारी माँग कि लोकपाल लाया जाए, वे हमारी बात कैसे समझेंगे कि हम क्या चाहते हैं?”

“लेकिन हम नेताओं पर भरोसा नहीं कर सकते।”

“मगर क्यों?”

“क्योंकि आजकल के नेता भरोसेलायक है ही नहीं।”

“नहीं बात ऐसी नहीं है, बहुत से नेता न केवल भरोसेलायक हैं, वरन् वे ईमानदार और सच्चे राष्ट्रभक्त भी हैं।”

“ऐसा है कोई नेता?”

“एक तो गुजरात के मुख्यमंत्री नरेंद्र मोदी ही हैं।”

“लेकिन वे गुजरात में हिंसा के लिए दोषी हैं।”

“नहीं वे गुजरात में हिंसा के लिए दोषी नहीं, वरन् हिंसा के बाद गुजरात में शांति स्थापना और विकास के लिए काम करने वाले ऐसे नायक हैं, जो एक दिन सारे देश का नेतृत्व करेंगे।”

"मगर सब लोग तो उनकी आलोचना करते हैं।"

"आलोचना तो भगवान की भी लोग करते हैं।"

"ठीक है गुजरात में जाकर देखूँगा कि कितना विकास हुआ है, मोदी के बारे में अपनी राय व्यक्त करूँगा।"

यह उन दिनों का वार्तालाप था, जब लोकपाल को लेकर सारे देश में आंदोलन अपने चरम पर था। प्रकृति परिवर्तनशील है, इस बात को हर कोई जानता है। यही कारण है कि 2012 में सारे संसार में अनेक आंदोलनों की हवा चली। कई देशों में तो शासन तक ही पलट गए। भारत में भी कई आंदोलन हुए, जिनमें बाबा रामदेव का कालेधन को देश में लाने के समर्थन में और अन्ना हजारे का लोकपाल को लागू करवाने के लिए किया गया आंदोलन इतिहास के पन्नों में दर्ज हो चुका है।

2012 में गुजरात के मुख्यमंत्री नरेंद्र मोदी और बाबा रामदेव के एक साथ मंच पर आने के बाद तब ये सवाल खड़े हुए थे कि मोदी के मुद्दे पर टीम अन्ना की क्या राय है? टीम अन्ना के तत्कालीन अहम सदस्य अरविंद केजरीवाल ने मोदी को सांप्रदायिक बताया था, उन्हें भ्रष्टाचारियों का संरक्षक कहा था, वहीं टीम अन्ना के एक और सदस्य संजय सिंह मोदी को मानवता का हत्यारा कह चुके थे, लेकिन टीम अन्ना की सहयोगी और पूर्व आईपीएस अफसर किरण बेदी ने मोदी के बारे में कोई भी नकारात्मक टिप्पणी कभी नहीं दी। जहाँ तक बाबा रामदेव का प्रश्न है, वे मोदी को महान राष्ट्रभक्त मानते हैं और इसमें कोई शक भी नहीं है।

अरविंद केजरीवाल और संजय सिंह जहाँ खुलकर मोदी के मसले पर विरोधी सुर आज तक अख्तियार करते हैं, तो कुमार विश्वास और किरण बेदी की राय कभी मोदी के विरोध में सुनाई नहीं दी। किरण बेदी बाबा रामदेव के साथ मिलकर आंदोलन करने की पक्षधर रही हैं, लेकिन केजरीवाल और अन्य साथी इसके विरोधी रहे हैं। किरण बेदी को बीजेपी के सिद्धांत के करीब और कांग्रेस के खिलाफ माना जाता है। इन्हीं कारणों को किरण बेदी के जवाब न देने की वजह के तौर पर देखा गया था। अरविंद केजरीवाल और संजय सिंह जहाँ मोदी से कतई इत्तेफाक नहीं रखते वहीं एक और सदस्य कुमार विश्वास का कहना था कि मोदी देश

के एक राज्य के निर्वाचित मुख्यमंत्री हैं, ऐसे में किसी से उनकी भेंट पर किसी अन्य को परेशानी नहीं होनी चाहिए। गौरतलब है कि 2012 में अहमदाबाद में बाबा रामदेव, नरेन्द्र मोदी के साथ गलबहियाँ करते नजर आए थे। बाद में जब मोदी प्रधानमंत्री बने तो तब भी कुमार विश्वास ने आम आदमी पार्टी की ओर से उन्हें बधाई दी थी।

अन्ना हजारे भी मोदी की प्रशंसा कर चुके हैं, लेकिन ऐसा करके वे पूर्वाग्रह से ग्रसित नेताओं की आलोचनाओं से भी घिर गए थे। दिल्ली के जंतर-मंतर पर जन-लोकपाल विधेयक के लिए आमरण अनशन के दौरान अन्ना हजारे ने जब अपना अनशन तोड़ा था, तो अपने भाषण में उन्होंने नरेंद्र मोदी और नीतीश कुमार की प्रशंसा की थी। उसके बाद उनके इस बयान को लेकर कड़ी प्रतिक्रिया हुई और अन्ना हजारे को कई दिनों तक सफाई देनी पड़ी थी।

सुप्रसिद्ध नृत्यांगना और सामाजिक कार्यकर्ता मल्लिका साराभाई गुजरात में वर्ष 2002 में हुए दंगों और मुख्यमंत्री नरेंद्र मोदी के खिलाफ खड़ी रही हैं। उन्होंने अन्ना हजारे के बयान पर सवाल उठाते हुए कहा था कि वे भ्रष्टाचार के मुद्दे पर अन्ना हजारे के साथ हैं, लेकिन अगर वे नरेंद्र मोदी की तारीफ करते हैं, तो उन्हें अपना रास्ता अलग करना होगा। नर्मदा बचाओ आंदोलन की नेता मेधा पाटकर ने भी अन्ना हजारे के बयान पर आपत्ति जताई थी। इसी तरह पीपुल्स यूनियन फॉर सिविल लिबर्टीज (पीयूसीएल) की राष्ट्रीय सचिव कविता श्रीवास्तव ने भी अन्ना हजारे के बयान पर आपत्ति दर्ज कराई थी। इससे पहले नरेंद्र मोदी ने पत्र लिखकर अन्ना हजारे को धन्यवाद भी ज्ञापित किया था और उन्हें आगाह किया था कि उनकी प्रशंसा करने की वजह से वे परेशानी में पड़ सकते हैं। भारतीय जनता पार्टी के वरिष्ठ नेता लालकृष्ण आडवाणी ने भी अन्ना हजारे के बयान की प्रशंसा की थी। लेकिन अन्ना हजारे को लगातार सफाई देनी पड़ी थी कि वे सिर्फ मोदी के विकास के कार्यों की सराहना कर रहे थे। अन्ना ने संवाददाताओं से कहा था कि मैंने कहा था कि बिहार और गुजरात ने ग्रामीण विकास के क्षेत्र में अच्छा काम किया है।

कई वामपंथी नेता मोदी को उग्रवादी तक कह चुके हैं और कई तो

सरेआम उन्हें सांप्रदायिक कहते हैं। आज हिन्दुस्तान में हिंदू धर्म पर गर्व करना सांप्रदायिकता का पैमाना हो गया है। एक बार जब एक माकपा नेता ने मोदी पर अति अशोभनीय टिप्पणी की तो उन्होंने भी करारा जवाब दिया था। इडुक्की में माकपा के जिला सचिव एमएम मणि के अशोभनीय भाषण पर मोदी ने कहा था कि पार्टी के राजनीतिक प्रतिद्वंद्वियों को समाप्त करने के कई उदाहरण दिखे हैं। जब राजनीतिक दल का नेता कहता है कि हम अपने राजनीतिक प्रतिद्वंद्वियों की हत्या करते हैं, यह हमारे लोकतंत्र के लिए खतरनाक है। राष्ट्रीय मानव अधिकार आयोग कहाँ है? हमें इस तरह की घटनाओं के खिलाफ आवाज उठानी चाहिए। हमारे कार्यकर्ता केरल में लगातार अपनी जिंदगियाँ गँवा रहे हैं। क्या दिल्ली की सरकार सो रही है और इस मुद्दे पर केरल सरकार क्या कर रही है? समाचार एजेंसी भाषा के अनुसार, यह भाषा आतंकवादियों, माओवादियों और नक्सलवादियों जैसी है। एमएम मणि ने अपने भाषण में देश में राजनीतिक विवाद छेड़ दिया है और कांग्रेस तथा भाजपा कह रहे हैं कि यह माकपा की 'हिंसा की राजनीति' की पोल खोलता है।

विरोधियों ने मोदी को कितना ही निशाना बनाया हो, लेकिन यह सत्य है कि वे हमेशा जनता के दिलों में जगह बनाते गए और उनकी लोकप्रियता का ग्राफ एक दिन इतना उच्च हो गया कि बाकी सारे नेता ही उनके सामने बोने नजर आने लगे। भारतीय संविधान का तो आदर्श वाक्य ही सत्यमेव जयते है, इसलिए सत्य को न तो कभी दबाया जा सकता है और न ही छिपाया जा सकता है। जो वास्तव में सच्चे हृदय से समाज सेवा करते हैं, वे हमेशा मोदी जी की नीतियों के कायल रहे हैं, इस बात में कोई संशय नहीं है।

...और झुका दिया ब्रिटेन

पं. रामप्रसाद विस्मिल का एक बड़ा ही प्यारा गीत है, जिसे गाते हुए देश के न जाने कितने नौजवानों ने देश की आजादी के लिए अपना जीवन बलिदान कर दिया। सच पूछिए तो इस गीत के भाव और भावना आज के युग में भी इतने ही प्रासंगिक हैं, जितने गुलामी के समय थे। इस गीत को गाने के सबसे बड़े हकदार आज नरेंद्र मोदी जी हैं। नरेंद्र मोदी ने दिल में शायद यही सोचा था कि :

सरफरोशी की तमन्ना, अब हमारे दिल में है।
देखना है जोर कितना, बाजु-ए-कातिल में है?
वक्त आने दे, बता देंगे तुझे ए आस्माँ!
हम अभी से क्या बतायें, क्या हमारे दिल में है?

सच में नरेन्द्र मोदी ने देश के लिए कुछ कर गुजरने का संकल्प लिया, लेकिन समय बदल गया, इसलिए उन्होंने देश के लिए बलिदान नहीं वरन अपने पारिवारिक सुखों का बलिदान कर दिया। कुछ कर गुजरने का संकल्प लेकर विरोधियों को खुलेआम चुनौती दी :

अब तेरी हिम्मत का चर्चा, गैर की महफिल में है।

नरेंद्र मोदी देश में एकता और अखंडता के साथ-साथ शांति चाहते हैं, लेकिन इसका मतलब यह नहीं कि वे अहिंसात्मक ढंग से शत्रुओं से निपटने की सोचते हैं। नहीं ऐसा कतई नहीं हैं। हिंदी चीनी भाई-भाई का नारा भारत बहुत पहले लगाकर देख चुका है। अब तो भारत जान चुका है कि लातों के भूत बातों से नहीं मानते। इसलिए नरेंद्र मोदी तो शायद यही मानते हैं कि

है लिये हथियार दुश्मन, ताक में बैठा उधर।
और हम तैय्यार हैं, सीना लिये अपना इधर।।

भारत में मोदी के विरोधियों ने नरेंद्र जी को इस प्रकार प्रचारित किया कि जैसे वे मानवता के बहुत बड़े शत्रु हों और यही कारण रहा कि उन दिनों कई देशों ने उन्हें वीजा तक नहीं दिया, लेकिन धुन के धनी और कर्त्तव्यनिष्ठा के पथ पर चलने वाले लोग भला इसकी परवाह कब करते हैं। और सच तो यह है कि नरेंद्र मोदी ने 2005 के बाद उन देशों का वीजा माँगा ही नहीं।

एक बार स्वामी दयानंद से किसी ने कहा कि काश आपको अंग्रेजी आती तो मैं तुम्हें अमेरिका लेकर जाता और वहाँ धर्म का प्रचार करते, लेकिन दयानंद ने कहा कि काश तुम्हें हिन्दी और संस्कृत आती तो तुम देश के सुधार के लिए कुछ कर सकते थे, क्योंकि पहले देश को तो देख लो।

यही बात नरेन्द्र मोदी की भी रही है। उन्होंने तो तब स्पष्ट कह दिया था कि "मुझे अमेरिका जाने की क्या जरूरत है, मैं अपने देश को इतना शक्तिशाली बना दूँगा कि एक दिन अमेरिका ही भारत के कदमों में होगा, वीजा जैसी छोटी-मोटी चीजें तो वे सोने के थालों में सजाकर लाएँगे।"

गुजरात के मुख्यमंत्री रहते हुए नरेंद्र मोदी भारत का गौरव पल-पल बढ़ा रहे थे और हमारे कई नेता घटिया राजनीति करते हुए उन्हें पग-पग पर बदनाम करने की साजिश रच रहे थे, लेकिन हीरे को कोयला थोड़े ही माना जाता है, भले ही वह कोयले की खान में हो। हमारे कई नेताओं ने तो आज भी भारत को पिछड़ा और गँवारों का देश घोषित करने में कोई कसर बाकी नहीं छोड़ी है, जबकि सच्चाई यह है कि हम चाँद पर कदम रख चुके हैं और अगला पड़ाव हमारा मंगल पर भी सफल रहा।

"ओह! तो तुम भारत से हो?" ताइवान की यात्रा के दौरान किसी ताइवानी ने नरेंद्र मोदी से कहा था, "वह भारत जो सपेरों का देश है, क्या अभी भी वहाँ सपेरे हैं? वहाँ के लोग जंगली हैं।"

"श्रीमान् अपने ज्ञान को अपडेट कीजिए," मोदी ने स्पष्ट उत्तर दिया था, "भारत स्नेक चार्मर्स के देश से अब माउस चार्मर्स के देश में बदल चुका है।"

"मतलब, हमारी समझ से परे की बात है।" ताइवानी ने मोदी से

फिर पूछा था, "माउस चार्मर्स का मतलब?"

"माउस से मेरा इशारा कंप्यूटर के माउस से है, श्रीमान्।" मोदी ने कहा था, "भारत आज सूचना प्रौद्योगिकी में दुनिया के तमाम देशों से आगे निकल चुका है।"

मोदी की योग्यता का लोहा आज अमेरिका और ब्रिटेन ने भी मान लिया है। जो देश उसे अपने यहाँ आने के लिए वीजा तक नहीं दे रहे थे आज वही आँखों पर बैठाने को लालायित हैं। इसी क्रम में नरेन्द्र मोदी और ब्रिटेन के संबंध बहाल हुए, वो भी तब, जब तो वे प्रधानमंत्री भी नहीं बने थे। नरेन्द्र मोदी का करीब एक दशक से जारी बहिष्कार समाप्त करने के बाद यूरोपीय संघ (ईयू) के सांसदों ने उन्हें नवंबर 2013 में ब्रूसेल्स में यूरोपीय संसद में हिस्सा लेने के लिए आमंत्रित किया था। क्या यह इस बात को नहीं दर्शाता कि आज ईयू भी नरेन्द्र मोदी के आगे झुक गया है। ब्रिटेन कभी मोदी को अपने यहाँ न फटकने की धमकी देता था, लेकिन बाद में वह भी गुजरात के शेर के चरणों में नतमस्तक हो गया। नरेन्द्र मोदी ने ब्रिटेन के कदम पर कहा था कि देर आए दुरुस्त आए। भारत में ब्रिटेन के उच्चायुक्त ने सोमवार, 22 अक्तूबर, 2012 को गुजरात में नरेन्द्र मोदी से खास भेंट कर दस साल बाद संबंध पुनः जोड़ लिए थे। ब्रिटेन ने भी साल 2002 के दंगों के बाद नरेन्द्र मोदी के गुजरात से अपना नाता तोड़ लिया था। जैसा कि आप जानते ही हैं कि साल 2002 में मुस्लिम विरोधी दंगों में काफी लोग मारे गए थे। मरने वालों में अधिकांश कट्टरपंथी यवन थे, उनमें से तीन ब्रितानी मुसलमान भी थे।

यूरोप के अन्य देशों के साथ ब्रिटेन ने भी गुजरात में हुए 2002 के दंगों में मुख्यमंत्री के तौर पर नरेन्द्र मोदी की भूमिका पर नकारात्मक टिप्पणी की थी। नरेन्द्र मोदी दंगों में अपनी भूमिका पर हर तरह से इनकार करते आए हैं। साँच को आँच नहीं की तर्ज पर नरेन्द्र मोदी को दंगों के बाद कई जाँचों में राहत मिली।

फोर्ड फाउंडेशन व हिवोस से प्राप्त धन के प्राप्त कर्ता एनजीओ संस्थाओं व वामपंथी पत्रकारों के कुप्रचार ने श्री मोदी के विरूद्ध इतना विष वमन किया कि ब्रिटेन ने दंगों के बाद से ही गुजरात की राज्य सरकार

के साथ अपना कोई आधिकारिक संबंध नहीं रखा।

ब्रिटेन में गुजराती मूल के लोगों की बड़ी संख्या है और अब ब्रितानी सरकार का कहना है कि ब्रितानी हितों को गुजरात सरकार से संबंध बना कर अधिक बेहतर ढंग से साधा जा सकता है। कई मानवाधिकार संगठनों ने और दंगों में मारे गए ब्रितानी नागरिकों के परिवार वालों ने ब्रितानी सरकार के इस फैसले की निंदा की है। लेकिन समय बदलते देर नहीं लगती और कालांतर में जब मोदी प्रधानमंत्री बन गए तो ब्रिटेन और अमेरिका दोनों ने ही उनके स्वागत में पलक-पाँवड़े बिछा दिए।

कांग्रेसी नेता के मुख से सच्चाई

सचाई कभी दबाई या छिपाई नहीं जा सकती। यदि नेताओं में शेरों के लक्षणों की गिनती की जाए तो देश में आज तक तीन ही शेर हुए हैं। पहले थे नेताजी सुभाष चंद्र बोस, जिन्होंने आजाद हिन्द फौज की स्थापना करके अंग्रेजों को क्रान्ति के बल पर देश से भगाने की नीति अपनाई थी। दूसरे हुए थे बाला साहब ठाकरे, जिन्होंने कट्टरवाद और आतंकवाद पर कड़ा रुख अपनाया और अब तीसरे एकमात्र शेर केवल नरेंद्र मोदी ही हैं। यह हम नहीं कहते, वरन् सारा भारत कहता है। कांग्रेस जो मोदी के साथ शत्रु की तरह व्यवहार करने के लिए प्रसिद्ध है, उसके नेता भी मोदी को शेर ही मानते हैं। इससे बड़ा मोदी का भारत में महत्त्व और भला क्या हो सकता है?

हम आपको बता दें कि महाराष्ट्र से कांग्रेस सांसद विजय दर्डा ने 29 जुलाई, 2012 को नरेंद्र मोदी के कामकाज की सराहना करते हुए उन्हें शेर बताया था।

समाचार एजेंसी पीटीआई के मुताबिक, दर्डा ने कहा था कि काम के प्रति मोदी की प्रतिबद्धता और समर्पण एक शेर से मिलता-जुलता है। एक मीडिया समूह के प्रधान संपादक दर्डा को मीडिया के जरिये समाज की सेवा करने के लिए 'तरुण क्रांति' पुरस्कार प्रदान किया गया। समाज सेवा के लिए जिन दो अन्य को यह पुरस्कार दिया गया, उनमें योगगुरु बाबा रामदेव और जैन इंटरनेशनल ट्रेड आर्गेनाइजेशन हैं। इस अवसर पर मोदी ने स्पष्ट कहा था कि दर्डा

મોદી ગુજરાતના શેર : કોંગ્રેસ સાંસદ

को गुजरात में की गयी इस टिप्पणी की कीमत चुकानी पड़ सकती है। कांग्रेस नेतृत्व को आड़े हाथ लेते हुए मोदी ने तभी कहा था कि इस ब्रेकिंग न्यूज को पढ़कर कोई आश्चर्य नहीं होगा कि मोदी की सराहना करने के लिए दर्डा को पार्टी हाईकमान ने कारण बताओ नोटिस जारी किया। हालांकि बाद में कांग्रेसी दबाव के कारण दर्डा ने स्पष्टीकरण देते हुए कहा था कि मोदी पर की गई टिप्पणी के पीछे कोई राजनीतिक बात नहीं थी। मैं एक धार्मिक समारोह में अपने दिल की भावना प्रकट कर रहा था। मेरी टिप्पणी को राजनीतिक टिप्पणी के तौर पर नहीं लेना चाहिए। बाद में दर्डा के बयान पर कांग्रेस ने गुजरात में पार्टी मामलों के प्रभारी से रिपोर्ट माँग ली थी। कांग्रेस महासचिव जनार्दन द्विवेदी ने कहा था कि हम पहले तथ्यों की जाँच-पड़ताल करेंगे। लेकिन बाद में क्या हुआ, जनार्दन को भी एक बार कहना ही पड़ा था कि जो सच है वह सच है लेकिन राजनीति भी तो करनी है। हालाँकि इससे पहले दारुल उलूम देवबंद के वाइस चांसलर मौलाना गुलाम मोहम्मद वस्तानवी को 2011 में पद संभालने के कुछ माह बाद ही इस्तीफा देना पड़ा था। उन्होंने गुजरात के मुख्यमंत्री नरेंद्र मोदी की तारीफ की थी। उन्होंने कहा था कि राज्य में हुए विकास का अन्य समुदायों के साथ मुसलमानों को भी फायदा मिला है। माकपा ने 5 मार्च, 2009 को अपने सांसद एपी अब्दुल्ला कुट्टी को मोदी की प्रशंसा करने के लिए पार्टी से निकाल दिया था। कुट्टी ने दुबई में एक कार्यक्रम में मोदी के विकास के मॉडल की तारीफ की थी। उन्होंने अपने प्रदेश केरल में सत्तारूढ़ वाम मोर्चा सरकार से अपना प्रतिनिधिमंडल विकास कार्यों को देखने के लिए गुजरात भेजने को कहा था, जो उसे भारी पड़ गया था। समाजवादी पार्टी ने सिद्दीकी से 2013 में नाता तोड़ लिया था। सिद्दीकी ने अपने उर्दू अखबार 'नई दुनिया' के लिए मोदी का इंटरव्यू लिया था। मोदी ने इंटरव्यू में गुजरात दंगों को लेकर कहा था कि अगर वह गुनहगार हैं, तो उन्हें फाँसी पर चढ़ा देना चाहिए। बाद में सिद्दीकी ने एक कार्यक्रम में यह भी कहा था कि सच हमेशा कड़वा होता है और कड़वा स्वाद किसे पसंद है।

बाल ठाकरे और मोदी

"वंदे मातरम्।" एक बार मोदी ने भेंट के दौरान चरण स्पर्श करते हुए बाल ठाकरे को कहा था, "आपका स्नेह और आशीर्वाद लेने आया हूँ।"

"प्रसन्न रहो और देश की सेवा करते रहो।" ठाकरे ने कहा था, "जिस स्नेह और आशीर्वाद पर आपका हक है उसे दूसरा कोई ले नहीं सकता।"

दोनों बैठ गए थे और देश की चिंता करने लगे थे, "युग बदल गया है और विघटनकारी शक्तियाँ फिर से मुँह उठा रही हैं।"

"ईश्वर ने चाहा तो ऐसी शक्तियों का मुँह टूट जाएगा।" मोदी ने तपाक से कह दिया था, "देश की एकता और अखंडता को कभी आँच नहीं आने दी जाएगी।"

"यह सकारात्मक विचार ही हैं, जो भविष्य में देश को संभाल सकते हैं, इन्हें कभी समाप्त न होने देना।" वर्षों पहले ही इस प्रकार बाल ठाकरे ने मोदी की प्रतिभा को पहचान लिया था।

इसके बाद शिवसेना संस्थापक स्वर्गीय बाल ठाकरे ने 5 अक्टूबर 2012 को नरेंद्र मोदी की प्रशंसा करते हुए कहा था कि मोदी ने गुजरात का कल्याण किया है। अपने पार्टी मुखपत्र 'सामना' में एक संपादकीय में उन्होंने लिखा था कि मोदी ने गुजरात में पकड़ प्रदर्शित की है और वह लगातार तीसरी बार चुनाव जीतने जा रहे हैं। इसकी वजह मोदी के नेतृत्व में गुजरात में पिछले 10 साल के दौरान रही विकास की गति है। मोदी के विजय रथ को रोकना किसी के लिए आसान नहीं होगा।

ठाकरे ने लिखा था कि टीवी चैनलों पर ऐसी तस्वीर प्रदर्शित की जा रही है कि मोदी एक प्रकार के दैत्य हैं, जो देश भर के मुसलमानों को निगल जाएँगे, लेकिन यह गलत है। गुजरात दंगों के बाद कांग्रेस ने मोदी

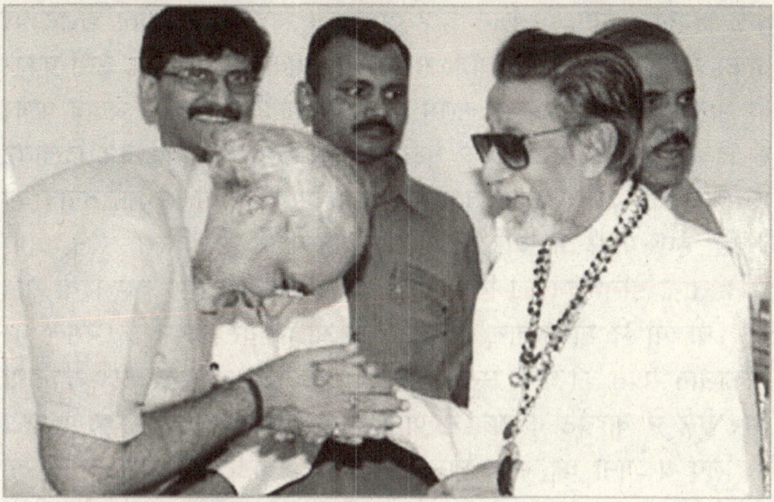

को 'मौत का सौदागर' बताया, लेकिन देखिए क्या हुआ? कांग्रेस को सिर्फ 55 सीटें मिलीं, जबकि मोदी के नेतृत्व में बीजेपी को 121 सीटें मिलीं।

जिस दिन गुजरात के चुनावों की तारीख घोषित की गयी, उस दिन कांग्रेस अध्यक्ष सोनिया गांधी ने राज्य में एक रैली को संबोधित किया था। ठाकरे ने उस पर प्रतिक्रिया व्यक्त की थी कि अपने पूरे भाषण में उन्होंने एक बार भी मोदी का नाम नहीं लिया। यह संकेत है कि कांग्रेस ने चुनावी संघर्ष शुरू होने के पहले ही हार मान ली है। पूर्व मुख्यमंत्री केशुभाई पटेल द्वारा राजनीतिक पार्टी बनाए जाने का जिक्र करते हुए ठाकरे ने कहा था कि कांग्रेस को लगता है कि सौराष्ट्र में पटेलों के प्रभुत्व से उसे फायदा होगा, क्योंकि हिंदू मतों का विभाजन होगा, लेकिन यह 'दिवास्वप्न' के समान है।

आज ठाकरे इस दुनिया में नहीं हैं, लेकिन उनकी हरेक बात सच निकली और मोदी एक बार फिर मुख्यमंत्री बने और उसके बाद 2014 के लोकसभा चुनाव में भारतीय जनता पार्टी को ऐतिहासिक जीत दिलाकर वे प्रधानमंत्री बने। आज बाल ठाकरे जीवित होते तो सच में मोदी से अधिक खुशी मोदी के प्रधानमंत्री बनने की उन्हें ही होती।

यह भी एक कटु सत्य है कि नरेंद्र मोदी ठाकरे की नीति पर ही चलने

वाले हिंदूवादी नेता हैं। जिस तरह अमरनाथ यात्रा में व्यवधान डालने पर ठाकरे ने मुस्लिमों की हज यात्रा रोकने की धमकी दी थी, ठीक उसी प्रकार दो भारतीय सैनिकों के सर कलम करने पर मोदी ने ईंट का जवाब पत्थर से दिया। सचमुच गुजरात के मुख्यमंत्री नरेंद्र मोदी ने वह कर दिखाया, जिसे करने में केन्द्र सरकार तक नाकाम रही। एलओसी पर बने तनाव को देखते हुए मोदी ने वाइब्रेंट गुजरात सम्मेलन में हिस्सा लेने आए पाकिस्तानी डेलिगेशन को विनम्रता से वापस जाने के लिए कह दिया था।

बीजेपी ने पाकिस्तान की ओर से सीजफायर तोड़ने के मसले पर तत्कालीन संप्रग की केन्द्र सरकार के रवैये के खिलाफ सख्त रुख अपनाया था। ऐसे में वाइब्रेंट गुजरात में पाकिस्तानी डेलिगेशन की मौजूदगी पार्टी के लिए परेशानी का सबब बन सकती थी। बॉर्डर पर जारी तनाव का हवाला देते हुए मोदी सरकार ने 2012 में 22 सदस्यों वाले पाकिस्तानी डेलिगेशन को वापस जाने के लिए कह दिया था। इस डेलिगेशन ने गुजरात से ही विदा ली थी। कराची चेंबर ऑफ कॉमर्स एंड इंडस्ट्री से आए 22 सदस्यों के डेलिगेशन को वाइब्रेंट गुजरात के ओपनिंग कार्यक्रम में भी हिस्सा लेना था, लेकिन उन्हें कहा गया कि वे बाहर न आएँ। इस पर डेलिगेशन के मेंबर्स को अहमदाबाद के उसी होटल में रुकना पड़ा, जहाँ उन्हें ठहराया गया था। डेलिगेशन के कुछ मेंबर सूरत और भरूच जाकर घूमना चाहते थे। ऐसे में उन्हें सूरत ले जाया गया, जिसके बाद पूरी सुरक्षा के साथ मुंबई भेज दिया गया। डेलिगेशन को अहमदाबाद में घूमने की इजाजत भी नहीं दी गई।

नरेंद्र मोदी और भारत आज दोनों एक दूसरे के पर्यायवाची बन गए हैं। भारत वैदिक संस्कृति वाला देश रहा है। हमें अपने हिन्दू होने पर गर्व है। सर्वे भवन्तु सुखिनः सर्वे सन्तु निरामया की अवधारणा वाली हमारी संस्कृति दुनिया की सब संस्कृतियों से निस्संदेह पावन रही है और नरेन्द्र मोदी को हमेशा से इसी बात पर गर्व रहा है कि उन्हें उस पावन भारत भूमि पर जन्म मिला है, जहाँ देवता भी अवतार लेने के लिए तरसते हैं।

नेताजी सुभाष जितने लोकप्रिय

''साधु-संतों का राष्ट्र के प्रति कर्तव्य क्या है?'' एक पत्रकार ने 2013 में आयोजित हरिद्वार कुंभ में विश्व हिंदू परिषद के नेता अशोक सिंघल से पूछा था, ''क्या रामराज्य लाने में संतों की इतनी बड़ी फौज कोई भूमिका नहीं निभा सकती!''

अशोक सिंघल ने कहा था, ''संतों का कर्तव्य है राष्ट्र को पतन से बचाना और विकास की ओर ले जाना। लोगों को धर्म एवं संस्कृति का ज्ञान देना। और जहाँ तक रामराज्य की बात है तो साधु-संत हमेशा और हर युग में प्रयास करते रहे हैं कि देश में रामराज्य स्थापित हो।''

''तो इस युग में फिर क्यों नहीं।''

''आपको किसने बताया कि हम इस युग में रामराज्य लाने का प्रयास नहीं कर रहे, कर रहे हैं भाई। तभी तो सारा साधु समाज नरेंद्र मोदी के साथ है।''

''एक विवादित नेता के साथ साधु-संत क्यों हैं?''

''नरेंद्र मोदी विवादित नेता उन लोगों की दृष्टि में हैं, जो देश को आगे बढ़ना नहीं देखना चाहते। जबकि सच्चाई तो यह है कि नरेंद्र मोदी से बड़ा राष्ट्रवादी नेता और कोई नहीं।''

''यह आप कैसे कह सकते हैं?''

''इसमें कहने की क्या बात है, आज नरेंद्र मोदी देश के पहले प्रधानमंत्री पंडित जवाहर लाल नेहरू से अधिक लोकप्रिय हैं। और सच पूछिए तो उससे भी कहीं अधिक नेताजी सुभाष चंद्र बोस की तरह लोगों के चहेते बन चुके हैं।''

''किस विश्वास के साथ आप ऐसा कह सकते हैं?''

"इसलिए कि देश की आज सारी राष्ट्रभक्त जनता पुकार-पुकार कर कह रही है कि मोदी लाओ देश बचाओ।" सिंघल ने आगे कहा था, "आप तो पत्रकार हैं सब जानते हैं, क्या आप मेरी बात से सहमत नहीं हैं।"

"मान्यवर सहमत हूँ, लेकिन रिपोर्टिंग तो करनी ही है।"

"ठीक है रिपोर्टिंग करिए, लेकिन जो सच है उसे ही लोगों को दिखाइए।"

"सच तो मोदी लहर है।"

"तो ठीक है, धन्यवाद।"

यह एक सत्य वार्तालाप है, जो कुम्भ के दौरान इस पुस्तक के लेखक ने लिया। उसी दौरान इस लेखक ने कुम्भ पर दो पुस्तकें लिखी थीं और मेले में अपनी पुस्तकों की अच्छी बिक्री कराने के उद्देश्य से वहीं डेरा डाला हुआ था।

एक जमाना था, जब नेताजी सुभाष चंद्र बोस सारे भारत के एकमात्र लोकप्रिय नेता थे। आज भी देश में जितने स्वतंत्रता सेनानी बचे हुए हैं, उन सबमें आजाद हिंद फौज के सेनानियों का सबसे अधिक सम्मान है। नरेंद्र मोदी भी नेताजी सुभाष चंद्र बोस को अपना आदर्श मानते हैं और

उनके बचे हुए सिपाहियों को राष्ट्र की अनमोल धरोहर। यही कारण है कि वाराणसी में 9 मई, 2014 को मोदी के शक्ति प्रदर्शन के बीच ऐसा दृश्य सामने आया था, जिसे देखकर सब हैरान रह गए। मंच पर अचानक एक 103 साल का बुजुर्ग आया और मोदी ने रैली में मौजूद हजारों लोगों के सामने उसके पाँव छू लिए। मोदी ने इस व्यक्ति के पैर छूकर आशीर्वाद लिया। मोदी के ऐसा करते ही सब ये जानने को उतावले हो उठे कि आखिर ये बुजुर्ग हैं कौन? लोगों को ज्यादा इंतजार नहीं करना पड़ा। मोदी ने भाषण के दौरान ही इस राज से पर्दा उठाया। मोदी ने कहा, "मुझे बताया गया है कि कर्नल निजामुद्दीन की उम्र 103 साल से ज्यादा है और मेरा सौभाग्य है कि वो इतनी दूर से मेरे जैसे आदमी को आशीर्वाद देने आए हैं। मैं उनका आभारी हूँ।"

दरअसल इस बुजुर्ग शख्स का नाम है कर्नल निजामुद्दीन, जो नेताजी सुभाष चंद्र बोस की आजाद हिंद फौज के सदस्य रहे हैं। कर्नल निजामुद्दीन सुभाष चंद्र बोस की गाड़ी चलाया करते थे। 11 भाषाएँ जानने वाले कर्नल साहब गजब के निशानेबाज रहे हैं। जंग के दौरान उन्होंने एक बार अंग्रेजों का एक विमान भी मार गिराया था।

यदि हम नेताजी की तत्कालीन भारत में लोकप्रियता की बात करें

तो इसके लिए हमें थोड़ा इतिहास को खँगालना होगा।

सन् 1938 में सुभाष को कांग्रेस का अध्यक्ष चुना गया। इसी दौरान यूरोप में द्वितीय विश्वयुद्ध के बादल छा गए। सुभाष चाहते थे कि इंग्लैंड की इस कठिनाई का लाभ उठाकर अखण्ड भारत की आजादी की लड़ाई को ओर तेज किया जाये, यह भारत की आजादी के लिए स्वर्णिम अवसर है। कांग्रेस अध्यक्ष रहते हुए उन्होंने इस दिशा में कार्य शुरू कर दिया। सुभाष गांधी जी के तथाकथित अहिंसा आन्दोलन के द्वारा भारत को आजादी दिलाने की खोखली नीति पर कभी विश्वास नहीं करते थे। इसी कारण गांधी-नेहरू की अगुवाई वाली एक अंग्रेज द्वारा बनाई गई कांग्रेस ने द्वेषवश कभी नेताजी सुभाष का साथ नहीं दिया।

भारत की आजादी में एक महत्वपूर्ण पहलू द्वितीय विश्वयुद्ध भी है। इस युद्ध में ब्रिटेन सहित पूरा यूरोप बर्बाद हो गया था। अब उनमें भारत की आजादी के आन्दोलन को झेलने की शक्ति नहीं बची थी। अगर अंग्रेज द्वितीय विश्वयुद्ध में इतनी बुरी तरह बर्बाद नहीं होते और भारत में सशस्त्र क्रान्तिकारी न होते तो शायद गांधी जी का स्वतन्त्रता आन्दोलन अभी तक चल रहा होता।

1939 में जब कांग्रेस का नया अध्यक्ष चुनने का समय आया तो सुभाष चाहते थे कि कोई ऐसा व्यक्ति अध्यक्ष बनाया जाये, जो अखण्ड भारत की पूर्ण आजादी के विषय पर किसी के सामने न झुके। ऐसा कोई दूसरा व्यक्ति सामने न आने पर सुभाष ने स्वयं अध्यक्ष पद पर बने रहना चाहा। लेकिन गांधी जी अपने सामने किसी प्रतिद्वंद्वी को स्वीकार न कर पाते थे और वह उन्हें अपने रास्ते से हटाने का पूर्ण प्रयास किया करते थे, वह प्रतिदंद्वी नेताजी सुभाष रहे हों चाहे भगतसिंह। सुभाष कांग्रेस के अध्यक्ष पद पर रहते हुए गांधी जी की नीतियों पर नहीं चले, अतः गांधी व उनके साथी सुभाष को अपने रास्ते से हटाना चाहते थे। गांधी ने सुभाष के विरूद्ध पट्टाभि सीतारमैय्या को चुनाव लड़ाया। लेकिन उस समय गांधी से कही ज्यादा लोग सुभाष को चाहते थे। कवि रविन्द्रनाथ टैगोर ने गांधी जी को पत्र लिखकर सुभाष को ही अध्यक्ष बनाने का निवेदन किया। प्रफुल्ल चन्द्र रॉय और मेघनाद साहा जैसे वैज्ञानिक भी

सुभाष को फिर से अध्यक्ष देखना चाहते थे। लेकिन गांधी जी ने इस विषय पर किसी की नहीं मानी। कोई समझौता न हो पाने के कारण कई वर्षों बाद पहली बार कांग्रेस अध्यक्ष पद के लिए चुनाव हुआ।

गांधी जी के प्रबल विरोध के बावजूद सुभाष चन्द्र बोस भारी बहुमत से चुनाव जीतकर दोबारा कांग्रेस के अध्यक्ष चुन लिये गए। गांधी जी को दुःख हुआ, उन्होंने कहा कि 'सुभाष की जीत गांधी की हार हैं।' सत्य के प्रयोग करने वाले गांधी जी शान्त नहीं रहे, बल्कि उन्होंने नेताजी सुभाष के प्रति विद्वेष का व्यवहार अपनाया। उनके कार्यों में बाधाएँ डालते रहे और अन्त में कांग्रेस के अध्यक्ष पद से त्यागपत्र लिखवाकर ही दम लिया।

इतिहास अपने आपको दोहराता है और जो कांग्रेस के तत्कालीन सबसे बड़े नेता गांधी जी ने सुभाष के साथ किया वही 2014 में कांग्रेस ने मोदी के साथ किया और इतिहास ने फिर वही सत्य दोहरा दिया, तब सुभाष जीते थे और अब मोदी जीत गए। दोनों ही बार हारी तो बस कांग्रेस। तब सारा देश सुभाष को चाहता था और अब मोदी को। कालांतर में नेताजी सुभाष अदृश्य हो गए या सही मानें तो एक विमान हादसे में नहीं रहे और देश आजाद होने पर लोगों ने पंडित नेहरू को अपना मसीहा मान लिया, हालांकि कई लोग इसे भी सही नहीं मानते। फिर भी नेहरू जी लोकप्रिय नेता तो हो ही गए थे, क्योंकि उन दिनों गांधी जी की हत्या के बाद लोकप्रिय श्यामा प्रसाद जैसे महान राष्ट्रवादी नेताओं को लगातार निशाना बनाया जा रहा था और उनकी हत्या की जा रही थी।

फिर भी नरेंद्र मोदी आज देश के पहले प्रधानमंत्री पंडित जवाहर लाल नेहरू से कहीं अधिक लोकप्रिय हो गए हैं। जनवरी-फरवरी 2013 में आयोजित हरिद्वार कुंभ में विश्व हिंदू परिषद के नेता अशोक सिंघल ने कहा था कि गुजरात के मुख्यमंत्री (तब वे सीएम ही थे) देश के पहले प्रधानमंत्री जवाहरलाल नेहरू जितने ही लोकप्रिय हैं। सिंघल ने कहा, "जवाहर लाल नेहरू के जमाने से ऐसा पहली बार है कि कोई नेता देशभर में इस कदर लोकप्रिय हुआ हो।"

संघ तो पहले ही मान चुका था कि यह नरेन्द्र मोदी ही हैं, जो 2014

के चुनाव में राजनीति में राष्ट्रवाद का बेड़ा पार लगा सकते हैं, इसलिए वह अभी से नरेन्द्र मोदी को राष्ट्रीय नेता के तौर पर मान्यता दे रहा था।

2014 के भारी बहुमत से पहले की बात करें तो उससे पहले कुछ वर्षों के कई चुनावों-उप चुनावों से यह साबित हुआ है कि भाजपा का आधार वोट भी उससे छिटका था। यह आधार वोट उसके अपने विचार-साम्य वाले मतदाताओं का है, जिनके बीच में भाजपा के लगातार पथ-च्युत होने का संदेश गया था। प्रत्येक राष्ट्रीय राजनीतिक दल किन्हीं अर्थों में क्षेत्रीय भी होता है और इस प्रकार उसे क्षेत्रीय मतदाताओं की आकांक्षा पर भी खरा उतरने की कोशिश करनी पड़ती है। भाजपा के साथ दिक्कत यह हुई कि एक वृहद् राष्ट्रीय फलक प्राप्त करने के लिए उसने तमाम क्षेत्रीय दलों से चुनावी गठबंधन किया और इस पर तालमेल बनाने के लिए उसे अपने कई मूल चुनावी मुद्दों को छोड़ना/भूलना पड़ा, और जिन मुद्दों को लेकर उसके सहयोगियों की सर्वानुमति बनी वह मुद्दे अन्य राजनीतिक दलों के भी एजेन्डे में पहले से ही थे। यह राजनीतिक गठबंधनों की विवशता है, लेकिन आम मतदाता इतनी बारीक पेचीदगियों को नहीं समझता। सतत् चुनाव परिणामों ने दिखाया कि ऐसी विवशता से भाजपा को दीर्घकालिक नुकसान हुआ है। क्षेत्रीय दल किस तरह गठबंधन का नेतृत्व करने वाले दल का भाग्यदोहन करते हैं, इसे केन्द्र में 10 साल तक सत्ता पर काबिज रही संप्रग के इतिहास को देखकर जाना जा सकता है। भाजपा के वैचारिक परिवर्तन की पराकाष्ठा लालकृष्ण आडवानी के कार्यकाल में थी। उनके द्वारा कायदे-आजम जिन्ना को धर्मनिरपेक्ष बताने पर संघ की भवें टेढ़ी हो गयीं और उन्हें अपने इस नव-उदारवाद की खासी कीमत चुकानी पड़ी, लेकिन उनकी यह 'वैष्णवी फिसलन' फिर भी नहीं थमी और फिर पाँच राज्यों के विधानसभा चुनावों से पूर्व उन्होंने जब रथ यात्रा निकालने का ऐलान किया तो संघ ने प्रस्थान-पूर्व ही उन्हें नागपुर तलब कर साफ कर दिया कि वे अब प्रधानमंत्री पद के दावेदार नहीं हैं। इसका अपरोक्ष संदेश यह निकला था कि संघ इस दावेदारी के लिए मोदी को योग्य मानता था। सभी जानते हैं कि आडवाणी का एक नाम 'प्रतीक्षारत प्रधानमंत्री' ही हो चुका था!

आडवाणी के साथ संघ के दोनों बार के इस रवैये ने यह साफ कर दिया था कि भाजपा के लिए रेल-पटरी बिछाने का काम संघ ही करेगा।

असल में अटल बिहारी वाजपेयी के स्वास्थ्य कारणों से नेपथ्य में चले जाने के बाद संघ का पूरा नियंत्रण भाजपा पर हो गया। भाजपा में शीर्ष स्तर पर अभी उत्तर भारत के नेताओं का वर्चस्व है। संघ की मंशा संभवतः शीर्ष पर दक्षिण भारत के नेताओं को स्थापित करने की है। गड़करी की नियुक्ति इस दिशा में प्रथम प्रयास थी। लेकिन गड़करी के बाद राजनाथ को अध्यक्ष बनाया गया, जो मोदी के गहरे प्रशंसक हैं और उनके अध्यक्ष बनने से मोदी की राह आसान हो गई।

नरेन्द्र मोदी किन कारणों से चर्चित हैं, इसे सभी जानते हैं। उनकी छवि यह है कि भाजपा के गठबंधन में शामिल दल ही उन्हें प्रधानमंत्री बनने से पहले अपने शासन वाले राज्यों में चुनाव के दौरान देखना पसन्द नहीं करते थे और अमेरिका जैसा मुक्त सोच वाला देश भी अपने यहाँ उनकी मौजूदगी नहीं चाहता था। संघ का प्रमुख सहयोगी संगठन विश्व हिन्दू परिषद है, जिसने अयोध्या में मंदिर आंदोलन के लिए संघ के मुखौटे की भूमिका निभायी है। बीते एक दशक से विहिप की मशीनरी एक तरह से ठप्प थी, लेकिन फिर उसमें तेल-पानी डालकर उसे गतिशील किया गया। अयोध्या में मंदिर निर्माण के लिए वांछित पत्थरों की तराशी हेतु विहिप ने वहाँ स्थित अपने मुख्यालय कारसेवकपुरम तथा वाराणसी, मथुरा व जयपुर में कार्यशालाएँ शुरू कर रखी थीं, जिसमें वर्षों तक पत्थर तराशे गये लेकिन पिछले कुछ वर्षों से सभी कार्यशालाएँ यह कहकर बंद कर दी गयी थीं कि विहिप के पास धन खत्म हो गया है। फिर अचानक ही अयोध्या स्थित दोनों कार्यशालाओं को पुनः शुरू किया गया। यह मंदिर आंदोलन की बासी पड़ चुकी कढ़ी में उबाल लाने का प्रयास था! एक सोचने वाली बात यह भी है कि राम का मंदिर यदि अयोध्या में नहीं बनेगा तो फिर कहाँ बनेगा?

उत्तर प्रदेश में वर्ष 1989 से धर्म और जाति की राजनीति ने अपने पर फैलाना शुरू कर दिया था। इसकी फसल समाजवादी पार्टी और भारतीय जनता पार्टी, दोनों ने काटी। एक के मजबूत होने पर दूसरा

प्रतिक्रिया स्वरूप मजबूत हो जाता था, लेकिन फिर चुनाव ने बता दिया कि अब मतदाताओं की सोच बदल गयी है। एक बार सपा वहाँ बहुमत के साथ आई। उन विस चुनाव में भाजपा जहाँ और कमजोर हुई, उसके उलट सपा सारे अनुमानों को ध्वस्त करते और मुसलमानों का विश्वास पुनः प्राप्त करते हुए नया प्रतिमान स्थापित कर गयी। 1989 के बाद से उत्तर प्रदेश में यह पहली बार था कि जब बिना किसी धार्मिक कट्टरता या भय के मुसलमान सपा के साथ रहे, लेकिन हिन्दू 2014 के चुनाव से पहले भाजपा के साथ नहीं थे। यह भाजपा के लिए खतरे की घंटी थी। लेकिन मोदी के नेतृत्व में ऐसी लहर चली कि खतरे की घंटी सुकून भरी वंशी में बदल गई।

नरेन्द्र मोदी अधिक लोकप्रिय इसलिए हुए क्योंकि उन्होंने हमेशा ही देश और देशवासियों की चिंता की है, अन्य नेताओं की तरह अपनी चिंता उन्हें नहीं है।

एक बार जब वे गुजरात के मुख्यमंत्री थे, तो एक प्रश्न पर उन्होंने कहा था कि "मैंने कांग्रेसी मुख्यमंत्री से कहा कि आपकी थोड़ी सीमा बांग्लादेश से सटी है तो, आप परेशान हैं। गुजरात की पाकिस्तान से लगी है और मुझसे मुशर्रफ तो क्या पूरा पाकिस्तान परेशान है।"

नरेन्द्र मोदी की माँ हीरा बा भी उन्हें नेहरू जी से कम नहीं मानती हैं। उन्होंने तो अपने बेटे को आशीष दिया था कि विधानसभा चुनाव में विजयी होने के बाद अब उनका प्रधानमंत्री बनने का सपना भी पूरा होगा। उनका कहना था कि उनके बेटे ने राज्य की भलाई के लिए काम किया है और उन्हें विश्वास है कि वह विजेता साबित होंगे। मोदी के प्रधानमंत्री बनने की महत्वाकांक्षा पर पूछे गए सवाल पर उनका कहना था कि उनका आशीर्वाद अपने बेटे के साथ है, इसीलिए वह प्रधानमंत्री जरूर बनेंगे।

और एक माँ की सच्चे हृदय की पुकार अंत में 2014 के चुनाव के बाद सत्य ही साबित हुई। उनके प्रधानमंत्री बनने से पहले ही पूरा देश मोदित्व की ओर देख रहा था। विकास-हिन्दुत्व का जो सूत्र गुजरात में प्रयोग किया गया, उसको हर भारतीय हिन्दुस्तान में विकसित होता देखना चाहता था! 2014 के चुनाव से पहले मोदित्व पूरे भारत के लिए एक ब्रांड

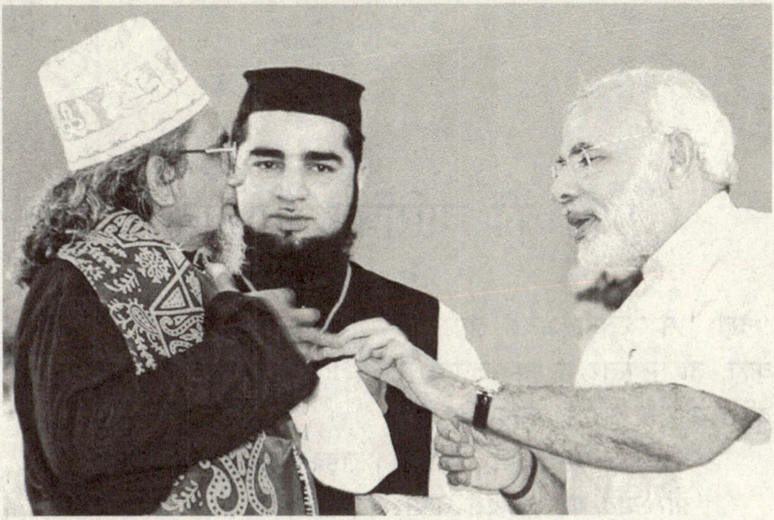

बन चुका था, जो बीजेपी का तारणहार सिद्ध हुआ, सुस्त पड़ी बीजेपी के लिए नरेंद्र मोदी से बढ़िया कोई दावेदार हो ही नहीं सकता था! झूठी धर्मनिरपेक्षता, बेरोजगारी, जातिवाद से त्रस्त जनता मोदी में सरदार पटेल की छवि देख रही थी, जो समूचे हिन्दू समाज को एक छत के नीचे ला सकता है और बार-बार जनता चीख कर बता रही थी कि उनकी पसंद मोदी ही हैं, वह अपने-अपने तरीके से बता रही थी, लेकिन अफसोस कि मोदी का विरोध करने वाले एनडीए की असहमति के तर्क देकर मोदी की पीएम पद की स्वीकृति को रोक रहे थे! महज नीतीश कुमार के कह देने भर से देश का दूसरा राष्ट्रीय दल अपना पीएम पद का उम्मीदवार के नाम बताने से डर रहा था, जब कि मोदी का नाम पीएम पद के प्रत्याशी के रूप में साफ होने पर बीजेपी को देश की जनता से भारी समर्थन मिलने की उम्मीदें थीं! लेकिन अंत में क्या हुआ? मोदी को पीएम पद का उम्मीदवार बनाया गया, तो सारे देश में एक स्वच्छ सरकार लाने की हवा अपने आप ही बनती चली गई और अनेक मुस्लिम नेता और धर्मगुरु भी उन्हें बधाई देने लगे।

मोदी की चारित्रिक विशेषताएँ

"देखा उसे कितनी अच्छी लग रही है।" एक किशोर ने दूसरे किशोर से कहा, तो प्रत्युत्तर में उसे जवाब मिला, "अच्छा यह बताओ तुमने किस दृष्टि से उसे अच्छी लगना कहा।"

"अरे बुद्धू तुम बहुत भोले हो। लड़की अच्छी क्यों लगती है।"

"और यदि यही तुम्हारी बहन होती और मैं तुम्हें कहता कि कितनी अच्छी लग रही है, तो फिर...।"

"तो फिर क्या तुम्हारे दाँत तोड़ देता।"

"तो ठीक है मैं तुम्हारे दाँत तोड़ दूँ।"

"क्या मतलब, यह तेरी बहन तो है नहीं।"

"गाँव गुहांड की बेटी मेरी बहन ही है।"

जी हाँ गाँव-गुहांड की हर बेटी को बहन मानने वाला वह किशोर नरेंद्र मोदी ही था, जिसके चरित्र की विशेषताओं में भारतीयता के संस्कार भरे पड़े थे।

दरअसल हमारा भारत ऐसा ही गौरवशाली देश है, जहाँ चित्र से अधिक चरित्र की पूजा होती है और यहाँ स्वच्छ चारित्रिक विशेषताओं वाले किसी भी आदमी को अवतार या मसीहा बनते देर नहीं लगती। मोदी में बचपन के संस्कार आज तक ज्यों के त्यों हैं। हाँ राजनीति में आने के बाद उन्होंने अपने सिद्धांतों का पालन और मजबूती के साथ किया है, जबकि पद और प्रतिष्ठा पाकर कई लोग निरंकुश हो उठते हैं।

मोदी के चरित्र की दो विशेष बातें हैं जिन्हें उनके समर्थक व आलोचक अपने-अपने तरीके से परिभाषित करते हैं। पहला : मोदी की दृढ़ राजनैतिक शैली अथवा किसी सही कार्य के लिए हठधर्मिता, जिसने

संजय जोशी प्रकरण से लेकर उत्तर प्रदेश चुनावों तक भाजपा शीर्ष नेतृत्व को भी झुकने को मजबूर किया था, दूसरा आलोचनाओं से भी लाभ उठाने की उनकी क्षमता। गुजरात दंगों पर विरोधियों द्वारा लग रहे आरोपों के उत्तर में मोदी ने कहा था कि माफी उन्हें माँगनी चाहिए जिन्होंने अपराध किया हो, और मोदी आज तक इस पर दृढ़ हैं। सोहराबुद्दीन एनकाउंटर मामले में कांग्रेस समेत फुटकर विरोधियों ने दबाव बनाने का कितना ही प्रयास क्यों न किया हो किन्तु सोहराबुद्दीन का नाम आते ही मोदी आज भी बिना झिझके एक ही जवाब देते हैं कि आतंकवादियों के लिए उनके दिल में जरा भी हमदर्दी नहीं है, वे तुष्टीकरण के लिए देश की सुरक्षा को दाँव पर नहीं लगा सकते। मोदी के इस मोदित्व पर ही साम्प्रदायिकता के आरोप विरोधियों की ओर से लगते हैं किन्तु उनके समर्थकों की फौज उनकी इसी अदा पर फिदा है। मोदी ने भारतीय राजनीति को कई मायनों में एक निर्णायक दिशा दी है। अभी तक भारतीय राजनीति को दो ध्रुवों में परिभाषित किया जाता रहा है। एक धड़ा राष्ट्रवादी कहलाता है, जिस पर दूसरे तथाकथित धर्मनिरपेक्ष धड़े द्वारा साम्प्रदायिक होने का आरोप लगाया जाता है। कांग्रेस का चरित्र भले ही अवसरवादी व परिवारवादी रहा हो, किन्तु आजादी के बाद से उसने सैद्धान्तिक रूप से छद्‌म धर्मनिरपेक्ष रास्ता अपनाया और स्वतन्त्रता प्राप्ति के पश्चात अंग्रेजी शासन के कटु अनुभव, महात्मा गांधी जैसे नेताओं का नाम व विकल्पहीनता जैसे कारणों के चलते लम्बे समय तक निर्वाधित सत्ता चलाई। जनता दल के उत्थान व जयप्रकाश आन्दोलन के समय कांग्रेस के प्रभुत्व को एक बार चुनौती अवश्य मिली, किन्तु इन्दिरा गांधी व राजीव गांधी की हत्या से उमड़ी सहानुभूति ने एकबार फिर उसे पैर जमा लेने का अवसर दे दिया। कांग्रेस को स्थायी चुनौती राममन्दिर आन्दोलन के पश्चात भाजपा के अभ्युदय ने दी और तब से उसके एकछत्र शासन की सम्भावना लगभग सदैव के लिए धूमिल हो गई। किन्तु भाजपा भी गठजोड़ की राजनीति के बूते केवल छह साल ही सत्ता में रह पायी व साथ ही किसी राज्य में भी बहुत लम्बे समय तक निर्बाध शासन चलाने में भी असफल रही। भाजपा की दृष्टि से सबसे घातक इसके जन्मक्षेत्र उत्तर

प्रदेश से इसका साफ हो जाना रहा। इसके पीछे भले ही कई पृथक कारण उत्तरदायी रहे हों, जैसे कि गुटबाजी, जातीय राजनीति के सामने असफलता, मायावती से गठबंधन व धरातलीय नेताओं के स्थान पर मखमली नेताओं का दबदबा आदि, एक बड़ा वर्ग राममन्दिर के लिए किए गए वादे को पूरा न करने का अपराधी भी भाजपा को मानता है, किन्तु सेकुलर राजनीति के पैरोकारों ने इसे इस रूप में परिभाषित किया कि भारतीय जनमानस लम्बे समय तक हिन्दुत्व की अवधारणा को स्वीकार नहीं करता। लेकिन 2014 में यह अवधारणा फिर बदल गई और मुजफ्फरनगर में सांप्रदायिक दंगों के बाद अधिकांश भारतीयों ने हिन्दुत्व का रुख किया, क्योंकि दंगों के दौरान अखिलेश सरकार ने मुस्लिम तुष्टिकरण की नीति अपनाई। मरे चाहे हिन्दू हों या मुस्लिम, लेकिन मुआवजा दिया गया केवल मुसलमानों को और हिन्दुओं को मिली तो जेल, चाहे कोई उनके ही परिवार से मरा हो। यह लेखक का प्रत्यक्ष अनुभव रहा है, क्योंकि लेखक का बचपन और जवानी यहीं मुजफ्फरनगर में गुजरा है और आज भी इस क्षेत्र से गहरा संपर्क है।

चलो हम अपनी बात को फिर थोड़ा पीछे लेकर चलते हैं। शिवराज सिंह चौहान व रमन सिंह की मध्य प्रदेश व छत्तीसगढ़ में पुनर्वापसी को इस तरह से परिभाषित करने का प्रयास किया गया था कि यह जीत दृढ़ हिन्दुत्व के स्थान पर उदारवाद एवं विकास की राजनीति अपनाने का परिणाम है। स्वयं 2007 में मोदी की दूसरी जीत पर कई बुद्धिजीवियों ने कहा कि यह तभी सम्भव हो सका जब मोदी ने हिन्दुत्व की अपेक्षा विकास को मुद्दा बनाया। जबकि 2007 के चुनाव में मोदी के इन बौद्धिक विरोधियों ने मोदी को कट्टर हिन्दुत्व से पृथक बिलकुल भी नहीं किया था और स्वयं मोदी ने भी ऐसा विशेष प्रयास नहीं किया था। मोदी की कई सभाओं में हिन्दुत्व के पोस्टर व नारे आसानी से देखे जा सकते थे। शिवराज सिंह चौहान पर उनके कुछ निर्णयों के बाद फिर एक बार पुनः सेकुलर लॉबी की ओर से साम्प्रदायिकता के आरोप लगने लगे थे। 2009 के लोकसभा चुनाव के बाद कई बुद्धिजीवियों ने लिखा कि भाजपा की हार का एक बड़ा कारण मोदी को स्टार प्रचारक के रूप में प्रयोग करना था,

क्योंकि जनता उनकी साम्प्रदायिक छवि को पसन्द नहीं कर पायी, बावजूद इसके कि नरेन्द्र मोदी की सर्वाधिक माँग रही थी व भीड़ भी रेकॉर्ड जुटती थी। लेकिन यह दावा 2014 में बिलकुल गलत साबित हुआ और मोदी सारे देश के हीरो बन गए। हालांकि 2014 के पहले के कांग्रेस और अन्य नेताओं के बयानों से यह स्पष्ट होता था कि सेकुलर राजनैतिक लॉबी भाजपा की प्रत्येक जीत को भी उसकी हिन्दुत्व की अवधारणा की पराजय के रूप में परिभाषित करना चाहती थी और उसकी प्रत्येक हार को भी! नरेन्द्र मोदी राजनीति की इस व्याख्या के उत्तर के रूप में उभरे हैं। उन्होंने अब तक यह सिद्ध किया है कि विकास व हिन्दुत्व दोनों को एक साथ बराबरी से लेकर चला जा सकता है। 2014 के चुनाव से पहले खोखले विकास, भ्रष्टाचार व गरीबों के विरुद्ध पूँजीपतियों का साथ देने जैसे आरोप गुजरात राज्य व आलाकमान कांग्रेस द्वारा मोदी पर लगाये जा रहे थे, किन्तु विकास, महँगाई, भ्रष्टाचार के अपने दयनीय रेकॉर्ड व एफडीआई के बीच कांग्रेस अपने दावों में कुछ जान डाल पाएगी ऐसा नहीं लगता था। सोनिया गांधी को गुजरात में कांग्रेस द्वारा किए गए विकास का उदाहरण देने के लिए नेहरू तक की याद दिलानी पड़ रही थी। पाकिस्तानी हुक्मरानों की नींद उड़ाने वाले मौलाना ताहिर उल कादरी तक भी मोदी जी के प्रशंसक बन गए।

मोदी की सफलता का राज

''भाई नरेंद्र तुम्हें पढ़ाई के लिए समय तो मिलता ही नहीं, सारा दिन चाय की दुकान पर चाय बेचते रहते हो और फिर भी परीक्षा में तुम अव्वल आ जाते हो? आखिर इसका राज क्या है?''

''जो एक बार पढ़ लेता हूँ वह याद हो जाता है और जो याद होता है, उसी में से परीक्षा में प्रश्न आते हैं।''

''पढ़ते तो हम भी एक ही बार हैं, लेकिन हमें तो याद नहीं होता।''

''अब तुम्हें याद नहीं होता तो इसमें मैं क्या कर सकता हूँ।''

''नहीं....तुम्हारे पास अवश्य ही सफलता के लिए कोई सीक्रेट मंत्र है, जिसे तुम हमें बताना नहीं चाहते।''

''हाँ है तो!''

''तो जल्दी बताओ ना यार!''

''एकता, अनुशासन, निष्ठा, लगन और कड़ा परिश्रम।''

''यह कोई मंत्र है, इसमें तो संस्कृत के शब्द ही नहीं हैं।''

''नहीं हैं तो कोई बात नहीं, इसका अर्थ स्कूल में गुरु जी से पूछ लेना।''

और कक्षा चार में पढ़नेवाले दो मासूम बालकों का वार्तालाप शायद ऐसा ही था, जिसमें एक थे नरेंद्र मोदी जो बाद में चलकर देश के प्रधानमंत्री बने।

बचपन में उनकी बुद्धि बड़ी ही कुशाग्र थी, जो भी अध्याय एक बार पढ़ लेते थे, उनको याद हो जाता था, लेकिन एकता, अनुशासन, निष्ठा, लगन और कड़ा परिश्रम उनकी सफलता का सबसे बड़ा राज बचपन में भी था और बाद में राजनीति में आने के बाद भी सफलता का यही राज था, इसके सिवाय और कुछ नहीं। प्रधानमंत्री बनने से ठीक पहले की

राजनीति की हम चर्चा करें तो गुजरात और हिमाचल के विधानसभा चुनावों के दौरान सिर्फ नरेंद्र मोदी, भाजपा की राजनीति और गुजरात की चर्चा ही छायी रही, तो यह अकारण नहीं था। गुजरात चुनाव कहीं-न-कहीं नरेंद्र मोदी के तीसरी बार जीतने से बढ़ कर भाजपा के प्रधानमंत्री पद के दावेदार और एनडीए के प्रधानमंत्री पद के उम्मीदवार के रूप में उनके दावे पर मोहर लगाने का मामला भी था। और कहना न होगा कि मोदी इन सभी इम्तिहानों में सफल हुए हैं।

गुजरात में मोदी को तीसरी बार कांग्रेस ने कई तरह से परेशान किया और एक नयी परेशानी केशुभाई या उनको देशद्रोही कह कर नवजोत सिंह सिद्धू ने पैदा कर दी थी। पर किसी कुशल मैनेजर की तरह मोदी ने सभी कमजोरियों को भाँपा, विरोधियों की चालों का पूर्वानुमान लगाया और उसकी काट निकाल ली। यह तब भी हुआ, जब मोदी के अपने चलाये मुद्दे ज्यादा जोर नहीं पकड़ पाये। वे सीधे पीएम पद की दावेदारी करने की जगह सोनिया, राहुल और मनमोहन को ललकारते रहे और ये लोग और कांग्रेस उनसे उलझने से बचते रहे।

2012 में गुजरात की जीत नरेंद्र मोदी की जीत थी। कांग्रेस और भाजपा के बीच सिर्फ इतने अंतर से ही नतीजों में इतना बड़ा अंतर आ गया, कि वहाँ कांग्रेस के पास नरेंद्र मोदी जैसा कोई नहीं था। मोदी सिर्फ तीसरी बार जीतने और भाजपा को पाँचवीं बार जितवाने का कारनामा करने में ही सफल नहीं रहे हैं, बल्कि वे भाजपा और संघ के आँतरिक विरोध को भी दरकिनार करने में सफल रहे थे। भाजपा और संघ के कई नेता केशुभाई के पक्ष में चले गये थे। मोदी ने अनंत कुमार जैसे लोगों की सेवा लेकर प्रवीण तोगड़िया जैसे लोगों के विरोध को संभालने की कोशिश की और जब उन्हें लग गया कि पटेल टूट रहे हैं, तो उन्होंने क्षत्रियों और कोलियों पर काम किया। जब सौराष्ट्र कमजोर होता दिखा, तो वहाँ सक्रियता बढ़ाने के साथ दक्षिण गुजरात पर ज्यादा मेहनत करके सौराष्ट्र की भरपाई कर ली। जब कांग्रेस ने 'घर आपनु घर' के जरिये मोदी के विकास की पोल खोलने का होशियारी भरा कदम उठाया, तो मोदी ने 50 लाख घर का वादा करके बाजी पलट दी। बीच चुनाव में कई बार यह

लगा कि मोदी परेशान हैं : खास कर पटेलों के छिटकने को लेकर। जो मोदी अपनी तारीफ करवाने और प्रचार में उस्ताद थे, उन्हें सुषमा स्वराज और लालकृष्ण आडवाणी जैसों की तारीफ भी नहीं सुहा रही थी। और एकदम छुपे रह कर सामने आयीं सोनिया और राहुल गांधी की सभाओं की भीड़ देख कर उन्होंने अपनी सभाओं की संख्या रोज चार-पाँच से बढ़ा कर आठ-नौ तक कर ली थी। अति उत्साही नवजोत सिंह सिद्धू जैसों के आने पर रोक लग गयी, क्योंकि उनके आने से जितना लाभ हुआ, उससे ज्यादा नुकसान हो गया था।

कांग्रेस अभियान के पोस्टर से सोनिया, मनमोहन और राहुल के भी गायब रहने से साफ था कि पार्टी सीधे मोदी को निशाना बनाने के साथ एक मोदी बनाम करोड़ों गुजरातियों के सवाल को ऊपर कर रही थी। मोदी भी कॉरपोरेट विकास की बात छोड़ कर पानी, मकान, मानव विकास सूचकांक के पिछड़ेपन और महँगी उच्च शिक्षा के सवालों पर सफाई

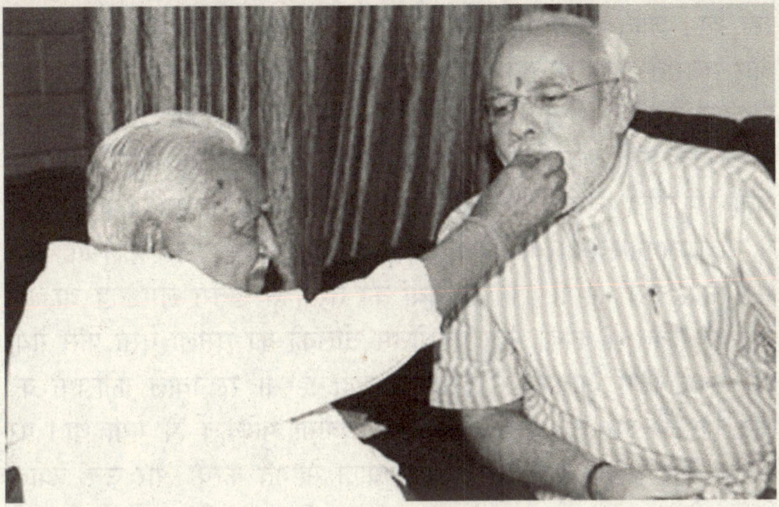

देते-देते कांग्रेस के ‘जवाब दो, हिसाब दो’ के नारे पर उलझ गये। आखिर उन्हें पाँच नहीं, 17 साल के भाजपा शासन का हिसाब जो देना था। पर वे इनसे भागे नहीं और नतीजे बताते हैं कि गुजरातियों को उनकी सफाई पसंद आयी और वे उन्हें बड़ी राजनीति में भेजना चाहते थे। पर मोदी को सर्वाधिक नुकसान का खतरा केशुभाई पटेल की पार्टी से था, जो कुछ हद तक सौराष्ट्र की गिरावट से साफ दिखा भी।

केशुभाई पटेल दो चुनाव से भाजपा के अंदर रह कर भी मोदी का विरोध कर रहे थे। केशुभाई के प्रति एक सहानुभूति थी, जो निश्चित रूप से लेउआ पटेलों, फिर पूरे पाटीदारों और सौराष्ट्रवालों में थी। सिद्धू जैसे बड़बोलों ने उन्हें देशद्रोही कह कर उनके प्रति सहानुभूति को बढ़ा ही दिया था। उन दिनों नरेंद्र मोदी और भाजपा की मुश्किल यह थी कि ये सारी गिनती उसके खाते से ही हो रही थी, क्योंकि पिछले चुनाव में यह पूरा हिसाब भाजपा की उम्मीद से बेहतर ढंग से उसकी झोली में आया था।

सीएसडीएस के पोस्ट-पोल आँकड़ों के अनुसार तो पटेलों के वोट में भाजपा के खाते में उससे पहले के चुनाव की तुलना में 12-13 फीसदी वोट ज्यादा पड़े थे। पिछली बार मोदी ने पटेल नेता पुरुषोत्तम रुपला को आगे करके केशुभाई की काट कर दी थी। 2012 में वैसी गुंजाइश नहीं थी। मुश्किल यह थी कि इस बार गुजरात में सबसे खुल कर जातिवाद चल

रहा था। जाति पहले भी मरी या छुपी नहीं थी, लेकिन हिंदुत्व, विकास और गुजरात गौरव के नाम पर उसका प्रभाव कुछ दबा-छुपा था। मोदी की दिक्कत यह भी थी कि वे जातिवादी खेल खुलकर नहीं खेल सकते थे, पर नतीजों से इशारा मिलता है कि पटेलों की एकजुटता और विरोध के जवाब में राज्य में ओबीसी का काउंटर-पोलराइजेशन भी हुआ। इस चक्कर में मोदी अपनी तैयारियों की दिशा से भी थोड़े फँसे। उन्हें केशुभाई और झडाफिया जैसे अपने पुराने साथियों की तरफ से खतरा लग रहा था, पर आखिरी वक्त में कोली नेता पुरुषोत्तम सोलंकी का मसला ऐसा फँस गया कि उनके लिए आबादी में दसेक फीसदी हिस्सा रखनेवाले कोलियों का वोट पिछली बार की तरह एकमुश्त पा जाना मुश्किल हो गया था। पर क्षेत्रीय और कोली वोटरों पर सबसे ज्यादा मेहनत करके और उन्हें ज्यादा टिकट देकर मोदी ने अपना पक्ष मजबूत किया। दक्षिण के आदिवासी जिलों में अच्छे अधिकारी भेज कर मोदी ने आदिवासियों का समर्थन पाने का काम कराया और सौराष्ट्र की भरपाई करा ली। मोदी ने कांग्रेस के क्षेत्रीय वोट-बैंक में सेंध लगाने की कोशिश में ज्यादा टिकट दिये, पर इससे क्या लाभ हुआ, यह सभी जानते हैं। मोदी ने अपनी सोच नहीं छोड़ी। वे अहमद मियाँ पटेल को मुख्यमंत्री बनाने का खतरा दिखाने के साथ सर क्रीक के सवाल के जरिये अपने को ज्यादा राष्ट्रवादी बताने में भी नहीं चूके। आठ फीसदी मुसलिम वोट को पाने के लिए तो उन्होंने सद्‍भावना उपवास जैसा नाटक करने की जरूरत भी महसूस नहीं की। भाजपा के भील वोटरों पर अपने से ज्यादा प्रभाव रखनेवाले प्रवीण तोगडिया को मनाने के लिए उन्होंने जिस तरह अनंत कुमार की सेवा ली, वह मोदी का कूटनीतिक कौशल था। बाद में मोदी ने गुजरात में करिश्मा किया और उसके बाद 2014 में वे राष्ट्रीय स्तर की राजनीति में कूद पड़े और पहली बार भारतीय जनता पार्टी को जिस प्रकार की ऐतिहासिक जीत दिलाई उसका विश्वास तो उन्हें परिणाम आने से पहले ही हो गया था।

"पश्चिम उत्तर प्रदेश में किसानों को अपने पक्ष में करना होगा।" राजनाथ सिंह का एक बार एक मीटिंग में शायद कुछ इसी तरह का प्रश्न था।

"इसके लिए तो अजित सिंह को राजग में वापस लाना होगा।" मोदी ने कहा था, "लेकिन अजित की विश्वसनीयता पर अब प्रश्न चिह्न लग गया है।"

"वह कैसे?"

"उसे तो मंत्री पद पर बने रहना है।"

"हमसे मिलकर लड़ेगा मंत्री तो तब भी बन जाएगा।"

"हम ऐसे व्यक्ति को कैसे मंत्री बना सकते हैं, जो अवसरवादी हो," उन्होंने फिर कहा, "फिर वह तुष्टिकरण की नीति में बहुत आगे निकल गया है, वह दोनों हाथों में लड्डू रखना चाहता है। दंगों के दौरान न तो मुस्लिमों से मिला और न ही जाटों से। उसे दोनों पक्षों के वोट कटने का डर था।"

"तो क्या उससे बात नहीं करनी चाहिए।"

"कैसी बात," मोदी ने आत्मविश्वास के साथ कहा, "आप देखना हम अपने बलबूते पर सरकार बनाएँगे। पश्चिमी उत्तर प्रदेश के किसान भाजपा को ही हमदर्द पार्टी समझने लगे हैं। अब किसान समझ गए हैं कि केन्द्र में जिसकी सरकार हो प्रतिनिधि उसका ही होना चाहिए, इसलिए इस बार हमारे उम्मीदवार ही जीतेंगे और यूपी में हम रिकार्ड सीटें लेकर आएँगे।"

"अति आत्मविश्वास घातक भी हो सकता है।"

"यह अति आत्मविश्वास नहीं, लोगों की भावनाओं की ही अभिव्यक्ति है।"

सच पूछिए तो नरेंद्र मोदी में अति आत्मविश्वास तो कभी हुआ ही नहीं, वे तो ईमानदारी, सत्य, निष्ठा और राष्ट्रभक्ति के मार्ग पर चलते हुए ही लोगों की नब्ज टटोलकर हवा का रुख राष्ट्रवादी पार्टी की ओर मोड़ने में सफल रहे हैं।

सत्य सिद्ध हुई भविष्यवाणियाँ

''आपका बहुत नाम सुना है महाराज,'' भारत के एक प्रख्यात राजनेता ने एक ज्योतिषी को हाथ दिखाते हुए कहा, ''अबकी बार इलेक्शन जीतने के बाद मैं दोबारा मंत्री तो बन जाऊँगा ना।''

''आप मंत्री बनने की बात करते हैं,'' उस ज्योतिषी ने स्पष्ट कहा, ''इस बार आप चुनाव हार जाएँगे और तीसरे स्थान पर रहेंगे।''

''असंभव,'' नेताजी गर्म हो गए थे, मेरा अभेद्य किला तो कोई वेध नहीं सकता।''

''जनता ने तो अच्छी-अच्छी क्रांतियाँ की हैं, चाहो तो इतिहास का अध्ययन कर लो।''

''अच्छा तो क्या इस बार संप्रग की सरकार नहीं बनेगी?''

''इस बार तो भाजपा की सरकार बनेगी।''

''और प्रधानमंत्री कौन होंगे?''

''नरेंद्र मोदी होंगे?''

''आप तो हमेशा कांग्रेस के बारे में भविष्यवाणी करते आए हैं, इस बार भाजपा के पक्ष में कैसे चले गए।''

''हम कभी किसी पक्ष या विपक्ष में नहीं गए, ग्रह जो बताते हैं, हम तो वही कहते हैं।''

''ओह! भाजपा वालों ने इस बार ज्योतिष और पंडे भी अपनी ओर कर लिए।''

"ऐसा आरोप मत लगाइए।"

"तो फिर किस आधार पर आप भाजपा की वकालत कर रहे हैं? और मोदी को प्रधानमंत्री देखना चाहते हैं?"

"देखिए नेताजी भारतीय सभ्यता और संस्कृति में ज्योतिष का बड़ा महत्व रहा है। ज्योतिष एक प्रकार से विज्ञान की ही एक शाखा है, भले ही आज यह केवल पंडितों के व्यवसाय का साधन बन गई हो। लेकिन यदि ज्योतिष की भविष्यवाणी विधिवत् शास्त्रोक्त की जाए तो यह शत-प्रतिशत सही ही ठहरती है। नरेंद्र मोदी के संबंध में भी ऐसा ही होगा।"

"अच्छा हम भी तो सुनें उनकी कुंडली?"

"मोदी जी के नाम की दक्षिणा देनी पड़ेगी।"

"ठीक है देंगे।"

"स्वच्छ, साफ-सुथरी छवि के धनी तथा कर्मठ जुझारू नेता नरेंद्र मोदी का जन्म 17 सितंबर, 1950 को मेहसाना में वृश्चिक लग्न कर्क नवांश वृश्चिक राशि में हुआ था। मोदी की छवि ईमानदार होने के साथ-साथ धर्मनिष्ठ हिन्दूवादी नेता के रूप में है।" पं. अशोक ने आगे कहा था, "इस छवि से सिर्फ भारत देश ही नहीं, पूरे विश्व में अपनी छवि का डंका बजाने में आप कामयाब होंगे।"

इस पुस्तक का लेखक गवाह रहा था, जब यह भविष्यवाणी की जा रही थी। नेताजी ने पूछा था कि तो कैसे कामयाब होंगे? तो पंडितजी ने बताया था, "इस बात का राज उनकी पत्रिका में स्थित मंगल को जाता है। पत्रिका में मंगल लग्न में स्वराशि वृश्चिक का सौम्य होकर भाग्य के स्वामी चन्द्रमा के साथ है। पत्रिका में चन्द्र नीच का है, लेकिन मंगल के साथ होकर बैठने से चन्द्र का नीच भंग हो गया है। इसके कारण मोदी जी अत्यंत भाग्यशाली हैं। मंगल केन्द्र में स्वराशि का होने से रूचक योग बना, जो एक प्रकार का उत्तम राजयोग है। अब यहाँ पर नक्षत्र परिवर्तन भी हो रहा है। मंगल जहाँ गुरु के नक्षत्र विशाखा में है, तो गुरु मंगल के नक्षत्र धनिष्ठा में है। ये भी एक प्रकार से उत्तम स्थिति है। यही वजह है कि ईमानदार छवि के साथ जहाँ भी रहते हैं, वहाँ उन्नति ही रहती है। अब

एक और योग की बात करें, तो केन्द्र का स्वामी केन्द्र में होकर त्रिकोण के साथ हो तो लक्ष्मीनारायण योग बनता है। यह योग कर्म क्षेत्र को धनवान बनाने में समर्थ है। सब जानते हैं कि गुजरात की उन्नति में उनका सबसे बड़ा योगदान रहा।''

''और कुछ?'' नेताजी बीच में बोल पड़े थे।

''पंचम भाव में राहु की स्थिति व पंचम का वक्री होना संतान सुख में बाधा का कारण बनता है। ग्रहों की माया से ही आप विवाह बंधन में बँधकर भी गृहस्थ नहीं हैं। इसी कारण राज्य का भला करने में पीछे भी नहीं हैं। जब किसी को घर-परिवार का मोह ना हो तो वो या तो संन्यासी होता है या भी फिर समाजसेवी। यही कारण है आपकी राजनीति में सेवा का भाव रहा।

''शनि शत्रु राशि में होकर चतुर्थ (जनता भाव) पर पूर्ण दृष्टि रखने से जनता के बीच प्रसिद्ध बना रहा है। दशमेश बुध एकादशेश के साथ है। दशमेश सूर्य, केतु से भी युक्त है। एकादश में राज्य के मालिक सूर्य के होने से गुजरात के मुख्यमंत्री बने थे। आय भाव का स्वामी आय में होने से आप आय के क्षेत्र में काफी उन्नति करते हैं सो आपने गुजरात को सामर्थ्यवान बना डाला। अभी वर्तमान में सूर्य की महादशा में लग्नेश मंगल का अन्तर चल रहा है, जो दशमेश होकर लाभ भाव में व मंगल स्वराशि का होकर लग्न में है और यही समय है भारतीय जनता पार्टी उनकी छवि का लाभ उठाएगी।''

''यदि आपकी भविष्यवाणी सही निकली तो क्या वे कामयाब पीएम बनेंगे?''

''महँगाई व भ्रष्टाचार में निश्चित तौर पर कमी आएगी। जनता को लाभ मिलेगा।''

लेखक यह स्पष्ट करना चाहता है कि एक ज्योतिषी और नेताजी के बीच का विवरण अक्षरशः सही है और इसका सबसे बड़ा प्रमाण यही है कि यह विवरण एक प्रख्यात प्रकाशक द्वारा लेखक की मोदी पर लिखी गई पुस्तक में लोक सभा चुनाव की घोषणा होने से दो साल पहले 2012 के प्रारम्भ में ही छाप दिया गया था।

एक अन्य ज्योतिष भारती पंडित ने भी 2012 में भविष्यवाणी करते हुए लिखा था कि गुजरात के मुख्यमंत्री (प्रधानमंत्री बाद में बने) बनकर विकास के आयाम स्थापित करने वाले नरेंद्र मोदी 17 सितंबर, 1950 को मेहसाना में जन्मे हैं। सूर्य कुंडली के अनुसार सिंह लग्न व वृश्चिक राशि में जन्मे नरेंद्र की कुंडली में लग्न में शुक्र-शनि विद्यमान है, जो सप्तम गुरु की पूर्ण दृष्टि में है। सिंह लग्न व्यक्ति को धीरता-गंभीरता, सहृदयता, बदलाव की मानसिकता व साहस देता है।

गुरु का प्रभाव इसमें ईमानदारी, सच्चाई व आदर्शवादिता का पुट भी डाल देता है। चतुर्थ का स्वगृही मंगल चंद्र के साथ है और दशम भाव को पुष्ट कर रहा है, मोदी की ऊर्जा व साहस का यही राज है।

फ्यूचर समाचार में 2012 में ही प्रकाशित रवि जैन के एक ज्योतिषीय विश्लेषण के निष्कर्ष में कहा गया था कि भारत और मोदी की कुंडलियों के ग्रहों की चाल के मान से नरेन्द्र मोदी के भारत के आगामी प्रधानमंत्री बनने के प्रबल योग बनते हैं। लेकिन मोदी के लिए बाधक ग्रह, भाग्य भाव की राशि कर्क का स्वामी चंद्रमा होता है, जो लग्न में नीच का होकर मंगल के साथ है। मंगल एवं चंद्र की पूर्ण दृष्टि संगठन भाव सप्तम पर पूर्ण होने के कारण मोदी एवं संगठन के मध्य आपसी मतभेद उभर सकते हैं, जिससे मोदी जी को निपटना होगा और इसमें कामयाब हो जाएँगे।

ये सभी ज्योतिषीय विश्लेषण और भविष्यवाणियाँ दो साल बाद तब सत्य सिद्ध हुई, जब नरेंद्र मोदी 2014 में प्रधानमंत्री बने। इससे यह भी सिद्ध होता है कि भारत का ज्योतिष विज्ञान अपने आप में विश्वसनीय और गर्व करने योग्य है।

मोदी और बरगद

नरेन्द्र मोदी बरगद से बहुत प्रेम करते हैं। जीवन के पुष्पित क्षणों यानी कि किशोर अवस्था में एक बार वे साधु बनने के लिए हरिद्वार चले गए थे तो वहाँ एक प्राचीन बरगद के वृक्ष के नीचे उन्होंने ध्यान और साधना का अभ्यास किया था। जब वे पहली बार ध्यान में बैठे तो एक साधु ने उन्हें बैठते ही टोक दिया था, ''अरे बालक यहाँ क्यों बैठ गए?''

''समाधि लगाने के लिए बैठा हूँ।''

''जानता भी है समाधि किसे कहते हैं?''

''नहीं जानता लेकिन योग साधना करने से आ जाती है।''

''तो योग साधना कैसे करते हैं?''

''यह तो नहीं पता!''

''नहीं पता तो कैसे करोगे?''

''आपसे सीख लूँगा।''

''मुझसे?''

''क्यों आप नहीं सिखाएँगे, जब मैंने आपको अपना गुरु बना ही लिया तो आपको शिक्षा देनी ही होगी।''

''आपने मुझे अपना गुरु कब बनाया?''

''अभी-अभी तो बनाया।''

''और शिक्षा कब देनी होगी?''

''वह भी अभी-अभी देनी होगी।''

''तो ठीक है चलो देते हैं शिक्षा,'' फिर वह संन्यासी शिक्षा देने लगे थे, ''योग के जनक महर्षि पतंजलि को माना जाता है। महर्षि पतंजलि ने योग को चित्त की वृत्तियों के निरोध (योगः चित्तवृत्तिनिरोधः) के रूप में परिभाषित किया है। उन्होंने योगसूत्र नाम से योगसूत्रों का एक संकलन

किया है, जिसमें उन्होंने पूर्ण कल्याण यथा शारीरिक, मानसिक और आत्मिक शुद्धि के लिए आठ अंगों वाले योग का एक मार्ग विस्तार से बताया है। अष्टांग योग (आठ अंगों वाला योग), को आठ अलग-अलग चरणों वाला मार्ग नहीं समझना चाहिए। यह आठ आयामों वाला मार्ग है जिसमें आठों आयामों का अभ्यास एक साथ किया जाता है। योग के ये आठ अंग हैं : 1) यम, 2) नियम, 3) आसन, 4) प्राणायाम, 5) प्रत्याहार, 6) धारणा 7) ध्यान 8) समाधि।''

''गुरुवर यम क्या होता है, क्या यमराज से मतलब यम से है?''

''नहीं,'' उन्होंने आगे कहा, ''अष्टांग योग के अंतर्गत प्रथम पाँच अंग (यम, नियम, आसन, प्राणायाम तथा प्रत्याहार) बहिरंग और शेष तीन अंग (धारणा, ध्यान, समाधि) अंतरंग नाम से प्रसिद्ध हैं। बहिरंग साधना यथार्थ रूप से अनुष्ठित होने पर ही साधक को अंतरंग साधना का

अधिकार प्राप्त होता है। यम और नियम वस्तुतः शील और तपस्या के द्योतक हैं। यम का अर्थ है संयम जो पाँच प्रकार का माना जाता है : (क) अहिंसा, (ख) सत्य, (ग) अस्तेय (चोरी न करना अर्थात् दूसरे के द्रव्य के लिए स्पृहा न रखना)। इसी भांति नियम भी पाँच प्रकार के होते हैं : शौच, संतोष, तप, स्वाध्याय (मोक्षशास्त्र का अनुशीलन या प्रणव का जप) तथा ईश्वर प्रणिधान (ईश्वर में भक्तिपूर्वक सब कर्मों का समर्पण करना)। आसन से तात्पर्य है स्थिर और सुख देनेवाले बैठने के प्रकार (स्थिर सुखमासनम्) जो देहस्थिरता की साधना है। आसन जप होने पर श्वास-प्रश्वास की गति के विच्छेद का नाम प्राणायाम है। बाहरी वायु का लेना श्वास और भीतरी वायु का बाहर निकालना प्रश्वास कहलाता है। प्राणायाम प्राणस्थैर्य की साधना है। इसके अभ्यास से प्राण में स्थिरता आती है और साधक अपने मन की स्थिरता के लिए अग्रसर होता है। अंतिम तीनों अंग मनःस्थैर्य का साधना है। प्राणस्थैर्य और मनःस्थैर्य की मध्यवर्ती साधना का नाम प्रत्याहार है। प्राणायाम द्वारा प्राण के अपेक्षाकृत शांत होने पर मन का बहिर्मुख भाव स्वभावतः कम हो जाता है। फल यह होता है कि इंद्रियाँ अपने बाहरी विषयों से हटकर अंतर्मुखी हो जाती हैं। इसी का नाम प्रत्याहार है (प्रति=प्रतिकूल, आहार=वृत्ति)।''

''और मन की गति?''

''अब मन की बहिर्मुखी गति निरुद्ध हो जाती है और अंतर्मुख होकर स्थिर होने की चेष्टा करता है। इसी चेष्टा की आरंभिक दशा का नाम धारणा है। देह के किसी अंग पर (जैसे हृदय में, नासिका के अग्रभाग पर) अथवा बाह्यपदार्थ पर (जैसे इष्टदेवता की मूर्ति आदि पर) चित्त को लगाना धारणा कहलाता है (देशबन्धश्चितस्य धारणाय योगसूत्र 3.1)। ध्यान इसके आगे की दशा है। जब उस देशविशेष में ध्येय वस्तु का ज्ञान एकाकार रूप से प्रवाहित होता है, तब उसे ध्यान कहते हैं। धारणा और ध्यान दोनों दशाओं में वृत्तिप्रवाह विद्यमान रहता है। ध्यान की परिपक्वास्था का नाम ही समाधि है। चित्त आलंबन के आकार में प्रतिभासित होता है, अपना स्वरूप शून्यवत् हो जाता है और एकमात्र आलंबन ही प्रकाशित होता है। यही समाधि की दशा कहलाती है। अंतिम तीनों अंगों का

सामूहिक नाम संयम है जिसके जीतने का फल है विवेक ख्याति का आलोक या प्रकाश। समाधि के बाद प्रज्ञा का उदय होता है और यही योग का अंतिम लक्ष्य है।''

और सुनते-सुनते बालक नरेंद्र मोदी समाधि में चले गए थे। कालांतर में जब वे गुजरात के मुख्यमंत्री बने तो उन्होंने अपने राज्य में बरगद को प्रोत्साहन दिया, क्योंकि बरगद की छत्रछाया में ही उन्हें समाधि लगाने का ज्ञान प्राप्त हुआ और यही नहीं देश का प्रधानमंत्री बनने के लिए उन्होंने बरगद दादा से आशीर्वाद भी माँगा था, जो उन्हें मिला और फलीभूत हुआ। 2014 में अपने चुनाव अभियान के दौरान नरेन्द्र मोदी ने गांधीनगर जिले की दहेगाम तहसील के कंथारपुरा गाँव में 500 वर्ष पुराने घेघुर बरगद के दर्शन करते हुए उनसे आशीर्वाद माँगा था। हमारे यहाँ प्रकृति पूजा का भी विशेष महत्व है और वृक्षों में जीव स्वीकार किया जाता है। वैसे वैज्ञानिक चंद्रशेखर ने भी सिद्ध किया था कि वृक्षों में जीवन होता है और वे सुख-दुख की अनुभूति करते ही हैं।

2014 में मोदी महाकाली माता के प्राचीन मन्दिर के प्रांगण में गुजरात की सांस्कृतिक विरासत समान कंथारपुरा के बरगद का दर्शन करने पहुँचे। महाकाली माता के भक्तिभाव से दर्शन करके श्री मोदी ने कहा था कि दहेगाम तहसील के गाँव-गाँव में राष्ट्रीय स्वयंसेवक संघ के प्रचारक के रूप में उन्होंने इस बरगद को बरसों पहले भी देखा था। इस बरगद के वन्य सृष्टि के वैज्ञानिक जतन और संवर्धन के लिए उन्होंने वन विभाग को निर्देश भी दिए थे। उन्होंने तब बताया था कि पश्चिम बंगाल में प्राचीन बरगद का वैज्ञानिक संवर्धन, संरक्षण हो रहा है जिसके अनुसार इसका भी किया जा सकता है। मोदी ने गुजरात में प्राचीन विरासतों और वन्यसृष्टि के जतन की भूतकाल में की गई उपेक्षा पर दुख जताते हुए कहा था कि ऐसी दुर्लभ वन्यसृष्टि का विकास और संवर्धन हमारी विरासत के वैभव का दुनिया को दर्शन करवा सकता है। इस दिशा में वन विभाग को कंथारपुरा बरगद के विकास की कार्य योजना तैयार करने का निर्देश दिया था।

और प्रधानमंत्री बनने के बाद तो उन्होंने देशभर के बरगद के वृक्षों के संरक्षण पर विशेष ध्यान दिया, जो गौरव और गर्व की बात है।

पंचामृत योजना और मोदी

''बेटा क्या तुम जानते हो कि ईश्वर यानी भगवान ने अपने अंश में से पाँच तत्व आकाश, वायु, अग्नि, जल और भूमि का समावेश कर मानव देह की रचना की और उसे सम्पूर्ण योग्यताएँ और शक्तियाँ देकर इस संसार में जीवन बिताने के लिए भेजा है।''

''मगर भेजा ही क्यों है?''

''इसलिए कि पंचतत्वीय होने से मनुष्य, ईश्वर की अनुपम कृति है।''

''पंचतत्त्व का महत्व क्या है माँ?''

''पंचतत्त्व का महत्व बहुत अधिक है। हमारे मनीषियों ने इन पंचतत्त्वों को सदा याद रखने के लिये एक आसान तरीका निकाला और कहा कि यदि मनुष्य ईश्वर अथवा भगवान को सदा याद रखे तो इन पांच तत्त्वों का ध्यान भी बना रहेगा। उन्होंने पंचतत्त्वों को किसी को भगवान के रूप में तो किसी को अलइलअह अर्थात् अल्लाह के रूप में याद रखने की शिक्षा दी।''

''बात समझ नहीं आई माँ कि भगवान और पंचतत्त्व का संगम किस प्रकार है?''

''भगवान शब्द को ही लें तो भ भूमि यानी पृथ्वी, ग गगन यानी आकाश, व वायु यानी हवा, अ अग्नि अर्थात् आग और न नीर यानी जल। इसी प्रकार अलइलअह (अल्लाह) अक्षरों का विश्लेषण करें तो अ आब यानी पानी, ल लाब यानी भूमि, इ इला दिव्य पदार्थ अर्थात् वायु, अ आसमान यानी गगन और ह हरक यानी अग्नि।''

''परंतु इनका महत्त्व?''

''इन पाँच तत्त्वों के संचालन व समन्वय से हमारे शरीर में स्थित

चेतना (प्राणशक्ति) बिजली-सी होती है। इससे उत्पन्न विद्युत मस्तिष्क में प्रवाहित होकर मस्तिष्क के 2.4 से 3.3 अरब कोशों को सक्रिय और नियमित करती है। ये कोश अति सूक्ष्म रोम के सादृश एवं कंघे के दाँतों की तरह पंक्ति में जमे हुए होते हैं। मस्तिष्क के कोश पाँच प्रकार के होते हैं और पंच महाभूतों (पृथ्वी, जल, अग्नि, वायु एवं आकाश) का प्रतिनिधित्व करते हैं। मूलरूप से ये सब मूल तत्त्व हमारे शरीर में बराबर मात्रा में रहने चाहिए। जब इनमें थोड़ी-सी भी गड़बड़ी होती है या किसी एक तत्त्व में त्रुटि आ जाने या वृद्धि हो जाने से दूसरे तत्त्वों में गड़बड़ी आती है तो शरीर में रोग उत्पन्न हो जाते हैं।"

"अच्छी बात है माँ लेकिन थोड़ा और विश्लेषण करो?"

"पृथ्वी तत्त्व असीम सहनशीलता का द्योतक है और इससे मनुष्य धन-धान्य से परिपूर्ण होता है। इसके त्रुटिपूर्ण होने से लोग स्वार्थी हो जाते हैं। जल तत्त्व शीतलता प्रदान करता है। इसमें विकार आने से सौम्यता कम हो जाती है। अग्नि तत्त्व विचारशक्ति में सहायक बनता है और मस्तिष्क की भेद (अंतर) परखने वाली शक्ति को सरल बनाता है। यदि इसमें त्रुटि आ जाय तो हमारी सोचने की शक्ति का ह्रास होने लगता है। वायु तत्त्व मानसिक शक्ति तथा स्मरण शक्ति की क्षमता व नजाकत को पोषण प्रदान करता है। अगर इसमें विकार आने लगें तो स्मरण शक्ति कम होने लगती है। आकाश तत्त्व शरीर में आवश्यक संतुलन बनाये रखता है। इसमें विकार आने से हम शारीरिक संतुलन खोने लगते हैं।"

"माँ आपकी ज्ञान भरी बातें सुनकर तो मैं धन्य हो गया।"

"बेटा ये ज्ञानभरी बातें मैंने तुम्हें धन्य होने के लिए नहीं सुनाईं।"

"तो फिर माँ।"

"इन पंचतत्त्वों के महत्त्व को और विस्तार से जानकर जनकल्याण करो, तुम एक राजनेता हो और धर्म के जिज्ञासु भी। मेरा दृढ़ विश्वास है कि राजनीति और धर्म के संगम से जो भी योजना बनेगी, निश्चित रूप से उस योजना से जनता का कल्याण होगा। इसलिए मैं चाहती हूँ कि तुम पंचामृत योजना बनाओ और वह योजना कैसी होगी, क्या होगी यह सब तुम जानो, मैंने तो केवल पंचतत्त्व का महत्त्व बता दिया। पंचतत्त्व साक्षात्

ईश्वर का ही अंश है, इसलिए पंचतत्त्व के उत्थान से ही जन कल्याण होना संभव है।" जैसे ही उत्थान शब्द आया, तो वह बेटा समझ गया कि उसकी माँ क्या चाहती है और उसने अपने राज्य में, जिसका वह उस समय मुख्यमंत्री था, के कल्याण के लिए पंचामृत योजना बनाने के लिए गहन मंथन शुरू कर दिया।

हमारे देश के वर्तमान प्रधानमंत्री, जब कभी गुजरात के सबसे लोकप्रिय मुख्यमंत्री थे, तब उन्होंने गुजरात के लिए जो महत्त्वपूर्ण योजनाएँ प्रारम्भ कीं उनमें पंचामृत योजना को भारी सफलता मिली, जो उन्होंने अपनी माताश्री के उपदेश से प्रेरित होकर लागू की थी। राज्य के एकीकृत विकास की पंचायामी योजना के नाम से भी इसे जाना गया है।

किशोर मकवाणा ने इस संबंध में बड़े ही सुंदर शब्दों में लिखा है, देश के कोने-कोने से बधाइयों का ताँता लगा हुआ था। चुनाव में मिली अपूर्व विजय हेतु अग्रणी नेताओं, शीर्षस्थ उद्योगपतियों और जनता-जनार्दन की बधाइयों का सिलसिला अभी थमा भी न था कि तत्कालीन मुख्यमंत्री नरेन्द्र मोदी इस विजयोल्लास को थामकर गुजरात के विकास की गंभीर-मंत्रणा में जुट गए। योजना अच्छी हो मगर वरिष्ठ अधिकारी यदि कामचोर या भ्रष्ट हों तो अच्छी से अच्छी योजना धराशायी हो जाती है। लेकिन नरेन्द्र मोदी ने अपने व्यवहार और कठोर अनुशासन से गुजरात के सरकारी तंत्र को आश्चर्यजनक गतिशीलता प्रदान की है। यहाँ तक कि उन्होंने गुजरात में कुछ भ्रष्ट भाजपा नेताओं को भी नहीं छोड़ा। आज गुजरात का हर व्यक्ति स्वीकार करता है कि अगर राज्य का मुखिया प्रामाणिक और स्वच्छ छवि वाला हो तभी यह संभव है और गुजरात के भाग्य से उसे नरेन्द्र मोदी जैसा प्रामाणिक, स्वच्छ और कठोर अनुशासन वाला नेता मिला और बाद में यही नेता सारे देश का नेतृत्वकर्ता बना। किशोर मकवाणा कहते हैं कि नरेंद्र मोदी जब गुजरात के मुख्यमंत्री थे, तब उन्होंने पंचामृत योजना बनाई, जिसके पांच मुख्य उद्देश्य थेः ज्ञान, जल, ऊर्जा, जन एवं सुरक्षा। इन्हीं पाँच शक्तियों की नींव पर टिका है एक सजग, सुदृढ़, स्वावलम्बी, सम्पन्न और सुरक्षित समाज। इस पंचआयामी विकास को नरेन्द्र मोदी ने छह माह की अवधि में राज्यभर में प्रभावी

किया। गोधरा में साबरमती एक्सप्रेस में हुए हिन्दुओं के नरसंहार के दोषियों को बचाने के लिए देशभर के सेकुलरवादियों ने गुजरात के हिन्दुओं को राक्षस के रूप में चित्रित कर गुजरात के गौरव को दुनियाभर में कलंकित करने का प्रयास किया था। मगर नरेन्द्र मोदी ने पुनः सत्ता में आते ही अपनी पंचामृत योजना के तहत गुजरात गौरव को पुनर्जीवित कर पुनः स्थापित करने का ऐतिहासिक कार्य प्रारंभ किया था।

जल शक्ति

"पानी है तो यह सृष्टि है, वरना जिस दिन पानी नहीं रहेगा यह सृष्टि और धरती भी नहीं रहेगी।"

"जी सर! बात तो सही है।"

"मुझे जी हजूरी नहीं चाहिए गुजरात में पानी की समस्या गंभीर होती जा रही है, सर्वप्रथम इस पर अपना ध्यान केन्द्रित करो।"

"इसके लिए क्या करना होगा?"

"हरित गुजरात के लिए कई परियोजनाएँ जैसे नर्मदा, कल्पसर, ड्रिप-सिंचाई, व्यवस्था जलावरोधक (चैक डैम) और जल-संचयन प्रौद्योगिकी पद्धति पर पूरे जोर-शोर से प्रयास शुरू करो।"

"परंतु क्या प्रदेश सरकार अकेले ऐसा कर पाएगी। केन्द्र तो हमें सहयोग देगा नहीं।"

"केन्द्र सहयोग नहीं देगा तो क्या हुआ, जनता तो सहयोग देगी ना। हरित गुजरात की परिकल्पना को साकार करने के लिए सरकार ने दूरदृष्टि, पारदर्शी प्रशासन और विशाल जन-भागीदारी के जरिए साकार करने का संकल्प लिया है और हमें इसका फल भी मिलेगा।"

तत्कालीन मुख्यमंत्री नरेंद्र मोदी ने उन दिनों गाँव-गाँव में जल समितियों का गठन करवाया, जिनके जरिए नर्मदा के जल का वितरण किया गया। एक सीधी-सी बात है कि यदि नदियों का पुनरुत्थान हो तो कुएँ भी पुनर्जीवित हो उठते हैं, इसी बात को ध्यान में रखकर नदियों के समन्वय सम्बंधी कार्यों को प्राथमिकता दी गई। नर्मदा के जल द्वारा गुजरात में नौ सौ से भी अधिक तालाबों, झीलों और जलाशयों को पुनर्जीवित किया गया। फलस्वरूप जलविहीन कुओं में जल का संचार

हुआ। गुजरात में आजादी के 45 वर्ष बाद चार हजार जलावरोधकों का निर्माण हो पाया था। भाजपा सरकार ने मात्र तीन वर्ष के अल्पकाल में बीस हजार जलावरोधकों का निर्माण कर लिया था। ये जलावरोधक लाखों हेक्टेयर भूमि के लिए वरदान साबित हो रहे हैं।

गुजरात सरकार डेढ़ लाख से भी ज्यादा जलावरोधक बनाने के लिए कृतसंकल्प हुई, तो सरकार के इस कदम से किसान अत्यंत प्रसन्न हो उठे। आणंद जिले के बोचासण गाँव के अरविंद भाई ठाकोर कहते हैं कि नरेंद्र मोदी की सरकार ने तो हमारा भविष्य ही बदल दिया। पहले हमारे खेत सूखे पड़े रहते थे, आज यहाँ हरियाली ही हरियाली है। नरेन्द्र मोदी की इन्हीं विशेषताओं का फल ईश्वर ने उन्हें दिया और उन्हें देश का प्रधानमंत्री बना दिया, ताकि वे जल शक्ति का उत्थान कर सकें।

नर्मदा नदी गुजरात की जीवन-रेखा है तो नर्मदा नहर इसका मेरुदंड है। समुद्र में विलीन होने से पूर्व नर्मदा के जल के नहरीकरण की योजना बनाई गई। इस परियोजना से नर्मदा नहर संजाल के इर्द-गिर्द स्थित नदियाँ पुनर्जीवित करने की भी योजना बनी, जिससे लोगों की पेयजल की समस्या का निराकरण करना महत्त्वपूर्ण बात थी। शायद देश में यह भी पहली बार हुआ था कि एक नदी का पानी दूसरी नदी में बहाकर सूखी नदी को

पुनर्जीवित कर दिया गया हो। नर्मदा नदी का पानी सूखी साबरमती और महीनदी में बह रहा है। इसी तरह सरस्वती, रूपेण और पुष्पवती आदि सूखी नदियों को नर्मदा नहर संजाल से शृंखलाबद्ध करने की योजना है।

सदियों से पेयजल संकट से जूझ रहे सौराष्ट्र और कच्छ के कई गाँवों को नर्मदा नहर के जरिए पेयजल उपलब्ध कराया गया। सिर्फ 500 दिनों में ही 700 किलोमीटर की पाइप लाइन बिछाई गई। बूँद-बूँद पानी के लिए तरस रहे कच्छवासियों ने तो स्वप्न में भी नहीं सोचा था कि 700 किलोमीटर दूर बह रही नर्मदा नदी का पानी उनके गाँवों में आएगा और पीने का पानी मिलेगा?

माँ के द्वारा दिए गए पंचतत्व के उपदेश से प्रेरणा लेकर एक तत्व जल तत्व के महत्त्व का लाभ यदि किसी ने उठाया, तो वे केवल नरेंद्र मोदी ही थे, जिन्होंने अपने मुख्यमंत्री के काल में गुजरात की काया पलट कर रख दी।

कल्पसर परियोजना तटीय क्षेत्र की क्षारीय भूमि को संतृप्त कर भारी मात्रा में जल उपलब्ध करा रही है। इससे जल की उपलब्धि, सिंचाई के जल की उत्तम सुविधा, भूमि सुधार, यातायात आदि बहुआयामी विकास संभव है। जल की क्रांति का शुभारम्भ हुआ और सारे देश की जनता ने जल शक्ति के उपयोग और महत्व को पहली बार ही जाना।

ऊर्जा-शक्ति

"बिजली क्यों चली गई?" प्रश्न उन दिनों का था, जब वे पहली बार सीएम बने थे।

"साहब बिजली जाना कोई नयी बात नहीं, जनरेटर में कोई खराबी आ गई होगी, वरना अपने आप ही चालू हो जाता है।"

"तो यह तो आज की खबर बन गई कि मुख्यमंत्री मोदी के कार्यालय की बिजली गुल।"

"नहीं साहब यह खबर नहीं बनी।"

"क्यों?"

"कई वर्षों से मैं इस कार्यालय में हूँ और कई बार ऐसा हो चुका है।"

"लेकिन अब ऐसा नहीं होगा। हम ऊर्जा शक्ति का भरपूर इस्तेमाल करेंगे। देश के किसानों के साथ-साथ यदि उद्योगों का भी उत्थान करना है तो विद्युत ऊर्जा निरन्तर मिलनी चाहिए। औद्योगिक विकास को गतिमान रखती है, बिजली। दुनिया भर में ऊर्जा क्षेत्र आज क्रांति की दहलीज पर खड़ा है। बिजली पैदा करने के तरीकों और उनके इस्तेमाल के मामले में आज दुनिया भर में बदलाव हो रहे हैं। हमें भी इन बदलावों को करना होगा। दुनिया भर में बिजली के उत्पादन और इसके इस्तेमाल में हो रहे इन बदलावों की वजह से लोगों की जीवनशैली पर भी असर पड़ेगा।

"अमेरिकी कांग्रेस में तत्कालीन राष्ट्रपति बराक ओबामा ने भी कहा था कि इस बात से हम सभी वाकिफ हैं कि जो देश साफ और अक्षय ऊर्जा के मामले में सबसे ज्यादा प्रगति करेगा, 21वीं सदी में उसी का सिक्का चलेगा। ऊर्जा का इतिहास, कार्बन को जलाने का इतिहास रहा है। ऊर्जा का सबसे अच्छा स्रोत रहा है सूरज। हमें सौर ऊर्जा के उपयोग को बढ़ावा देना होगा। कार्बन का इतिहास लकड़ी, कोयले, तेल और गैस से जुड़ा हुआ है। अठारहवीं सदी में जब यूरोप में औद्योगिक क्रांति का जन्म हुआ, तब ऊर्जा का प्रमुख स्रोत थी लकड़ी। इसी ने यूरोप के ज्यादातर जंगलों और उनमें पाए जाने वाले जीवों को लील लिया। इसके बाद कोयले का इस्तेमाल शुरू हुआ जिसे तकनीक के मामले में एक बड़ा

कदम माना गया। इसी के साथ शुरू हुआ वाष्प ऊर्जा या स्टीम एनर्जी का युग। यह अपने जमाने की बेहतरीन और सबसे किफायती तकनीक हुआ करती थी। इसके कारण दुनिया में परिवहन क्रांति आई। साथ ही, इसने लौह और स्टील उद्योगों के साथ-साथ कपड़ा या टेक्सटाइल उद्योग के विकास में भी मुख्य भूमिका निभाई।

"ऊर्जा का प्रमुख स्रोत आज बिजली ही माना जाता है और हमारी सरकार इसी समय से ही कम लागत वाली बिजली के उत्पादन के लिए कई सार्थक कदम उठाएगी।"

और फिर सार्थक कदम उठाए गए। बिजली उत्पादन व उसकी वितरण प्रणाली में सुधार के कई सार्थक परिणाम सामने आए। राज्य की तत्कालीन भाजपा सरकार ने प्राकृतिक गैस के जरिए बिजली उत्पादन की योजना बनाई और अभूतपूर्व सफलता हासिल की।

राज्य में ऐसी व्यवस्था बनाई गई, जिससे औद्योगिक इकाइयों को बिजली प्राप्त करने में कम से कम कठिनाइयों का सामना करना पड़े। 30 वर्षों से केन्द्र में लम्बित कच्चे तेल की रायल्टी के मामले का निपटारा तत्कालीन मोदी सरकार ने तुरंत कर दिया। इससे गुजरात को 850 करोड़ रुपए का लाभ हुआ। इस तरह गुजरात विद्युत बोर्ड के वेस्टर्न कोल

फील्ड्स व कोल लिंकेज वाले लम्बित मामले का निपटारा हो गया। इससे गुजरात विद्युत बोर्ड को 125 करोड़ रुपए की बचत हुई। बिजली चोरी के खिलाफ अभियान शुरू किया गया। इससे करोड़ों रुपए की बिजली-चोरी पकड़ी गई। बिजली-चोरी की रोकथाम के लिए पाँच जिलों में विशेष पुलिस थानों की भी स्थापना की गई है।

ज्योतिग्राम योजना के अन्तर्गत 24 घंटे विद्युत आपूर्ति की व्यवस्था की गई है। जब मोदी गुजरात के मुख्यमंत्री थे, उन दिनों बिजली उत्पादन में गुजरात न केवल आत्मनिर्भर हुआ, वरन् गुड़गाँव तक गुजरात द्वारा बिजली सप्लाई की गई। 2014 में एक बार उत्तर प्रदेश के बागपत में चुनावी रैली में मोदी ने कहा था, "यूपी में कभी बिजली आती है, तो खबर बनती है कि आज बिजली आ गई, लेकिन गुजरात में कभी एक दो मिनट के लिए बिजली गुल हो जाती है, तो वहाँ तब खबर बनती है और वह भी अखबारों के पहले पन्ने की। आज गुजरात की बिजली हरियाणा के गुड़गाँव यानी कि दिल्ली के पास पहुँच चुकी है। यह है ऊर्जा शक्ति का चमत्कार जिससे अचंभित होने की जरूरत नहीं वरन् अनुकरण करने और सीख लेने की जरूरत है।"

प्रत्येक गाँव में बिजली पहुँचाने हेतु मोदी ने इस योजना की शुरुआत की थी। यह योजना इतनी सफल रही कि विदेशों में भी इसका अनुकरण किया गया। 28 अगस्त, 2012 को जारी पीटीआई की एक खबर के अनुसार गुजरात के मुख्यमंत्री नरेंद्र मोदी के विकास कार्यक्रमों को एक अंतरराष्ट्रीय संस्था की प्रशंसा मिली है। स्टॉकहोम इंटरनेशनल वॉटर इंस्टिट्यूट (एसआईडब्ल्यूआई) ने गुजरात सरकार की ज्योतिग्राम योजना की प्रशंसा की है। यह 2003 में शुरू की गई थी और इसका उद्देश्य गाँवों को 24 घंटे बिजली उपलब्ध कराना है।

स्टॉकहोम में 26 से 31 अगस्त, 2012 तक वर्ल्ड वॉटर वीक के दौरान फीडिंग अ थर्स्टी वर्ल्ड : चैलेंजेस एंड अपॉर्च्युनिटीज फॉर अ वॉटर एंड फूड सिक्योर फ्यूचर शीर्षक वाली इस रिपोर्ट को वॉटर वीक के लिए इनपुट के तौर पर जारी किया गया है। रिपोर्ट में ज्योतिग्राम योजना की उपलब्धियों का जिक्र किया गया है। इसके अलावा पानी की कमी से अनाज उत्पादन

और 2050 तक दुनिया की अनुमानित 9 अरब जनसंख्या पर होने वाले असर के बारे में आगाह किया गया है। रिपोर्ट के अनुसार, तब तक अनाज की पैदावार के लिए पर्याप्त पानी नहीं होगा।

रिपोर्ट कहती है कि पानी से जुड़ी समस्याएँ सुलझाने के लिए हम अधिकतर अपने कार्यक्षेत्र के आधार पर सोचते हैं। ऐसा करते समय हम सकारात्मक बदलाव के मौके छोड़ देते हैं। ज्योतिग्राम योजना लागू होने से पहले गुजरात के ग्रामीण इलाकों में बिजली की किल्लत का वर्णन करते हुए कहा गया है कि अब हालात बदल चुके हैं। रिपोर्ट के मुताबिक, योजना के अंतर्गत ग्रामीण गुजरात का पूरी तरह से विद्युतीकरण कर दिया गया है। गाँवों को 24 घंटे बिजली दी जाती है। घरेलू कामकाज, स्कूलों, अस्पतालों और ग्रामीण उद्योगों के लिए तीन चरण में मीटर रेट पर बिजली सप्लाई की जाती है।

एक ओर जहाँ गुजरात के गाँव बिजली से जगमगा रहे हैं, वहीं 4 दिसंबर 2009 को जारी वार्ता की न्यूज के अनुसार, आजादी के साठ वर्ष बीत जाने के बाद भी देश के एक लाख 18 हजार 499 गाँवों में अभी बिजली नहीं पहुँची है। भरत सिंह सोलंकी के अनुसार, उत्तर प्रदेश के तीस हजार, बिहार के 23 हजार, झारखंड के 19 हजार, उड़ीसा के 17 हजार और असम के आठ हजार से अधिक गाँव बिजली से वंचित हैं। महाराष्ट्र के केवल छह गाँव ऐसे हैं, जहाँ बिजली नहीं पहुँची है, जबकि आंध्र प्रदेश, गुजरात, हरियाणा, केरल, पंजाब और तमिलनाडु के सभी गाँवों में बिजली पहुँच गई है। बिजली के मामले में गुजरात माँग से अधिक उत्पादन कर रहा है, जो गुजरात के लिए गौरव और गर्व की बात हो सकती है।

जन शक्ति

तेल का कनस्तर भरा हुआ था, एक बालक उसे उठाकर सिर पर रखने की कोशिश कर रहा था, लेकिन सफल नहीं हो पा रहा था, तभी उसकी माँ आ गई और सहारा देकर वह कनस्तर उसके सिर पर रखने लगी, तो बालक बोला, "माँ रहने दो तुम क्यों कष्ट करती हो, मैं उठा लूँगा।"

"नहीं भारी है बेटा तुमसे नहीं उठेगा।"

"कोशिश तो कर रहा हूँ ना, एक-दो बार की कोशिश में उठ

जाएगा। मैं नहीं चाहता कि तुम किसी भी काम को हाथ लगाओ माँ।''

''बेटा मैं तुम्हारी भावनाओं की कद्र करती हूँ, लेकिन खाली बैठना मुझे शोभा नहीं देता, जब तक हाथ-पाँव चलते हैं, तब तक काम करते ही रहना चाहिए।''

''लेकिन सब तो ऐसा नहीं सोचते!''

''जो ऐसा नहीं सोचते वे कष्ट पाते हैं।''

और फिर वह बालक कनस्तर लेकर अपने पिता की दुकान पर चला गया। रास्ते में जा रहा था कि उसने देखा सड़क पर नीम का पेड़ टूटा हुआ पड़ा है और रास्ता रुक गया है। कोई भी रास्ता खोलने के लिए प्रयास नहीं कर रहा था, बल्कि किसी दूसरे रास्ते से लोग जा रहे थे। उस बालक ने धीरे से बैठकर वह कनस्तर नीचे उतारा और उस नीम के वृक्ष के तने को एक ओर हटाने के लिए प्रयास करने लगा, ताकि रास्ता खुल जाए। लेकिन उस बालक से भला वह तना कहाँ हिलने वाला था। तभी वहाँ से एक साधु गुजर रहा था, उसने बालक के सत् प्रयास देखे तो वह भी नीम के वृक्ष के वृक्ष को हटाने के लिए लग गया। साधु से भी वह पेड़ नहीं हिला, लेकिन तभी साधु और बालक की देखा-देखी और लोग भी उस पेड़

को हटाने के लिए लग गए और सबने मिलकर वह टहना एक ओर कर ही दिया और इस प्रकार रास्ता खुल गया। टहना हटने के बाद उस साधु ने बालक को आशीर्वाद दिया और लोगों को उपदेश, ''देखा आपने, यह पेड़ किसी ने हटाने की पहल नहीं की, लेकिन इस बालक ने की। यह चाहता तो यह भी इसे लाँघकर जा सकता था, लेकिन इस बालक ने पहल की। इसकी पहल पर आप सब साथ मिल गए। यह ही सफल नेतृत्व है, जिसने आप में एकता उत्पन्न कर दी। यदि सभी भारतीय इसी प्रकार एकता से मिलकर अपनी शक्ति का इस्तेमाल करने लगें तो हमारा यह देश फिर से सोने की चिड़िया बन सकता है।''

''महाराज जब मैं बड़ा हो जाऊँगा, तब मैं लोगों को मिलकर काम करने की प्रेरणा दूँगा, ताकि जनशक्ति का पूरा-पूरा इस्तेमाल हो सके।''

''एक दिन तुम अवश्य ऐसा करोगे,'' उस साधु ने उस बालक का नाम पूछ ही लिया था, ''क्या नाम है बेटा तुम्हारा?''

''नरेंद्र मोदी!''

यही बालक बड़ा होकर कई बार लगातार गुजरात का मुख्यमंत्री बना तो तब उन्होंने जनशक्ति के मंत्र से लोगों को अवगत कराया और इसका इस्तेमाल करके राज्य के विकास में अहम योगदान दिया। जनशक्ति एक बहुत ही महत्त्वपूर्ण कारक है, जो देश के समग्र श्रम माहौल को आकृति प्रदान करता है। प्रजातांत्रिक देशों में श्रमिकों के हितों की रक्षा करना राष्ट्र की जिम्मेदारी है। मानव संसाधनों का सदुपयोग ही समाज की प्रगति में सहायक होता है। मोदी के नेतृत्व में तत्कालीन गुजरात सरकार ने इस बात पर न सिर्फ जोर दिया, बल्कि इस क्षेत्र में कई कीर्तिमान स्थापित किए। 20,000 जलावरोधकों का निर्माण जन-सहयोग के बलबूते पर सीमित कार्यकाल में पूरा कर लेना, इस जन-शक्ति की अपार क्षमता को प्रतिबिंबित करता है। इसी आधारभूत जन-शक्ति को ध्यान में रखकर गुजरात सरकार ने जलावरोधकों की कुल संख्या डेढ़ लाख पहुँचाने की योजना बनाई। इसी जन-शक्ति ने गुजरात में आए विनाशकारी भूकम्प से हुई क्षति से शीघ्र ही उबरने में मदद की थी। विश्वकर्मा योजना के तहत एक करोड़ बीस लाख युवकों को औजार व मशीनें दी गईं। ताकि वे अपना

जीविकोपार्जन कर सकें। यह परियोजना बढ़ई, लुहार, मिस्त्री व कुम्हारों को स्वावलम्बी बनाने के साथ-साथ उनके जीविकोपार्जन में सहायक हुई।

इस योजना से आनंदित रामजी भाई पाँचाल कहते हैं, "शायद पहली बार किसी सरकार ने हम जैसे छोटे व्यक्तियों का ध्यान रखा है। ऐसे हजारों कारीगर आज नरेन्द्र मोदी को बधाई देते थकते नहीं...।"

गुजरात लोगों को रोजगार दिलाने में सफलता की नित नयी सीढ़ियाँ चढ़ता चला गया। प्राकृतिक आपदा राहत कार्य योजना ने 4,80,000 लोगों को रोजगार दिलाया। सरस्वती साधना योजना के तहत पिछड़े वर्ग के 65,000 विद्यार्थियों में साइकिलों का घटाई गई कीमतों पर वितरण हुआ। डाँग जिले में राष्ट्रीय टीबी नियंत्रण कार्यक्रम की शुरुआत हुई और राष्ट्रीय विकास परियोजना के अन्तर्गत डाँग जिले का चयन हुआ। तीन महीनों के अन्तराल में विकास परियोजनाओं के लिए केन्द्र से 2,112 करोड़ रुपए की सहायता प्राप्त की। सूरत में 1,500 करोड़ रुपए की लागत से बनने वाले तैयार वस्त्र हाट का शिलान्यास हुआ। यह योजना 50,000 लोगों को तैयार वस्त्र के क्षेत्र में रोजगार के अवसर दिलाने में कारगर होगी, यह उस समय ही मोदी जी अच्छी तरह जानते थे।

गुजरात में सरकारी कर्मचारियों में अपने कर्तव्य के प्रति निष्ठा जगाने हेतु इस अभियान की शुरुआत की गई, जो बेहतर साबित हुई है। सभी कर्मचारियों के लिए आदर्श निर्देश संविधान की मर्यादा में रहते हुए दिए गए हैं। इतना ही नहीं सरकारी कर्मचारियों को समाज सेवक तक कहा जाने लगा है गुजरात में। उनके लिए स्पष्ट निर्देश है कि वे क्या करें और क्या न करें। कुछ निर्देश इस प्रकार हैं :

1. सदैव याद रखें कि आप एक सरकारी और जनता के सेवक हैं और आपको सार्वजनिक राजकोष से वेतन, भत्तों, अन्य सुविधाओं आदि के माध्यम से आपकी सेवाओं के लिए उचित प्रतिपूर्ति की जाती है। इस प्रकार आप सरकारी सेवक की परिभाषा में आते हैं और आप पर भारतीय दंड संहिता 1860 के अंतर्गत भ्रष्टाचार निरोध अधिनियम, 1988 के तहत किए गए प्रावधान लागू होते हैं।

2. राज्य के प्रत्येक कर्मचारी को मुक्त, ईमानदार, भयमुक्त तथा

तटस्थ ढंग से सत्यनिष्ठा, समर्पण, प्रतिबद्धता, योग्यता और निष्पक्षता के सर्वोच्च मानकों का पालन करते हुए राज्य के विकास में अपना सर्वश्रेष्ठ योगदान देना होता है।

3. जन-सामान्य में तथा अपने राज्य में अपनी ईमानदार, न्यायपूर्ण, तार्किक, साफ-सुथरी एवं निष्पक्ष मित्रतापूर्ण सरकारी सेवक की छवि को बनाए रखें।

4. मामलों को निपटाने में सदैव ईमानदार और निष्पक्ष भावना का प्रदर्शन करें। आपका दृष्टिकोण सदैव न्यायसंगत होना चाहिए।

5. जन-सामान्य, अधीनस्थ कर्मियों तथा सहकर्मियों के प्रति सामान्य शिष्टाचार बरतें।

6. श्रेष्ठ व्यवहार सफलता की महत्वपूर्ण कुंजी है, आप दूसरों के साथ वैसा ही व्यवहार करें जैसे व्यवहार की आप अपने प्रति दूसरों से अपेक्षा करते हैं।

7. अपने कर्तव्य का यथासंभव दक्षतापूर्वक पालन करना न भूलें। प्रत्येक कर्तव्य पवित्र है और कर्तव्य के प्रति सत्यनिष्ठा ईश्वर की पूजा का सर्वश्रेष्ठ रूप है।

8. किसी भी समय अपने कर्त्तव्य की न तो उपेक्षा करें और न ही काम के प्रति समर्पण की भावना में कमी लाएँ। निर्णय संबंधी वास्तविक भूलों या त्रुटियों के अतिरिक्त यदि कोई कर्मचारी कर्तव्य के प्रति समर्पण की भावना में कमी या लापरवाही प्रदर्शित करता है, तो उसके विरुद्ध आचरण नियमावली/स्थायी आदेशों में किए गए प्रावधानों के अनुसार कार्रवाई की जा सकती है।

9. अपने निर्णय पक्षपात या अतार्किक भावना से न लें। आपके द्वारा लिए गए निर्णय हर दृष्टि से न्यायसंगत होने चाहिए।

10. फाइलों या मामलों को निपटाते समय व्यक्तिगत पसंद या नापसंद, पूर्वाग्रह आदि से प्रभावित न हों।

ज्ञान शक्ति

"अरे आज सुबह-ही-सुबह दूकान पर आ गए, स्कूल नहीं जाना क्या?"

"नहीं आज स्कूल जाने को दिल नहीं कर रहा था।"

"क्यों ऐसा क्या हुआ?"

"हुआ तो कुछ नहीं!"

"तो फिर," फिर उस बालक को समझाते हुए उसके पिता ने कहा, "यदि तुम पढ़ोगे नहीं तो ज्ञानी कैसे बनोगे। जानते हो ज्ञानी व्यक्ति सब जगह आदर पाता है। देश ही नहीं विदेशों में भी ज्ञानी सम्मान पाता है।"

"मतलब!"

"राजा अपने देश में पूजा जाता है, लेकिन विद्वानों की पूजा हर जगह होती है। इसलिए विद्या को विवेक के साथ उपयोग करने में ही कल्याण बताया गया है।"

"परंतु आजकल को पैसे वाला भी मान पाता है भले ही धूर्त हो?"

"नहीं धूर्त केवल चापलूस लोगों में ही मिथ्या प्रशंसा पाता है। मूर्ख अपने घर में महत्त्व पाता है, प्रभु अपने गाँव में और राजा अपने देश में पूजा जाता है, जबकि विद्वान सभी जगहों पर पूजा जाता है।" उन्होंने अपनी बात आगे बढ़ाते हुए कहा, "पिताजी एक बात पूछूँ?"

"पूछो क्या पूछना चाहते हो?"

"ज्ञान और शिक्षा में क्या अंतर है?"

"दोनों एक ही तो हैं।"

"नहीं दोनों एक नहीं हैं।"

"दोनों एक नहीं तो फिर तुम्हीं बता दो कि अंतर क्या है?"

"शिक्षा स्कूल में ग्रहण की जाती है, लेकिन ज्ञान तो संस्कारों से प्राप्त होता है। कभी-कभी ईश्वर की कृपा और पूर्व जन्म के फलों के कारण भी ज्ञान प्राप्त हो जाता है।"

"मतलब!"

"कबीरदास शिक्षित नहीं थे, क्योंकि उन्होंने स्वयं ही कहा है कि मसि कागद छुयो नहीं कलम गही नहिं हाथ," फिर उन्होंने अपनी बात आगे बढ़ाई, "और ज्ञान के मामले में वे प्रकांड पंडित थे। महान समाज सुधारक थे।"

"तो तुम कहना क्या चाहते हो, यही कि स्कूल इसलिए नहीं गए कि

शिक्षित नहीं बनना ज्ञानी बनना है, क्या तुमने पहले जन्म में कोई तपस्या कर रखी है जो भगवान तुम्हें ज्ञान यूँ ही दे देगा।''

''नहीं मैंने कोई तपस्या नहीं की, तपस्या तो इसी जन्म में करनी है, लेकिन मुझे शिक्षित होने के साथ-साथ ज्ञानी भी बनना है।''

''अच्छा ज्ञानी बाद में बनना, चल ग्राहक आ गए, उन्हें चाय दे।''

किसे पता था कि यही बालक आगे चलकर शिक्षित और ज्ञानी तो बनेगा ही, साथ ही ज्ञानशक्ति के बल पर एक नया इतिहास भी रचेगा।

पूर्व राष्ट्रपति एपीजे अब्दुल कलाम ने वैश्वीकरण की दुनिया में किसी भी देश के लिए ज्ञान को शक्ति का स्रोत बताते हुए कहा है कि ''भारत को ज्ञान आधारित होने की जरूरत है और उसे आर्थिक रूप से सशक्त होने के लिए आने वाले दस साल के लिए दस प्रतिशत वार्षिक वृद्धि दर बनाए रखनी होगी। हालाँकि केवल आर्थिक वृद्धि से ही विकास नहीं होगा, इसके लिए अच्छे नागरिक भी होने चाहिएं। देश के लोगों में साहस, ज्ञान और सही बातों को अपनाने का गुण भी होना चाहिए। एक वैश्विक दुनिया में

जहाँ देश और समाज के लिए सत्ता का स्रोत ज्ञान है, सभी आयामों में नेतृत्व की भूमिका महत्त्वपूर्ण है। 21वीं सदी की दुनिया ज्ञान आधारित समाज होगी, जहाँ भारत में स्वाभाविक तौर पर अनेक अवसर होंगे और हमें ज्ञान आधारित बनना होगा।'' श्री कलाम के इस आदर्श सूत्र को गुजरात ही एकमात्र ऐसा राज्य है, जिसने पूरी तरह से सच सिद्ध कर दिखाया है। उनकी अवधारणा है कि ज्ञान आधारित समाज में जहाँ पूर्व में प्राकृतिक संसाधन सत्ता का प्रतीक थे, अब ज्ञान सत्ता का स्रोत बन गया है। इसलिए नेतृत्व को अब ज्ञान से खुद को परिपूर्ण करना होगा। सामाजिक और सांस्कृतिक विकास के लिए अद्यतन जानकारियाँ एक नितांत आवश्यक तथ्य है। जानकारियों और ज्ञानवर्द्धन के लिए प्रशिक्षण अत्यन्त आवश्यक है, ताकि रोजगार संबंधी मार्ग प्रशस्त हो और लोग सामान्य जीवन जी सकें।

श्री कलाम द्वारा उपरोक्त अवधारणा के वर्णन से पूर्व ही नरेन्द्र मोदी व उनकी तत्कालीन गुजरात सरकार ने ज्ञान-रथ नामक योजना शुरू की थी, इसके तहत ग्रामीण बच्चों को आधुनिक और वैज्ञानिक तकनीक के जरिए शिक्षा देने की पहल की गई। ज्ञान-रथ की उपग्रह से सीधे सम्पर्क की व्यवस्था है। गाँव-गाँव घूमकर बच्चों को बदलते परिवेश के बारे में जानकारी प्रदान की गई। गुजरात में देश का सबसे बड़ा समुद्री तट है, फिर भी यहाँ समुद्र विज्ञान महाविद्यालय नहीं था। सरकार ने राज्य में समुद्र अभियांत्रिकी महाविद्यालय शुरू करने की योजना बनाई। राज्य में कानूनी संस्थान की कमी को ध्यान में रखते हुए तत्कालीन मोदी के नेतृत्व वाली तत्कालीन भाजपा सरकार ने राष्ट्रीय कानूनी - संस्थान की स्थापना करने का संकल्प किया। गुजरात में भाजपा सरकार ने शिक्षा क्षेत्र में एक और महत्वपूर्ण कदम उठाया। विद्यार्थी जब विद्यालय में प्रवेश लेगा तब अपने नाम के पीछे पिता के नाम के साथ-साथ माता का नाम भी लिखना अनिवार्य कर दिया गया। गुजरात के वरिष्ठ साहित्यकार और चिंतक गुणवंत शाह ने भाजपा सरकार के इस कदम को ऐतिहासिक कहा है। कर्मयोगी योजना के तहत माध्यमिक विद्यालयों के शिक्षकों के लिए सघन प्रशिक्षण प्रारंभ हुआ। सीमा क्षेत्र कच्छ में प्रथम बार कच्छ विश्वविद्यालय

की स्थापना हुई। वनवासी क्षेत्रों में चार नए बी.एड. महाविद्यालयों की स्थापना की योजना बनी। इस प्रकार हम कह सकते हैं कि जन शक्ति का सदुपयोग गुजरात ने बखूबी किया है और गुजरात के तत्कालीन मुख्यमंत्री और आज के देश के प्रधानमंत्री नरेन्द्र मोदी ने ज्ञानशक्ति का उपयोग करके देश के विकास में एक नयी भूमिका निभाई।

सुरक्षा शक्ति

"यह चोट कैसे लगी?" माँ ने अपने पुत्र से पूछा था।

"कुछ नहीं बस यूँ ही।"

"यूँ ही का क्या मतलब है, आ इधर पट्टी बाँध देती हूँ।"

और तभी उलाहना देने के लिए एक औरत आ गई थी, "जानती हो तुम्हारे लाड़ले ने क्या किया?"

"क्या किया!"

"मेरे बेटे का सिर फोड़ दिया।"

माँ कुछ बोल पाती, इससे पहले बालक ने सफाई दी, "उसने पहले मुझे अपशब्द कहे, मेरे ईष्टदेव को भला-बुरा कहा और एक डंडा मेरे पैर पर मारा। मेरे पैर की अंगुली में भी तो चोट आई है।"

"तो तुमने मारा ही क्यों आकर शिकायत नहीं कर सकते थे!"

"यह मैं नहीं कर सकता था।"

"क्यों, क्यों नहीं कर सकता था तू ऐसा?"

"क्योंकि मैंने पढ़ा है कि शठे शाठ्यं समाचरेत्।"

"मतलब!"

"दुष्ट के साथ दुष्टता का बर्ताव करना चाहिए।"

"तो क्या मेरा बेटा दुष्ट है?"

"वह दुष्ट नहीं उसके कर्म दुष्टतापूर्ण हैं।"

"तो तू उसकी दुष्टता छुड़ाएगा।"

"हाँ, भगवान श्रीकृष्ण ने भी तो जीवनभर दुष्टों की दुष्टता ही छुड़ाई थी।"

"भगवान का काम भगवान पर ही छोड़ दे।"

"भगवान पर कुछ भी नहीं छोड़ा जा सकता, क्योंकि जगन्नाथपुरी में

भगवान श्रीकृष्ण की सजीव मूर्ति के हाथ नहीं हैं। वहाँ के पुजारी कहते हैं कि भगवान कोई कार्य नहीं करते। वह कहते हैं 'अपना हाथ जगन्नाथ' अर्थात् मुझसे कोई उपेक्षा न रखो और अपना कार्य स्वयं करो।''

''परन्तु भक्त को सबकुछ भगवान पर ही छोड़ देना चाहिए यही भक्ति है।''

''नहीं भगवान पर छोड़कर मैं दोबारा गलती नहीं कर सकता।''

''दोबारा गलती क्या मतलब!''

''सदियों पुरानी बात है, कहो तो सुना दूँ।''

''ठीक है सुना ही दे तू।''

''महमूद हमारे सोमनाथ के मंदिर को लूटने आया था। इतिहासकार इब्ने असीर ने लिखा है कि लोग किले की दीवारों पर बैठे इस विचार से प्रसन्न हो रहे थे कि ये दुस्साहसी मुसलमान अभी चंद मिनटों में नष्ट हो जाएँगे। वे मुसलमानों को बता रहे थे कि हमारा देवता तुम्हारे एक-एक आदमी को नष्ट कर देगा। जब महमूद की सेना ने नरसंहार शुरू किया, तब हिंदुओं का एक समूह दौड़ता हुआ मंदिर की मूर्ति के सामने धरती पर लेट कर उससे विजय के लिए प्रार्थना करने लगा। हिंदुओं के ऐसे दल के दल मंदिर में प्रवेश करते, जिनके हाथ गरदन के पास जुड़े होते, जो रो रहे होते और बड़े भावावेशपूर्ण ढंग से सोमनाथ की मूर्ति के आगे गिड़गिड़ा कर प्रार्थनाएँ कर रहे होते। फिर वे बाहर आते, जहाँ उन्हें कत्ल कर दिया जाता। यह क्रम तब तक चलता रहा जब तक कि हर हिंदू कत्ल नहीं हो गया। इस तरह 5 लाख अंधविश्वासी हिंदुओं ने सिर तो कटवा लिए, लेकिन मुकाबला एक ने भी नहीं किया।''

''अगर तू होता तो क्या करता?''

''जिस तरह भगवान श्रीराम और श्रीकृष्ण ने राक्षसों को मार भगाया था, मैं तो यवनों को उसी प्रकार भगा देता।''

''कैसे?''

''हथियारों से।''

''मगर हिन्दू धर्म में तो अहिंसा को ही परम धर्म बताया गया है।''

''लेकिन अपनी रक्षा के लिए शस्त्र उठाना धर्म है।''

"यह कहाँ लिखा है?"

"इसमें लिखने की क्या बात है। किसी भी देवी-देवता को देख लीजिए, सबके हाथ में कोई न कोई अस्त्र-शस्त्र होता है, जिसका अर्थ होता है कि अपनी रक्षा के लिए शस्त्र उठाओ।"

"कहते तो सही हो अपनी रक्षा के लिए शस्त्र तो उठाना ही चाहिए।"

"यही तो मैं कह रहा हूँ कि मैंने अपनी रक्षा के लिए तुम्हारे बेटे को मारा..."

"अच्छा किया बेटा तूने जो उसे सबक सिखा दिया, भगवान ऐसा बेटा हर माँ को दे, ताकि देश में कोई बुरा काम न करे।"

चली गई थी वह माँ और उस बालक को देखती रह गई थी उसकी माँ, "तेरी बातें तू ही जाने, लेकिन आज के युग में राम और श्रीकृष्ण बनने की जरूरत क्या है? आज तो कोई राक्षस ही नहीं।"

"राक्षस तो नहीं, लेकिन दुष्ट लोगों से तो यह दुनिया भरी पड़ी है ना माँ, जो न खुद शान्ति से रहते हैं और न ही पड़ोसियों को सुकून से रहने देते हैं।"

इतनी बड़ी-बड़ी बातें करने वाले उस बालक को देखकर शायद हम तो यही कह सकते हैं कि पूत के पाँव पालने में ही दिखाई दे जाते हैं और यह बात सत्य भी साबित हुई, जब कालांतर में यह बालक राजनीति में आया।

आजकल सारी दुनिया आतंकवाद एवं उग्रवाद से जूझ रही है, लेकिन किसी को यह नहीं सूझ रहा कि इसका समाधान क्या हो सकता है। परंतु गुजरात के तत्कालीन सीएम ने अपनी दूरदृष्टि से राज्य में सुरक्षा का ऐसा चक्र बनाया कि जो अत्यंत सराहनीय है। गुजरात एक सीमा प्रांत है और वह भी पाकिस्तान जैसे देश की सीमा से लगा। गुजरात कई वर्षों से इस्लामी जिहाद से जूझता रहा है। गोधरा नरसंहार और पावन अक्षरधाम मंदिर पर हमला उसके उदाहरण हैं। इसी कारण भाजपा सरकार की नजर में जनता की सुरक्षा सर्वोपरि है।

एक निडर और साहसी सिपाही की भांति नरेन्द्र मोदी ने मुख्यमंत्री

रहते हुए गुजरात की प्रजा के लिए सम्पूर्ण सुरक्षा को सुनिश्चित किया, ताकि वे भयमुक्त रह सकें। तत्कालीन मोदी सरकार ने भय और बल से मतान्तरण पर रोक लगाने के लिए धर्म परिवर्तन निरोधक कानून पारित किया। इसके तहत अब जबरन धर्म परिवर्तन कराने वाले किसी भी व्यक्ति के खिलाफ सख्त कार्यवाही होती है। सरकार के इस विधेयक से उन ईसाई मिशनरियों की राष्ट्रघातक योजना पर रोक लग गई। इस विधेयक के अनुसार मत परिवर्तन कराने वाले को तीन वर्ष की कैद और 50 हजार रुपए तक का दंड और कोई वनवासी को मतांतरित कराने का प्रयत्न करेगा, तो 4 साल की कैद और 1 लाख रुपए जुर्माना भरना होगा। और किसी भी मतांतरण से पहले जिलाधीश की लिखित अनुमति लेनी जरूरी है। हालांकि इस विधेयक के विरोध में ईसाई संगठनों ने गुजरात उच्च न्यायालय में गुहार लगाई।

पाकिस्तानी जेलों में गुजरात के 280 मछुआरे बंद थे। रिहा कराने हेतु तत्कालीन मोदी सरकार ने सभी प्रकार की कार्यवाही की और अंततः उसे सफलता मिली। सहकारी बैंक के क्षेत्र में आर्थिक अपराध और जालसाजी की रोकथाम के लिए कठोर निर्णय लिए गए। यहाँ तक कि आणंद क्षेत्र के सांसद, जिन पर चरोतर नागरिक सहकारी बैंक से पाँच करोड़ रुपए के

घोटाले का आरोप था, पर भी बिना किसी भेदभाव के कार्यवाही कर समाज में एक सकारात्मक संदेश भेजा। उसी तरह आतंकवाद से निपटने के लिए चेतन कमाण्डो का गठन किया। महिलाओं पर हो रहे अत्याचारों को रोकने के लिए हर जिले में महिला पुलिस थानों की स्थापना की गई। सीमान्त गाँवों को शक्ति-ग्राम के रूप में विकसित करने की योजना भी सरकार ने बनाई है। नरेन्द्र मोदी ने मुख्यमंत्री के पद पर रहते हुए औरों से भिन्न, बिना थमे, बिना रुके गुजरात के विकास में अपने आपको झोंक दिया था। उनके कंधों पर पाँच करोड़ जनता की आशाओं व आकांक्षाओं की जिम्मेदारियों का बोझ था। नरेन्द्र मोदी ने एक बातचीत में कहा था कि मेरा एक ही स्वप्न है - गौरवमयी धरा पर रचे-बसे समाज में शक्ति, सम्पन्नता और संस्कृति पुनः बहाल हो। राष्ट्र की सुरक्षा की चिंता को देखते हुए देश के लोगों ने नरेंद्र मोदी को गुजरात से लाकर दिल्ली के सिंहासन पर आसीन कर दिया, ताकि वे सारे भारत की सुरक्षा के पुख्ता इंतजाम कर सकें।

अपने प्रधानमंत्री रहते हुए भी मोदी जी ने सुरक्षा शक्ति का परिचय पाक की सीमा में घुसकर दिया। वे स्वयं कहते हैं कि सर्जिकल स्ट्राइक के दिन भी मैं नहीं सोया। मैं उस दिन भी किसी काम से सुबह साढ़े चार बजे उठा। दिन भर काम चलते रहे। व्यस्त रहा। इस बीच स्ट्राइक टीम के साथ भी बात करता रहा। रात में 11 से साढ़े ग्यारह बजे तक सर्जिकल स्ट्राइक टीम के साथ मीटिंग करता रहा। ढाई बजे तक मीटिंग चलती रही। करीब तीन-3.40 बजे फाइनल रिपोर्ट आ गई थी। सभी सुरक्षित थे। उसके बाद भी मैं सो सकता था लेकिन सोया नहीं। अंतर्राष्ट्रीय स्तर पर जानकारी लेने लगे। इंटरनेट पर सर्च करने लगा, कि कहीं से कोई सुगबुगाहट तो नहीं लगी। तब तक पांच बज गए थे। उस समय तक पाकिस्तान से खबर आने लगी, कि वह चिल्लाने लगा कि हमें मार कर चले गए। मुझे पहले ऐसा लग रहा था, कि पाकिस्तान छुपाएगा। लेकिन ऐसा बड़ा घाव मिला था जिसमें उसके पास कोई चारा ही नहीं था। इसके बाद मैंने फिर अपनी टीम को जगाया। सात बजे मीटिंग की।"

इस प्रकार मोदी जी देश की सुरक्षा के प्रति काफी गंभीर हैं।

सुजलाम् सुफलाम् योजना

"सुजलां सुफलां मलयजशीतलाम्
शस्यशामलां मातरम्।
शुभ्रज्योत्स्नापुलकितयामिनीं
फुल्लकुसुमितद्रुमदलशोभिनीं
सुहासिनीं सुमधुर भाषिणीं
सुखदां वरदां मातरम्।।" बालक सुबह ही सुबह यह पंक्ति गुनगुना रहा था तो किसी ने पूछ लिया था, "जिस धरती माँ का तू गुणगान कर रहा है, वह तो आजकल किसानों का भी पेट नहीं भरती।"

"किसान ही नहीं एक दिन सारी दुनिया का पेट भरेगी, हमारी यह गुजरात की पावन भूमि।"

"वह कैसे!"

"जब मैं बड़ा होकर कुछ बन जाऊँगा, तब ऐसी योजना बनाऊँगा कि हमारी यह धरती सोना उगलेगी।"

"बड़ा होकर..." हँस दिया था वह व्यक्ति। लेकिन उसे क्या पता था कि यह बालक एक दिन सच में ऐसा कर दिखाएगा और कालांतर में गुजरात में कृषि उत्पादन इतना बढ़ा कि गुजरात में पैदा होनेवाली भिंडी ब्रिटेन की महारानी की रसोई तक में पकने लगी। गुजरात का दूध भारत ही नहीं सिंगापुर के बच्चे तक पीने लगे और किसान इतने समृद्ध हो गए कि पढ़े-लिखे लोग जो नौकरी पाने के लिए चक्कर काटते थे, वे भी यही कहने लगे कि :

उत्तम खेती मध्यम बान। निषिद चाकरी भीख निदान।।

अर्थात् खेती सबसे अच्छा कार्य है। व्यापार मध्यम है, नौकरी निषिद्ध

है और भीख माँगना सबसे बुरा कार्य है।

वंदेमातरम् के महान शब्दों से प्रेरित होकर गुजरात के तत्कालीन मुख्यमंत्री नरेंद्र मोदी ने सुजलाम् सुफलाम् योजना बनाई थी। राज्य में जल स्रोतों का उचित व समेकित उपयोग, जिससे जल की बर्बादी को रोका जा सके। 'पांचजन्य' में प्रकाशित एक शोध के अनुसार, तत्कालीन गुजरात सरकार ने सहभागी जल संचय योजना के नाम से एक योजना शुरू की है, जो लोगों की सहभागिता पर आधारित है। वर्ष 2001 में किसानों और लाभार्थियों के साथ विस्तृत चर्चा के पश्चात् यह योजना शुरू की गई। शुरू में गैरजनजातीय क्षेत्र में 60:40 (सरकार:लाभार्थी) के वित्तीय योगदान से यह योजना प्रारंभ की गई थी, जबकि जनजातीय क्षेत्रों में यह 80:20 के अनुपात में थी। इस योजना के लिए लाभार्थियों से अत्यधिक प्रोत्साहन प्राप्त हुआ। पूरे राज्य में सरदार पटेल सहभागी जल संचय योजना का चौथा चरण 1 अप्रैल, 2005 को वित्तीय योगदान 80:20 के (सरकार:लाभार्थी) अनुपात से शुरू हुआ। इस योजना और अन्य योजनाओं के अन्तर्गत जल संसाधन विभाग द्वारा 80,355 चैक बाँधों का निर्माण किया गया है।

परियोजना के लाभ तथा प्रभाव

1. खरीफ सिंचाई के लिए सहायता मिलती है, रबी की सिंचाई भी संभव है।

2. भूजल जलाशय में अतिरिक्त मानसून अप्रवाह (रन आफ) संरक्षण

एवं लाभ प्राप्त करना।

3. अतिरिक्त और अत्यधिक शोषित क्षेत्र में ऊर्जा उपभोग में कमी के कारण तालाबों एवं कुओं के जलस्तर की बढ़ोतरी।

4. वर्तमान भूजल ढाँचों की वहनीयता।

5. सिंचाई के लिए अतिरिक्त जल की उपलब्धता के कारण फसल उपजाने के तरीकों में परिवर्तन।

6. मिट्टी की नमी में बढ़ोतरी और हरे पेड़-पौधों में वृद्धि।

7. अप्रत्यक्ष लाभ, जैसे मिट्टी क्षरण में अपवृद्धि और किसानों की सामाजिक आर्थिक दशाओं में सुधार।

गुजरात सरकार की इस परियोजना को दिल्ली से प्रकाशित एक अग्रणी साप्ताहिक पत्रिका ने सूचीबद्ध किया और भारतीय गर्व के 95 विषयों की सूची में प्रकाशित किया। जोहान्सबर्ग की आर्थिक शिखर वार्ता में गुजरात के चैक बाँधों ने आयोजकों का ध्यान आकृष्ट किया था। आईआईएम (अहमदाबाद) ने इस कार्यक्रम के परिणामों की प्रशंसा की और सरकार से कहा कि इसे जारी रखे। केन्द्रीय योजना आयोग ने गुजरात को उनके चैक बाँधों के लिए बधाई दी है। जल की कमी वाला राज्य होने के कारण उत्तर गुजरात, सौराष्ट्र और कच्छ क्षेत्र में जल की उपलब्धता बहुत सीमित थी। वर्षा अनियमित और अपर्याप्त होती है। इन क्षेत्रों को बार-बार सूखे के लिए जाना जाता था और वे अक्सर पानी की कमी का सामना करते थे। लगभग 1600 किमी. की लंबी समुद्री रेखा के कारण

खारेपन का प्रवेश गुणवत्ता समस्या को और बढ़ा देता है। इससे अत्यधिक फ्लोराइड, नाइट्रेट और बैकिसनेश की जल में बहुलता हो जाती है।

मोदी के नेतृत्व वाली तत्कालीन राज्य सरकार ने उत्तर गुजरात, मध्य गुजरात, सौराष्ट्र और कच्छ के सूखे व खारे जल वाले जिलों की पहचान की, जिन्हें सुजलाम् सुफलाम् योजना में शामिल किया गया है। ये जिले हैं : अहमदाबाद, पाटण, बनासकाँठा, गांधीनगर, मेहसाणा, साबरकाँठा, दाहोद, पंचमहाल, सुरेन्द्रनगर और कच्छ। कम जल संचय वाले इस क्षेत्र के लिए राज्य ने एक बहु-काँटेदार रणनीति अपनाई है, अर्थात् जल प्रबंधन के वृहद् और लघु दोनों स्तर पर अलग-अलग नीति। इस योजना में एक ओर सरदार सरोवर और अन्य जलाशयों से जल उपलब्ध कराया जाता है, और दूसरी ओर अधिकतम लाभ ग्रहण करने के लिए जल की प्रत्येक बूँद का संग्रह, भंडारण और पुनर्प्रयोग करने का प्रयास किया जा रहा है। समुदाय द्वारा संचालित वर्षा जल संग्रह (चैक बाँध) के रूप में एकत्रित करके राज्य ने तालाबों इत्यादि को गहरा करके उच्च लाभांश प्रदान किया है। इस कार्य और खारापन प्रवेश रोक से संबंधित कार्यों को भी सुजलाम् सुफलाम् योजना में शामिल किया गया है। जल की सर्वाधिक कमी वाले पहचाने गए दस जिलों में 6 जिलों : अहमदाबाद, बनासकाँठा, गांधीनगर, मेहसाणा, पाटण, साबरकाँठा के लिए उत्तर गुजरात क्षेत्र में 332 किमी. लंबी सुजलाम् सुफलाम् विस्तृत नहर का निर्माण कार्य हुआ। यह नहर माही से बनास नदी के आर-पार जा रही है, जो इन जल प्रभाव वाले क्षेत्रों से बाढ़ के जल अथवा अतिरिक्त जल को जल अभाव वाले क्षेत्रों तक पहुँचाती है। यह नहर 21 नदियों, 2 राष्ट्रीय राजमार्गों, 7 रेलवे लाइनों और अन्य 600 से अधिक प्राकृतिक ढाँचों को पार करती हुई जाती है। सुजलाम् सुफलाम् स्प्रेडिंग नहर का कार्य पूरा हो

चुका है। 250 किमी. की लंबाई में जल बहाया जा चुका है। किसानों ने लिफ्ट और भूजल रिचार्ज द्वारा अपनी जमीनों की सिंचाई की है। मुख्य नहर नर्मदा और सुजलाम् सुफलाम् योजना से 1,20,000 हेक्टेयर क्षेत्र को सिंचाई और भू-जल का लाभ मिलने लगा है।

सुजलाम् सुफलाम् स्प्रेडिंग नहर के द्वारा भी किसानों का कायाकल्प किया गया। दसअसल सुजलाम् सुफलाम् स्प्रेडिंग नहर साधारण मिट्टी की नहर नहीं है, बल्कि 2000 क्यूसेक की क्षमता वाली रिचार्ज नहर है। सुजलाम सुफलाम स्प्रेडिंग नहर में लगभग 6.13 करोड़ क्यूबिक मीटर का भू-कार्य किया गया है। इस नहर में कंक्रीट और सीमेंट कार्य में 40 लाख कट्टे से अधिक सीमेंट का प्रयोग किया गया है। 8.30 लाख क्यूबिक मीटर का सीमेंट कंक्रीट का कार्य और 46,660 टन लोहे का इस्तेमाल हुआ।

मुख्य नहर नर्मदा से इस क्षेत्र की वर्तमान जलाशयों तक लिफ्ट सिंचाई योजनाएँ, नर्मदा के अतिरिक्त आबंटित बाढ़ जल को नियंत्रित करके सदुपयोग करने के लिए इस नेटवर्क में 14 पाइप लाइनों की योजना बनाई गई।

खारापन रोकने की योजनाएँ

एक दिन नरेन्द्र मोदी किसी गाँव में जा रहे थे, वहाँ उन्हें प्यास लगी तो

किसी ग्रामीण से पानी माँग लिया था, "भई एक गिलास पानी मिलेगा क्या?"

"जरूर मिलेगा साहब।" और फिर वह ग्रामीण जल का लौटा भर लाया था, लेकिन जैसे ही मोदी ने पानी पीना शुरू किया, कि अचानक ही उन्हें उल्टी सी आ गई और उन्होंने सारा पानी बाहर निकाल दिया।

"क्या नमक का पानी भरकर लाए हो।"

"साहब आप तो जानते ही हैं कि गुजरात राज्य में सबसे लम्बी समुद्रतटीय रेखा 1600 किमी. की है, जो भारत की संपूर्ण तटीय रेखा की लगभग एक चौथाई है। सौराष्ट्र क्षेत्र में वर्षा कम और बहुत अनियमित है। समुद्र के निकट भूगर्भीय संरचना की खोखली प्रकृति के कारण तथा सिंचाई के लिए किसानों द्वारा अत्यधिक भूजल का निकास और भूजल की पुनर्पूर्ति कम होने के कारण भूजल में खारे पानी का प्रवेश हो जाता है, जो अंतःक्षेत्र को खारे पानी की बेल्ट में रूपांतरित कर देता है।"

"ओह! इस ओर तो हमारा ध्यान ही नहीं गया।"

और फिर खारे पानी की समस्या से निजात पाने के लिए तत्कालीन मोदी सरकार ने कई कदम उठाए। जैसे बंधारण का कार्य, टाईडल रेग्युलेटर, स्प्रेडिंग नहर, रिचार्ज नहर और समुद्री भराव विरोधी कार्य। खारापन प्रवेश रोकथाम योजना के अंतर्गत 2006-7 से 2010-11 तक 5 बंधारण, 10 रिचार्ज जलाशय, 11 रिचार्ज टैंक, 80 किमी. में नहर के 12 विस्तार कार्य, 41 किमी. में 5 रेडियल नहरें और 8 चैक बाँध पूरे किए

गए। इसके अलावा, वर्ष 2013 के दौरान हडियाना बंधारण, हाबूकांड एवं पडना रिचार्ज टैंक पूरे हुए। इनके अतिरिक्त 2 टाइडल रेग्युलेटर, 1 रिचार्ज जलाशय, 7 रिचार्ज टैंक, 94 किमी. में नहरों का विस्तार, 4 रेडियल नहरें और 5 चैक डैम और तीन समुद्री कटाव विरोधी कार्यों को तेजी से पूर्ण किया गया।

दक्षिणी गुजरात में भी ज्वार के कारण समुद्री तट के साथ सार्वजनिक संपत्तियों और कृषि को होने वाले नुकसान को कम करने के लिए सुरक्षा दीवार, समुद्री कटाव रोकने हेतु कार्यों को शुरू किया गया। नानी दाँती का कार्य, मोटी दाँती, उदवाडा और भगवा दांडी, बुडिया, ओजल, मच्छीवाल, भाट-नेश-करंज, डमारी, मेघर, नोर्गेल समुद्री कटाव विरोधी कार्य बल्डा में बाढ़ सुरक्षा कार्य पूरे किए गए।

सहभागी सिंचाई प्रबंधन

जैसा कि सभी जानते हैं कि सिंचाई मिट्टी को कृत्रिम रूप से पानी देकर उसमे उपलब्ध जल की मात्रा में वृद्धि करने की क्रिया है, और आमतौर पर इसका प्रयोग फसल उगाने के दौरान, शुष्क क्षेत्रों या पर्याप्त वर्षा ना होने की स्थिति में पौधों की जल आवश्यकता पूरी करने के लिए किया जाता है। फसल को पाले से बचाने, मिट्टी को सूखकर कठोर (समेकन) बनने से रोकने, धान के खेतों में खरपतवार की वृद्धि पर लगाम लगाने, आदि में भी इसका प्रयोग किया जाता है। वास्तव में सिंचाई बिना खेती की कल्पना ही नहीं की जा सकती।

एक तरफ राजस्थान और दूसरी तरफ पाकिस्तान से घिरा गुजरात वास्तव में कभी कृषि प्रधान राज्य नहीं रहा, लेकिन नरेंद्र मोदी ने जब वे

मुख्यमंत्री थे, तब इस राज्य को कृषि उत्पादन में भारत में नंबर वन बनाया। इसके लिए उन्होंने सहभागी सिंचाई प्रबंधन प्रणाली को अपनाया। लाभार्थियों और हित-धारकों को सिंचाई योजनाओं से उपलब्ध जल साधनों की योजना एवं प्रबंधन में शामिल किया गया। बड़ी और मध्यम सिंचाई परियोजनाओं को नया रूप देने के मामले में जल वितरण के सहभागी सिंचाई प्रबंधन पर भी जोर दिया गया।

तत्कालीन मोदी सरकार ने सरकारी सिंचाई समितियों को अनेक सिंचाई कमांड क्षेत्र के स्थानांतरण की सुविधा प्रदान करने के लिए नीति और प्रक्रिया संबंधी अनेक निर्णय लिए। गुजरात जल उपभोक्ता सहभागी सिंचाई प्रबंधन अधिनियम, 2007 पारित किया गया।

कृषि महोत्सव

बिना किसी सुरक्षा के इंतजाम किए, बिना किसी को बताए एक बार गुजरात के एक तत्कालीन मुख्यमंत्री राजधानी से दूर एक गाँव में चले गए और वहाँ खेतों में किसानों से रू-ब-रू होकर उनकी समस्याएँ जानने लगे थे, "क्या-क्या समस्याएँ हैं आपकी।"

"क्या बताएँ साहब! गन्ने का उचित मूल्य नहीं मिलता। मंडियों में जो सामान हम दो रुपए किलो बेचते हैं, वही कृषि उत्पाद दुकान पर पहुँचते-पहुँचते दस रुपए का हो जाता है। मेहनत हम करते हैं और लाभ बिचौलिए ले जाते हैं।"

"नहीं अब ऐसा नहीं होगा।"

"कौन रोकेगा इस व्यवस्था को?"

"हम रोकेंगे इस व्यवस्था को।"

"लेकिन आप हैं कौन इसे रोकने वाले?"

"क्या आप हमें नहीं पहचानते?"

"नहीं साहब हमारा गाँव तो जंगलों के बीच है, हम शहरी लोगों को भला कैसे जानेंगे।"

और मुख्यमंत्री को गाँव का एक किसान नहीं पहचान पाया, कालांतर में उस मुख्यमंत्री ने किसानों के लिए इतने कार्य किए कि किसान तो क्या सारी दुनिया उसे जानने लगी और वे थे अपने महान नेता नरेंद्र मोदी।

कृषि तथा सहबद्ध क्षेत्रों को भारतीय अर्थव्यवस्था का मुख्य आधार माना जाता है। वे कच्ची सामग्री के महत्वपूर्ण स्रोत तथा कई औद्योगिक उत्पादों विशेषतः उर्वरकों, कीटनाशकों, कृषि औजारों तथा अनेक प्रकार की उपभोक्ता वस्तुओं के लिए माँग में हैं। भारत के सकल घरेलू उत्पाद में उनका योगदान लगभग 22 प्रतिशत है। लगभग 65-70 प्रतिशत

जनसंख्या अपनी आजीविका के लिए कृषि पर निर्भर है। इसलिए उन्नत खेती की सख्त जरूरत है। बढ़ती जनसंख्या के साथ-साथ कृषि उत्पादन भी बढ़ना चाहिए, वर्तमान में इस बात पर चिंतन यदि किसी नेता ने किया है तो वह केवल नरेंद्र मोदी ही हैं। उपजाऊ भूमि के लिए शोध प्रयोगशालाएँ बनाकर तत्कालीन मुख्यमंत्री नरेन्द्र मोदी ने कृषि महोत्सव से गुजरात की काया ही पलट दी थी। तत्कालीन केन्द्र सरकार ने भी इस योजना को सराहा था।

जब वे मुख्यमंत्री थे, तब नरेन्द्र मोदी ने गुजरात को अनाज उत्पादन के क्षेत्र में भारत सरकार की ओर से दिए जाने वाले उत्तम प्रोत्साहक पुरस्कार-कृषि कमांडेशन अवार्ड मिलने पर इसके यशभागी राज्य के किसान और कृषि विभाग को हार्दिक अभिनंदन दिया था। गुजरात ने वर्ष 2010-11 में अनाज का रिकार्ड 100.07 लाख टन उत्पादन किया था।

गुजरात के तत्कालीन कृषि मंत्री बाबूभाई बोखारिया ने 2012 में राष्ट्रपति डॉ. प्रणब मुखर्जी एवं तत्कालीन कृषि मंत्री शरद पवार के हाथों कृषि कमांडेशन अवॉर्ड प्राप्त किया था। यह अवॉर्ड पहले के रिकॉर्ड उत्पादन के मुकाबले ज्यादा कृषि उत्पादन करने वाले राज्यों को दिया जाता है। इस श्रेणी के कुल सात अवॉर्डों में से 25 लाख रुपये का कृषि

कमांडेशन अवॉर्ड गुजरात ने जीता है।

गुजरात जैसे राज्य में आमतौर पर वाणिज्यिक और नकदी फसलों की बुवाई और उत्पादन अधिक होता है। पीएम बनने से पूर्व एक दशक में मुख्यमंत्री द्वारा कृषि महोत्सव और जल संचय जैसे अभियान सफलतापूर्वक प्रेरित करने से खाद्यान्न उत्पादन के क्षेत्र में तीनों ही ऋतुओं में करीब-करीब समान उत्पादन हासिल करने की उपलब्धि गुजरात ने अर्जित की।

गुजरात में वर्ष 2001 में फसल उत्पादकता प्रति हेक्टेयर 1112 किलोग्राम थी, जो दस वर्ष में 75 फीसदी की बढ़ोतरी के साथ वर्तमान में प्रति हेक्टेयर 1955 किलोग्राम तक पहुँच गई है। गुजरात में वर्ष 2001 में 38.59 लाख हेक्टेयर बुवाई क्षेत्र में कुलकृषि उत्पादन 42.92 लाख टन था, जो बढ़कर 2011-12 में 47.34 लाख हेक्टेयर क्षेत्र में 92.56 लाख मी. टन हुआ है। यह आँकड़ा उत्पादन में 115 फीसदी की बढ़ोतरी दर्शाता है।

उल्लेखनीय है कि गुजरात की कृषि विकास दर लगातार 10 फीसदी से ज्यादा रही है। इस योजना को लेकर तत्कालीन मुख्यमंत्री नरेन्द्र मोदी ने जो विचार तब स्वयं व्यक्त किए थे, यहाँ आगे उन्हीं के शब्दों में दिए जा रहे हैं :

''गुजरात गर्मी से बराबर तप रहा है। 40 से 45 डिग्री की झुलसा देने वाली तपिश में दिन में पक्षी भी नजर नहीं आ रहे। आग उगलते आसमान के इस मौसम में गुजरात सरकार खेती और पशुपालन विकास के लिए कृषि महोत्सव के जरिए गाँवों की खाक छान रही है।

''ऐसी भीषण गर्मी में सरकार के लगभग एक लाख छोटे-बड़े कर्मचारी सुबह 7 से रात्रि 9 बजे तक पूरे महीने कठोर परिश्रम कर रहे हैं। अधिकारी, जागृत प्रगतिशील किसान, कृषि वैज्ञानिक सभी साथ मिलकर कृषि क्रांति को और भी आधुनिक और उपकारक बनाने को पसीना बहा रहे हैं।

''लोकतंत्र के मूलभाव समान लोकभागीदारी का यह कृषि महोत्सव सरकार, किसान और कृषि वैज्ञानिकों की भागीदारी सुनिश्चित करने वाला अद्भुत कार्यक्रम है, जिसके विविधलक्षी सुफल भी मिले हैं। गत आठ वर्षों से निरंतर आयोजित होने वाला कृषि महोत्सव प्रति वर्ष पूरे एक महीने तक

चलता है।

“प्रायः सरकार की योजनाओं और दृष्टि में कोई कमी नहीं रहती, लेकिन उसे अमलीजामा पहनाने में ही बड़ी चूक हो जाती है। लेकिन गुजरात की सरकार ने उत्तम योजनाओं का बेहतरीन तरीके से अमलीकरण कर सुशासन की नई मिसाल कायम की है।

“आमतौर पर जहाँ, सरकार की सोच या विचार भी समाज के अंतिम व्यक्ति तक नहीं पहुँच पाते, ऐसे में योजनाएँ भला कैसे अपना रास्ता बनाएँ? ऐसी अनेक योजनाएँ किस तरह से साकार हो सकती हैं?

“सुशासन को लेकर गुजरात ने अपनी एक अलग और अनोखी पहचान स्थापित की है। योजनाओं के क्रियान्वयन का और निश्चित लक्ष्य को पार करने का सुनियोजित रोड मैप तैयार किया है और यही उसकी सफलता है। कृषि महोत्सव भी इसमें शुमार है।

“भारत की कृषि विकास दर 3 फीसदी के आसपास हिचकोले खा रही है, वहीं, गुजरात ने बीते समूचे दशक के दौरान मुसलसल 11 फीसदी कृषि विकास दर हासिल कर दुनिया का ध्यान आकृष्ट किया है। गुजरात जैसे सूखे प्रदेश ने बारहमासी नदियों के अभाव और विशेषकर बारिश आधारित खेती के बावजूद कृषि क्रांति में तरक्की की सफल छलाँग लगाई है। इसकी वजह कृषि महोत्सव के जरिए योजनाओं का क्रियान्वयन है।

“कृषि महोत्सव के साथ-साथ पशु स्वास्थ्य मेले भी आयोजित किये जा रहे हैं। करीबन ढाई करोड़ मवेशियों के इलाज का यह सघन प्रयास है। गंभीर बीमारी से पीड़ित पशु का उपचार हो या पशु रसीकरण (टीकाकरण) का अभियान हो, गरीब किसान के पशुओं की देखभाल का यह सफल प्रयोग है।”

- नरेंद्र मोदी के एक भाषण का अंश

अपने प्रधानमंत्री बनने के प्रथम काल में नरेंद्र मोदी ने किसानों के लिए अनेक कल्याणकारी कार्य किए। जिसमें सबसे अच्छा कार्य छोटे एवं सीमांत किसानों को सालाना पेंशन देने का रहा है।

चिरंजीवी योजना

''श्याम कल तुम खेलने को क्यों नहीं आए।'' एक बालक ने अपने पाँच साल के मित्र से पूछा।

''मेरा नवजात भाई मर गया।''

''कैसे?''

''पता नहीं।''

फिर घर जाकर उस बालक ने अपनी माँ से पूछा, ''माँ श्याम का नन्हा-सा भाई मर गया, मगर क्यों?''

''नन्हा बच्चा बहुत नाजुक होता है ना, इसलिए उसे बीमारी लग जाती है और बच्चों को बीमारी ही भगवान के पास ले जाती है।''

''क्या बच्चों की बीमारी का कोई इलाज नहीं है?''

''इलाज तो जरूर होगा।''

''मगर कहाँ और किसके पास?''

''सरकार और उसके डॉक्टरों के पास।''

''तो वे फिर बच्चों को बचाने के लिए कुछ करते क्यों नहीं?''

''तू कितना भोला है, सरकार और उसके डाक्टर भी भला कहीं गाँवों में आते हैं क्या?''

''यह सरकार कौन होती है माँ।''

''सरकार को तो वोट डालकर हम ही लोग बनाते हैं।''

''तो फिर माँ मेरे लिए वोट डालो ना, मुझे सरकार बनाओ और फिर देखना मैं और मेरे डाक्टर गाँवों में रहकर किस प्रकार नन्ने बच्चों को बचाते हैं।''

''तेरे लिए भी वोट डालूँगी, लेकिन पहले बड़ा तो हो जा, क्योंकि सरकार बनने के लिए जवान होना जरूरी है।''

मोदी का बचपन गाँवों में बीता और बचपन में इस प्रकार उन्होंने देखा कि बच्चों की मौत किस प्रकार होती है, जब उन्हें उचित इलाज नहीं मिल पाता। परंतु कालांतर में जब वे गुजरात के मुख्यमंत्री बने तो उन्होंने शिशुओं की मृत्यु रोकने के लिए भरसक प्रयास किये और सतत योजनाएँ बनाई।

नवजात शिशु की मृत्युदर में कमी लाने के लिए मोदी के नेतृत्व वाली तत्कालीन गुजरात सरकार ने चिंरजीवी योजना लागू की, जिसे अपार सफलता और सराहना मिली। जैसा कि आप सभी जानते ही हैं कि शिशु पृथ्वी पर किसी भी मानव (प्राणी) की सबसे पहली अवस्था है। जन्म से एक मास तक की आयु का शिशु नवजात (नया जन्मा) कहलाता है, जबकि एक महीने से तीन साल तक के बच्चे को सिर्फ शिशु कहते हैं। आम बोलचाल की भाषा मे नवजात और शिशु दोनों को ही बच्चा कहते हैं। एक दूसरी परिभाषा के अनुसार जबतक बालक या बालिका आठ वर्ष के नहीं हो जाते तब तक वे शिशु कहलाते हैं।

गुजरात में स्वास्थ्य की नई खोज चिरंजीवी योजना को सिंगापुर में वाशिंगटन पोस्ट का एशियन इन्नोवेटिव अवार्ड प्राप्त हुआ। बेटी वैभव आंदोलन के कारण महिलाओं की दर प्रति 1000 पुरुष के पीछे 802 से बढ़कर 870 हुई। विद्यार्थियों के निःशुल्क मेडिकल चेक-अप का काम हाथ में लिया गया और उन्हें डाक्टरी उपचार तथा आप्रेशन मुफ्त दिया गया। 44000 आँगनवाड़ियों के 3 वर्ष से कम आयु के 10 लाख बच्चों को विटामिन ए-डी पोषाहार दिया गया। विश्व बैंक की सहायता से 30000 टन प्रतिदिन मल उपचार का काम हाथ में लिया गया, जिसकी प्रशंसा

सुप्रीम कोर्ट ने भी की थी। मेडिकल टूरिज्म की संकल्पना सफल सिद्ध हुई है और अहमदाबाद में प्रत्येक अंतर्राष्ट्रीय उड़ान से विदेशी/एनआरआई रोगी यहाँ आते हैं। नमक मजदूरों, मछुआरों, आदिवासियों तथा अंदरूनी क्षेत्रों के लिए 85 मोबाइल वैन डॉक्टरी सेवाओं के लिए दी गई है। शहरी क्षेत्रों में नगर स्वास्थ्य केंद्र शुरू किए गए हैं।

तत्कालीन केन्द्रीय स्वास्थ्य मंत्री रामदास ने घोषित किया था कि अगले बजट में गुजरात माडल की चिरंजीवी योजना सारे देश में लागू की जाएगी। दैनिक जागरण की एक खबर के अनुसार उत्तर प्रदेश की सपा सरकार ने बीपीएल परिवारों की गर्भवती महिलाओं को निजी अस्पतालों में सुरक्षित प्रसव सुविधा मुहैया कराने के लिए गुजरात की तर्ज पर चिरंजीवी योजना लागू करने पर कार्य किया था।

नरेंद्र मोदी ने इस योजना के बारे में लिखा है कि गुज़रात ने सबसे पहली बार महिलाओं के जीवन में बदलाव लाने के लिए और अस्पताल में उन्हें निःशुल्क चिकित्सकीय उपचार उपलब्ध कराने के उद्देश्य से वर्ष 2005 में चिरंजीवी योजना अमलीकृत की। चिरंजीवी योजना के परिणामस्वरूप माता और शिशुओं के स्वास्थ्य में बड़ा सुधार आया है। नारीशक्ति को

विकास की प्रक्रिया में भागीदार बनाने के लिए 2006 में नारी गौरव नीति लागू की है।

दरअसल नवजात शिशु ही विशेषतौर से रोगों के प्रति असुरक्षित होते हैं। यदि परिवार द्वारा सरल और व्यावहारिक उपाय अपनाए जायें तो रोके जा सकने वाले रोगों का निवारण करके नवजात शिशु की मौत को रोका जा सकता है।

इसी प्रकार मातृ-वन्दना योजना, जच्चा-बच्चा के स्वास्थ्य की रक्षा हेतु गुजरात में चलाई गई। योजना बेहद सफल रही है। मातृ-वंदना योजना में भी 23.80 करोड़ का प्रावधान है, जिसके लिए सिंगापुर ने एशिया इनोवेशन अवॉर्ड भी प्रदान किया।

गुजरात की तत्कालीन मोदी के नेतृत्व वाली सरकार ने बालभोग योजना भी बच्चों के कल्याण के लिए चलाई।

बालभोग योजना निर्धन छात्रों को विद्यालय में दोपहर का भोजन मुहैया कराने के लिए शुरू की गई। बालक ही राष्ट्र का भविष्य है। उसका स्वास्थ्य ही सम्पदा से ज्यादा महत्वपूर्ण है। बिना संतुलित आहार के दवाईयाँ किसी काम की नहीं। संतुलित आहार दवाईयों का विकल्प है। इसी अवधारणा को ध्यान में रखते हुए बालभोग योजना की शुरुआत की गई। इसके इतिहास पर दृष्टि डालें तो देश के कई राज्यों में ऐसी योजनाएँ चल रही हैं और 1995 में मध्याह्न भोजन योजना प्रारम्भ हुई थी। तत्समय प्रत्येक छात्र को इस योजना के अंतर्गत हर माह तीन किलोग्राम गेहूँ या चावल उपलब्ध कराया जाता था। केवल खाद्यान्न उपलब्ध कराये जाने से बच्चों का स्वास्थ्य एवं उनकी स्कूल में उपस्थिति पर अपेक्षित प्रभाव नहीं पड़ा। तमिलनाडु में देश की सबसे पुरानी मध्याह्न भोजन योजना संचालित है। वहाँ पर बच्चों को मध्याह्न में पका-पकाया भोजन उपलब्ध कराया जा रहा है।

गुजरात में बच्चों को इस योजनान्तर्गत विद्यालयों में मध्यावकाश में स्वादिष्ट एवं रुचिकर भोजन प्रदान किया जाता है। इससे न केवल छात्रों के स्वास्थ्य में वृद्धि होती है, अपितु वह मन लगाकर शिक्षा ग्रहण भी कर पाते हैं। इससे बीच में ही विद्यालय छोड़ने (ड्राप आउट) की स्थिति में भी

सुधार आया है। भारत सरकार द्वारा निर्देशित किया गया था कि बच्चों को समस्त प्रदेशों में मध्याह्न अवकाश में पका-पकाया भोजन उपलब्ध कराया जाये। तत्कालीन मोदी सरकार द्वारा मानकों में परिवर्तन करते हुए यह निर्धारित किया गया था कि उपलब्ध कराये जा रहे भोजन में कम से कम 450 कैलोरी ऊर्जा 12 ग्राम प्रोटीन उपलब्ध हो।

बालभोग योजना कार्यक्रम के मुख्य उद्देश्य

गुजरात सरकार शिक्षा की विभिन्न योजनाओं में अत्यधिक पूँजी निवेश कर रही है। इस पूँजी निवेश का पूर्ण लाभ तभी प्राप्त होगा जब बच्चे कुपोषण से मुक्त होकर अपनी पूर्ण क्षमता से शिक्षा निर्बाध रूप से ग्रहण करते रहें। बालभोग योजना इस लक्ष्य को प्राप्त करने में महत्वपूर्ण कड़ी है। इस योजना के माध्यम से शिक्षा के सार्वभौमीकरण के निम्न लक्ष्यों की प्राप्ति होती है :

1. प्राथमिक कक्षाओं के नामांकन में वृद्धि होगी, ताकि कोई अनपढ़ या अंगूठा-छाप न रहे।
2. छात्रों को स्कूल में पूरे समय रोके रखना तथा विद्यालय छोड़ने की प्रवृत्ति (ड्राप आउट) में कमी।
3. निर्बल आय वर्ग के बच्चों में शिक्षा ग्रहण करने की क्षमता विकसित करना।

4. छात्रों को पौष्टिक आहार प्रदान करना इस योजना का मुख्य उद्देश्य है।
5. विद्यालय में सभी जाति एवं धर्म के छात्र-छात्राओं को एक स्थान पर भोजन उपलब्ध करा कर उनके मध्य सामाजिक सौहार्द्र, एकता एवं परस्पर भाई-चारे की भावना जागृत करना। समग्र बाल विकास सेवा योजना भी तत्कालीन गुजरात सरकार ने चलाई, जिसका नेतृत्व मोदी जी ने किया। गुजरात सरकार की समग्र विकास सेवा योजना (आईसीडीएस) के अन्तर्गत गुजरात में सन् 2001 में पहली बार समस्त योजनाओं को एक ही छत्र के नीचे लाया गया। परिणाम यह है कि वर्तमान में गुजरात में आईसीडीएस के अन्तर्गत 336 योजनाएँ, विभाग व कार्यक्रम संचालित हो रहे हैं।

आईसीडीएस के अन्तर्गत संचालित कार्यक्रमों की एक झलक यहाँ प्रस्तुत है :

1. गुजरात में कुल 50,123 आँगनबाड़ी केन्द्र कार्यरत हैं।
2. 28,767 आँगनबाड़ी केन्द्र सरकारी भवन में हैं।
3. 93,290 महिलाएँ व युवतियाँ आँगनबाड़ी में सेवारत हैं।
4. 16,21,929 गर्भवती महिलाओं और युवतियों को मार्गदर्शन और पोषणक्षम आहार।
5. 28,57,296 लाभार्थी बच्चे।
6. दूरस्थ और दुर्गम क्षेत्रों तक समग्र बाल विकास सेवा योजना का लाभ पहुँचाने हेतु राज्य सरकार ने आँगनबाड़ी वैन शुरू की है।
7. कुल 46 आँगनबाड़ी मोबाइल वैन के लिए लगभग 2 करोड़ रुपये का खर्च।
8. राज्य के दूरस्थ और दुर्गम क्षेत्रों में रहने वाले बच्चों, किशोरियों, गर्भवती महिलाओं और नवजात शिशु की माताओं को हलवा, सुखडी, उपमा, बालभोग, न्यूट्रीकेन्डी और आरोग्य आदि सेवाएँ मोबाइल वैन से उपलब्ध कराई जाती हैं।
9. यह योजना केवल गुजरात में ही है। देश के अन्य किसी राज्य में इस तरह की योजना नहीं है।

10. देश में पहली बार गुजरात सरकार ने आँगनबाड़ी केन्द्रों को दो गैस सिलेंडर, गैस कनेक्शन, गैस का चूल्हा और इडली बनाने के लिए कुकर की सुविधा प्रदान की।
11. इससे ईंधन और समय की बचत हुई। बच्चों को ताजा व शुद्ध आहार मिला।
12. प्रतिवर्ष लगभग 36 लाख बच्चों का आरोग्य परीक्षण किया जाता है।
13. 5200 गरीब बच्चों को किडनी, कैंसर और हृदय संबंधी रोगों से मुक्त करने के लिए निःशुल्क शल्य-चिकित्सा कराई गई।
14. आँगनबाड़ी के बच्चों के लिए आरोग्य परीक्षण और शल्य चिकित्सा कराने की यह योजना सिर्फ गुजरात में ही है।

बेटी बचाओ बेटी पढ़ाओ

''माँ भूख लग रही है, पहले रोटी मुझे दो ना।''

''नहीं...पहले अपने भाई को खाने दे।''

''दे दो माँ...इसे भूख लग रही है तो पहले इसे ही दे दो।'' भाई बीच में बोल पड़ा था।

''नहीं पहले बेटों को खाना चाहिए।''

''माँ तुम बेटों और बेटियों में फर्क क्यों करती हो, बेटे और बेटियाँ बराबर ही होते हैं।'' और फिर भाई ने बहन को अपना खाना दे दिया था।

ऐसे ही स्नेहवान संस्कारों के कारण नरेंद्र मोदी के हृदय में बेटियों के प्रति बचपन से ही सम्मान रहा है। बेटियों के प्रति भेदभाव मुगलकाल की क्रूरता के कारण बढ़ता ही गया। यहाँ तक कि आधुनिक भारत में बेटियों को पराया धन मानते हुए उन्हें बोझ कहा जाने लगा। बड़ी होकर बेटियाँ बोझ न बनें, उनका विवाह न करना पड़े, इसलिए गर्भ में बेटियों को मारने की अंध परम्परा भी भारत में लम्बे समय तक चली। नरेंद्र मोदी जैसे संस्कारी पुरुष को यह कहाँ गवारा था? उनके मुख्यमंत्री काल में गुजरात में उन्हें बराबर का हक मिला। गुजरात में इस सामाजिक बुराई का खात्मा करके ही दम लिया। भ्रूण हत्या व लिंगानुपात पर अंकुश हेतु तत्कालीन नरेंद्र मोदी सरकार ने बेटी बचाओ योजना को शुरू किया था। आज भारत के सबसे समृद्ध राज्यों पंजाब, हरियाणा, दिल्ली और गुजरात में लिंगानुपात सबसे कम है।

2001 की जनगणना के अनुसार एक हजार बालकों पर बालिकाओं की संख्या पंजाब में 798, हरियाणा में 819 और गुजरात में 883 है। कुछ अन्य राज्यों ने भी इस प्रवृत्ति को गंभीरता से लिया और इसे रोकने के लिए अनेक कदम उठाए जैसे गुजरात में 'डीकरी बचाओ अभियान' चलाया

गया। इसी प्रकार से अन्य राज्यों में भी योजनाएँ चलाई जा रही हैं। भारत में पिछले चार दशकों से सात साल से कम आयु के बच्चों के लिंग अनुपात में लगातार गिरावट आ रही है। वर्ष 1981 में एक हजार बालकों पर 962 बालिकाएँ थी। वर्ष 2001 में यह अनुपात घटकर 927 हो गया। यह इस बात का संकेत है कि हमारी आर्थिक समृद्धि और शिक्षा के बढ़ते स्तर के पश्चात् भी इस समस्या पर कोई अच्छा प्रभाव नहीं पड़ रहा था। वर्तमान समय में इस समस्या को दूर करने के लिए सामाजिक जागरूकता बढ़ाने के साथ-साथ प्रसव से पूर्व तकनीकी जाँच अधिनियम को सख्ती से लागू किए जाने की जरूरत है। जीवन बचाने वाली आधुनिक प्रौद्योगिकी का दुरुपयोग रोकने का हरसंभव प्रयास गुजरात की तत्कालीन नरेंद्र मोदी सरकार ने किया था।

कन्या भ्रूण हत्या के खिलाफ अभियान चलाकर तथा कड़े कानून बना कर इस पाइलट परियोजना को पहले केवल गुजरात के पाँच जिलों में चलाया गया, जहाँ 22163 माताओं ने 22163 शिशुओं को जन्म दिया, जिनमें से मात्र 87 शिशुओं की मृत्यु का समाचार मिला है, अन्य राज्यों के अनुपात के अनुसार संख्या 812 हो सकती थी। इस योजना के सफल होने

के कारण अब इसे पूरे गुजरात राज्य में लागू करने की घोषणा की है, जिसकी प्रशंसा संप्रग के केन्द्रीय स्वास्थ्य मंत्री ने भी की और इसे पूरे देश में कार्यान्वित करने को कहा है।

भारतीय ग्रंथों में महिला की पूजा देवी के रूप में करने की बात कही गई है। आशा लालवानी के अनुसार, गुजरात एक ऐसी जगह है, जहाँ वाकई में महिलाओं को पूजा जाता है, उनका सम्मान किया जाता है और महिलाओं के सशक्तीकरण के लिए सबसे ज्यादा प्रयास किये गये हैं। देश की सबसे बड़ी समस्या कन्या भ्रूण हत्या के खिलाफ़ सबसे बड़ी सफलता यहाँ मिली है। नरेन्द्र मोदी ने पिछले दिनों कहा था कि कन्या भ्रूण की हत्या करने के बजाय, बेटी के जन्म को परिवार का गर्व मानो। बेटी-बचाओ के साथ नरेंद्र मोदी ने तमाम अभियान शुरू किये। गुजरात आज कामकाजी महिलाओं के लिए सबसे सुरक्षित राज्य है। राज्य में धनिक महिलाओं की संख्या निरंतर बढ़ती जा रही है। इस राज्य में महिलाओं की सुरक्षा को एक ड्यूटी की तरह निभाया जाता है। वहीं अगर अन्य राज्यों में देखें तो कन्या भ्रूण हत्या के साथ-साथ बलात्कार जैसे जघन्य अपराधों की संख्या बहुत ज्यादा है। करीब एक दशक पहले नरेंद्र मोदी ने बेटी-बचाओ अभियान शुरू किया था। लोगों से मोदी ने कन्या के जीवन का महत्व समझने की अपील की। इसके साथ-साथ गुजरात के

स्वास्थ्य मंत्रालय ने एक वेबसाइट 'बेटीबचाओ.कॉम' लॉन्च की। वेबसाइट के माध्यम से लोगों को अपनी शिकायतें दर्ज करने का प्लेटफॉर्म प्रदान किया गया। इसके माध्यम से प्री-नेटल डायगनॉस्टिक टेक्नीक (रेग्युलेशन एंड प्रीवेंशन ऑफ मिसयूज) अधिनियम 1994 के प्रति लोगों को जागरूक करने के लिए दो दिवसीय कार्यशाला का आयोजन हुआ।

हाल ही में हुए एक सर्वेक्षण में वडोदरा दूसरा सबसे सुरक्षित स्थान बताया गया। पहले स्थान पर शिमला था। यह सर्वेक्षण 37 शहरों पर किया गया, जिसमें 6,167 लोगों ने भाग लिया। वडोदरा में सबसे कम क्राइम रेट है। गांधीनगर स्थित एक बीपीओ में सीनियर मैनेजर (सेवा) के रूप में कार्यरत महिला ने गुजरात के बारे में कहा कि गुजरात में बीपीओ उद्योग के बढ़ने का एक सबसे बड़ा कारण यही है कि यहाँ पर महिलाएँ सुरक्षित हैं। बीपीओ कंपनियों में काम करने वाली महिलाएँ हमेशा सुरक्षित शहर चुनती हैं। पिछले कुछ वर्षों में गुजरात में 20 बीपीओ कंपनियाँ जुड़ी हैं। बीपीओ केन्द्रों में नाइट शिफ्ट में काम अधिक होता है, क्योंकि उनके ज्यादातर क्लाइंट अमेरिका में होते हैं। ज्यादातर कंपनियाँ महिलाओं को

इसलिए नौकरी पर रखती हैं, क्योंकि वो उनकी समस्याएँ ज्यादा अच्छी तरह समझती हैं। गुजरात की सीआईडी (क्राइम) की महिला सेल ने भी एक विशेष अभियान बहन-बेटियों की सुरक्षा के लिए शुरू किया। इसके तहत महिलाओं के खिलाफ अपराध और यौन उत्पीड़न के प्रति लोगों को जागरूक किया गया। यह अभियान गाँव-गाँव, शहर-शहर चलाया गया। खासतौर से शिक्षण संस्थानों में। दूसरी तरफ तमाम अन्य शहरों की बात करें तो दिल्ली रेप कैपिटल बन चुका है। राष्ट्रीय क्राइम रिकॉर्ड ब्यूरो की एक रिपोर्ट के मुताबिक देश के 35 शहरों में से दिल्ली (3,886) में देश का 16 प्रतिशत क्राइम होता है। वहीं हैदराबाद में (1,964) 8.1 प्रतिशत रहा। विजयवाड़ा, जयपुर, फरीदाबाद, लखनऊ, विशाखापट्नम और आगरा में क्राइम रेट तेजी से बढ़ा है। दिल्ली में कुल अपराध के 23 फीसदी मामले रेप के, 37.7 प्रतिशत मामले अपहरण के, 14.6 फीसदी दहेज हत्या और 16.5 प्रतिशत यौन उत्पीड़न के मामले। हैदराबाद में 12. 2 प्रतिशत मामले पति और रिश्तेदारों द्वारा दी जाने वाली यातनाओं के मामले होते हैं। विजयवाड़ा में 16 प्रतिशत मामले छेड़खानी के और कोलकाता में 7 में से 3 मामले महिला उत्पीड़न के होते हैं।

महिला साक्षरता व शिक्षा के प्रति जागरूकता लाने के लिए तत्कालीन मोदी सरकार की कन्या कलावाणी योजना भी महत्वपूर्ण सिद्ध हुई है। यही कारण है कि भारत में महिला साक्षरता दर पुरुषों की अपेक्षा कहीं ज्यादा तेजी से बढ़ रही है। महिला साक्षरता 12 प्रतिशत की दर से बढ़ रही है। फिलहाल देश में साक्षरता की दर 74 प्रतिशत तक पहुँच गई है।

इस बात को नकारा नहीं जा सकता कि पिछले कुछ दशकों से ज्यों-ज्यों महिला साक्षरता में वृद्धि होती आई है, भारत विकास के पथ पर अग्रसर हुआ है। इसने न केवल मानव संसाधन के अवसरों में वृद्धि की है, बल्कि घर के आँगन से ऑफिस के कोरीडोर के कामकाज और वातावरण में भी बदलाव आया है। महिलाओं के शिक्षित होने से न केवल बालिका-शिक्षा को बढ़ावा मिला, वरन् बच्चों के स्वास्थ्य और सर्वांगीण विकास में भी तेजी आई है। महिला साक्षरता से एक बात और सामने आई है कि इससे शिशु मृत्यु दर में गिरावट आ रही है और जनसंख्या

नियंत्रण को भी बढ़ावा मिल रहा है। हालाँकि इसमें और प्रगति की संभावना है। देश की प्रगति के लिए स्त्री-पुरुष समानता की आवश्यकता है और स्त्री-पुरुष समानता के लिए जागरूकता अत्यंत आवश्यक है। सरकार ने औरतों की शिक्षा के लिए कई नीतियाँ तैयार कीं, जिसके कारण महिला साक्षरता में जबर्दस्त उछाल आया।

राष्ट्रीय स्तर की बात करें तो आजादी के बाद पुरुषों की साक्षरता दर की अपेक्षा तेज गति से वृद्धि हुई। सन 1971 में जहाँ केवल 22 फीसदी महिलाएँ साक्षर थीं, वहीं सन 2001 तक यह 54.16 फीसदी हो गया। इस दौरान महिला साक्षरता दर में 14.87 फीसदी की वृद्धि हुई और वहीं पुरुष साक्षरता दर में वृद्धि 11.72 फीसदी ही रही। लेकिन इस क्षेत्र में और तेजी की दरकार है। भारत के दूरदराज के इलाकों की बात तो दूर बड़े शहरों में भी लड़कियों को उच्चतर शिक्षा के लिए कड़ी मशक्कत करनी पड़ती है। जहाँ 2001 की जनगणना में पुरुषों की साक्षरता 75 फीसदी थी, वहीं महिला साक्षरता महज 54 फीसदी थी। वैसे साक्षरता दर में आई तेजी से उम्मीद की जा सकती है कि आने वालों दिनों में इसमें और तेजी आएगी।

एक महिला सिर्फ एक महिला ही न होकर एक बेटी, एक बहन, एक बहू, एक माँ, एक सास भी होती है। अर्थात् एक महिला को शिक्षित करके आप इतने सारे रूपों में उसे सम्पूर्णता प्रदान करेंगे। शिक्षित महिलाओं से देश का विकास संभव है। मोदी जी यह बात अच्छी तरह जानते हैं और इसीलिए उन्होंने इस योजना की शुरुआत की और उनके सतत प्रयत्न से यह योजना परवान चढ़ती गई।

साक्षरता कार्यक्रम का एक महत्त्वपूर्ण आयाम प्रौढ़ शिक्षा है। इसके जरिए देश में सात करोड़ लोगों को शिक्षित बनाया गया है, जिसमें छह करोड़ महिलाएँ हैं। मोदी जी का स्पष्ट कहना है कि हमारा जोर महिलाओं को पूर्ण साक्षर बनाने पर है, क्योंकि महिलाओं के साक्षर होने पर पूरा देश व समाज साक्षर होगा।

आदिवासियों का उत्थान

"भारत की उन्नति कैसे हो सकती है?" कक्षा में अध्यापक ने छात्रों से पूछा, तो एक छात्र ने जवाब दिया, "गुरुजी गाँवों का विकास कर दीजिए, फिर भारत का विकास अपने आप ही हो जाएगा।"

"वह कैसे?"

"भारत तो गाँवों में ही बसता है, देश की 80 प्रतिशत जनसंख्या की आजीविका गाँवों से ही चलती है, इसलिए गाँव उन्नति करेंगे तो देश तरक्की करेगा, तभी तो किसी ने कहा है कि भारत की उन्नति का रास्ता गाँवों और खेतों से होकर गुजरता है।" यह छात्र थे नरेन्द्र मोदी जो अध्ययन के दौरान ही जानते थे कि देश की उन्नति का मूलमंत्र क्या है! यही कारण है कि जब वे गुजरात के मुख्यमंत्री बने तो उन्होंने शहरों के साथ-साथ गाँवों के विकास के बारे में भी मंथन किया और उसे साकार कर दिखाया। यही कारण है कि जब गुजरात के गाँव अग्रणी हुए और विश्व नक्शे पर उभर आए तो सारे देश में आवाज उठने लगी कि मोदी जी दिल्ली आओ और प्रधानमंत्री बनकर गुजरात के गाँवों की तरह ही देश का विकास करो और फिर जनता जर्नादन की सुनकर मोदी जी को प्रधानमंत्री बनना पड़ा और देश के लिए उन्होंने कुछ कर दिखाने का संकल्प लिया। लेकिन इस अध्याय में हम देश नहीं वरन गुजरात के गाँवों के विकास की ही चर्चा करेंगे।

गुजरात की बात आए तो सिर्फ चमकते शहरों की बात करना गलत होगा। हमें उन गाँवों की ओर भी देखना चाहिए, जिनका कायापलट नरेंद्र मोदी ने किया है। खोजी पत्रकार किशोर त्रिवेदी का कहना है कि गुजरात के सैकड़ों गाँव ऐसे हैं, जहाँ आत्मा गाँव की है, और सुविधा शहर की। जी हाँ, यहाँ के गाँव भारतीय संस्कति को कायम रखते हुए हरे-भरे खेतों

से लैस हैं। लोग अपनी परंपराओं से जुड़े हुए हैं, और साथ में उन्हें दी जा रही है विश्वस्तरीय सुविधाएँ जो कई शहरों को भी आसानी से नहीं मिलतीं। और हाल ही में गुजरात जाकर मैंने खुद इसे देखा और महसूस किया।

किशोर त्रिवेदी ने आगे लिखा है कि सबसे अच्छी बात यह है कि गुजरात सरकार तत्परता के साथ स्वर्णिम सच्चाई के एक बेहतरीन विजन के साथ काम कर रही है। सरकार ने उस इलाके से शुरुआत की, जहाँ सबसे ज्यादा देखभाल की जरूरत थी। अन्यथा चुनाव के दौरान एकता और सद्भावना से युक्त यही गाँव रणभूमि में परिवर्तित हो जाते। पूरे भारत में यही यथार्थ है। स्थितियाँ लोकसभा और विधानसभा चुनाव से कहीं ज्यादा ग्राम पंचायत चुनाव में खराब हो जाती हैं। उस दौरान लोग कंधे से कंधा मिलाकर चलने को तैयार हो जाते हैं और हर दर्द लेने को तैयार रहते हैं, लेकिन बाद में कुछ नहीं होता। इस प्रथा को गुजरात सरकार खत्म करना चाहती थी और उसने समरस ग्राम योजना की शुरुआत की। इस पहल के अंतर्गत सामूहिक निर्णय लेते हुए गाँवों में परिवर्तन लाने का काम किया गया। समरस ग्राम वो गाँव हैं, जिन्होंने पूरे सामंजस्य के साथ पंचायत को चुना। इस काम को करने के लिए गाँवों को समरस ग्राम अवार्ड के रूप में डेढ़ लाख रुपए तक के पुरस्कार दिये गये। जिन समरस ग्राम में महिला प्रधान थी, उन्हें 3 लाख रुपए तक के पुरस्कार से नवाजा गया। गुजरात में कुल 8044 समरस गाँव हैं, जिनमें 40 में महिलाओं का राज चलता है। लोगों पर राज करने की बीते वर्षों से चली आ रही परम्परा को तोड़ते हुए सरकार ने गाँवों में निर्णय लेने की क्षमता कूट-कूट कर भरी। समरस ग्राम योजना में सर्वसम्मति अत्यंत महत्वपूर्ण है। राजनीतिक सर्वसम्मति के बाद सरकार ने गाँवों में अपराध और सामाजिक उथल-पुथल को दूर किया। पावन ग्राम और तीर्थ ग्राम योजना के माध्यम से सरकार ने गाँवों में सद्भावना और सामाजिक सौहार्द्र पैदा किया। पिछले पाँच सालों में जिन गाँवों में अपराध नहीं हुए उन्हें तीर्थ ग्राम और जहाँ तीन साल तक अपराध नहीं हुआ उन्हें पावन ग्राम की संज्ञा दी गई। तीर्थ ग्राम को एक लाख रुपए और पावन ग्राम

को 50 हजार रुपए के पुरस्कार से नवाजा गया। गुजरात में आज 867 तीर्थ ग्राम और 206 पावन ग्राम हैं। गाँव किस तरह तुच्छ राजनीति से ऊपर उठ कर विकास का केंद्र बनें, यह भी हम गुजरात से सीख सकते हैं। यहाँ 11 हजार निर्मल गाँव हैं। यह संज्ञा गाँव को स्वच्छता और स्वास्थ्य व्यवस्था के लिए दिया जाता है। सरकार के सखी मंडल में लाखों महिलाएँ शामिल हुईं और उन्होंने करीब एक करोड़ रुपए तक की वित्तीय गतिविधियों को संभाला। किशोर त्रिवेदी ने अपने एक यात्रा वृत्तांत में लिखा है कि मेरी यात्रा के दौरान मुझे भी ऐसे लोगों से मिलने का मौका मिला जो गुजरात के विकास की यात्रा के सूत्रधार हैं। उनका लक्ष्य सिर्फ एक है : गाँवों को स्वच्छ, साफ रखना, वहाँ मधुर तालमेल कायम रखना, सामाजिक उथलपुथल से दूर रखना और समाज को आत्मनिर्भर बनाना। ऐसा लगता है कि यह सब शहरों जैसी सुविधाएँ मुहैया कराये बगैर संभव नहीं है। इसीलिए सरकार ने शहरों और गाँवों का बराबर से ध्यान रखा। सबसे पहली सुविधा है बिजली की, जो शहरों के साथ-साथ गाँवों तक बराबर से पहुँचाई जाती है। गुजरात सरकार की ज्योति ग्राम योजना के तहत गाँवों को 24 घंटे बिजली मुहैया करायी जाती है। यहाँ 18 हजार गाँवों में हर साल कृषि महोत्सव का आयोजन होता है, जो खासतौर से किसानों के लिए होता है। जल संरक्षण के लिए सरकार ने साढ़े छह लाख बाँध, सिंचाई तालाबों और बोरी-बांधों का निर्माण किया है। गाँव में जब तक लेटेस्ट टेक्नोलॉजी नहीं हो तब तक आप उसे विकसित नहीं कहेंगे। इसीलिए गुजरात सरकार त्वरित ढंग से नई तकनीकियों को गाँवों तक पहुँचाती है। इसमें ई-ग्राम योजना का सबसे महत्वपूर्ण किरदार रहा है। इसके अंतर्गत गाँवों को ब्रॉडबैंड इंटरनेट के कनेक्शन मिले। इसकी वजह से कई अलग-अलग क्षेत्रों में लोगों को फायदा मिला। उसी दौरान पर्यावरण संरक्षण के लिए पंचवटी योजना चलाई गई, जिसके अंतर्गत पार्कों का निर्माण किया गया। यह सब साकार हुआ नरेन्द्र मोदी द्वारा दी गई अवधारणा से। इसके अंतर्गत गाँव की आत्मा के साथ विश्वस्तरीय सुविधाएँ देने का संकल्प लिया गया। मुझे यह देख कर प्रसन्नता होती है कि राज्य ने इतनी तेजी से विकास किया। हाल ही में गुजरात सरकार ने

तालोड तालुका के पुंसरी गाँव को सर्वश्रेष्ठ पंचायत का पुरस्कार दिया। यह ऐसा गाँव है, जो हर क्षेत्र में आगे निकल गया है। सबसे बड़ी बात तो यह है कि गाँव ने खुद की यातायात सेवा विकसित कर ली है। इन सभी प्रयासों को करीब से देख कर मुझे गुजरात के बारे में कई अनसुलझे सवालों का जवाब मिल जाता है।

आदिवासी व वनवासी क्षेत्र के विकास हेतु मोदी ने गुजरात राज्य में दस सूत्री वनबन्धु विकास कार्यक्रम चलाया था। गुजरात के आदिवासी बेल्ट में नक्सलियों ने अपना पैर जमाने की बहुत कोशिश की, लेकिन वो कामयाब इसलिए नहीं हो सके, क्योंकि गुजरात सरकार आदिवासियों के लिए वनबन्धु कल्याण योजना चलाती है। वहीं दूसरे तरफ कांग्रेस शासित महाराष्ट्र और आंध्र प्रदेश में आज 90 प्रतिशत आदिवासी नक्सली बन चुके हैं। इस योजना के बारे में नरेंद्र मोदी ने जब वे सीएम थे, तब कहा था कि :

"मेरा वनवासी, मेरा दलित, मेरा वंचित। इसे मुझे विकास की यात्रा में ऊपर लाना है। आदिवासी भाइयों के लिए 40,000 करोड़ का वनबन्धु पैकेज है, पूरे देश के आदिवासी क्षेत्र में कार्यरत लोग इसका अध्ययन कर रहे हैं कि गुजरात ने यह कमाल कैसे किया। शहरी गरीबों के लिए 22,000 करोड़ का पैकेज दिया गया है। उम्मीद नामक योजना दी है। उन्हें स्वरोजगार सिखाया गया है। हुनर सिखाया गया है। उनमें शक्ति का संचार हो जिससे यह युवा रोजगार हासिल कर अपने पैरों पर खड़े हो सकें। यह वर्ष विवेकानन्द जयंती का वर्ष है। 150 वीं विवेकानन्द जयंती है। गुजरात इसे युवाशक्ति वर्ष के रूप में मना रहा है। लाखों युवाओं को रोजगार मिले, साथ ही कोई युवा ऐसा ना हो, युवती ऐसी ना हो जिसके पास कोई हुनर ना हो, कोई कौशल ना हो, कोई काबिलियत ना हो। हमने पूरे राज्य में कौशल्यवर्धन का अभियान चलाया है। अरबों रुपये खर्च कर गुजरात के युवाओं को आत्मशक्ति प्रदान की है, जिससे वे स्वावलम्बी बन सकें। कोई क्षेत्र ऐसा नहीं है, जो विकास से वंचित हो, कोई व्यक्ति ऐसा न रहे जो विकास का लाभार्थी ना हुआ हो। 6 करोड़ गुजराती एक नयी आशा और उमंग के साथ आगे बढ़ें इस दिशा में हम प्रयास कर रहे हैं।"

उद्यमियों का नमन

"कल गांधी जयंती है और सब बच्चों को तकली लेकर आना है।"

"गांधी जयंती का तकली से क्या संबंध है?" एक छात्र ने पूछा।

"गांधी जी सूत कातते थे और सबको सूत कातना है।"

"गुरुजी अब चरखे, तकली और हथकरघा का युग नहीं रहा, अब तो पावरलूम का जमाना है।"

"गाँवों का विकास ग्रामोद्योग से ही संभव है, ऐसा बापू मानते थे, इसलिए चरखे तकली हमेशा रहेंगे।"

"उस जमाने में जनसंख्या बहुत कम थी, लोग साधारण थे। कुछ भी पहन लेते थे। यहाँ तक कि फटे-पुराने कपड़े भी। अब जमाना बदल गया है। जनसंख्या बढ़ गई है। चरखे तकली से कातकर आज के युग में कपड़ों की माँग और पूर्ति का अंतर कभी भी नहीं भरा जा सकता।"

"तो फिर माँग और पूर्ति का अंतर कैसे खत्म होगा?"

"अत्याधुनिक तकनीक अपनाने से, क्योंकि तकनीक ही विकास का मूल मंत्र है।"

"विकास का मूलमंत्र," शिक्षक ने उसे डाँट दिया था, "तुम कोई पंचवर्षीय योजना का खाका तैयार करनेवाले अर्थशास्त्री हो क्या?"

"अर्थशास्त्री तो नहीं!"

"ठीक है अर्थशास्त्री नहीं," लेकिन शिक्षक शांत हो गए थे, "लेकिन तुम्हारी बातों में तर्क भी कम नहीं।" इस तरह की शाबासियाँ नरेंद्र मोदी को अपनी पढ़ाई के दौरान मिलती ही रहती थीं। यह सही है कि ग्रामीण उद्योग धंधों का विकास होना चाहिए, लेकिन पुरानी तकनीक से नहीं, वरन् उनमें आधुनिक तकनीक का इस्तेमाल होना चाहिए। यह बात नरेंद्र मोदी जी पढ़ाई के दौरान अच्छी तरह जानते थे और यही कारण है कि जब वे

मुख्यमंत्री बने तो उन्होंने गुजरात के विकास के लिए उद्योग-धंधों के विकास को सही माना और किया। यही कारण है कि वे कालांतर में विकास पुरुष के नाम से पुकारे गए। मोदी वे शख्स हैं, जिन्होंने भारत के विकसित राज्यों में गुजरात को पहली पंक्ति में ला खड़ा किया। गुजरात के विकास की रफ्तार को आप इस बात से समझ सकते हैं कि भारत की विकास दर की तुलना में गुजरात की विकास दर कहीं अधिक है।

मुकेश अंबानी की अरबों की तेल रिफाइनरी से लेकर रतन टाटा की लखटकिया कार का प्लांट गुजरात में स्थित है। रतन टाटा को जब कोलकाता में ममता के अनशन के बाद सिंगूर से अपना प्लांट हटाना पड़ा, तो नरेंद्र मोदी ने पनाह दी।

फोर्ब्स मैगजीन ने अहमदाबाद को दुनिया में सबसे तेजी से विकास कर रहे तीसरे शहर के रूप में चिह्नित किया। मोदी के गुजरात में 10 रुपये किलो बिकने वाले नमक से लेकर अर्थव्यवस्था को चलाने वाला कच्चा तेल तक निकाला जाता है। औद्योगिक घरानों के बीच मोदी के गुजरात की छवि का अंदाजा इस बात से लगाया जा सकता है कि 2009 में हुए वाइब्रेंट गुजरात में राज्य सरकार द्वारा 12.5 लाख करोड़ रुपये के एमओयू पर साइन किया गया था, जबकि 2011 में 21 लाख करोड़ रुपये

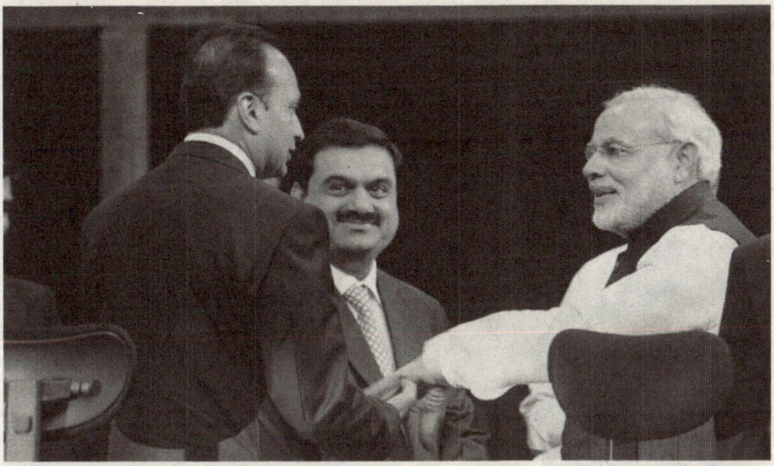

का एमओयू साइन किया गया। गुजरात के विकास मॉडल पर तो मोदी के धुर आलोचक भी उनकी काट नहीं देख पाते थे और उन्हें राष्ट्रीय नेता बनने से रोकने के लिए अनेक चालें चलीं, लेकिन उनकी एक न चली।

मोदी स्वयं बताते हैं कि "देश की हर प्याली में गुजरात का ही दूध है। केवल दूध ही नहीं आप चाय भी गुजरात की ही पीते हैं। गुजरात में जानवरों के लिए मेडिकल कैंप लगाया गया। सिंगापुर में गुजरात का दूध जा रहा है। हमारा देश गरीब है, लेकिन देश में प्राकृतिक संसाधनों की कोई कमी नहीं है। हमने गुजरात में प्राकृतिक संसाधनों का उचित इस्तेमाल किया है। हम युवा शक्ति का उपयोग नहीं कर पा रहे हैं। हमारी राजनीति युवा को केवल वोटर नहीं माने बल्कि वह शक्ति है। इस शक्ति को इस्तेमाल करने की जरूरत है। तभी विवेकानंद का सपना पूरा होगा। विवेकानंद के सपनों को पूरा करने का वक्त आ गया है। हम इन युवाओं को केवल वोटर मानेंगे तो देश के भविष्य के लिए ठीक नहीं है।"

एक भव्य कार्यक्रम में शुक्रवार, 11 जनवरी, 2013 को अनिल अंबानी ने मोदी को गुजरात के हीरो के नाम से संबोधित किया था। वाइब्रेंट गुजरात समिट में देश और दुनिया से आए उद्योगपतियों ने प्रदेश और नरेंद्र मोदी की तारीफों के पुल बाँधे।

रिलायंस एडीए ग्रुप के चेयरमैन अनिल अंबानी ने तो यहाँ तक कह

डाला था कि गांधी, पटेल, धीरूभाई और मोदी गुजरात के हीरो हैं। उनके बड़े भाई मुकेश अंबानी भी पीछे नहीं रहे। उनका कहना था कि मोदी के रूप में हमें विजनरी नेता मिला है। मुझे गर्व है कि रिलायंस एक गुजराती, भारतीय और ग्लोबल कंपनी है। अनिल अंबानी ने मोदी को राजाओं का राजा करार देते हुए कहा था, ''नरेंद्र भाई के पास विजन और लक्ष्य को लेकर अर्जुन की तरह एकाग्रता है। मोदी जी की नेतृत्व क्षमता की वजह से ही भारत और विदेश के उद्यमी पिछले एक दशक से गुजरात की तरफ खिंचे चले आ रहे हैं।''

महिंद्रा एंड महिंद्रा समूह के अध्यक्ष आनंद महिंद्रा का कहना था कि मैं समझता हूँ कि वो दिन अब दूर नहीं जब हम न सिर्फ गुजरात में चीन के विकास मॉडल की बात करेंगे, बल्कि चीन में भी गुजरात के विकास मॉडल की बात होगी, जबकि आईसीआईसीआई बैंक की प्रबंध निदेशक चंदा कोचर का कहना था कि गुजरात न सिर्फ देश में सबसे तेजी से आर्थिक प्रगति करता हुआ राज्य है, बल्कि इस लिहाज से ये दुनिया का सबसे तेजी से आगे बढ़ने वाला क्षेत्र भी है।

अदानी ग्रुप के चेयरमैन गौतम अदानी भी मोदी सरकार की जमकर तारीफ कर चुके हैं। उनका कहना था कि पतंग हवा के साथ नहीं, बल्कि

हवा के खिलाफ ऊँची उड़ती है। मैं मोदी के विजन और लीडरशिप की तारीफ करता हूँ। मोदी न सिर्फ चुनाव लड़ रहे थे, बल्कि वह वाइब्रेंट गुजरात की भी प्लैनिंग कर रहे थे। उद्यमियों के इस सम्मेलन में भारत से करीब 50 हजार उद्योग प्रतिनिधि शामिल हुए थे। उनके अलावा 105 देशों के 1800 प्रतिनिधि भी आए थे। इस अवसर पर गोदरेज के चेयरमैन आदि गोदरेज ने कहा था कि गुजरात का विकास बेहतर नीति और सशक्त नेतृत्व के चलते ही हो पा रहा है। उन्होंने उम्मीद जतायी थी कि आने वाले वक्त में भारत दुनिया के लिए आईटी और ज्ञान का फिर से केन्द्र होगा।

यूएस-इंडिया बिजनेस काउंसिल के अध्यक्ष रॉन समर के अनुसार, गुजरात ने ऐसे समय में आर्थिक प्रगति की है, जब विश्व आर्थिक समस्याओं का सामना कर रहा है। यह बेहतर नेतृत्व के कारण ही संभव हो पाया है कि आज गुजरात का आर्थिक विकास दोहरे अंकों को छू रहा है। मोदी के ही प्रयासों से पिछले कुछ वर्षों में गुजरात में 20 लाख करोड़ के निवेश के प्रस्ताव आये, जिन पर कार्य हो रहा है। नरेंद्र मोदी के उत्कृष्ट प्रयासों द्वारा गुजरात ने उनके पहले कार्यकाल के दौरान ही सकल घरेलू उत्पाद में 10 प्रतिशत तक की बढ़ोत्तरी दर्ज की जो अपने आप में एक रिकॉर्ड है।

गुजरात के एकीकृत विकास के लिए नरेंद्र मोदी ने कई योजनाओं को भी लागू किया। उन्होंने गुजरात का विकास हर प्रकार से किया। जनवरी 2001 में आए भयंकर भूचाल में सबसे ज्यादा नुकसान गुजरात के भुज शहर को ही हुआ। भुज एक कमजोर नींव पर बने मकानों वाला शहर था। इस भूकंप ने पूरे शहर को तितर-बितर कर दिया। नरेंद्र मोदी ने अपने प्रयासों द्वारा आपदा प्रबंधन और पुनर्वास के लिए बहुत कार्य किए। प्रभावी प्रयासों के लिए नरेंद्र मोदी को संयुक्त राष्ट्र संघ द्वारा उत्कृष्ट योगदान के लिए योग्यता पत्र भी प्रदान किया गया।

ब्रिटेन उनका सबसे बड़ा प्रशंसक बनकर उभरा, जिसने 2002 के बाद से गुजरात को काली सूची में डाल रखा था। गांधीनगर में मोदी के साथ एक बहुप्रचारित बैठक के बाद हुई प्रेस कॉन्फ्रेंस में ब्रिटेन के उच्चायुक्त का

कहना था कि मोदी और 'बाइब्रेंट गुजरात' के साथ रिश्ता कायम करना ब्रिटेन के राष्ट्रीय हित में है। अहमदाबाद स्थित एक आउटसोर्सिंग कंपनी मोटिफ के संस्थापक और सीईओ कौशल मेहता ने तब कहा था, "मोदी जैसा साफ-सुथरा व्यक्ति यदि प्रधानमंत्री बन जाता है, तो एक राष्ट्र के रूप में भारत के लिए यह बिल्कुल अनूठा अनुभव होगा। मुझे पूरा भरोसा है कि वे प्रधानमंत्री बनेंगे। गुजरात नेशनल लॉ यूनिवर्सिटी के बिमल एन. पटेल के मुताबिक, मोदी आज तक पैदा हुए महानतम गुजरातीयों में हैं।"

जिस समय ये बातें कही गईं, उस समय मोदी जी प्रधानमंत्री नहीं बने थे। वे पीएम तो बाद में बने। संयुक्त राष्ट्र के साथ विधि विशेषज्ञ के तौर पर काम कर चुके पटेल मानते हैं कि "आज गांधीनगर में रहना पश्चिमी यूरोप के किसी भी स्थान पर रहने के बराबर का अनुभव है।"

हो सकता है कि ऐसी प्रशंसा गुजराती वैभव के भाव से जन्मी हो, लेकिन जैसा कि जनमत सर्वेक्षण भी रेखांकित करता है, एक प्रशासक के तौर पर मोदी का उभार ऐसे तीन गुणों पर टिका है जो मौजूदा भारतीय राजनीति में दुर्लभ हैं : ईमानदारी, आर्थिक मोर्चे पर सकारात्मक नतीजे देना और युवाओं का भविष्य सुनिश्चित करने के संदर्भ में ऐसी विश्वसनीयता जो आज भारत के किसी भी नेता को मयस्सर नहीं है। समृद्धि का यह मोदीवादी सूचकांक चुनाव प्रचार से नहीं उपजा है, आँकड़े भी इसकी ताकीद करते हैं। कुछ आँकड़ों पर नजर डालें तो मोदी के तत्कालीन नेतृत्व में गुजरात ने चीन की तरह दोहरे अंकों में वृद्धि की है। पिछले 10 साल के दौरान राज्य में कृषि क्षेत्र ने 10.97 फीसदी की दर से वृद्धि की, जो भारत में सर्वाधिक है। राज्य के सारे शहरों और तकरीबन सभी गाँवों में चौबीसों घंटे बिजली आती है। अहमदाबाद के करीब उन्होंने जो ऑटोमोबाइल औद्योगिक केन्द्र स्थापित किया है, वह सफलता की कहानी बन चुका है।

अमिताभ बच्चन जो गुजरात टूरिज्म के ब्रांड अम्बेसडर रह चुके हैं, उनका मानना है कि नरेन्द्र मोदी महज बुनियादी जरूरतों के साथ बहुत सादगी से और एक राज्य के शासक के दर्जे से बिल्कुल विपरीत रहते हैं। वे विकास और प्रगति के बारे में तहेदिल से बोलते हैं। वे नए विचारों और

आदर्शों का स्वागत करते हैं। उनके द्वारा 'सी.एम. - कामन मॅन' होने का बार-बार दोहराया जाता मुहावरा गलत नहीं है। वे जैसा बोलते हैं, वैसा ही करते और निभाते हैं।

लालकृष्ण आडवाणी का मानना है कि मैं कई सालों से नरेन्द्रभाई के दो गुणों से प्रभावित हुआ हूँ - कल्पना और नवीनता। और वे इन गुणों का उपयोग करके जो कुछ भी योजना बनाते हैं उसे अच्छी तरह से कार्यान्वित भी करते हैं।

मोदी का मानना है कि :

1. वोट बैंक की राजनीति ने देश को बर्बाद किया।
2. वोट बैंक पॉलिटिक्स की जगह डेवलपमेंट पॉलिटिक्स की जरूरत।
3. 60 साल तक देश कांग्रेस के शासन में सुराज से वंचित रहा।
4. आजादी मिली, लेकिन आधे कानून अंग्रेजी जमाने के ही हैं।
5. देश में जब तक कांग्रेस ने शासन किया, तब तक निराशा रही।
6. व्यवस्था से जनता नाराज।
7. मौजूदा माहौल में भी विकास संभव।
8. स्किल, स्केल और स्पीड बढ़ाना जरूरी।

9. कृषि और उद्योग क्षेत्र में विकास जरूरी।
10. अवसर का इस्तेमाल बड़ी चुनौती।
11. हिंदुस्तान में सबसे ज्यादा नौजवान बेरोजगार हैं।
12. नौजवान देश की किस्मत बदल सकते हैं।
13. सामान बेचने के लिए अच्छी पैकेजिंग की जरूरत।
14. हम स्नेक चार्मर की जगह माउस चार्मर बन गए हैं।
15. मैं चीजों को अलग नजरिये से देखता हूँ।
16. भारत गरीब देश नहीं है।
17. गुजरात की तर्ज पर देश का विकास हो सकता है।
18. भारत दुनिया का सबसे युवा देश है।

कुशल वक्ता, निडर नेता

नरेन्द्र मोदी कुशल वक्ता और निडर नेता हैं। सियासत के बाजार में मोदी बेस्टसेलिंग विचार हैं। एक ऐसा विचार जो सपाट आख्यानों को चुनौती देता है, जो भारत के मानस में पैठने का कोई मौका नहीं चूकता। मोदी प्रेरणा हैं, मोदी धमकी हैं। वे जितनी आसानी से सराहना पाते हैं, उतनी ही सहजता से उत्तेजित भी करते हैं। जिस व्यक्ति को अधिकतर भारतीय अपना प्रधानमंत्री देखना चाहते थे और देखा वह साधारण सा दिखने वाला व्यक्ति, असाधारण है, कोई आम आदमी नहीं हो सकते।

दैनिक जागरण ने 14 दिसंबर, 2012 में लिखा था कि भारतीय जनता पार्टी की तरफ से नरेद्र मोदी एक ब्रांड के रूप में जाने जाते हैं। देश के किसी राज्य में चुनाव हो मोदी की लोकप्रियता को देखते हुए उन्हें प्रचार के लिए उस राज्य में तैनात किया जाता है। उन्होंने हिमाचल प्रदेश के विधान सभा चुनाव मे कई रैलियाँ की थीं। चुनाव प्रचार में लोगों के लिए आकर्षण का केंद्र रहते हैं। ऐसे समय में मीडिया भी उन्हे खासतौर पर कवरेज देनी पड़ती है। उनके द्वारा कही गई एक-एक बात चाहे वह किसी को हजम हो या न हो राष्ट्रीय मीडिया अपने चैनलों पर चर्चा के रूप में शामिल करती है।

'देखो-देखो कौन आया, गुजरात का शेर आया।' चुनाव प्रचार करने नरेंद्र मोदी जैसे ही किसी मंच पर चढ़ते हैं, तो यही नारा गूँजता है। इसके बाद आत्मविश्वास से लबरेज मोदी अपने 'विक्टरी' संकेत वाली स्टाइल में हाथ हिलाकर दर्शकों का अभिवादन करते हैं और फिर भारत माता के जयकारे से शुरू हो जाती है उनकी दहाड़। उनका पहनावा और उनकी आवाज लोगों को काफी प्रभावित करती है। यही देखने और सुनने के लिए लोग दूर-दूर से आते हैं। जब नरेन्द्र मोदी अपने मंच पर होते हैं, तो उनके

सामने स्थानीय मुद्दा तो होता ही है, लेकिन वह अपने भाषण में तत्कालीन केन्द्रीय सरकार (यूपीए सरकार) को लपेटे में लेना भी नहीं भूलते थे। ऐसा बहुत ही कम हुआ था जब नरेंद्र मोदी चुनाव प्रचार कर रहे हों और केन्द्र के बड़े खिलाड़ियों को ललकारा न हो। वह अपने भाषण में राहुल गांधी, मनमोहन सिंह और सोनिया गांधी का नाम जरूर लेते थे। जानकारों का मानना था कि चुनावी या फिर किसी अन्य तरह की रैली में जब मोदी मंच पर होते हैं तो वह अपने द्वारा कही गई एक-एक बात को ध्यान में रखते हैं। जो वह बोलना चाहते हैं वह वही बोलते हैं उससे न तो अधिक बोलते हैं और न ही कम। राजनीतिक गलियारों में होने वाली चर्चाओं पर यकीन करें तो मोदी भाषण से पहले अभ्यास करते हैं। उन्होंने पेशेवर लोगों की एक टीम बनाई थी, जो उनके भाषणों पर निगाह रखती थी।

वे स्पष्ट कहते हैं कि ''मेरे लिए सुराज का मतलब गुड गवर्नेंस है। आप देश में किसी परिवार से पूछिए तो वह बताता है कि मेरे बच्चे को अच्छी शिक्षा चाहिए। मित्रो हम क्यों नहीं देश में अच्छी शिक्षा की व्यवस्था कर सकते हैं। हम पूरी दुनिया से सब कुछ इम्पोर्ट करते हैं हम क्यों नहीं टीचर इम्पोर्ट करें। हम भारत को एक विजन के साथ देखते हैं। हमने टेक्नॉलजी अपग्रेडेशन की उपेक्षा की है। इसी वजह से आज भारत कई दशक दुनिया के विकसित देशों से पीछे है।

''पूरी दुनिया भारत को बाजार के रूप में देख रही है। सच यह है कि भारत को लोग बाजार नहीं डंपिंग ग्राउंड की तरह इस्तेमाल कर रहे हैं। मित्रो होना तो यह चाहिए न कि हम पूरी दुनिया को बाजार बना दें। हम कब-तक बाजार बने रहेंगे? हम कब-तक मेड इन जापान और चीन

सुनते रहेंगे? मेड इन इंडिया का ढोल कब गूँजेगा?

"हम यही करना चाहते हैं। मेड इन इंडिया का परचम लहराना होगा। हम अपनी चीजों की ब्रैंडिंग तक नहीं कर पा रहे हैं। जिस तरह से साउथ कोरिया ने विकास का डंका पीटा उसे पूरी दुनिया ने स्वीकार किया। हम क्यों नहीं कर पा रहे हैं? हम साउथ कोरिया से क्यों नहीं सीख पा रहे हैं। हम वही करने की कोशिश कर रहे हैं। आज यूरोप में भिंडी गुजरात से जा रही है, परन्तु कौन जानता है। जाहिर है जब तक हम युवाओं के सपनों को पूरा नहीं कर पाएँगे निराशा कम नहीं होगी। हर युवा को काम और शिक्षा चाहिए। दुर्भाग्य से हम नहीं दे पा रहे हैं। नहीं देने की जिम्मेदारी हम क्यों नहीं ले पा रहे हैं। हम चाहते हैं कि देश विकास की राह पर इस कदर बढ़े कि मेड इन इंडिया का परचम बुलंद हो जाए। हम गुजरात में वही कर रहे हैं। आज देश केवल गुजरात का दूध ही नहीं नमक भी खाता है।"

मोदी का मानना है कि देश सुराज के लिए चिंतित है। देश को स्वराज तो मिला, लेकिन सुराज (बेहतर शासन) नहीं मिला। मोदी गुड गवर्नेंस पर सवाल उठाते हुए कहते हैं कि देश इस वक्त निराशा के गर्त में जा रहा है। देश निराशा में डूबा हुआ है। देश की आजादी के 60 साल हो चुके हैं, लेकिन अब भी हम अच्छा शासन नहीं दे पाए हैं। उनका मानना है कि गुड गर्वनेंस का उदाहरण गुजरात में देखा जा सकता है। दुनिया भर में गुजरात के विकास की चर्चा हो रही है। आशावादियों को तो मैं गुजरात का उदाहरण देता हूँ। मोदी कहते हैं कि देश में लोग भ्रष्टाचार से त्रस्त हैं, जो विकास नहीं होने के अहम कारणों में से एक है।

एक आदर्श नेता के विचार ऐसे ही होने चाहिए। वे अपने कुशल भाषण के कारण हर किसी को मोहित कर लेते हैं। खासकर युवा वर्ग के वे चहेते बन चुके हैं। नरेंद्र मोदी देश के युवाओं को सराहते हुए कहते हैं कि भारत दुनिया का सबसे युवा देश है। मौके का इस्तेमाल करना सबसे बड़ी चुनौती है और गुजरात ने कई मायनों में यह साबित किया है। देश के युवा महज वोटर नहीं, बल्कि वह ताकत है। नौजवान पीढ़ी से युक्त यह देश आज विकासात्मक राजनीति चाहता है। भारत इस समय

दुनिया का सबसे नौजवान देश है, जिसकी 65 प्रतिशत आबादी की उम्र 35 साल से कम है, जबकि इसके विपरीत पूरा यूरोप और चीन लगभग बूढ़े हो चुके हैं, लेकिन सबसे ज्यादा अफसोसनाक यह है कि हम इस युवाशक्ति का उचित इस्तेमाल नहीं कर पाए हैं। पूरी दुनिया की नजरें आज गुजरात के विकास पर हैं, और सभी जगह उसकी चर्चा है।

मोदी जी सरलता से लेकिन कैसी प्रभावशाली बात करते हैं, यह अपने आप में एक उदाहरण है। उन्होंने एक भाषण के दौरान कहा था कि गुजरात रेगिस्तान हुआ करता था वहाँ अब विकास की गंगा बहती है। हमने प्राकृतिक संसाधनों का इस्तेमाल करना सीखा और राज्य की उन्नति की बड़ी वजह में से यह एक है। कृषि और पानी को बचाने के लिए गुजरात ने कई प्रयोग किए। मोदी अपने भाषण में जापान, अमेरिका और चीन से तुलना और भारतीयों के कौशल और विकास के मार्ग पर आगे बढ़ने की जरूरत को रेखांकित करने पर जोर देते हैं। मोदी ने जापानी उद्यमियों की प्रशंसा की और कहा कि वहाँ लोगों ने खेल प्रतियोगिता शुरू होने के आठ वर्ष पहले ही आयोजन की तैयारी शुरू कर ली है। उन्होंने चुनाव के बाद कार्यभार संभालने के बाद महज 10 दिन पहले जनवरी में वृहन्न गुजरात शिखर सम्मेलन आयोजित किया था, जिसमें 121 देशों ने हिस्सा लिया था। वे छात्रों पर अपनी भाषण शैली का प्रभाव डालते हुए कहते हैं कि भारत अब सपेरों का देश नहीं रह गया है, बल्कि चूहों को आकर्षित करने वालों (कम्प्यूटर माऊस) का देश बन गया है।

मोदी के बारे में पूछे जाने पर एसआरसीसी के छात्र मयंक अग्रवाल का कहना है कि सभी जानते हैं कि उन्होंने गुजरात के लिए क्या किया। वह भारत को बदल सकते हैं। एसआरसीसी छात्रा एश्वर्या का कहना है कि हम कामर्स के छात्र हैं और यह हमारे लिए बड़ा अनुभव रहा। मोदी को सुनना काफी अच्छा रहा। एक नेता के रूप में उन्होंने गुजरात का विकास सुनिश्चित किया है। मोदी जी अपनी भाषण शैली से हर किसी को मोहित कर लेते हैं। जो उनके भाषण को एक बार सुनता है वह बार-बार सुनने के लिए लालायित होता रहता है। हम यहाँ उनके एक भाषण को मूल रूप में दे रहे हैं : "गुजरात के सभी प्रिय नागरिक

भाई-बहनो! 1 मई, 1960 गुजरात का स्थापना दिवस है। 51 वर्ष बीत गए। आज 52 वें वर्ष में अपना मंगल प्रवेश है और इस मंगल प्रवेश के अवसर पर महागुजरात आन्दोलन के सभी शहीदों को हम नमन करें। इन्दु चाचा सहित महागुजरात आन्दोलन चलाने वाले समग्र गुजरातवासियों को याद करने का यह मौका है। उस वक्त के विद्यार्थी समुदाय ने गुजरात के गौरव के लिए गोलियाँ खाना पसंद किया था। गुजरात यह कभी नहीं भूलेगा। भद्र के कांग्रेस भवन में से गुजरात के विद्यार्थियों पर गोलीबारी हुई थी। अनेक युवाओं ने अपना लहू बहाया था। लेकिन गुजरात ने इन वीरों के लहू को व्यर्थ नहीं जाने दिया है। 52 वर्षों में अनेक सरकारें आई, अनेक आन्दोलन हुए, अनेक घटनाएँ घटीं। अच्छे-बुरे वाकये हुए मगर गुजरात इन सब के बीच सदैव आगे बढ़ता रहा। इन 51 वर्ष पर नजर डालें तो साफ नजर आता है कि 21वीं सदी का यह पहला दशक विकास की छलाँग लगाने वाला दशक बन गया। 2001 में गुजरात ने अनेक आपदाएँ देखी। 21वीं सदी का प्रारम्भ ही हमारे लिए भयंकर रहा। भयानक भूकम्प को हम आज भी भुला नहीं सकते।

''सहकारी बैंकों में उथल-पुथल की छाया, अकाल, कई मुसीबतों में से 2001 के बाद, हमने गुजरात को मजबूती के साथ आगे बढ़ाया। आफतें अनेक थीं, अवरोध अपरम्पार थे, गुजरात विरोधी मैदान में थे। सभी को यह लगता था कि गुजरात कभी खड़ा नहीं होगा। गुजरात कभी उठेगा नहीं। इन सभी अवरोधों को पार कर लिया। संकटों का सामना किया। आपदाओं को अवसर में बदलने की पूरी कोशिश की। इसका परिणाम यह आया कि आज समग्र विश्व की नजर में जब विकास की बात आती है तो गुजरात की चर्चा ना हो, ऐसा हो ही नहीं सकता। चारों ओर गुजरात के विकास की बात होती है इसकी वजह क्या है? मैंने जब सद्भावना मिशन में गुजरात के कौने-कौने में जाकर उपवास का आन्दोलन चलाया था। सद्भावना मिशन के अंतर्गत उपवास कर रहा था तब मैंने डंके की चोट पर कहा था कि गुजरात के विकास के पीछे 6 करोड़ गुजरातियों की यह एकता, भाईचारा, शांति की साधना है। इसके कारण ही आज गुजरात इन सभी ऊँचाइयों को लाँघ सका है। अनेक योजनाएँ

इसमें पूरक बनी हैं। प्रकृति ने भी कृपा की है। अकाल का नामोनिशान नहीं रहा है और जनपुरुषार्थ उत्तरोत्तर एक शक्ति बनकर उभर रहा है। मगर इतने में संतोष मान लेना हमारा स्वभाव नहीं है। हमको और भी ऊँचाइयाँ हासिल करनी हैं। अभी और आगे बढ़ना है। गुजरात को ऐसी ऊँचाइयों पर ले जाना है कि गुजरात देश की सर्वोत्तम सेवा कर सके। गुजरात के विकास के भीतर नजर डालें तो एक बात की ओर सभी का ध्यान जाता है। एक जमाने में अकालग्रस्त गुजरात रेगिस्तान, धूल भरी आँधियों वाला, गड्ढे खोदता गुजरात था। राहत कार्यों के सिवाय कुछ चलता नहीं था। आज गुजरात पूरे देश में कृषिक्रांति के लिए जाना जाता है। पूरे दशक में कृषि विकास की दर 11 प्रतिशत रहे, यह बात दुनिया के कृषि विशेषज्ञों के लिए आश्चर्यजनक है। इसका अध्ययन किया जाता है कि इतना बढ़ा आश्चर्यजनक काम हुआ कैसे? गुजरात के किसान ने कर दिखाया है। जल संचय के कारण, जल बचाने के कारण कृषि में क्रांति हुई है। लेकिन दुर्भाग्य से कुछ नीतियाँ ऐसी रही हैं जिनके कारण किसान को परेशान होना पड़ता है। मैं आज इस विवाद में पड़ना नहीं चाहता। मगर आज के पवित्र दिन पर भी गुजरात का किसान दुखी हो तो मुझे दुख होना स्वाभाविक है। हमने कृषि में विकास किया, दूध में भी विकास किया। इस दस वर्ष में दूध उत्पादन में 66 प्रतिशत की बढ़ोतरी हुई है। जो लोग गुजरात को बदनाम करने के लिए गायों के नाम पर राजनैतिक रोटियाँ सेंकने के लिए निकलते हैं उनको यह पता ही नहीं है कि कभी भी गुजरात के दूध की विकास दर 66 प्रतिशत नहीं रही है। पशुपालकों के लिए गुजरात सरकार की प्रतिबद्धता का यह नतीजा है। सरकार ने गौवंश-गाय की चिंता की है, जिसकी वजह से यह सम्भव हुआ है। कच्छ और काठियावाड़ में डेरियाँ नहीं खोलने के आदेश पिछली सरकार ने जारी किए थे। किसान दूध कहाँ बेचते? उनका शोषण होता था। इस सरकार ने कच्छ और काठियावाड़ में जगह-जगह पर डेरियाँ खोलने का काम शुरू किया। जिससे छोटे-छोटे पशुपालकों को दूध की पर्याप्त आय हो, उनका गुजारा हो। उससे पूरक आमदनी हो। आज कच्छ काठियावाड़ ने दूध के मामले में काफी बड़ी प्रगति की है। गुजरात ने कृषि क्षेत्र में काम किया

है, दूध उत्पादन में काम किया है और औद्योगिक क्षेत्र में तो छलाँग लगाई है। हमारा गुजरात पहले, गोल्डन कॉरिडोर अंकलेश्वर से वापी तक का पट्टा मतलब उद्योग। मुझे आश्चर्य होता है कि ऐसी उत्पादक जमीन जहाँ बारहों मास पानी था उस जमीन को उद्योगों में क्यों खपा दिया? उस वक्त हमारे बड़ों ने उद्योग दूसरी जगह लगाए होते, समुद्र किनारे लगाए होते, रेगिस्तानी तट पर लगाए होते तो यह हरीभरी धरती इतने उद्योगों में नहीं गई होती। उन्होंने तो जो गलतियाँ कीं वह कीं। हम उद्योगों को सूखे क्षेत्रों में ले गए। जहाँ पहले कुछ भी नहीं था। एक तिनका भी ना उगता हो ऐसी जगह पर उद्योग ले गए। गुजरात में भूतकाल में उद्योग कहाँ थे। जहाँ देखो वहाँ केमिकल और फार्मास्युटिकल। हमने धीरे-धीरे इसमें बदलाव किया। इंजिनियरिंग उद्योग पर बल दिया। ऑटो मोबाइल्स उद्योग पर बल दिया, बोम्बार्डियर जैसी मेट्रो ट्रेन बनाने वाली कम्पनियाँ लेकर आए। और इंजीनियरिंग उद्योग होने के कारण गुजरात के युवाओं को रोजगार भी ज्यादा मिलें इसके लिए हम प्रयास करते हैं। इस तरह उद्योगक्षेत्र का पूरा चरित्र बदल दिया है। वरना केमिकल उद्योगों की वजह से अनेक मुसीबतें आती थीं। इससे धीरे-धीरे विकास का एक नया क्षेत्र खड़ा हुआ। हम जल, थल, वायु को लाँघने लगे। गुजरात की एक अलग पहचान थी। शिप ब्रेकिंग यार्ड में जाओ जहाँ जहाज टूटते हों मगर जहाज बनाने का खयाल नहीं आता था। हम जहाज बनाने की दिशा में आगे बढ़े हैं। गुजरात के युवाओं को जहाज बनाने में खूब रोजगार मिले ऐसे अवसर पैदा करने की दिशा में आगे बढ़े हैं। पूरी दुनिया में समुद्री व्यापार बढ़ रहा है इसलिए ही बन्दरगाहों को विकसित किया है। इस ओर ध्यान दिया है। ढाँचागत सुविधाओं पर ध्यान केन्द्रित किया है। किसी भी राज्य को प्रगति करनी हो तो ह्युमन रिसोर्स डेवलपमेंट - मानव संसाधन विकास पर ध्यान देना जरूरी होता है। आईटीआई बिल्कुल छोटी इकाई मानी जाती है। उस पर हमने ध्यान केन्द्रित किया है। आँगनवाड़ी एकदम छोटी इकाई मानी जाती है जिस पर ध्यान केन्द्रित किया है।

''आज गुजरात की आईटीआई की चर्चा समग्र देश में होती है। छोटे-छोटे कोर्सेस और आईटीआई में गरीब बालक पढ़ने आएँ, 7वीं में

पढ़ाई छोड़ दी हो, दसवीं में पढ़ाई छोड़ दी हो, परीक्षा में एक-दो बार असफल हो गया हो, घर की आर्थिक स्थिति ठीक ना हो, पढ़ ना पा रहे हों ऐसे बालकों का कैरियर बनाने और उनकी जिन्दगी बनाने के लिए काम किया है। पिछले महीने में ही ऐसे 65,000 युवाओं को सीधे रोजगार के नियुक्तिपत्र दिए गए। औद्योगिक विकास की वजह से रोजगार के काफी अवसर पैदा हुए हैं। हमने आईटीआई में पहली बार सुपर स्पेशियलिटी कोर्सेस शुरू किए हैं जिसकी वजह से कौशल्य बाजार में इसकी वैल्यु बढ़ गई है। हाल ही में हमने गरीब कल्याण मेले आयोजित किए। मार्च माह में बजट पूरा हुआ और एक ही माह में समग्र राज्य में 250 से ज्यादा गरीब कल्याण मेले आयोजित कर 1600 करोड़ की रकम सीधे गरीबों के हाथों में दी गई। गरीबी के खिलाफ लड़ने की कोशिश शुरू की है। इसके अन्दर पूरक योजनाएँ भी शामिल करने की कोशिश शुरू की है। सखीमंडल बनाए ताकि हमारी माताएँ-बहनें स्वाभिमान से जियें। आर्थिक प्रवृत्तियों में भागीदार बनें। राज्य में 2,37,000 सखीमंडलों में 29 लाख से ज्यादा महिलाएँ सदस्य बनी हैं। इन बहनों ने पाई-पाई करके 400 करोड़ रुपये की बचत की है। सरकार ने इसमें पूरक पैसे दिये, बैंकों से दिलवाए। गुजरात के गाँवों की गरीब बहनों के हाथों में 1600 करोड़ का कारोबार सौंपा है। वह आर्थिक प्रवृत्तियों में भागीदार बनी हैं। कहीं कोई अगरबत्ती बनाती है, मोमबत्ती बनाती है, मसाले बनाती है, कोई खाखरा-पापड़ बनाती है। कोई पशु पालती है, दूध उत्पादन करती है, कोई रसोई परोसने का काम करती है, कोई होम सर्विस टिफिन सेवा चलाती है। अनेक काम। सिलाई के वर्ग, कम्प्युटर के वर्ग चलाती हैं और सिर्फ सखीमंडलों की बहनें आज पार्किंग का काम भी करती हैं। बस स्टैण्ड में केंटीन चलाती हैं, सरकारी ऑफिसों में केंटीन चलाती है। गरीब बहनें आर्थिक विकास में भागीदार बन रही हैं। गरीब परिवारों को ब्याज के शिकंजे से बचाने का बड़ा काम मिशन मंगलम द्वारा चलाया जा रहा है। सखी मंडल कर रहे हैं। आज गरीब को लाचारी की जिन्दगी ना जीनी पड़े इसकी चिंता की गई है। शिक्षा की, स्वास्थ्य की चिंता की है। गुजरात के गरीब के इलाज का 30,000 तक का खर्च सरकार उठाए ऐसी बीमा योजना बनाई है। यह

सब तो छोटी बीमारियों की बात है, मगर गरीब के घर में कैंसर हो, हार्टअटैक आए, गरीब की किडनी फैल हो तो क्या? लाखों का खर्च हो तो गरीब जाए कहाँ? इस राज्य सरकार ने बजट में खास 200 करोड़ की व्यवस्था कर के मुख्यमंत्री अमृतम योजना शुरू की है। कोई भी जानलेवा बीमारी गरीब के घर में आए तो इसका खर्च सरकार उठाएगी, इसके लिए यह योजना है। मैं गरीब परिवार को दुखी नहीं देख सकता। मेरे राज्य के गरीब परिवार के इलाज की चिंता में सरकार सक्रिय भागीदार बने इस दिशा में प्रयास किये गए हैं। गुजरात का युवा अनेक आशाओं-उम्मीदों के साथ आगे बढ़ रहा है। मेरा वनवासी, मेरा दलित, मेरा वंचित। इसे मुझे विकास की यात्रा में ऊपर लाना है। आदिवासी भाइयों के लिए 40,000 करोड़ का वनबन्धु पैकेज है, पूरे देश के आदिवासी क्षेत्र में कार्यरत लोग इसका अध्ययन कर रहे हैं कि गुजरात ने यह कमाल कैसे किया। शहरी गरीबों के लिए 22,000 करोड़ का पेकेज दिया गया है। उम्मीद नामक योजना दी है। उन्हें स्वरोजगार सिखाया गया है। हुनर सिखाया गया है। उनमें शक्ति का संचय हो जिससे यह युवा रोजगार हासिल कर अपने पैरों पर खड़े हो सकें। यह वर्ष विवेकानन्द जयंती का वर्ष है। 150 वीं विवेकानन्द जयंती है। गुजरात इसे युवाशक्ति वर्ष के रूप में मना रहा है। लाखों युवाओं को रोजगार मिले, साथ ही कोई युवा ऐसा ना हो, युवती ऐसी ना हो जिसके पास कोई हुनर ना हो, कोई कौशल्य ना हो, कोई काबिलियत ना हो। हमने पूरे राज्य में कौशल्यवर्धन का अभियान चलाया है। अरबों रुपये खर्च कर गुजरात के युवाओं को आत्मशक्ति प्रदान की है। जिससे वे स्वावलम्बी बन सकें। कोई क्षेत्र ऐसा नहीं है जो विकास से वंचित हो, कोई व्यक्ति ऐसा नहीं है जो विकास का लाभार्थी ना हुआ हो। 6 करोड़ गुजराती एक नयी आशा और उमंग के साथ आगे बढ़ें इस दिशा में हम प्रयास कर रहे हैं। पिछले साल हमने गुजरात की स्वर्णिम जयंती मनाकर कई लक्ष्य हासिल किए थे। एक जमाना था कि गुजरात में 4 गाँव ही निर्मल गाँव बना करते थे। स्वर्णिम जयंती पर अभियान चलाया गया और 4600 गाँव निर्मल गाँव बन गए। भारत सरकार से इनाम ले आए। डंके की चोट पर। आइए, आज संकल्प करें कि विकास की बात को

ज्यादा तेज बनाना है, ज्यादा व्यापक बनाना है। गरीब के झोंपड़े तक पहुँचना है। गाँव तक पहुँचना है। किसान तक पहुँचना है। हर व्यक्ति को लाभ हो। हर किसी को लगे कि यह गुजरात मेरा है। हर किसी को लगे कि मैं गुजराती हूँ इस पर मुझे गर्व है। हिन्दुस्तान के किसी भी कौने में जाए, दुनिया के किसी भी नागरिक से मिले, मैं गुजराती हूँ ऐसा कहते ही सामनेवाले व्यक्ति के चेहरे पर रौनक आ जाए ऐसे गुजरात का निर्माण करने के लिए हमने प्रयास शुरू किए हैं। गुजरात के लिए कर रहे हैं। 6 करोड़ गुजरातियों के भविष्य के लिए मेहनत की है, अपनी अगली पीढ़ी के लिए की है। सोलर एनर्जी पर कितना बड़ा काम हुआ है? पूरे देश में जितनी सोलर पावर बिजली है, उससे कहीं अधिक गुजरात ने 600 मेगावाट सोलर बिजली पैदा करके देश को समर्पित की। इतना ही नहीं, नर्मदा केनाल पर सोलर पैनल बनाकर इस गुजरात सरकार ने नर्मदा केनाल को ढँकने का काम किया। जिससे पानी का वाष्पीकरण ना हो। मेरे किसान का नुकसान ना हो। ढक्कन पर सोलर पैनल लगाए हैं जिससे बिजली पैदा होगी। एक पंथ अनेक काज। उत्तम काम हमने किया है। यह सब गुजरात की अगली पीढ़ी के काम आएगा। विकास के सिवा कोई मंत्र नहीं, विकास के सिवा कोई सपना नहीं, विकास के सिवा कोई काम नहीं। विकास के सिवा कोई बात नहीं। मात्र विकास। इसे लेकर आगे बढ़ना है। इसमें सभी गुजराती गर्व से आगे आएँ। समग्र विश्व में फैले गुजरातियों को भी आज के पर्व की शुभकामनाएँ देता हूँ। जहाँ हों वहाँ अपनी गुजराती भाषा का गौरव करें, गुजराती होने का गर्व करें। दुनिया में गुजरातीपन की छवि बनाएँ। समग्र विश्व को अपने भीतर समाहित करने का गुजरातियों का जो स्वभाव है, सभी को साथ लेने का जो स्वभाव है उसके दर्शन पूरी दुनिया को कराएँ। ऐसी मेरी आप सभी को शुभकामनाएँ हैं। आज 1 मई गुजरात की विकास यात्रा की, स्वतंत्र विकास यात्रा की 52 वीं मंजिल है। 51 वर्ष पूरे हुए हैं। आप सभी को अंतःकरण से खूब-खूब शुभकामनाएँ...जय जय गरवी गुजरात, भारत माता की जय!''

निंदक नियरे राखिये

नरेन्द्र मोदी जी ने हमेशा उन बातों से अधिक सीखा है, जिन बातों में उनकी आलोचना की गई है। अमेरिका ने गुजरात को गोधरा प्रकरण के बाद मुख्यमंत्री पद पर रहते हुए मोदी को वीजा नहीं दिया, लेकिन सोमवार 14 अक्टूबर, 2013 का दिन था वह, जब सारे अमेरिका ने नरेंद्र मोदी को गौर से सुना, उसकी बातों को सुना और उस पर गहरा मंथन करते हुए नरेंद्र मोदी के मुरीद हो गए अमेरिका वाले।

दरअसल नरेंद्र मोदी ने इमर्जिंग मार्केट फोरम के जरिए अमेरिका को बताया कि भारत को महज एक बाजार समझना भूल होगी। उन्होंने भारत जैसे मानव संसाधन से परिपूर्ण देशों को उभरते हुए विकास केंद्र कहा। साथ ही, गुजरात के विकास की कहानी भी सुनाई। मोदी ने अमेरिका को बताया कि पानी व बिजली के संकट से जूझ रहे गुजरात को उन्होंने कैसे एनर्जी सरप्लस व पानीदार गुजरात बनाया। उन्होंने समरसता व सुशासन को लोकतंत्र की आत्मा बताया।

गांधीनगर स्थित मुख्यमंत्री आवास से मोदी ने वीडियो कांफ्रेंसिंग के जरिये वाशिंगटन में इमर्जिंग मार्केट फोरम को संबोधित करते हुए मोदी ने जो कहा, उसे सुनकर अमेरिका में अधिकांश लोग यह प्रश्न उठाने लगे कि आखिर बराक ओबामा ऐसे विकास पुरुष को वीजा क्यों नहीं दे रहा है? 'लोकतंत्र में प्रभावी शासन' विषय पर मोदी ने कहा कि जनता की सरकार के रूप में लोकतंत्र श्रेष्ठ शासन प्रणाली है। भारत जैसे विविधता भरे देश में लोकतंत्र से बेहतर दूसरी कोई शासन व्यवस्था नहीं हो सकती।

परोक्ष रूप से केन्द्र सरकार को नसीहत देते हुए मोदी ने कहा कि जनभागीदारी व जनविश्वास से ही इस व्यवस्था में कोई सरकार कायम रह सकती है। चुनाव जीतने के बाद सरकारों को यह नहीं मान लेना चाहिए

कि उसे पाँच साल का ठेका मिल गया है, बल्कि उसे खुद को जनता का रखवाला व प्राकृतिक संसाधनों का ट्रस्टी समझना चाहिए। इन मुद्दों के जरिये तत्कालीन सीएम मोदी ने केंद्र की संपग्र सरकार के घोटालों की ओर इशारा करने का प्रयास किया था।

मोदी ने देश व दुनिया को गुजरात के विकास की कहानी बताते हुए कहा कि गति, कौशल व एक पैमाना तय करके चलने से ही बेहतर शासन दिया जा सकता है। उन्होंने सत्ता में आते ही स्मार्ट सिटी, पोर्ट सिटी व सैटेलाइट कम्युनिकेशन पर बल दिया। जनता के विश्वास व जनभागीदारी के साथ काम करते हुए उन्होंने प्राकृतिक संसाधनों का बेहतर उपयोग किया।

मोदी ने दिए अच्छे शासन के पाँच सूत्र

1 समरसता - गुजरात में बनाई 5 हजार से अधिक समरस ग्राम पंचायतें, जिसे आकर अमेरिका को देखना चाहिए और वह चाहे तो अपने यहाँ इसका अनुकरण कर सकता है।

2 जनप्रतिनिधित्व - जनभागीदारी : प्रदेश की हर योजना में जनभागीदारी, जिसका देश के अन्य राज्य भी अनुकरण कर रहे हैं।

3 संस्थागत ढाँचे का विकास - राज्य की संस्थाओं को मजबूत बनाया।

4 सूचनाओं का आदान-प्रदान - गाँवों तक ब्रॉडबैंड सुविधा देकर बढ़ाई सूचना तकनीक।

5 जनसुनवाई - जनशिकायतों का ऑनलाइन निपटारा।

नरेंद्र मोदी के अमेरिका संबोधन को सुनकर तो भारत की सीबीआई भी नरम पड़ गई थी और लगने लगा था कि वह मोदी पर हाथ नहीं डालेगी।

भाजपा भले तत्कालीन सीएम मोदी पर सीबीआई का चाबुक चलने की आशंका से ग्रसित हो गई थी, लेकिन एजेंसी ने तब उन पर हाथ नहीं डालने का फैसला किया था। हालांकि इशरत जहाँ फर्जी मुठभेड़ मामले की जाँच कर रही सीबीआई मोदी के खासमखास अमित शाह को घेरने का खाका जरूर तैयार कर चुकी थी। सीबीआई के शीर्षस्थ सूत्र के मुताबिक मोदी का नाम सीधे तौर पर कहीं इस फर्जी एनकाउंटर से नहीं जुड़ रहा

है। अब तक की जाँच में मोदी को घेरने के लिए उनके खिलाफ सीधे तौर पर कोई आधार ज़ाँच एजेंसी को नहीं मिला था। लेकिन एनकाउंटर के दौरान गुजरात के गृह राज्यमंत्री अमित शाह फँसते हुए दिख रहे थे। सूत्रों के मुताबिक नवंबर 2011 में शीर्ष राजनीतिक नेतृत्व की पहल पर मुठभेड़ की जाँच कर रहे विशेष जाँच दल (एसआईटी) को प्रभावित करने की बड़ी गंभीर कोशिश की गई। इस सिलसिले में राज्य के तत्कालीन गृहमंत्री प्रफुल्ल पटेल से सीबीआई ने दो बार पूछताछ की। एजेंसी के सूत्रों के मुताबिक पटेल ने सीबीआई के सामने औपचारिक तौर पर स्वीकार किया कि राजनीतिक नेतृत्व से उन्हें एसआईटी में दखल देने को कहा गया था। हालांकि अदालत के दबाव में नेताओं का यह खेल चल नहीं सका और एसआईटी ने अदालत को दी रिपोर्ट में कहा कि इशरत जहाँ मुठभेड़ फर्जी थी। एसआईटी की इसी रिपोर्ट के आधार पर सीबीआई ने यह मुकदमा दर्ज किया। सूत्रों के अनुसार, अब तक की जाँच तो काफी पुख्ता है। गुजरात पुलिस के आईपीएस अधिकारी और इस मामले के मुख्य आरोपी डी जी बंजारा ने अपनी इस्तीफे की चिट्ठी में गुजरात के राजनीतिक नेतृत्व के खिलाफ साफ संकेत दिए थे। लेकिन वह भी अमित शाह तक ही आकर रुक गया। चिट्ठी को लेकर एजेंसी साबरमती जेल में बंद बंजारा से दो बार पूछताछ कर चुकी है। इस फर्जी एनकाउंटर की योजना में आईबी के पूर्व अधिकारी राजेंद्र कुमार और एक अन्य पूर्व अधिकारी की कथित भागीदारी के चलते उनका चार्जशीट में नाम डाले जाने का फैसला लिया जा चुका है।

उल्लेखनीय है कि सोहराबुद्दीन सहित कई फर्जी मुठभेड़ कांड में छह सालों से जेल में बंद गुजरात पुलिस के पूर्व डीआईजी डीजी वंजारा ने पुलिस सेवा से इस्तीफा दे दिया, तो केन्द्रीय सत्ता पक्ष की प्रसन्नता का ठिकाना न रहा। इस्तीफे के पत्र में वंजारा ने मोदी और शाह पर गंभीर आरोप लगाए थे।

दस पेजों की इस चिट्ठी में कभी वंजारा ने मोदी को अपना भगवान, कभी बहादुर और कभी उनकी सरकार को रीढ़हीन सरकार बताया। वंजारा ने मोदी पर अग्रलिखित दस आरोप लगाए :

- अमित शाह मोदी के आँख-नाक बने हुए हैं।
- वंजारा ने पत्र में लिखा कि राज्य की रीढ़हीन सरकार सिर्फ शब्दों में ही दिलेरी दिखाती है।
- वंजारा ने पेज नंबर सात पर लिखा : चारों मुठभेड़ हमने सरकार के कहने पर कीं, तो सीबीआई ने सिर्फ हम अफसरों को दोषी कैसे मान लिया?
- सीबीआई नीति बनाने वालों को भी गिरफ्तार करे? हमने तो सिर्फ सरकार के निर्देशों का पालन किया है।
- मोदी देश का कर्ज चुकाने की बात करते हैं। अच्छी बात है। लेकिन वे दिल्ली कूच की जल्दी में जेल में बंद अफसरों के कर्ज को न भूलें।
- हमें बचाने में सरकार की कोई रुचि नहीं है। वह तो सीबीआई से अपनी चमड़ी बचाने के लिए मुझे और मेरे साथी अफसरों को जेल में रहने देना चाहती है।
- सरकार ने अपने फायदे के लिए 12 साल से मुठभेड़ मामलों को जिंदा रखा है।
- मोदी के साथ अमित शाह को निशाने पर लेते हुए वंजारा का आरोप था कि शाह मोदी को 12 साल से गुमराह कर रहे हैं। वह बकरियों को कुत्ता और कुत्तों को बकरी बनाने में जुटे हैं।
- मैं मोदी को भगवान मानता था लेकिन वो अमित शाह के शैतानी प्रभाव में हैं।

गौरतलब है कि गुजरात के अहमदाबाद में वर्ष 2004 में हुए इशरत जहाँ मुठभेड़ मामले में सीबीआई द्वारा मुख्य आरोपी बनाये जाने के बाद साबरमती जेल में बंद वंजारा से उनके इस्तीफे के पत्र के तत्वों के बारे में पूछताछ की गई।

पुलिस उप महानिरीक्षक स्तर के अधिकारी वंजारा (59) फर्जी मुठभेड़ मामले में जेल में बंद थे। मोदी के नजदीकी सहयोगी शाह को 25 जुलाई 2010 को सोहराबुद्दीन शेख के कथित फर्जी मुठभेड़ मामले में गिरफ्तार किया गया था और उसी वर्ष 29 अक्टूबर को जमानत पर रिहा कर दिया गया था। वंजारा ने अपने पत्र में अमित शाह पर धोखा देने का आरोप

लगाया था। मोदी के नजदीकी माने जाने वाले वंजारा ने अपने पत्र में अमित शाह पर उन्हें और 32 अन्य अधिकारियों को धोखा देने का आरोप लगाया था, जो कि गुजरात में हुए उन विभिन्न मुठभेड़ों के संबंध में जेल में बंद थे, जिसकी जाँच सीबीआई कर रही थी।

वंजारा से सादिक जमाल के कथित फर्जी मुठभेड़ मामले में भी पूछताछ की गई। भावनगर शहर का रहने वाला जमाल 13 जनवरी, 2003 को गुजरात अपराध शाखा के दल के साथ अहमदाबाद के बाहरी इलाके स्थित गैलेक्सी सिनेमा के पास फर्जी मुठभेड़ में मारा गया था।

जमाल के भाई शब्बीर ने वर्ष 2011 में गुजरात उच्च न्यायालय में एक याचिका दायर की थी। इस पर अदालत ने सीबीआई को निर्देश दिया था कि वह मामले में एक ताजा प्राथमिकी दर्ज करके मामले की जाँच करे।

इस मामले में निष्कर्ष अंततः तो यही निकला कि नरेन्द्र मोदी या अमित शाह का इस मामले से कोई लेना-देना नहीं और राजनीतिक कारणों से उनको निशाना बनाया गया। जनता सब जानती है, यही कारण है कि जनता ने नरेन्द्र मोदी को 2014 में प्रधानमंत्री पद पर आसीन कर दिया। कुल मिलाकर यह भी निचोड़ निकलता है कि मोदी जी कभी आलोचनाओं से भयभीत नहीं हुए और वे अच्छे शासन के लिए कारगर योजनाएँ बनाते रहे और उन्हें क्रियान्वित करते रहे। वे आगे और आगे बढ़ते रहे और कहने वाले न जाने क्या-क्या कहते रहे। उन्होंने आलोचकों का मुँह अच्छे काम करके बंद किया और जिन्होंने उसे अदालत के चक्कर लगवाने का मिथ्या कुचक्र चला, वहाँ वे मिथ्या आरोप भी मिथ्या ही सिद्ध हुए और जीत हमेशा सत्य की हुई। तभी तो कहते हैं कि सत्यमेव जयते!

तुष्टिकरण के विरोधी

देश में आजादी के समय से ही तुष्टिकरण की नीति अपनाई जाती रही है। देखा जाए तो देश का विभाजन भी तुष्टिकरण नीति के तहत ही हुआ था और राजनेता तो तुष्टिकरण की नीति का दामन आज तक थामे हुए हैं। लेकिन मोदी की लहर के कारण तुष्टिकरण की घातक नीति को आघात लगा है, यही कारण है कि कई राजनैतिक दल आम चुनाव के दौरान अल्पसंख्यकों को धमकाने तक की नीति पर आ पहुँचे थे। इसीलिए तो अल्पसंख्यक नेताओं को अपनी बात कहने के लिए आगे आना पड़ रहा था। नरेंद्र मोदी का डर दिखाकर वोट माँगने पर धर्मनिरपेक्ष दलों को आड़े हाथ लेने वाले मौलाना महमूद मदनी के बयान पर सियासी घमासान शुरू हो गया था। जमीयत-ए-उलेमा-ए-हिंद के महासचिव के बयान से उत्साहित भाजपा ने कांग्रेस पर वोट के लिए समाज को मजहब के नाम पर बाँटने का आरोप लगाया था। वहीं, कांग्रेस ने कहा था कि मोदी के खिलाफ समाज में खौफ पहले से ही है। माकपा ने धर्म के नाम पर राजनीतिक ध्रुवीकरण को घातक बताया था।

14 नवंबर, 2013 को को जयपुर में मौलाना महमूद मदनी ने धर्मनिरपेक्ष दलों पर मोदी का खौफ दिखाकर मुस्लिमों के वोट हासिल करने की कोशिश करने का आरोप लगाया था। अगले दिन भी अपने बयान पर कायम मदनी ने दिल्ली में कहा कि धर्मनिरपेक्ष दलों को नकारात्मक प्रचार से वोट माँगने के बजाय अपने कार्यक्रमों और वायदों के आधार पर सकारात्मक तरीके से मतदाताओं के बीच जाना चाहिए। उन्होंने कहा कि धर्मनिरपेक्ष दलों को बताना होगा कि विभिन्न राज्यों में उनकी सरकारों ने क्या किया है। उन्होंने कितने वायदे पूरे किए हैं और कितने अधूरे हैं। केवल किसी का डर दिखाकर वोट माँगना सही नहीं

होगा। मदनी के अनुसार, देश में धर्मनिरपेक्षता की जड़ें बहुत गहरी हैं और मुस्लिमों को मोदी के डर से किसी को वोट देने की जरूरत नहीं है। मौलाना ने किसी राजनीतिक दल का नाम तो नहीं लिया, लेकिन भाजपा को इसके सहारे कांग्रेस पर हमला करने का मौका जरूर मिल गया। भाजपा नेता मुख्तार अब्बास नकवी, मीनाक्षी लेखी और सिद्धार्थ नाथ सिंह ने कांग्रेस पर हमला बोल दिया था। नकवी के अनुसार, इससे साफ हो गया कि कांग्रेस किस तरह आम जनता को डराकर वोट हासिल करती है (ये चुनाव से पहले की बातें हैं)। मदनी के आरोपों से बैकफुट पर आई कांग्रेस ने आरोपों को खारिज किया था। पार्टी प्रवक्ता मीम अफजल और तत्कालीन सूचना व प्रसारण मंत्री मनीष तिवारी ने कहा था कि समाज के एक तबके में मोदी का भय पहले से ही मौजूद है और यह एक ऐतिहासिक तथ्य है।

तुष्टिकरण के स्थान पर मोदी ने देश की एकता और अखंडता बरकरार रखने पर ध्यान दिया और इसके लिए सरदार बल्लभ भाई के जीवन को प्रेरणा सूत्र बनाया। सरदार बल्लभ भाई पटेल का नाम भला किसने न सुना होगा। यह जो हम 500 से अधिक देशी रियासतों के विलयीकरण के बाद अखंड भारत देख रहे हैं, यह पटेल की ही तो देन है। यही कारण है कि पटेल आज भी देश में अत्यंत लोकप्रिय नेता हैं और मोदी जी पटेल को अपना आदर्श मानते हैं। इसलिए मोदी जी ने पटेल की ऐतिहासिक मूर्ति लगाने का निर्णय लिया, जिसकी काफी दिनों से चर्चा है और चुनावी माहौल में तो इसे मुद्दा भी बनाया गया।

ग्रामीण क्षेत्रों में जनाधार बढ़ाने के लिए भाजपा ने लौहदान अभियान राममंदिर आंदोलन की तर्ज पर शुरू किया। नरेंद्र मोदी के ड्रीम प्रोजेक्ट दुनिया की सबसे ऊँची स्टैचू ऑफ यूनिटी के निर्माण को गाँव-गाँव से कृषि कार्यों में प्रयुक्त लोहा जुटाकर किसानों और पिछड़ों को जोड़ने की मुहिम पटेल जयंती 31 अक्टूबर, 2013 से 26 जनवरी 2014 तक चली। जिला, क्षेत्र और प्रदेश स्तर पर कमेटियाँ गठित की गई थीं। नरेंद्र मोदी द्वारा अक्टूबर, 2010 में की गई सरदार पटेल की प्रतिमा स्टैचू ऑफ यूनिटी निर्माण कराने की घोषणा को साकार करने में पूरी पार्टी जुट ही गई थी।

मोदी का शुद्धिकरण मंत्र

मनुस्मृति का वचन है कि :

अद्भिर्गात्रणि शुद्धयन्ति मनः सत्येन शुद्धयन्ति।

विद्यातपोभ्यां भूतात्मा बुद्धि ज्ञानेन शुद्धयति।।

इसका अर्थ करते हुए बाबा रामदेव ने लिखा है कि मानव काया जल से शुद्ध होता है, मन सच बोलने से, जीव आत्मा (सूक्ष्म देह) विद्या और तप से और बुद्धि ज्ञान से शुद्ध होती है। इसका अर्थ यह है कि हिन्दू धर्म में शुद्धिकरण का बड़ा ही महत्त्व है, लेकिन नरेंद्र मोदी ने धर्म के इस महत्त्व को जब लोगों के सामने रखा तो विवाद हो गया। उन्होंने कहा कि देवालय से पहले शौचालय की जरूरत है। धार्मिक दृष्टि से देखें तो यह सही है, क्योंकि शुद्ध होने के बाद ही पूजा संभव है।

नरेंद्र मोदी का कहना था कि हमें देवालयों (पूजा स्थल) से पहले शौचालय बनाने चाहिएं। साफ-सफाई के क्षेत्र में हमारा रिकॉर्ड अत्यंत खराब रहा है और यह दोहरे अर्थ वाला संदेश एकदम निशाने पर है। अपने बयान के बाद भारतीय जनता पार्टी (भाजपा) की ओर से मोदी को जयराम रमेश और प्रवीण तोगड़िया की आलोचना का सामना करना पड़ा था। रमेश की नाराजगी समझी जा सकती है क्योंकि कुछ अरसा पहले लगभग यही बात कहने पर भाजपा के दिग्गजों ने उन्हें आड़े हाथों लिया था।

तोगड़िया के बारे में सबको पता है कि उनके और मोदी के रिश्ते ठीक नहीं और उन्हें लग रहा है कि भाजपा ने जिस मुद्दे यानी राम जन्मभूमि को उठाकर वर्ष 1989-1991 के दौरान देश में अपनी वोट हिस्सेदारी बढ़ाकर दोगुनी कर ली थी, मोदी के बयान से उसे नुकसान पहुँचेगा। लेकिन बाद में सबने देखा कि नुकसान पहुँचा नहीं।

मोदी ने चुनाव के दौरान कहा था कि वह एक हिंदू राष्ट्रवादी हैं क्योंकि वह एक हिंदू परिवार में पैदा हुए और वह राष्ट्रवादी तो हैं ही। वह बहुत आसानी से यह कह सकते थे कि वह एक भारतीय राष्ट्रवादी हैं क्योंकि वे भारत में पैदा हुए। हालाँकि अगर उनको मध्य मार्ग अपनाना है तो उन्हें कहीं न कहीं से शुरुआत तो करनी होगी और भारत जैसे देश में जहाँ अधिकांश लोगों के पास शौचालय नहीं हैं, यह मुद्दा अत्यंत आवश्यक है। इस मुद्दे से ग्रामीण महिलाओं की सुरक्षा भी जुड़ी हुई है। मोदी के बारे में सवालों की कमी नहीं है। क्या वह पारंपरिक नरमदलवादी भारतीय राजनेता की छवि को बदल सकेंगे, क्या वह केवल अपनी मजबूती वाले पहलुओं को लेकर चलेंगे और देश की बहुलतावादी हकीकत को नजरअंदाज कर देंगे और यदि उनको कभी अवसर मिल गया तो क्या वह बहुसंख्यकों की पसंद वाले नियम कायदे थोपकर संविधान की धर्मनिरपेक्ष छवि को कमतर करने का प्रयास करेंगे? मुख्यमंत्री के रूप में उनके प्रदर्शन पर ध्यान दिया जाए तो वह हिंदुत्व के अलावा अन्य बातों पर भी जोर देते थे, लेकिन मोदी जहाँ से आते हैं, वहाँ उनको हिंदुत्व पर जोर देने की आवश्यकता ही नहीं है, क्योंकि वहाँ उनकी पहचान ही उससे जुड़ी है।

देवालय से पहले शौचालय वाली टिप्पणी वह एक कदम आगे बढ़ते नजर आए थे। वह अब तक के भाजपा के सबसे प्रभावशाली मुद्दे हिंदुत्व को भारतीयता में परिवर्तित कर रहे थे। क्या यह जीत हासिल करने का हथकंडा था क्योंकि आमतौर पर कोई व्यक्ति अपनी मूल प्रवृत्ति नहीं बदलता? या फिर मोदी वास्तव में एक ऐसी भावना दिखा रहे थे जिसका स्वागत किया जाना चाहिए था? अपने वक्त में आडवाणी ने भी अपनी कट्टर छवि को नरम बनाने का प्रयास किया था। लेकिन मोदी जी ने अपनी छवि केवल देशभक्त और राष्ट्रवादी की ही रखी। उनकी कथनी और करनी में लोगों को कभी अंतर दिखाई नहीं दिया।

दक्षिण भारत में सिंह गर्जना

जुलाई 16, 2013।

हैदराबाद से दक्षिण भारत में भाजपा के चुनाव प्रचार अभियान की शुरुआत करते हुए नरेंद्र मोदी ने सभी गैर-कांग्रेसी पार्टियों से अपील की थी कि वे केन्द्र में कांग्रेस नीत संप्रग सरकार को हटाने और 'वंशवादी' शासन को खत्म करने के लिए एक साथ आएँ। नए सहयोगी दलों को लुभाने के प्रयास के तहत मोदी ने विशेष तौर पर तेलुगु देशम पार्टी (तेदेपा) से अपील की। उन्होंने कहा था कि यह उसकी जिम्मेदारी है कि केन्द्र में सरकार को कांग्रेस मुक्त बनाया जाए। तेदेपा ने आंध्र प्रदेश में दिवंगत एनटी रामाराव की विरासत हासिल की है। रामाराव आंध्र प्रदेश के पूर्व मुख्यमंत्री थे।

मोदी ने भाजपा द्वारा यहाँ लाल बहादुर शास्त्री स्टेडियम में आयोजित विशाल रैली को संबोधित करते हुए कहा, 'मैं यहाँ आंध्र प्रदेश में सभी राजनैतिक दलों से अपील करता हूँ कि गैर-कांग्रेसी सरकार प्रदान करने से बेहतर एनटीआर को क्या श्रद्धांजलि हो सकती है।' उन्होंने कहा, 'जो लोग एनटीआर की विरासत पर दावा करते हैं, उनका पहला कर्तव्य गैर-कांग्रेसी सरकार लाने के लिए हरसंभव प्रयास करना है। इस संबंध में सबकुछ करना उनका कर्तव्य होना चाहिए। मैं आश्वस्त हूँ कि आंध्र प्रदेश के राजनैतिक दल गैर-कांग्रेसी सरकार लाने और इस वंशवादी शासन को समाप्त करने के लिए कोई भी कमी नहीं छोड़ेंगे।' तेदेपा को विशेष तौर पर संबोधित करते हुए मोदी ने कहा, 'एनटीआर के स्वप्न को पूरा करना उनका कर्तव्य है।' इससे पहले, मोदी की यहाँ एलबी स्टेडियम में आयोजित सभा में उन्हें सुनने के लिए हजारों की संख्या में लोग पहुँचे। शहर के मध्य स्थित स्टेडियम अपराह्न दो बजे तक भर गया था। इसके

दो घंटे बाद मोदी मंच पर पहुँचे। आयोजकों और पुलिस ने स्टेडियम के दरवाजे बंद कर दिए। उन्हें उमड़ी भीड़ को नियंत्रित करने में काफी मशक्कत करनी पड़ी। जो लोग स्टेडियम में नहीं आ सके, उन्हें पास के निजाम कॉलेज मैदान में जमा होने की सलाह दी गई, जहाँ भारतीय जनता पार्टी (भाजपा) ने सभा के जीवंत प्रसारण के लिए एलईडी स्क्रीन लगा रखे थे। भाजपा नेताओं ने कहा कि सभा के लिए कुल 120,000 लोगों ने पंजीकरण कराया था, जबकि स्टेडियम की क्षमता 70,000 लोगों की है। पार्टी ने सभा में आने वाले प्रत्येक व्यक्ति से पाँच रुपये इकट्ठा किए, और यह राशि बाढ़ प्रभावित उत्तराखंड राज्य को दी गई। हैदराबाद और सिकंदराबाद तथा अन्य पड़ोसी जिलों से भारी भीड़ मोदी को सुनने के लिए सुबह से ही जमा होने लगी थी। पूर्व में, नरेंद्र मोदी ने हैदराबाद पहुँचने के बाद वरिष्ठ नेता वेंकैया नायडू, पार्टी के पूर्व राष्ट्रीय अध्यक्ष बंगारू लक्ष्मण, पूर्व नौकरशाहों समेत पार्टी के अनेक नेताओं से मुलाकात की। भाजपा के नेताओं के अलावा पूर्व केंद्रीय गृह सचिव के. पद्मनाभैया, पूर्व डीजीपी गोपीनाथ रेड्डी और अन्य कई लोगों ने मोदी से मुलाकात की। भाजपा नेताओं ने बेगमपेट हवाई अड्डे पर मोदी का शानदार स्वागत किया। ध्यान रहे, कांग्रेस ने 30 जुलाई को पृथक तेलंगाना राज्य बनाने की घोषणा की थी, तब से तटीय आंध्र और रायलसीमा में व्यापक आंदोलन चल रहा था। भाजपा की प्रदेश कार्यकारिणी ने तिरूपति में 1-2 जुलाई की अपनी बैठक में रायलसीमा के अपने नेताओं एवं कार्यकर्ताओं से मोदी की रैली के लिए 10 हजार लोगों को जुटाने का निर्देश दिया था।

बाद में, एकीकृत आंध्रप्रदेश के लिए चल रहे आंदोलन को देखते हुए रायलसीमा के भाजपा नेताओं ने हाल ही में हैदराबाद में प्रदेश अध्यक्ष के साथ बैठक में यह संख्या घटाकर दो हजार कर दी। अन्य दो क्षेत्रों की कीमत पर भाजपा द्वारा तेलंगाना का खुलकर समर्थन करने से रायलसीमा के पार्टी कार्यकर्ताओं को गहरी निराशा हुई। रायलसीमा में कडप्पा, कुरनुल, अनंतपुर और चित्तूर जिले शामिल हैं। तेलंगाना पर भगवा दल के रुख के खिलाफ लोगों में नाराजगी को ध्यान में रखते हुए इन जिलों के भाजपा नेताओं और कार्यकर्ताओं ने हैदराबाद की रैली से दूर रहने का ही

निर्णय लिया था। बीजेपी ने नरेंद्र मोदी की हैदराबाद रैली में आने वाले श्रोताओं से 5-5 रुपये एकत्र करके आपदा की चपेट में आए उत्तराखंड के लोगों के लिए जारी राहत कार्यों में सहयोग देने का संकल्प लिया था। इस पुण्य काम से कांग्रेस का सियासत खेलना बहुत दुर्भाग्यपूर्ण है।

पार्टी प्रवक्ता शाहनवाज हुसैन ने तब कहा भी था, 'मोदी की रैली से ये पैसे बीजेपी के लिए नहीं लिए जा रहे हैं, बल्कि उत्तराखंड के लोगों की सहायता करके उनके जख्मों पर मरहम लगाने का प्रयास किया जा रहा है। इससे जनता को भागीदारी का श्रेय दिया जा रहा है। दूसरी ओर कांग्रेस इससे भी सियासत करके राज्य के लोगों के जख्मों पर नमक छिड़कने का काम कर रही है। तत्कालीन केन्द्रीय मंत्री मनीष तिवारी ने कहा यह एक फ्लॉप शो ही है। उत्तर में हैदराबाद में पार्टी के वरिष्ठ नेता एम वेंकैया नायडू ने कहा था, 'कांग्रेस नरेंद्र मोदी से घबराई हुई है। वह नरेंद्र मोदी की बढ़ती शोहरत को पचा नहीं पा रही है। इसलिए वे ऐसे आरोप लगा रहे हैं। वे अनुचित तरीके से हमला करने की कोशिश कर रहे हैं। हमें समझ नहीं आता कि कांग्रेस को इस पर ऐतराज क्यों है। भागीदारी की भावना जगाने के लिए पार्टी ने यह फैसला किया है। नाम मात्र की राशि जो ली जाएगी वह उत्तराखंड के राहत कार्यों में खर्च होगी। वह यदि कहते हैं कि यह एक 'फ्लॉप शो' है तो वह भी 'फ्लॉप शो' कर सकते हैं। कांग्रेस का शो तो खुद ही 'फ्लॉप शो' है। कांग्रेस इस देश में पिछले 50 साल से 'फ्लॉप शो' चला रही है।' कांग्रेस नेता और तत्कालीन सूचना एवं प्रसारण मंत्री मनीष तिवारी ने माइक्रोब्लॉगिंग साइट ट्विटर पर मोदी की सार्वजनिक सभा के लिए प्रति व्यक्ति पाँच रुपये शुल्क तय करने की आलोचना करते हुए व्यंग्य किया था कि इससे गुजरात के मुख्यमंत्री की 'असली कीमत' पता चलती है। बाबा प्रवचन का टिकट 100 से 1,00,000 रुपये। और एक मुख्यमंत्री को सुनने के लिए टिकट पाँच रुपये। बाजार ने बता दी है असली कीमत।'

आलोचकों ने कुछ भी कहा हो, लेकिन मोदी की लोकप्रियता बढ़ रही थी। जनता उन्हें जन-नायक मान रही थी और उनके हर भाषण पर दिल्ली-दिल्ली चिल्लाकर केन्द्र में भेजने को तैयार कर रही थी।

पीएम पद के उम्मीदवार

भारतीय जनता पार्टी ने जब नरेंद्र मोदी को प्रधानमंत्री पद का उम्मीदवार भी घोषित नहीं किया था, उससे पहले ही जनता नरेंद्र मोदी को भारत का उद्धारक और दस वर्ष के लिए प्रधानमंत्री अंगीकार कर चुकी थी।

गोवा में भाजपा कार्यसमिति द्वारा नरेन्द्र मोदी को 2014 के लोक सभा चुनाव अभियान की कमान सौंपी गयी थी। 13 सितम्बर, 2013 को हुई संसदीय बोर्ड की बैठक में आगामी लोकसभा चुनावों के लिए प्रधानमन्त्री पद का उम्मीदवार घोषित कर दिया गया। इस अवसर पर पार्टी के शीर्षस्थ नेता लालकृष्ण आडवाणी मौजूद नहीं रहे और पार्टी अध्यक्ष राजनाथ सिंह ने इसकी घोषणा की। मोदी ने प्रधानमन्त्री पद का उम्मीदवार घोषित होने के बाद चुनाव अभियान की कमान राजनाथ सिंह को सौंप दी। शिवसेना तथा अकाली दल ने इसका स्वागत किया।

भाजपा मुख्यालय में 13 सितंबर, 2013 को शुक्रवार सुबह से ही कार्यकर्ताओं का हूजूम उमड़ पड़ा था, मोदी के स्वागत के लिए संसदीय बोर्ड की बैठक में सम्मलित होने के लिए सुषमा स्वराज तथा मुरली मनोहर जोशी ने अपनी यात्रा को स्थगित कर दिया। भाजपा कार्यकर्ताओं ने देशभर में मोदी के समर्थन में आतिशबाजी की तथा गुलाल लगाये।

2013 जून माह में भाजपा के गोवा सम्मेलन में नरेन्द्र मोदी को चुनाव अभियान समिति का अध्यक्ष बनाये जाने के पश्चात से पार्टी के वरिष्ठ नेता लालकृष्ण आडवाणी खासे नाराज लग रहे थे। इस दौरान भाजपा के अन्य नेतागण जिनमें जसवंत सिंह तथा शत्रुघ्न सिन्हा शामिल हैं, ने मोदी को प्रधानमंत्री पद का उम्मीदवार घोषित किये जाने का विरोध किया था। उन्होंने अपनी बात को मीडिया में रखने से भी गुरेज नहीं किया था। मोदी के नाम को आगे बढ़ाने के कारण ही जनता दल यूनाईटेड ने भाजपा का साथ छोड़ दिया था। राष्ट्रीय स्वयं सेवक संघ मोदी के नाम पर अड़ा हुआ

था। मोदी के नाम को आगे बढ़ाने के लिए संघ प्रमुख मोहन भागवत ने स्वयं पहल की थी। जाहिर है कि संघ ने व्यक्ति के स्थान पर पार्टी की जीत को ज्यादा अहमियत दी। जिसके परिणाम के तौर पर भाजपा ने गुजरात के मुख्यमंत्री नरेन्द्र मोदी को अपना प्रधानमंत्री पद का उम्मीदवार घोषित किया और वे देश के भावी पीएम बन गए। जनता पहले ही उन्हें जन-नायक मान रही थी, अब प्रधानमंत्री के रूप में स्वीकार कर रही थी। धीरे-धीरे सर्वे यह सब बयान करने लगे।

प्रधानमन्त्री पद का उम्मीदवार बनाये जाने के बाद मोदी की पहली रैली हरियाणा प्रान्त के रिवाड़ी शहर में हुई।

रेवाड़ी की ऐतिहासिक रैली

रेवाड़ी में मोदी ने जवानों संग किसानों को भी लुभाया था। सितम्बर 16, 2013 का दिन था वह, जब नरेंद्र मोदी ने हरियाणा के रेवाड़ी में अपनी पहली रैली को संबोधित किया। मोदी यहाँ पूर्व सैन्यकर्मियों की एक रैली को संबोधित करने पहुँचे थे, जिसमें पूर्व सेना प्रमुख जनरल वीके सिंह भी मौजूद थे। उनके साथ कई सेवानिवृत्त सैन्य अधिकारियों ने भी रैली में हिस्सा लिया। जैसे ही मोदी मंच से भाषण देने के लिए उठे वहाँ मौजूद करीब डेढ़ लाख लोगों ने तालियों की जोरदार गड़गड़ाहट से उनका स्वागत किया। सेना के पूर्व अफसरों और जवानों को संबोधित करते हुए नरेंद्र मोदी ने कहा कि रिझांग्ला, त्रिशूर या करगिल की लड़ाई हो, भारतीय सेना ने शहादत का शतक लगाया। सैनिक का जीवन किसी ऋषि-मुनि से कम नहीं है। कांग्रेस पर कटाक्ष करते हुए उन्होंने कहा कि पूरा एक दशक होने को आया, कोई अच्छी खबर सुनने को नहीं मिली। उन्होंने कहा कि मैं भारत के वैज्ञानिकों का अभिनंदन करता हूँ, जिन्होंने अग्नि-5 मिसाइल का सफल परीक्षण किया।

जब सेना में भर्ती होना चाहते थे मोदी

मोदी ने कहा कि पीएम प्रत्याशी घोषित होने पर इतनी खुशी नहीं हुई, जितनी इस कार्यक्रम में शामिल होकर हो रही है। मैं चौथी कक्षा का छात्र था, गरीब था, दो रुपये एक साथ नहीं देखे थे, अखबार में इश्तहार था, सैनिक स्कूल में दाखिले का। दो रुपये जमाकर मैंने पोस्ट ऑफिस के

पोस्टमास्टर की मदद से स्कूल का प्रोस्पैक्टस मँगवाया। मैं मानता था कि देश की सेवा करना यानि सेना में जाना। मैंने फार्म जमा किया। पिता जी से टिकट के पैसे माँगें कि परीक्षा देनी है, लेकिन पिता जी पैसे का इंतजाम नहीं कर पाए और मैं दाखिला नहीं ले पाया।

मोदी ने आगे कहा, मैं छठी कक्षा का छात्र था, जब चीन युद्ध हुआ, तब मैं स्टेशन से गुजरने वाले सैनिकों को चाय पिलाया करता था। बाद में भारतीय जनता पार्टी में रहकर सेना के करीब आने का अवसर मिला। उन्होंने कहा कि ईश्वर का संकेत है कि पीएम उम्मीदवारी की घोषणा के बाद मैं पहले से तय इस रैली में आया हूँ। उन्होंने कहा, इमरजेंसी के दौरान मोरारजी देसाई को हरियाणा की जेल में रखा गया था। चौधरी देवीलाल, चौधरी बंशीलाल के साथ काम करने का मौका मिला। रेवाड़ी में अटल बिहारी वाजपेयी के साथ रैली की थी।

रैली की अपार भीड़ को संबोधित करते हुए नरेंद्र मोदी ने कहा कि हरियाणा में स्वामी दयानंद सरस्वती का प्रभाव रहा है। इस भूमि पर गीता का संदेश भगवान श्रीकृष्ण ने दिया था। देश में किसी भी संकट के समय सैनिक काम आते हैं। गुजरात का विनाशकारी भूकंप हो या उत्तराखंड में प्राकृतिक आपदा, सेना ने हर मुश्किल घड़ी में देश की सेवा की है। यह परिवर्तन की पुकार है, दिल्ली की सल्तनत को ललकार है।

मौजूदा सीमा तनाव पर

नियंत्रण रेखा पर शहीद सैनिकों के बारे में (तत्कालीन) रक्षामंत्री एंटनी के बयान की मोदी ने निंदा की। उन्होंने बिहार की जेडीयू सरकार के एक मंत्री के भी सैनिकों पर दिए गए उस बयान की कड़ी निंदा की, जिसमें मंत्री ने कहा था कि सेना में लोग मरने के लिए ही जाते हैं। मोदी ने कहा, अगर दिवाली मनाने का मौका मिलता है, तो मैं सीमा पर चला जाता हूँ। उन्होंने कहा कि 700 किलोमीटर पाइपलाइन डालकर सीमा पर सैनिकों को नर्मदा का साफ पानी पीने के लिए उपलब्ध कराया गया है। सीमा पर काम करने वाले जवानों के प्रति सम्मान का भाव होना चाहिए। हमने गुजरात से सटी पाकिस्तान की सीमा पर शहीद स्मारक बनाया है।

सीमा पर चीन और पाकिस्तान की घटनाओं पर उन्होंने कहा कि यह

सब सेना की कमजोरी के कारण नहीं हो रहा है। यह सब सीमा की समस्या नहीं है, यह दिल्ली की समस्या है। इस समस्या का समाधान भी दिल्ली से खोजना पड़ेगा। इस समस्या का समाधान दिल्ली में सक्षम, देशभक्त सरकार बनाकर ही हो सकता है।

आतंकवाद और माओवाद

मोदी ने कहा कि भारत ने जितने जवान युद्ध में नहीं गँवाए, उससे ज्यादा आतंकवादियों, विघटनकारी शक्तियों और माओवादियों से लड़ाई में गँवाए हैं। तीसरे विश्वयुद्ध की संभावना को टालने के दम पर मोदी ने कहा कि यूएनओ को गर्व नहीं करना चाहिए। अब विश्व उस छद्म युद्ध से अधिक परेशान है, जिसका नाम है आतंकवाद और माओवाद। पूरे विश्व में माओवाद और आतंकवाद के खिलाफ जनमत तैयार होना चाहिए। मोदी ने कहा, आतंकवाद मानवता का दुश्मन है। हिंसा मानवता की कब्र खोदती है। गरीब देश के नौजवानों को सुरक्षित करने के लिए शांति पहली जरूरत है।

पाकिस्तान के बारे में

पाकिस्तान के बारे में मोदी ने कहा, पाकिस्तान में चुनी हुई सरकार आई है। उससे अपेक्षा है कि भारत विरोध की नीति छोड़ मित्रता की नीति अपनाए। बम, बंदूक और पिस्तौल ने 60 साल में पाकिस्तान का भला नहीं किया। पहले लड़ाई सीमा पर होती थी, अब निर्दोष नागरिकों को मारने की लड़ाई का खेल चल रहा है। यह आतंकवाद किसी देश का भला नहीं करता। पाकिस्तान को सलाह दी कि गरीबी, अशिक्षा और अंधश्रद्धा के खिलाफ लड़ाई करें। विश्वशांति का मकसद लेकर चलना होगा। केवल 10 साल आप पाकिस्तान में आतंकवाद को प्रश्रय न दें, तो विकास की बयार बहेगी और गरीबी दूर होगी।

सेक्युलेरिज्म पर

मोदी ने कहा, आज देश में वोट बैंक की राजनीति का खेल इतना घिनौना हो गया है कि समाज को टुकड़े-टुकड़े में बाँट दिया गया है। सेक्युलेरिज्म का छाता लेकर पार्टियाँ लोगों को बाँट रही हैं। अगर सच्चा सेक्युलेरिज्म देखना हो, तो सेना एक मिसाल है। राजनेताओं को भारतीय सेना से सीख

लेनी चाहिए। 1857 का संग्राम भी सेक्युलेरिज्म की मिसाल है। सेना आज भी परंपरा निभा रही है। देश में सत्ता के भूखे लोगों ने पहली बार सेना में ही विगठन का प्रयास किया। सेना में हिन्दू, मुसलमान की गिनती का आदेश दिया है। सेना को भी संप्रदाय में रंगने का काम इस सरकार ने किया है। हम सेना में इस प्रकार की कोई गिनती नहीं होने देंगे।

वन रैंक, वन पेंशन पर

किसी भी देश के लिए यह बहुत बड़ी चुनौती है, अगर नौजवान सेना में जाना नहीं चाहते हैं। अब युद्ध सीमा पर नहीं, टेक्नोलॉजी से लड़े जाएँगे। सेना में जाना एक गौरव की बात हो ऐसा माहौल बनाना होगा। वन रैंक वन पेंशन की बात पर मोदी ने भारत सरकार से श्वेत पत्र की माँग की। उन्होंने कहा कि अगर 2004 में वाजपेयी जी की सरकार बनी होती, तब इसका समाधान निकल चुका होता।

हथियारों के आयात पर

उन्होंने हथियारों के आयात पर सवाल उठाते हुए पूछा कि आखिर इससे किसका फायदा हो रहा है। इतने सालों में भारत आत्मनिर्भर नहीं बन पाया। हमने गुजरात में डिफेंस इक्विपमेंट इंजीनियरिंग का कोर्स शुरू किया है। हम भारतीय कंपनियों को प्राथमिकता देंगे।

पटेल की प्रतिमा के बारे में

मैं नौजवानों से मताधिकार प्रयोग करने का आह्वान करता हूँ। उन्होंने कहा कि युवा को 18 साल के होने पर बधाई देनी चाहिए। अगर हमें देश को मजबूत बनाना है तो देश के मतदाता को जोड़ना होगा। इस देश को एक करने का काम सरदार वल्लभ भाई पटेल ने किया था। पिछले कई वर्षों से सरदार पटेल को भुला दिया गया है।

सरदार पटेल किसान थे, आजादी के समय किसानों को जोड़ने का काम उन्होंने किया था। सरदार पटेल की भव्य प्रतिमा बनानी है, यह प्रतिमा अमेरिका की स्टेच्यू ऑफ लिबर्टी से दो गुनी बड़ी बननी चाहिए। इस प्रतिमा का नाम स्टेच्यू ऑफ युनिटी रखा गया है। उसके लिए हर गाँव से लोहा चाहिए। मुझे किसानों के खेत का औजार चाहिए।

- जयहिंद

नरेंद्र मोदी की रेवाड़ी रैली के बाद मीडिया ने जनता के पक्ष को दिखाना शुरू किया कि जनता मोदी को प्रधानमंत्री के रूप में देखना चाहती है।

न्यूज एजेंसीज व पत्रिकाओं द्वारा किये गये तीन प्रमुख सर्वेक्षणों ने नरेन्द्र मोदी को प्रधानमन्त्री पद के लिए जनता की पहली पसन्द बताया था। एसी वोटर पोल सर्वे के अनुसार नरेन्द्र मोदी को पीएम पद का प्रत्याशी घोषित करने से एनडीए के वोट प्रतिशत में पाँच प्रतिशत के इजाफे के साथ 179 से 220 सीटें मिलने की सम्भावना व्यक्त की गयी। सितम्बर, 2013 में नीलसन होल्डिंग और इकोनॉमिक टाइम्स ने जो परिणाम प्रकाशित किये थे उनमें शामिल शीर्षस्थ 100 भारतीय कार्पोरेट्स में से 74 कारपोरेट्स ने नरेन्द्र मोदी तथा 7 ने राहुल गान्धी को बेहतर प्रधानमन्त्री बतलाया था। नोबल पुरस्कार विजेता अर्थशास्त्री अमर्त्य सेन मोदी को बेहतर प्रधान मन्त्री नहीं मानते ऐसा उन्होंने एक इंटरव्यू में कहा था। उनके विचार से मुस्लिमों में उनकी स्वीकार्यता संदिग्ध हो सकती है जबकि जगदीश भगवती और अरविन्द पानगढ़िया को मोदी का अर्थशास्त्र बेहतर लगता है। योग गुरु स्वामी रामदेव व मुरारी बापू जैसे कथावाचक ने नरेन्द्र मोदी का समर्थन किया था। रामदेव ने तो मोदी के प्रचार के लिए अपने संस्थान में तब तक न जाने की सौगंध भी खाई थी, जब तक कि मोदी पीएम न बन जाए और उन्होंने अपनी प्रतिज्ञा मोदी को अंततः प्रधानमंत्री बनवाकर ही पूरी की।

भोपाल की ऐतिहासिक रैली

सितम्बर 25, 2013!

नरेंद्र मोदी ने भोपाल की रैली में मुख्यमंत्री शिवराज सिंह चौहान की जमकर तारीफ करते हुए दावा किया था कि राज्य में बीजेपी की जीत को लेकर कोई शक नहीं है। और सब जानते हैं कि उनका दावा चुनाव के बाद सही निकला। उन्होंने कांग्रेस पर जमकर वार किए और तब कहा था कि कांग्रेस की प्रदेश इकाई 10 साल से भूखी है और यदि वे सत्ता में आ गए तो प्रदेश को लूट खाएँगे। मोदी ने आरोप लगाया कि केन्द्र की कांग्रेस नीत सरकार बीजेपी शासित राज्यों से भेदभाव करती है और उन्हें आधे पैसे भी नहीं देती है। यूपीए सरकार पर भ्रष्टाचार के आरोप लगाते हुए मोदी ने यह भी कहा था कि उन्होंने अरबों-खरबों रुपये के घोटाले किए हैं और कांग्रेस पार्टी हर मुद्दे पर राजनीति करने से बाज नहीं आ सकती। मोदी ने यह भी दावा किया कि कांग्रेस में अब बीजेपी से लड़ने की ताकत नहीं बची है। उन्होंने कहा कि हर बार सीबीआई को हथियार बनाने और केंद्रीय एजेंसी के दुरुपयोग के लिए अब जनता कांग्रेस को जवाब देगी। उन्होंने कहा कि देश भर में बीजेपी की आँधी चल रही है और जनता महात्मा गांधी द्वारा देखे गए कांग्रेस मुक्त भारत के सपने को पूरा करेगी।

संप्रग सरकार पर अपने राजनीतिक विरोधियों को निशाना बनाने के लिए सीबीआई का दुरुपयोग करने का आरोप लगाया और म.प्र. भाजपा द्वारा आयोजित कार्यकर्ताओं के महाकुंभ को संबोधित करते हुए कहा कि मध्यप्रदेश, छत्तीसगढ़, राजस्थान और दिल्ली में होने वाले विधान सभा एवं अगले साल होने वाले लोकसभा चुनाव में कांग्रेस अपने उम्मीदवार खड़े नहीं करेगी, बल्कि सीबीआई को चुनाव मैदान में उतारेगी।

आडवाणी सहित भाजपा के शीर्ष नेताओं की मौजूदगी में भाजपा के

प्रधानमंत्री पद के उम्मीदवार ने खम ठोकते हुए कहा कि कांग्रेस को सत्ता से उखाड़ फेंकना चाहिए, क्योंकि केन्द्र में उसकी सरकार भाजपा और राजग शासन वाले राज्यों के साथ भेदभाव करती है।

उन्होंने दावा किया कि कांग्रेस में भाजपा से लड़ने का दम नहीं है और जनता अपनी परेशानियों के लिए उसे सजा देने वाली है।

मोदी ने तब भारत को कांग्रेस मुक्त बनाने का आह्वान करते हुए कार्यकर्ताओं से कहा था कि हमें इस देश को कांग्रेस से मुक्त करना है। हमें इस देश को कांग्रेस के कार्यों से मुक्त करना है, देश को कांग्रेस के भ्रष्टाचार से मुक्त करना है। उन्होंने जनता से सवाल किया था कि क्या वह महात्मा गांधी की यह अंतिम इच्छा पूरी करेंगे कि आजादी के बाद कांग्रेस पार्टी को भंग कर दिया जाना चाहिए। जनता ने हाँ कहकर इसका जवाब दिया।

देश में भाजपा की आँधी चलने का दावा करते हुए मोदी ने कहा था कि अभी जितने भी सर्वे आये हैं, उनमें भाजपा को सबसे आगे बताया गया है। उन्होंने कहा कि देश में भाजपा की आँधी है यह तो ठीक है, लेकिन दो सौ किलोमीटर की रफ्तार से चल रही आँधी में यदि कोई साइकिल की ट्यूब लेकर आँधी के बीच खड़ा हो जाये तो उसमें हवा नहीं भर सकती। यह हवा आँधी के भरोसे रहने से नहीं, बल्कि भाजपा की मतपेटी कार्यकर्ताओं के उत्साह, संपर्क और विश्वास से भरेगी।

देश में संप्रग सरकार के कार्यकाल में हुए घोटालों का जिक्र करते हुए मोदी ने कहा कि इन घोटालों के माध्यम से अरबों रुपये हड़प लिये गये। कांग्रेस पर गैर-कांग्रेस सरकारों के साथ भेदभाव करने का आरोप लगाते हुए मोदी ने कहा कि हिन्दुस्तान के अन्य राज्यों को पीछे करने में केन्द्र सरकार आगे रहती है और मध्यप्रदेश भी इसका शिकार है।

दिल्ली की सल्तनत पर मध्यप्रदेश के साथ भेदभाव करने का आरोप लगाते हुए उन्होंने कहा कि दिल्ली की सरकार ने शिवराज को शांति से नहीं रहने दिया। इन्होंने जो भी योजनाएँ बनायीं, उन्हें लागू करने में उसने बाधा डाली। अगर आपको लड़ना है तब आप हमारे जैसे नेताओं से लड़ें आम लोगों से नहीं। इनका अधिकार नहीं छीनें।

उन्होंने कहा था कि गुजरात में सरदार सरोवर बाँध का कार्य पूरा हो जाता तो मध्यप्रदेश को आठ सौ मेगावाट बिजली मिलनी शुरू हो जाती, लेकिन केन्द्र सरकार जानबूझकर उसके गेट लगाने को मंजूरी नहीं दे रही है। दिल्ली की सरकार जितने कांग्रेसी सरकारों को पैसे देती है उतनी राशि गैर-कांग्रेसी सरकारों को नहीं देती है ताकि कहीं उन्हें योजनाओं का श्रेय नहीं मिल जाये।

मोदी ने आरोप लगाया था कि कांग्रेस बिना राजनीतिक सोच के कुछ नहीं करती। उन्होंने कहा कि वह भ्रष्टाचार के माध्यम से लाखों करोड़ रुपये खा गई। उन्होंने दावा किया कि भाजपा के पक्ष में लहर चल रही है और सभी सर्वेक्षणों में पार्टी के पक्ष में बात कही गई है और नेताओं की प्रशंसा की गई है। लोगों से चुनाव में भाजपा के पक्ष में वोट देने की अपील करते हुए उन्होंने कहा था कि इस बार लोग कह रहे हैं कि भाजपा की लहर है, कश्मीर से कन्याकुमारी तक भाजपा की लहर है। हमें इस पर गर्व है। राज्य में शिवराज सिंह के नेतृत्व वाली भाजपा सरकार के कार्यों की प्रशंसा करते हुए मोदी का कहना था कि वर्ष 2003 में जब भाजपा मप्र में सत्ता में आई थी, तब यहाँ बिजली का उत्पादन तीन हजार मेगावाट से कम था और कांग्रेस ने जितना विद्युत उत्पादन पिछले 50 सालों में किया, उससे तीन गुना उत्पादन पिछले दस साल में बढ़ा है। मध्यप्रदेश में अगले विधान सभा चुनाव में भाजपा की विजय का विश्वास व्यक्त करते हुए मोदी ने कहा कि कांग्रेस पिछले दस सालों की भूखी पार्टी है और यदि यह सत्ता में आ गई तो क्या हाल होगा यह सब जानते हैं। मोदी ने अपने भाषण के शुरू में पार्टी के वरिष्ठ नेता लालकृष्ण आडवाणी को श्रद्धेय और मार्गदर्शक बताते हुए कहा था कि पंडित दीनदयाल उपाध्याय, जिनके जन्म दिवस पर महाकुंभ का आयोजन किया गया है, को इससे बड़ी श्रद्धांजलि और कोई नहीं हो सकती है। वर्ष 2015-16 में पंडित दीनदयाल की जन्म शती मनाई जायेगी और उनके लिए सबसे बड़ी श्रद्धांजलि यही होगी कि देश के अधिकांश राज्यों में भाजपा की सरकार हो और केन्द्र में भी भाजपा का परचम लहराये।

आडवाणी ने मंच पर नरेंद्र मोदी को गुलदस्ता भेंट किया था, जिसके

बाद मोदी ने आडवाणी के पाँव छूए। मंच पर नरेंद्र मोदी और आडवाणी के बीच बीजेपी अध्यक्ष राजनाथ सिंह बैठे थे। आडवाणी ने अपने संक्षिप्त भाषण में गुजरात के विकास कार्यों का जिक्र करते हुए नरेंद्र मोदी की तारीफ की। अपने संबोधन में आडवाणी ने गुजरात में चौबीस घंटे बिजली आपूर्ति की प्रशंसा की। उन्होंने बीजेपी के अन्य मुख्यमंत्रियों के विकास कार्यों का भी उल्लेख किया। नरेंद्र मोदी जहाँ देशभर में बड़ी संख्या में रैलियों को संबोधित करने निकले, वहीं आडवाणी ने अपने भाषण में कहा, आज बीजेपी भारतीय राजनीति के जिस मुकाम तक पहुँची है, वह ओजपूर्ण भाषणों से ही नहीं, बल्कि पार्टी कार्यकर्ताओं के कठिन परिश्रम और तपस्या से पहुँची है। हम केवल भाषणों के आधार पर चुनाव नहीं जीत सकते, बल्कि हमारे काम के आधार पर ऐसा होगा।

ऐतिहासिक चुनावी भाषण

29 सितंबर, 2013, का दिन था वह। उस समय मोदी प्रधानमंत्री नहीं गुजरात के सीएम थे।

बीजेपी के पास विजय ही विजय

मोदी ने अपने भाषण की शुरुआत में कहा कि दिल्ली एक ऐसा प्रदेश है जहाँ भारतीय जनता पार्टी के पास विजय ही विजय है। विजय गोयल, विजय मल्होत्रा, विजेंद्र गुप्ता ऐसे कई नेता बीजेपी के पास हैं। उन्होंने कहा कि दिल्ली के इतिहास में इतना बड़ा कार्यक्रम नहीं देखा गया होगा। मोदी ने दिल्ली में गरजते बादल का आभार प्रकट किया। उन्होंने कहा कि मैं वरुण देवता का आभार प्रकट करता हूँ कि उनकी कृपा से ही चमचमाती धूप से राहत मिली है।

नरेंद्र मोदी ने दिल्ली में दिए गए अपने भाषण में भारतीय (तत्कालीन) प्रधानमंत्री को बेअसर बताते हुए उन्हें इशारों ही इशारों में विदेश मामलों में फिसड्डी करार दिया। उन्होंने कहा कि भारतीय पीएम अमेरिका में जाकर वहाँ के राष्ट्रपति ओबामा के सामने खुद को गरीब देश का पीएम बताते हैं। इससे साबित होता है कि पीएम ने भी वही किया, जैसे कुछ फिल्मकार फिल्मों में भारतीय गरीबों को दिखाकर अवॉर्ड ले आते हैं।

मनमोहन ने रोया गरीबी का रोना

मोदी ने मनमोहन सिंह पर देश की गरीबी की मार्केटिंग करने का आरोप लगाते हुए कहा कि पीएम को देश की गरीबी का रोना रोने के बजाय अमेरिका में यह बताना चाहिए था कि वह उस देश के पीएम हैं, जहाँ की 65 फीसदी आबादी 35 साल से कम उम्र के युवाओं की है।

पीएम के बोलने की आदत गई

पीएम को विदेश मामलों में कमजोर बताते हुए मोदी ने कहा कि आज

पीएम, पाक के पीएम से मिलने वाले हैं लेकिन इस देश को संदेह है कि वे नवाज शरीफ से वे बातें कह पाएँगे या नहीं, जो देशहित में हैं। मोदी के मुताबिक, मनमोहन सिंह की पिछले कुछ साल में बोलने की आदत ही चली गई है। इसलिए शक है कि वे नवाज शरीफ के सामने ऊँची आवाज में बोल पाएँगे भी या नहीं।

पीओके पर हो चर्चा

मोदी ने कहा कि मुझे शक है कि भारतीय पीएम वहाँ नवाज शरीफ से इस बात पर चर्चा कर पाएँगे कि पाक के कब्जे वाला कश्मीर किस तारीख तक भारत को सौंपा जाएगा। उन्होंने याद दिलाया कि पाक ने दो भारतीय सैनिकों के कटे हुए सिर अब तक वापस नहीं किए हैं। मोदी ने कहा, इन शहीदों की विधवा और बूढ़ी माँ की उम्मीद है कि उनके बेटे के सर वापस आएँगे, लेकिन पता नहीं उनकी यह उम्मीद पीएम तक पहुँचेगी भी या नहीं।

चीन की तरक्की का जिक्र

मोदी ने चीन की तरक्की का जिक्र करते हुए कहा कि 1980 में चीन में भारत से भी कम रेल लाइनों का विस्तार था, लेकिन उसके बाद भारत ने जहाँ सिर्फ 3 हजार किमी रेल लाइनें बनाईं, वहीं चीन ने 11 हजार किमी। मोदी के मुताबिक, ट्रेनों की स्पीड में तो चीन अब जापान को टक्कर दे रहा है लेकिन भारतीय रेल की हालत देखिए।

पीएम को देहाती औरत कहना भारत का अपमान

मोदी ने अपने भाषण में मनमोहन को देहाती औरत कहे जाने वाली बात पर खास जोर दिया। उन्होंने कहा कि मुझे एक बात का बड़ा दुख है। मेरे दिल पर इससे चोट लगी है। शनिवार को पाकिस्तान के पीएम नवाज शरीफ ने कुछ पत्रकारों को नाश्ते पर बुलाया था। इसमें भारतीय पत्रकार भी थे। उन्होंने बातचीत के दौरान कहा कि भारत के पीएम देहाती औरत जैसे हैं। हम भारत में आपस में भले ही लड़ते हों, लेकिन नवाज शरीफ की भारत के पीएम को ऐसे शब्द कहने की क्या औकात है। आप मेरे देश के पीएम को देहाती औरत कहकर संबोधित करते हैं। शरीफ कहते हैं ओबामा के पास मनमोहन सिंह मेरी शिकायत करते हैं। हिंदुस्तान का

इससे बड़ा अपमान नहीं हो सकता। मैं वहाँ बैठकर नवाज शरीफ की मिठाई खाने वाले भारतीय पत्रकारों से पूछना चाहता हूँ कि जब वह हमारे पीएम को गालियाँ दे रहे थे, तब उन्होंने उनकी मिठाई को ठोकर क्यों नहीं मारी। जो भी पत्रकार वहाँ थे उन्हें इसका जवाब देना चाहिए।

राहुल ने किया पीएम का अपमान

मोदी ने इसके लिए राहुल गांधी को निशाने पर लिया। उन्होंने कहा कि दरअसल नवाज शरीफ को यह हिम्मत इसलिए आई क्योंकि भारतीय पीएम का घर में ही अपमान किया गया। उनकी सरकार के अध्यादेश को बकवास कहा गया। राहुल ने उनकी पगड़ी उछाली है। देश में ही अपमान करेंगे तो बाहर वाले क्या इज्जत करेंगे।

शहजादा चाहिए या संविधान

मोदी ने अपने भाषण में कांग्रेस उपाध्यक्ष राहुल गांधी को शहजादा कहकर संबोधित करते हुए कहा कि आज परिवारशाही और लोकशाही के बीच युद्ध छिड़ा हुआ है। परिवारशाही लोकशाही का गला घोंटने पर उतारू है। परिवारशाही लोकशाही को दबोचने के लिए उतारू है। आज देश इस मोड़ पर खड़ा है कि यह तय करना होगा कि देश संविधान से चलेगा या फिर शहजादे की इच्छा से। 2014 में देश को ड्रीम टीम चाहिए, डर्टी टीम नहीं।

शासक बनने के सपने नहीं देखता

मोदी ने कहा कि मैं मन से न कभी शासक था, न शासक हूँ और न शासक बनने के सपने देखता हूँ। मैं सेवक हूँ। मैं पहले भी सेवक था, कल भी सेवक रहूँगा। इस दौरान उन्होंने अपनी कहानी भी सुनाई। उन्होंने कहा, 'अब मैं अपनी बात करना चाहता हूँ। भारत के लोकतंत्र की ताकत देखिए, उदारता देखिए कि जो इंसान रेलवे के डिब्बे में चाय बेचकर अपना गुजारा करता था, ऐसे गरीब परिवार के बच्चे को आज आपने यहाँ बिठा दिया। 2014 में देश को ड्रीम टीम की जरूरत है। यूपीए सरकार के पास कोई विजन नहीं है। इसके कार्यकाल के सारे बजट देख लीजिए, तारीख बदलते हैं, नारे बदलते हैं, लेकिन अंदर का सारा माल वही है।

रोजगार देने में नाकाम सरकार

उन्होंने यूपीए सरकार पर विजन की कमी का आरोप भी लगाया। मोदी

ने कहा, 'आज दुनिया तेज गति से आगे जा रही है, लेकिन हम ही तेज गति से पीछे जा रहे हैं। आज देश हँसी-मजाक का कारण बन गया है। आज देश के नौजवानों को रोजगार चाहिए। वह मेहनत करने और जान की बाजी लगाने को तैयार हैं, लेकिन यूपीए सरकार रोजगार देने में नाकाम रही है। अटल जी की सरकार ने छह साल में छह करोड़ रोजगार दिए। यूपीए की सरकार में 2004 से 2009 में महज 27 लाख को रोजगार मिला। क्या कांग्रेस की सरकार में देश के नौजवानों का भविष्य सुरक्षित है?'

सरकारों के बोझ से दबी दिल्ली

मोदी ने कहा कि दिल्ली सरकारों के बोझ के तले दबी हुई है। दिल्ली में कई सरकारें हैं। दिल्ली में माँ (शीला दीक्षित) की सरकार, बेटे (संदीप) की सरकार है, तो नई दिल्ली में भी कई सरकारें हैं। माँ की भी सरकार है, बेटे की भी एक सरकार है, गठबंधन की भी सरकार है। इस सरकार के पीएम सरदार हैं, लेकिन असरदार नहीं हैं। वाजपेयी के नेतृत्व में एनडीए की सरकार में सभी दल साथ-साथ थे, लेकिन यूपीए में सभी अपनी-अपनी दिशा में चल रहे हैं। जिससे देश पिछड़ रहा है।

शीला पर निशाना

मोदी ने अपने भाषण में शीला सरकार पर और भी जमकर निशाना साधा। उन्होंने कहा कि भारत में कोई सबसे सुखी सीएम हैं तो दिल्ली की सीएम हैं। रिबन काटने के सिवा उनके पास कोई काम नहीं है। न सिंचाई, न मछुआरों की चिंता है। सड़क पर गड्ढे हैं तो नगर निगम को दोष दे दिया और बाकी के लिए केंद्र को दोषी ठहराया दिया। दिल्ली की सीएम दिल्ली में बच्ची से रेप के बाद दुख जताती हैं। शीला कहती हैं कि वह भी माँ हैं, लेकिन माँ के नाते सलाह देती हैं कि लड़कियों को जल्दी घर लौट आना चाहिए। उनके पास कोई काम नहीं है।

कॉमनवेल्थ गेम्स से इज्जत लुटी

मोदी ने कॉमनवेल्थ गेम्स घोटाले के लिए दिल्ली और केन्द्र सरकार को जमकर कोसा। उन्होंने कहा कि कॉमनवेल्थ गेम्स की वजह से देश की इज्जत लुटी। चीन ने ओलिंपिक खेलों से अपनी ताकत दिखाई, लेकिन हमने मौका गँवा दिया।

सरकार की शराबी जैसी लत

मोदी ने कहा, 'आए दिन सुप्रीम कोर्ट भारत सरकार को करप्शन के मुद्दों पर कठोर से कठोर शब्दों का इस्तेमाल करता है, लेकिन केन्द्र को वैसी ही आदत हो गई है कि जैसे किसी शराबी को शराब पीने की लत लग जाती है। वह छोड़ नहीं सकता।' मोदी ने एक उदाहरण देते हुए कहा कि एक बार एक शराबी सुबह से ही बोतल खोलकर बैठ गया। इत्तेफाक से उस दिन के अखबार में शराब के नुकसान बताए गए थे। बीवी ने जब देखा तो कहा कि इसे पढ़िए। अब बंद कीजिए, तो शराबी ने दूसरे दिन क्या किया अखबार ही बंद कर दिया। बीवी ने तो कहा था कि शराब पीना बंद कर दो।

गांधी भक्ति में डूबी सरकार

मोदी ने कहा कि इस सरकार का एक ही मकसद है, गांधी भक्ति करना। गांधी छाप नोटों की भक्ति। इस नई गांधी भक्ति में यूपीए डूबा हुआ है। टनों में नोटों का गोलमाल हो रहा है।

सरकार का एक ही मजहब

मेरे लिए सरकार का एक ही मजहब होता है। सरकार का एक ही धर्म होता है। और वह मजहब होता है नेशन फर्स्ट। सरकार का एक ही धर्म होता है। वह है भारत का संविधान। सरकार की एक ही भक्ति होती है भारत भक्ति। सरकार की एक ही शक्ति होती है जन शक्ति है। सरकार की एक ही कार्यशैली होती है, सबका साथ, सबका विकास। मोदी ने अपना भाषण भी पीएम पर ताना मारते हुए खत्म किया। उन्होंने भीड़ को संबोधित करते हुए कहा, 'भारत के पीएम को अमेरिका में ताकत मिले उन्हें हौसला मिले, ऐसी ताकत से वंदेमातरम् बोलिए।'

जयहिंद

चायवाला बन गया प्रधानमंत्री

पार्टी की ओर से पीएम प्रत्याशी घोषित किये जाने के बाद नरेन्द्र मोदी ने पूरे भारत का भ्रमण किया। इस दौरान तीन लाख किलोमीटर की यात्रा कर पूरे देश में 437 बड़ी चुनावी रैलियाँ, 3-डी सभाएँ व चाय पर चर्चा आदि को मिलाकर कुल 5827 कार्यक्रम किये। चुनाव अभियान की शुरुआत उन्होंने 26 मार्च, 2014 को माँ वैष्णो देवी के आशीर्वाद के साथ जम्मू से की और समापन मंगल पाण्डे की जन्मभूमि बलिया में किया। स्वतन्त्रता प्राप्ति के पश्चात् भारत की जनता ने एक अद्भुत चुनाव प्रचार देखा। कुशल नेतृत्वकर्ता गुण होने के कारण ही जनता एक कुशल नेता चाहती थी। यही कारण था कि नरेन्द्र मोदी के नेतृत्व में भारतीय जनता पार्टी ने 2014 के चुनावों में अभूतपूर्व सफलता भी प्राप्त की।

राजग में भाजपा के अलावा 24 अन्य छोटे घटक दल हैं। चुनाव में जहाँ राष्ट्रीय जनतांत्रिक गठबंधन 336 सीटें जीतकर सबसे बड़े संसदीय दल के रूप में उभरा वहीं अकेले भारतीय जनता पार्टी ने 282 सीटों पर विजय प्राप्त की। काँग्रेस केवल 44 सीटों पर सिमट कर रह गयी और उसके गठबंधन को केवल 59 सीटों से ही सन्तोष करना पड़ा। कांग्रेस विरोधी लहर के खिलाफ मोदी लहर के विजय रथ पर सवार 63 वर्षीय गुजरात के मुख्यमंत्री ने भाजपा को स्पष्ट बहुमत दिलाने के साथ ही पूरे भारत में अपनी उपस्थिति का अहसास कराया है, जो पहले कभी नहीं देखा गया।

1984 के बाद के 30 वर्षों में भाजपा ऐसी पहली पार्टी बन गई है, जिसने अपने दम पर बहुमत हासिल किया है। 1984 में इंदिरा गांधी की हत्या के पश्चात् लोगों की भावनाओं के दम पर राजीव गांधी के नेतृत्व

में कांग्रेस ने 400 से अधिक सीटें जीती थीं। हिन्दी भाषी राज्यों में मोदी लहर साफ दिखी। उत्तर प्रदेश, बिहार, राजस्थान, मध्य प्रदेश, छत्तीसगढ, हरियाणा, दिल्ली, झारखंड, हिमाचल प्रदेश और उत्तराखंड की कुल 225 सीटों में से 190 पर भाजपा ने काबिज होकर इन राज्यों से न सिर्फ कांग्रेस बल्कि सपा, बसपा, रालोद, जदयू और राजद जैसे क्षेत्रीय दलों का सफाया-सा कर दिया। मोदी लहर ने गुजरात के अलावा महाराष्ट्र, कर्नाटक और असम जैसे महत्वपूर्ण राज्यों में भी असर दिखाया। निवर्तमान लोकसभा में भाजपा के 116 सदस्य थे और उसकी वोट हिस्सेदारी 18.8 प्रतिशत थी। कांग्रेस 28.55 प्रतिशत वोट हिस्सेदारी के साथ 206 सदस्यों के साथ सबसे बड़ी पार्टी थी। इस बार भाजपा को 31.4 प्रतिशत तो कांग्रेस को 19.5 प्रतिशत वोट हिस्सेदारी मिली।

कांग्रेस अध्यक्ष सोनिया गांधी और उपाध्यक्ष राहुल गांधी ने हार की जिम्मेदारी स्वीकारते हुए कहा कि जनादेश कांग्रेस के खिलाफ है और परिणामों के बारे में सोचने के लिए बहुत कुछ है।

उत्तर प्रदेश में मोदी लहर कुछ इस तरह चली कि भाजपा को 80 में से 70 से अधिक सीटें मिली और जहाँ बसपा का खाता नहीं खुल पाया, वहीं कांग्रेस और सपा केवल अपने परिवार की सीटें ही बचाने में सफल रहीं। अमेठी और रायबरेली से क्रमशः राहुल गांधी और सोनिया गांधी चुनाव जीते। सपा प्रमुख मुलायम सिंह यादव आजमगढ़ और मैनपुरी से, उनकी बहू डिम्पल यादव कन्नौज से और भतीजे धर्मेन्द्र यादव बदायूँ से चुनाव जीते।

वडोदरा और वाराणसी दोनों सीटों से चुनाव जीते मोदी ने वडोदरा में एक जनसभा को संबोधित करते हुए देश चलाने में सभी पार्टियों से सहयोग माँगा। उन्होंने कहा कि ये सरकार किसी एक पार्टी विशेष की नहीं बल्कि देश की जनता की है। वडोदरा में 5.70 लाख वोटों से जीत दिलाने के लिए उन्होंने मतदाताओं का धन्यवाद किया। मोदी ने इस बात पर गर्व जताया कि कांग्रेस के बाद भाजपा देश की ऐसी दूसरी पार्टी बन गई है, जिसने अपने बूते स्पष्ट बहुमत हासिल किया।

सरकार को संविधान की भावना के अनुरूप चलाने की प्रतिबद्धता व्यक्त करते हुए मोदी ने कहा कि सरकार के लिए न तो कोई पसंदीदा है और न ही कोई अलग-थलग। उन्होंने कहा, मेरी जिम्मेदारी देश को चलाने में सबको साथ लेकर चलने की है। लोकतंत्र में कोई दुश्मन नहीं होता बल्कि प्रतिस्पर्धी होता है। चुनाव के साथ ही वह प्रतिस्पर्धा समाप्त हो जाती है। इससे पहले अयोध्या आंदोलन के सहारे भाजपा ने अटल बिहारी वाजपेयी के नेतृत्व में 180 से अधिक सीटें हासिल की थीं।

पश्चिम बंगाल में तृणमूल कांग्रेस, तमिलनाडु में अन्नाद्रमुक, ओडिशा में बीजद ने जबर्दस्त प्रदर्शन किया है। आम तौर पर भाजपा की पहुँच वाले क्षेत्र नहीं माने जाने वाले पश्चिम बंगाल और तमिलनाडु में भाजपा ने इस बार अच्छा प्रदर्शन किया।

दिग्गजों में जहाँ सोनिया, राहुल, ज्योतिरादित्य सिंधिया तथा भाजपा के मोदी, सुषमा स्वराज, मुरली मनोहर जोशी, राजनाथ सिंह चुनाव जीत गए, वहीं हारने वालों में केन्द्रीय मंत्री सलमान खुर्शीद, श्रीप्रकाश जायसवाल, सचिन पायलट, पल्लम राजू, अजित सिंह तथा भाजपा के अरुण जेटली और आम आदमी पार्टी के अरविन्द केजरीवाल शामिल रहे।

लोकसभा चुनावों में पहली बार कूदी आम आदमी पार्टी पंजाब से चार सीटें जीतने में कामयाब रही लेकिन दिल्ली विधानसभा चुनावों में 28 सीट जीतने वाली इस पार्टी को राष्ट्रीय राजधानी की सात में से एक भी सीट नहीं नसीब हो पाई। सभी सातों सीटें भाजपा के खाते में गईं। भाजपा नेताओं ने जहाँ जीत का सेहरा मोदी के सिर बाँधा, वहीं वरिष्ठ नेता लाल कृष्ण आडवाणी ने लोकसभा चुनाव में पार्टी के शानदार प्रदर्शन के लिए मोदी को बधाई दी और कहा कि पार्टी की इस अभूतपूर्व जीत में उनके नेतृत्व का और किसका कितना योगदान रहा इसका आकलन करने की जरूरत है।

भाजपा संसदीय दल के नेता निर्वाचित

20 मई, 2014 को संसद भवन में भारतीय जनता पार्टी द्वारा आयोजित

भाजपा संसदीय दल एवं सहयोगी दलों की एक संयुक्त बैठक में जब लोग प्रवेश कर रहे थे तो नरेन्द्र मोदी ने प्रवेश करने से पूर्व संसद भवन को ठीक वैसे ही जमीन पर झुककर प्रणाम किया जैसे किसी पवित्र मन्दिर में श्रद्धालु प्रणाम करते हैं। संविधान को धर्म और संविधान की पालक संसद को धर्मस्थल तो सभी कहते हैं, परन्तु संसद भवन के इतिहास में मोदी ने ऐसा करके समस्त सांसदों के लिए उदाहरण पेश किया। बैठक में नरेन्द्र मोदी को सर्वसम्मति से न केवल भाजपा संसदीय दल अपितु एनडीए का भी नेता चुना गया।

16 मई, 2014 को आम चुनावों के परिणाम घोषित होने के बाद 20 मई को मोदी भारत के राष्ट्रपति प्रणब मुखर्जी से मिले। मुखर्जी ने मोदी को अगली सरकार बनाने के लिए आमंत्रित किया। भाजपा ने राष्ट्रपति को बताया कि इस चुनाव में 282 सीटें जीतीं, जबकि उनके गठबंधन राष्ट्रीय जनतांत्रिक गठबंधन ने कुल 336 लोक सभा सीटों पर जीत दर्ज की। तब मोदी ने 26 मई, 2014 को शाम 06:00 बजे शपथ ग्रहण करने की घोषणा की। राष्ट्रपति ने चाय बेचने वाले नरेन्द्र मोदी को भारत का 15वाँ प्रधानमन्त्री नियुक्त करते हुए इस आशय का विधिवत् पत्र सौंपा।

वडोदरा सीट से इस्तीफा दिया

प्रधानमंत्री नरेन्द्र मोदी ने 2014 के लोकसभा चुनाव में सबसे अधिक अन्तर से जीती गुजरात की वडोदरा सीट से इस्तीफा देकर संसद में उत्तर प्रदेश की वाराणसी सीट का प्रतिनिधित्व करने का फैसला किया और यह घोषणा की कि वह गंगा की सेवा के साथ इस प्राचीन नगरी का विकास करेंगे। दोबारा 2019 में भी वे इसी वाराणसी से ही विजयी हुए।

ऐतिहासिक शपथ ग्रहण समारोह

भारतीय जनता पार्टी के संसदीय अध्यक्ष नरेन्द्र मोदी का 26 मई, 2014 से भारत के 15वें प्रधानमंत्री का कार्यकाल आरम्भ हुआ। मोदी के साथ 45 अन्य मंत्रियों ने भी समारोह में पद और गोपनीयता की शपथ ग्रहण की। मोदी सहित कुल 46 में से 36 मंत्रियों ने हिन्दी में शपथ ली जबकि

अन्य 10 ने अंग्रेजी में शपथ ग्रहण की। एक ऐतिहासिक तथ्य यह भी है कि नेता-प्रतिपक्ष के लिए भी चुनाव परिणाम सकारात्मक नहीं रहे। किसी एक दल ने कुल लोकसभा सीटों के 10 प्रतिशत का आँकड़ा ही नहीं छुआ। शपथ ग्रहण समारोह दिल्ली स्थित राष्ट्रपति भवन प्रांगण में हुआ। इससे पहले केवल पूर्व प्रधानमंत्री चन्द्रशेखर (1990, समाजवादी जनता पार्टी) और अटल बिहारी वाजपेयी (1996 और 1998, भाजपा) ने शपथ राष्ट्रपति भवन के प्रागंण में ग्रहण की। दरबार हॉल एक अन्य सम्भावित स्थान था, लेकिन इसकी दर्शक क्षमता 500 तक सीमित होने के कारण अस्वीकृत कर दिया गया। भाजपा ने संकेत दिया कि समारोह खुले मैदान पर किया जाएगा।

आमंत्रितगण

अतिथि सूची में विभिन्न राज्यों और राजनीतिक पार्टियों के अध्यक्ष सहित सार्क देशों के राष्ट्राध्यक्षों को आमंत्रित किया गया। अतः इस घटना को वृहद् प्रमुख राजनयिक घटना के रूप में भी देखा गया।

अंतर्राष्ट्रीय गणमान्य व्यक्ति

सार्क देशों के प्रमुखों ने समारोह में भाग लिया।

अफगानिस्तान : राष्ट्रपति हामिद करजई ने समारोह में भाग लेने का निमंत्रण स्वीकार किया। वो अफगानिस्तान में चल रहे राष्ट्रपति चुनाव से समय निकालकर भारत आये।

बांग्लादेश : प्रधानमंत्री शेख हसीना जापान की यात्रा पर होने के कारण स्वयं नहीं आ सकीं अतः उन्होंने अपने प्रतिनिधि के तौर पर बांग्लादेश की संसद की अध्यक्ष शिरीन शर्मिन चौधरी को शपथ-समारोह में भाग लेने भेजा।

भूटान : प्रधानमंत्री शेरिंग तोबगे ने समारोह में भाग लिया व दोनों देशों के द्विपक्षीय सम्बंधों पर चर्चा के लिए 27 मई का दिन सुरक्षित रखा।

मालदीव : मालदीव के राष्ट्रपति अब्दुल्ला यामीन अब्दुल गयूम ने समारोह में हिस्सा लिया।

मॉरिशस : मॉरिशस के प्रधानमंत्री नवीनचन्द्र रामगुलाम ने समारोह में उपस्थित होना स्वीकार किया।

नेपाल : हमारे पड़ोसी देश नेपाल के प्रधानमंत्री सुशील कोइराला ने भी निमंत्रण स्वीकार किया।

पाकिस्तान : 24 मई को नवाज शरीफ ने आमंत्रण स्वीकार कर लिया जिसके बाद में भारतीय राजनेताओं ने इसपर जोरदार प्रतिक्रिया दी। नेशनल कांफ्रेंस नेता उमर अब्दुला ने इसपर खुशी जताई कि पाकिस्तानी प्रधानमंत्री ने मोदी का शपथ ग्रहण समारोह में आने को निमंत्रण स्वीकार किया। उनके अनुसार यह भारत-पाक संबंधों में एक नये अध्याय की शुरुआत होगी। राष्ट्रीय जनतांत्रिक गठबन्धन (राजग) घटक शिव सेना जो पाकिस्तान के आतंकवाद को बढ़ावा देने के कारण विरोधी है, ने पाकिस्तान के प्रधानमंत्री को निमंत्रण भेजे जाने का विरोध किया। इस निमंत्रण को दोनों देशों की जनता के लिए एक शुभ संकेत की तरह देखा गया। पाकिस्तानी पत्रकारों और राजनेताओं ने प्रधानमंत्री नवाज शरीफ के भारत यात्रा करने और समारोह में भाग लेने का स्वागत किया। स्वतंत्रता के बाद यह पहला मौका था जब एक तरफ के प्रधानमंत्री ने दूसरी तरफ के प्रधानमंत्री के शपथ-ग्रहण समारोह में हिस्सा लिया हो।

अनुमान है कि एकांत में दो राष्ट्रीय अध्यक्षों के बीच संवाद हुआ और भारत ने पाकिस्तान को स्पष्ट चेतावनी दे दी थी कि वह आतंकियों पर लगाम कसे। खैर, यह प्रकरण तो था मोदीजी के प्रधानमंत्री बनने के बाद का, लेकिन हम थोड़ा पहले चलते हैं, जब वे गुजरात के मुख्यमंत्री थे। जिस मौलाना ताहिर उल कादरी ने अपने आंदोलन से पाकिस्तानी हुक्मरानों की नींद उड़ा रखी है, वह नरेंद्र मोदी के प्रशंसक हैं। आमतौर पर मुस्लिम विरोधी माने जाने वाले मोदी का रुख भी मौलाना कादरी को लेकर काफी दोस्ताना है।

अगर पाकिस्तानी मीडिया के एक हिस्से का यकीन किया जाए तो यह बात साबित हो चुकी है। जब से मौलाना कादरी ने अपने कदम से पाकिस्तानी सियासत में तूफान मचाया है, तभी से पाक मीडिया के साथ

ही भारतीय मीडिया के भी एक हिस्से में इन बातों का जिक्र होने लगा है। इसका आधार कई साल पहले कादरी की गुजरात यात्रा को बताया गया। यह यात्रा फरवरी 2012 में हुई थी। उस वक्त भी कुछ पाकिस्तानी वेबसाइटों ने यह खबर दी थी कि कादरी ने न केवल गुजरात के तत्कालीन सीएम मोदी की खुलकर तारीफ की, बल्कि मुसलमानों से गुजरात दंगों को भूलने की भी अपील की थी।

उस समय गुजरात की मोदी सरकार ने भी मौलाना कादरी के स्वागत-सत्कार में कोई कोर-कसर नहीं छोड़ी थी। उन्हें गुजरात में स्टेट गेस्ट का दर्जा दिया गया था। इन खबरों के बाद जहाँ पाकिस्तान में धीरे-धीरे मौलाना कादरी को मोदीपरस्त और आम मुसलमानों के खिलाफ साबित करने की कोशिश हुई थी, वहीं भारत में इस पर मंथन शुरू हो गया था कि आखिर गुजरात में मोदी प्रशासन ने मौलाना कादरी को इतनी तवज्जो क्यों दी? हालांकि जानकारों के मुताबिक इसमें हैरत की कोई बात नहीं थी, क्योंकि मौलाना कादरी शुरू से सुधारवादी मुस्लिम के रूप में जाने जाते हैं। गुजरात में भी उन्होंने जो कुछ किया और कहा, उससे राजनीतिक तौर पर मोदी को फायदा ही हुआ। नरेंद्र मोदी को लेकर पाकिस्तान काफी डरा हुआ है और कहा जाता है कि डॉन दाऊद तक कराची छोड़कर भाग गया है कि कहीं मोदी कराची पर ही हमला न कर दे।

श्रीलंका : प्रधानमंत्री महिन्द्रा राजपक्षे को समारोह में निमंत्रण देना तमिलनाडु नेताओं के बीच आलोचना का विषय बन गया। ऑल इण्डिया अन्ना द्रविड़ मुनेत्र कड़गम (अन्ना द्रमुक) और राजग का घटक दल मरुमलार्ची द्रविड़ मुनेत्र कझगम (एमडीएमके) के नेताओं ने नरेन्द्र मोदी सरकार के श्रीलंकाई प्रधानमंत्री को आमंत्रित करने के फैसले की आलोचना की। एमडीएमके प्रमुख वाइको ने मोदी से मुलाकात की और निमंत्रण का फैसला बदलवाने की कोशिश। कांग्रेस नेता, द्रमुक और अन्ना द्रमुक भी आमंत्रण का विरोध कर रहे थे। सभी तरफ से कड़े विरोध के बीच नरेन्द्र मोदी के श्रीलंकाई राष्ट्रपति महिन्द्रा राजपक्षे को शपथ ग्रहण

समारोह में आमंत्रित करने पर माकपा ने इस अवसर को तमिल समस्या पर बात करने का अच्छा अवसर बनाने का सुझाव दिया। एक तमिल छात्र संघ ने दिल्ली में राजपक्षे के विरोध में 25 मई, 2014 को प्रदर्शन किये। श्रीलंका और पाकिस्तान ने भारतीय मछुवारों को रिहा किया। मोदी ने शपथ ग्रहण समारोह में आमंत्रित देशों के इस कदम का स्वागत किया।

राष्ट्रीय गणमान्य व्यक्ति

इस समारोह में भारत के सभी राज्यों के मुख्यमंत्रियों को आमंत्रित किया गया था। इनमें से कर्नाटक के मुख्यमंत्री, सिद्धारमैया (कांग्रेस) और केरल के मुख्यमंत्री, उम्मन चांडी (कांग्रेस) ने भाग लेने से मना कर दिया। भाजपा और कांग्रेस के बाद सबसे अधिक सीटों पर विजय प्राप्त करने वाली तमिलनाडु की मुख्यमंत्री जयललिता ने समारोह में भाग न लेने का निर्णय लिया जबकि पश्चिम बंगाल की मुख्यमन्त्री ममता बनर्जी ने अपनी जगह मुकुल रॉय और अमित मित्रा को भेजने का निर्णय लिया। मध्य प्रदेश के मुख्यमन्त्री, शिवराज सिंह चौहान (जो भाजपा के हैं) ने अपने पूर्ण मंत्रिमण्डल के साथ वायु-यान किराये पर लिया जिससे समारोह में उपस्थित होकर उसी रात्रि वापसी कर सकें।

अन्य आमंत्रित हस्तियों में अनुपम खेर, मधुर भंडारकर, विवेक ओबेरॉय, रजनीकान्त शामिल थे। वड़ोदरा के एक चाय विक्रेता किरण महिदा जिन्होंने मोदी की उम्मीदवारी प्रस्तावित की थी को भी समारोह में आमंत्रित किया गया। इसके अतिरिक्त उद्योगजगत के लोग सपरिवार मुकेश अंबानी, उनके भाई अनिल अंबानी, कुमार मंगलम बिड़ला और गौतम अदाणी भी समारोह में उपस्थित रहे। परन्तु मोदी की माँ हीराबेन और तीनों भाई व कोई भी अन्य संबंधी समारोह में उपस्थित नहीं हुए, उन्होंने घर में ही टीवी पर लाइव कार्यक्रम देखा।

सांसदों को राजनीति के गुर सिखाये

मोदी सरकार में न केवल मन्त्रियों व अधिकारियों को अपितु भाजपा के सांसदों को भी बेहतर प्रदर्शन करना होगा। केवल इतना ही नहीं, उनका

भविष्य भी इसी कसौटी पर तय होगा। 28 व 29 जून, 2014 को हरियाणा के सूरजकुण्ड में आयोजित कार्यशाला में सभी सांसदों को सरकार और संगठन नेतृत्व की ओर से यह साफ बता दिया गया। पहली बार चुनकर आये सांसदों को प्रधानमन्त्री नरेन्द्र मोदी और भाजपा अध्यक्ष एवं गृह मन्त्री राजनाथ सिंह ने संसदीय राजनीति का पाठ पढ़ाया। उन्होंने उपस्थित सांसदों को राजनीतिक गुर सिखाते हुए साफ शब्दों में बताया कि वे सत्ताधारी पार्टी के सांसद हैं अतः अपने आचरण और व्यवहार से लेकर उठाये जाने वाले मुद्दों तक में संतुलन बनाये रखना होगा तभी उनकी सरकार अच्छे दिन ला पायेगी।

इसके बाद प्रधानमंत्री नरेंद्र मोदी जी ने अपने घर जाकर अपनी माताजी का आशीर्वाद लिया और इस प्रकार भारत में अच्छे दिनों की शुरुआत हो गई।

लालकिले की प्राचीर से

(स्वतंत्रता दिवस 15 अगस्त, 2014 पर दिया गया
प्रधानमंत्री नरेंद्र मोदी का संपूर्ण भाषण)

मेरे प्यारे देशवासियो,

आज देश और दुनिया में फैले हुए सभी हिन्दुस्तानी आजादी का पर्व मना रहे हैं। इस आजादी के पावन पर्व पर प्यारे देशवासियों को भारत के प्रधानसेवक की अनेक-अनेक शुभकामनाएँ।

मैं आपके बीच प्रधानमंत्री के रूप में नहीं, प्रधानसेवक के रूप में उपस्थित हूँ। देश की आजादी की जंग कितने वर्षों तक लड़ी गई, कितनी पीढ़ियाँ खप गईं, अनगिनत लोगों ने बलिदान दिए, जवानी खपा दी, जेल में जिन्दगी गुजार दी। देश की आजादी के लिए मर-मिटने वाले समर्पित उन सभी आजादी के सिपाहियों को मैं शत-शत वंदन करता हूँ, नमन करता हूँ। आजादी के इस पावन पर्व पर भारत के कोटि-कोटि जनों को भी मैं प्रणाम करता हूँ और आजादी की जंग के लिए जिन्होंने कुर्बानियाँ दीं, उनका पुण्य स्मरण करते हुए आजादी के इस पावन पर्व पर माँ भारती के कल्याण के लिए हमारे देश के गरीब, पीड़ित, दलित, शोषित, समाज के पिछड़े हुए सभी लोगों के कल्याण का, उनके लिए कुछ न कुछ कर गुजरने का संकल्प करने का पर्व है।

मेरे प्यारे देशवासियो, राष्ट्रीय पर्व, राष्ट्रीय चरित्र को निखारने का एक अवसर होता है। राष्ट्रीय पर्व से प्रेरणा ले करके भारत के राष्ट्रीय चरित्र, जन-जन का चरित्र जितना अधिक निखरे, जितना अधिक राष्ट्र के लिए समर्पित हो, सारे कार्यकलाप राष्ट्रहित की कसौटी पर कसे जाएँ, अगर उस प्रकार का जीवन जीने का हम संकल्प करते हैं, तो आजादी का पर्व भारत को नई ऊँचाइयों पर ले जाने का एक प्रेरणा पर्व बन सकता है।

मेरे प्यारे देशवासियो, यह देश राजनेताओं ने नहीं बनाया है, यह देश शासकों ने नहीं बनाया है, यह देश सरकारों ने भी नहीं बनाया है, यह देश हमारे किसानों ने बनाया है, हमारे मजदूरों ने बनाया है, हमारी माताओं और बहनों ने बनाया है, हमारे नौजवानों ने बनाया है, हमारे देश के ऋषियों ने, मुनियों ने, आचार्यों ने, शिक्षकों ने, वैज्ञानिकों ने, समाजसेवकों ने, पीढ़ी-दर-पीढ़ी कोटि-कोटि जनों की तपस्या से आज राष्ट्र यहाँ पहुँचा है। देश के लिए जीवन भर साधना करने वाली ये सभी पीढ़ियाँ, सभी महानुभाव अभिनन्दन के अधिकारी हैं। यह भारत के संविधान की शोभा है, भारत के संविधान का सामर्थ्य है कि एक छोटे से नगर के गरीब परिवार के एक बालक ने आज लालकिले की प्राचीर पर भारत के तिरंगे झण्डे के सामने सिर झुकाने का सौभाग्य प्राप्त किया। यह भारत के लोकतंत्र की ताकत है, यह भारत के संविधान रचयिताओं की हमें दी हुई अनमोल सौगात है। मैं भारत के संविधान के निर्माताओं को इस पर नमन करता हूँ।

भाइयो एवं बहनो, आजादी के बाद देश आज जहाँ पहुँचा है, उसमें इस देश के सभी प्रधानमंत्रियों का योगदान है, इस देश की सभी सरकारों का योगदान है, इस देश के सभी राज्यों की सरकारों का भी योगदान है। मैं वर्तमान भारत को उस ऊँचाई पर ले जाने का प्रयास करने वाली सभी पूर्व सरकारों को, सभी पूर्व प्रधानमंत्रियों को, उनके सभी कामों को, जिनके कारण राष्ट्र का गौरव बढ़ा है, उन सबके प्रति इस पल आदर का भाव व्यक्त करना चाहता हूँ, मैं आभार की अभिव्यक्ति करना चाहता हूँ।

यह देश पुरातन सांस्कृतिक धरोहर की उस नींव पर खड़ा है, जहाँ पर वेदकाल में हमें एक ही मंत्र सुनाया जाता है, जो हमारी कार्यसंस्कृति का परिचय है, हम सीखते आए हैं, पुनर्स्मरण करते आए हैं : संगच्छध्वम् संवदध्वम् सं वो मनांसि जानताम्।। हम साथ चलें, मिलकर चलें, मिलकर सोचें, मिलकर संकल्प करें और मिल करके हम देश को आगे बढ़ाएँ। इस मूलमंत्र को ले करके सवा सौ करोड़ देशवासियों ने देश को आगे बढ़ाया है।

कल ही नई सरकार की प्रथम संसद के सत्र का समापन हुआ। मैं आज गर्व से कहता हूँ कि संसद का सत्र हमारी सोच की पहचान है, हमारे इरादों की अभिव्यक्ति है। हम बहुमत के बल पर चलने वाले लोग नहीं हैं, हम बहुमत के बल पर आगे बढ़ना नहीं चाहते हैं। हम सहमति के मजबूत धरातल पर आगे बढ़ना चाहते हैं। संगच्छध्वम् और इसलिए इस पूरे संसद के कार्यकाल को देश ने देखा होगा। सभी दलों को साथ लेकर, विपक्ष को जोड़कर, कंधे-से-कंधा मिलाकर चलने में हमें अभूतपूर्व सफलता मिली है और उसका यश सिर्फ प्रधानमंत्री को नहीं जाता है, उसका यश सिर्फ सरकार में बैठे हुए लोगों को नहीं जाता है, उसका यश प्रतिपक्ष को भी जाता है, प्रतिपक्ष के सभी नेताओं को भी जाता है, प्रतिपक्ष के सभी सांसदों को भी जाता है और लालकिले की प्राचीर से, गर्व के साथ, मैं इन सभी सांसदों का अभिवादन करता हूँ। सभी राजनीतिक दलों का भी अभिवादन करता हूँ, जहाँ सहमति के मजबूत धरातल पर राष्ट्र को आगे ले जाने के महत्वपूर्ण निर्णयों को कर-करके हमने कल संसद के सत्र का समापन किया।

भाइयो-बहनो, मैं दिल्ली के लिए आउटसाइडर हूँ, मैं दिल्ली की दुनिया का इंसान नहीं हूँ। मैं यहाँ के राज-काज को भी नहीं जानता। यहाँ की एलीट क्लास से तो मैं बहुत अछूता रहा हूँ, लेकिन एक बाहर के व्यक्ति ने, एक आउटसाइडर ने दिल्ली आ करके पिछले दो महीने में, एक इनसाइडर व्यू लिया, तो मैं चौंक गया!

यह मंच राजनीति का नहीं है, राष्ट्रनीति का मंच है और इसलिए मेरी बात को राजनीति के तराजू से न तोला जाए। मैंने पहले ही कहा है, मैं सभी पूर्व प्रधानमंत्रियों, पूर्व सरकारों का अभिवादन करता हूँ, जिन्होंने देश को यहाँ तक पहुँचाया। मैं बात कुछ और करने जा रहा हूँ और इसलिए इसको राजनीति के तराजू से न तोला जाए। मैंने जब दिल्ली आ करके एक इनसाइडर व्यू देखा, तो मैंने अनुभव किया, मैं चौंक गया। ऐसा लगा, जैसे एक सरकार के अंदर भी दर्जनों अलग-अलग सरकारें चल रही हैं। हरेक की जैसे अपनी-अपनी जागीरें बनी हुई हैं। मुझे बिखराव नजर आया,

मुझे टकराव नजर आया। एक डिपार्टमेंट दूसरे डिपार्टमेंट से भिड़ रहा है और यहाँ तक भिड़ रहा है कि सुप्रीम कोर्ट के दरवाजे खट-खटाकर एक ही सरकार के दो डिपार्टमेंट आपस में लड़ाई लड़ रहे हैं। यह बिखराव, यह टकराव, एक ही देश के लोग! हम देश को कैसे आगे बढ़ा सकते हैं? और इसलिए मैंने कोशिश प्रारम्भ की है, उन दीवारों को गिराने की, मैंने कोशिश प्रारम्भ की है कि सरकार एक असेम्बल्ड एन्टिटी नहीं, लेकिन एक ऑर्गेनिक यूनिटी बने, ऑर्गेनिक एन्टिटी बने। एकरस हो सरकार - एक लक्ष्य, एक मन, एक दिशा, एक गति, एक मति इस मुकाम पर हम देश को चलाने का संकल्प करें। हम चल सकते हैं।

आपने कुछ दिन पहले... इन दिनों अखबारों में चर्चा चलती है कि मोदी जी की सरकार आ गई, अफसर लोग समय पर ऑफिस जाते हैं, समय पर ऑफिस खुल जाते हैं, लोग पहुँच जाते हैं। मैं देख रहा था, हिन्दुस्तान के नेशनल न्यूजपेपर कहे जाएँ, टीवी मीडिया कहा जाए, प्रमुख रूप से ये खबरें छप रही थीं। सरकार के मुखिया के नाते तो मुझे आनन्द आ सकता है कि देखो भाई, सब समय पर चलना शुरू हो गया, सफाई होने लगी, लेकिन मुझे आनन्द नहीं आ रहा था, मुझे पीड़ा हो रही थी। वह बात मैं आज पब्लिक में कहना चाहता हूँ। इसलिए कहना चाहता हूँ कि इस देश में सरकारी अफसर समय पर दफ्तर जाएँ, यह कोई न्यूज होती है क्या? और अगर वह न्यूज बनती है, तो हम कितने नीचे गए हैं, कितने गिरे हैं, इसका वह सबूत बन जाती है और इसलिए भाइयो-बहनो, सरकारें कैसे चली हैं? आज वैश्विक स्पर्धा में कोटि-कोटि भारतीयों के सपनों को साकार करना होगा तो यह होती है, चलती है, से देश नहीं चल सकता। जन-सामान्य की आशा-आकांक्षाओं की पूर्ति के लिए, शासन व्यवस्था नाम का जो पुर्जा है, जो मशीन है, उसको और धारदार बनाना है, और तेज बनाना है, और गतिशील बनाना है और उस दिशा में हम प्रयास कर रहे हैं और मैं आपको विश्वास देता हूँ, मेरे देशवासियों, इतने कम समय से दिल्ली के बाहर से आया हूँ, लेकिन मैं देशवासियों को विश्वास दिलाता हूँ कि सरकार में बैठे हुए लोगों का सामर्थ्य बहुत है,

चपरासी से लेकर कैबिनेट सेक्रेटरी तक हर कोई सामर्थ्यवान है, हरेक की एक शक्ति है, उसका अनुभव है। मैं उस शक्ति को जगाना चाहता हूँ, मैं उस शक्ति को जोड़ना चाहता हूँ और उस शक्ति के माध्यम से राष्ट्र कल्याण की गति को तेज करना चाहता हूँ और मैं करके रहूँगा। यह हम पाकर रहेंगे, हम करके रहेंगे, यह मैं देशवासियों को विश्वास दिलाना चाहता हूँ और यह मैं 16 मई को नहीं कह सकता था, लेकिन आज दो-ढाई महीने के अनुभव के बाद, मैं 15 अगस्त को तिरंगे झंडे के साक्ष्य से कह रहा हूँ, यह संभव है, यह होकर रहेगा।

भाइयो-बहनो, क्या देश के हमारे जिन महापुरुषों ने आजादी दिलाई, क्या उनके सपनों का भारत बनाने के लिए हमारा भी कोई कर्तव्य है या नहीं है, हमारा भी कोई राष्ट्रीय चरित्र है या नहीं है? उस पर गंभीरता से सोचने का समय आ गया है।

भाइयो-बहनो, कोई मुझे बताए कि हम जो भी कर रहे हैं दिन भर, शाम को कभी अपने आपसे पूछा कि मेरे इस काम के कारण मेरे देश के गरीब से गरीब का भला हुआ या नहीं हुआ, मेरे देश के हितों की रक्षा हुई या नहीं हुई, मेरे देश के कल्याण के काम में आया या नहीं आया? क्या सवा सौ करोड़ देशवासियों का यह मंत्र नहीं होना चाहिए कि जीवन का हर कदम देशहित में होगा? दुर्भाग्य कैसा है? आज देश में एक ऐसा माहौल बना हुआ है कि किसी के पास कोई भी काम लेकर जाओ, तो कहता है, 'इसमें मेरा क्या'? वहीं से शुरू करता है, 'इसमें मेरा क्या' और जब उसको पता चलेगा कि इसमें उसका कुछ नहीं है, तो तुरन्त बोलता है, तो फिर मुझे क्या? ये मेरा क्या और मुझे क्या, इस दायरे से हमें बाहर आना है। हर चीज अपने लिए नहीं होती है। कुछ चीजें देश के लिए भी हुआ करती हैं और इसलिए हमारे राष्ट्रीय चरित्र को हमें निखारना है। मेरा क्या, मुझे क्या, उससे ऊपर उठकर देशहित के हर काम के लिए मैं आया हूँ, मैं आगे हूँ, यह भाव हमें जगाना है।

भाइयो-बहनो, आज जब हम बलात्कार की घटनाओं की खबरें सुनते हैं, तो हमारा माथा शर्म से झुक जाता है। लोग अलग-अलग तर्क देते हैं,

हर कोई मनोवैज्ञानिक बनकर अपने बयान देता है, लेकिन भाइयो-बहनो, मैं आज इस मंच से मैं उन माताओं और उनके पिताओं से पूछना चाहता हूँ, हर माँ-बाप से पूछना चाहता हूँ कि आपके घर में बेटी 10 साल की होती है, 12 साल की होती है, माँ और बाप चौकन्ने रहते हैं, हर बात पूछते हैं कि कहाँ जा रही हो, कब आओगी, पहुँचने के बाद फोन करना। बेटी को तो सैकड़ों सवाल माँ-बाप पूछते हैं, लेकिन क्या कभी माँ-बाप ने अपने बेटे को पूछने की हिम्मत की है कि कहाँ जा रहे हो, क्यों जा रहे हो, कौन दोस्त है? आखिर बलात्कार करने वाला किसी न किसी का बेटा तो है। उसके भी तो कोई न कोई माँ-बाप हैं। क्या माँ-बाप के नाते, हमने अपने बेटे को पूछा कि तुम क्या कर रहे हो, कहाँ जा रहे हो? अगर हर माँ-बाप तय करे कि हमने बेटियों पर जितने बंधन डाले हैं, कभी बेटों पर भी डाल करके देखो तो सही, उसे कभी पूछो तो सही।

भाइयो-बहनो, कानून अपना काम करेगा, कठोरता से करेगा, लेकिन समाज के नाते भी, हर माँ-बाप के नाते हमारा दायित्व है। कोई मुझे कहे, यह जो बंदूक कंधे पर उठाकर निर्दोषों को मौत के घाट उतारने वाले लोग कोई माओवादी होंगे, कोई आतंकवादी होंगे, वे किसी न किसी के तो बेटे हैं। मैं उन माँ-बाप से पूछना चाहता हूँ कि अपने बेटे से कभी इस रास्ते पर जाने से पहले पूछा था आपने? हर माँ-बाप जिम्मेवारी ले, इस गलत रास्ते पर गया हुआ आपका बेटा निर्दोषों की जान लेने पर उतारू है। न वह अपना भला कर पा रहा है, न परिवार का भला कर पा रहा है और न ही देश का भला कर पा रहा है और मैं हिंसा के रास्ते पर गए हुए, उन नौजवानों से कहना चाहता हूँ कि आप जो भी आज हैं, कुछ न कुछ तो भारतमाता ने आपको दिया है, तब पहुँचे हैं। आप जो भी हैं, आपके माँ-बाप ने आपको कुछ तो दिया है। तब मैं आपसे पूछना चाहता हूँ, कंधे पर बंदूक ले करके आप धरती को लाल तो कर सकते हो, लेकिन कभी सोचो, अगर कंधे पर हल होगा, तो धरती पर हरियाली होगी, कितनी प्यारी लगेगी। कब तक हम इस धरती को लहूलुहान करते रहेंगे? और हमने पाया क्या है? हिंसा के रास्ते ने हमें कुछ नहीं दिया है।

भाइयो-बहनो, मैं पिछले दिनों नेपाल गया था। मैंने नेपाल में सार्वजनिक रूप से पूरे विश्व को आकर्षित करने वाली एक बात कही थी। एक जमाना था, सम्राट अशोक जिन्होंने युद्ध का रास्ता लिया था, लेकिन हिंसा को देख करके युद्ध छोड़, बुद्ध के रास्ते पर चले गए। मैं देख रहा हूँ कि नेपाल में कोई एक समय था, जब नौजवान हिंसा के रास्ते पर चल पड़े थे, लेकिन आज वही नौजवान संविधान की प्रतीक्षा कर रहे हैं। उन्हीं के साथ जुड़े लोग संविधान के निर्माण में लगे हैं और मैंने कहा था, शस्त्र छोड़कर शास्त्र के रास्ते पर चलने का अगर नेपाल एक उत्तम उदाहरण देता है, तो विश्व में हिंसा के रास्ते पर गए हुए नौजवानों को वापस आने की प्रेरणा दे सकता है।

भाइयो-बहनो, बुद्ध की भूमि, नेपाल अगर संदेश दे सकती है, तो क्या भारत की भूमि दुनिया को संदेश नहीं दे सकती है? और इसलिए समय की माँग है, हम हिंसा का रास्ता छोड़ें, भाईचारे के रास्ते पर चलें।

भाइयो-बहनो, सदियों से किसी न किसी कारणवश साम्प्रदायिक तनाव से हम गुजर रहे हैं, देश विभाजन तक हम पहुँच गए। आजादी के बाद भी कभी जातिवाद का जहर, कभी सम्प्रदायवाद का जहर, ये पापाचार कब तक चलेगा? किसका भला होता है? बहुत लड़ लिया, बहुत लोगों को काट लिया, बहुत लोगों को मार दिया। भाइयो-बहनो, एक बार पीछे मुड़कर देखिए, किसी ने कुछ नहीं पाया है। सिवाय भारत माँ के अंगों पर दाग लगाने के हमने कुछ नहीं किया है और इसलिए, मैं देश के उन लोगों का आह्वान करता हूँ कि जातिवाद का जहर हो, सम्प्रदायवाद का जहर हो, आतंकवाद का जहर हो, ऊँच-नीच का भाव हो, यह देश को आगे बढ़ाने में रुकावट है। एक बार मन में तय करो, 10 साल के लिए मोरेटोरियम तय करो, 10 साल तक इन तनावों से हम मुक्त समाज की ओर जाना चाहते हैं और आप देखिए, शांति, एकता, सद्भावना, भाईचारा हमें आगे बढ़ने में कितनी ताकत देता है, एक बार देखो।

मेरे देशवासियो, मेरे शब्दों पर भरोसा कीजिए, मैं आपको विश्वास दिलाता हूँ। अब तक किए हुए पापों को, उस रास्ते को छोड़ें, सद्भावना,

भाईचारे का रास्ता अपनाएँ और हम देश को आगे ले जाने का संकल्प करें। मुझे विश्वास है कि हम इसको कर सकते हैं।

भाइयो-बहनो, जैसे-जैसे विज्ञान आगे बढ़ रहा है, आधुनिकता का हमारे मन में एक भाव जगता है, पर हम करते क्या हैं? क्या कभी सोचा है कि आज हमारे देश में सेक्स रेशियो का क्या हाल है? एक हजार लड़कों पर 940 बेटियाँ पैदा होती हैं। समाज में यह असंतुलन कौन पैदा कर रहा है? ईश्वर तो नहीं कर रहा है। मैं उन डॉक्टरों से अनुरोध करना चाहता हूँ कि अपनी तिजोरी भरने के लिए किसी माँ के गर्भ में पल रही बेटी को मत मारिए। मैं उन माताओं, बहनों से कहता हूँ कि आप बेटे की आस में बेटियों को बलि मत चढ़ाइए। कभी-कभी माँ-बाप को लगता है कि बेटा होगा, तो बुढ़ापे में काम आएगा। मैं सामाजिक जीवन में काम करने वाला इंसान हूँ। मैंने ऐसे परिवार देखे हैं कि पाँच बेटे हों, पाँचों के पास बंगले हों, घर में 10-10 गाड़ियाँ हों, लेकिन बूढ़े माँ-बाप ओल्ड एज होम में रहते हैं, वृद्धाश्रम में रहते हैं। मैंने ऐसे परिवार देखे हैं। मैंने ऐसे परिवार भी देखे हैं, जहाँ संतान के रूप में अकेली बेटी हो, वह बेटी अपने सपनों की बलि चढ़ाती है, शादी नहीं करती और बूढ़े माँ-बाप की सेवा के लिए अपने जीवन को खपा देती है। यह असमानता, माँ के गर्भ में बेटियों की हत्या, इस 21वीं सदी के मानव का मन कितना कलुषित, कलंकित, कितना दाग भरा है, उसका प्रदर्शन कर रहा है। हमें इससे मुक्ति पानी होगी और यही तो आजादी के पर्व का हमारे लिए संदेश है।

अभी राष्ट्रमंडल खेल हुए हैं। भारत के खिलाड़ियों ने भारत को गौरव दिलाया है। हमारे करीब 64 खिलाड़ी जीते हैं। हमारे 64 खिलाड़ी मेडल लेकर आए हैं, लेकिन उनमें 29 बेटियाँ हैं। इस पर गर्व करें और उन बेटियों के लिए ताली बजाएँ। भारत की आन-बान-शान में हमारी बेटियों का भी योगदान है, हम इसको स्वीकार करें और उन्हें भी कंधे से कंधा मिलाकर साथ लेकर चलें, तो सामाजिक जीवन में जो बुराइयाँ आई हैं, हम उन बुराइयों से मुक्ति पा सकते हैं। इसलिए भाइयो-बहनो, एक सामाजिक चरित्र के नाते, एक राष्ट्रीय चरित्र के नाते हमें उस दिशा में जाना है।

भाइयो-बहनो, देश को आगे बढ़ाना है, तो विकास - एक ही रास्ता है। सुशासन - एक ही रास्ता है। देश को आगे ले जाने के लिए ये ही दो पटरियाँ हैं - गुड गवर्नेंस एंड डेवलपमेंट, उन्हीं को लेकर हम आगे चल सकते हैं। उन्हीं को लेकर चलने का इरादा लेकर हम चलना चाहते हैं। मैं जब गुड गवर्नेंस की बात करता हूँ, तब आप मुझे बताइए कि कोई प्राइवेट फर्म में नौकरी करता है, अगर आप उसको पूछोगे, तो वह कहता है कि मैं जॉब करता हूँ , लेकिन जो सरकार में नौकरी करता है, उसको पूछोगे, तो वह कहता है कि मैं सर्विस करता हूँ। दोनों कमाते हैं, लेकिन एक के लिए जॉब है और एक के लिए सर्विस है। मैं सरकारी सेवा में लगे सभी भाइयों और बहनों से प्रश्न पूछता हूँ कि क्या कहीं यह सर्विस शब्द, उसने अपनी ताकत खो तो नहीं दी है, अपनी पहचान खो तो नहीं दी है? सरकारी सेवा में जुड़े हुए लोग जॉब नहीं कर रहे हैं, सेवा कर रहे हैं, सर्विस कर रहे हैं, इसलिए इस भाव को पुनर्जीवित करना, एक राष्ट्रीय चरित्र के रूप में इसको हमें आगे ले जाना, उस दिशा में हमें आगे बढ़ना है।

भाइयो-बहनो, क्या देश के नागरिकों को राष्ट्र के कल्याण के लिए कदम उठाना चाहिए या नहीं उठाना चाहिए? आप कल्पना कीजिए, सवा सौ करोड़ देशवासी एक कदम चलें, तो यह देश सवा सौ करोड़ कदम आगे चला जाएगा। लोकतंत्र, यह सिर्फ सरकार चुनने का सीमित मायना नहीं है। लोकतंत्र में सवा सौ करोड़ नागरिक और सरकार कंधे से कंधा मिलाकर देश की आशा-आकांक्षाओं की पूर्ति के लिए काम करें, यह लोकतंत्र का मायना है। हमें जन-भागीदारी करनी है। पब्लिक, प्राइवेट, पार्टनरशिप के साथ आगे बढ़ना है। हमें जनता को जोड़कर आगे बढ़ना है। उसे जोड़ने में आगे बढ़ने के लिए, आप मुझे बताइए कि आज हमारा किसान आत्महत्या क्यों करता है? वह साहूकार से कर्ज लेता है, कर्ज दे नहीं सकता है, मर जाता है। बेटी की शादी है, गरीब आदमी साहूकार से कर्ज लेता है, कर्ज वापस दे नहीं पाता है, जीवन भर मुसीबतों से गुजरता है। मेरे उन गरीब परिवारों की रक्षा कौन करेगा?

भाइयो-बहनो, इस आजादी के पर्व पर मैं एक योजना को आगे बढ़ाने

का संकल्प करने के लिए आपके पास आया हूँ - प्रधानमंत्री जनधन योजना। इस प्रधानमंत्री जनधन योजना के माध्यम से हम देश के गरीब से गरीब लोगों को बैंक अकाउंट की सुविधा से जोड़ना चाहते हैं। आज करोड़ों-करोड़ परिवार हैं, जिनके पास मोबाइल फोन तो हैं, लेकिन बैंक अकाउंट नहीं हैं। यह स्थिति हमें बदलनी है। देश के आर्थिक संसाधन गरीब के काम आएँ, इसकी शुरुआत यहीं से होती है। यही तो है, जो खिड़की खोलता है। इसलिए प्रधानमंत्री जनधन योजना के तहत जो अकाउंट खुलेगा, उसको डेबिट कार्ड दिया जाएगा। उस डेबिट कार्ड के साथ हर गरीब परिवार को एक लाख रुपए का बीमा सुनिश्चित कर दिया जाएगा, ताकि अगर उसके जीवन में कोई संकट आया, तो उसके परिवारजनों को एक लाख रुपए का बीमा मिल सकता है।

भाइयो-बहनो, यह देश नौजवानों का देश है। 65 प्रतिशत देश की जनसंख्या 35 वर्ष से कम आयु की है। हमारा देश विश्व का सबसे बड़ा नौजवान देश है। क्या हमने कभी इसका फायदा उठाने के लिए सोचा है? आज दुनिया को स्किल्ड वर्कफोर्स की जरूरत है। आज भारत को भी स्किल्ड वर्कफोर्स की जरूरत है। कभी-कभार हम अच्छा ड्राइवर ढूँढ़ते हैं, नहीं मिलता है, प्लम्बर ढूँढ़ते हैं, नहीं मिलता है, अच्छा कुक चाहिए, नहीं मिलता है। नौजवान हैं, बेरोजगार हैं, लेकिन हमें जैसा चाहिए, वैसा नौजवान मिलता नहीं है। देश के विकास को यदि आगे बढ़ाना है, तो स्किल डेवलपमेंट और स्किल्ड इंडिया यह हमारा मिशन है। हिन्दुस्तान के कोटि-कोटि नौजवान स्किल सीखें, हुनर सीखें, उसके लिए पूरे देश में जाल होना चाहिए और घिसी-पिटी व्यवस्थाओं से नहीं, उनको वह स्किल मिले, जो उन्हें आधुनिक भारत बनाने में काम आए। वे दुनिया के किसी भी देश में जाएँ, तो उनके हुनर की सराहना हो और हम दो प्रकार के विकास को लेकर चलना चाहते हैं। मैं ऐसे नौजवानों को भी तैयार करना चाहता हूँ, जो जॉब क्रिएटर हों और जो जॉब क्रिएट करने का सामर्थ्य नहीं रखते, संयोग से नहीं हैं, वे विश्व के किसी भी कोने में जाकर आँख में आँख मिला करके अपने बाहुबल के द्वारा, अपनी अंगुलियों के हुनर के द्वारा,

अपने कौशल के द्वारा विश्व का हृदय जीत सकें, ऐसे नौजवानों का सामर्थ्य हम तैयार करना चाहते हैं। भाइयो-बहनो, स्किल डेवलपमेंट को बहुत तेजी से आगे बढ़ाने का संकल्प लेकर मैं यह करना चाहता हूँ।

भाइयो-बहनो, विश्व बदल चुका है। मेरे प्यारे देशवासियो, विश्व बदल चुका है। अब भारत अलग-थलग, अकेला एक कोने में बैठकर अपना भविष्य तय नहीं कर सकता। विश्व की आर्थिक व्यवस्थाएँ बदल चुकी हैं और इसलिए हम लोगों को भी उसी रूप में सोचना होगा। सरकार ने अभी कई फैसले लिए हैं, बजट में कुछ घोषणाएँ की हैं और मैं विश्व का आह्वान करता हूँ, विश्व में पहुँचे हुए भारतवासियों का भी आह्वान करता हूँ कि आज अगर हमें नौजवानों को ज्यादा से ज्यादा रोजगार देना है, तो हमें मैन्युफैक्चरिंग सेक्टर को बढ़ावा देना पड़ेगा। इम्पोर्ट-एक्सपोर्ट की जो स्थिति है, उसमें संतुलन पैदा करना हो, तो हमें मैन्युफैक्चरिंग सेक्टर पर बल देना होगा। हमारे नौजवानों की जो विद्या है, सामर्थ्य है, उसको अगर काम में लाना है, तो हमें मैन्युफैक्चरिंग की ओर जाना पड़ेगा और इसके लिए हिन्दुस्तान की भी पूरी ताकत लगेगी, लेकिन विश्व की शक्तियों को भी हम निमंत्रण देते हैं। इसलिए मैं आज लालकिले की प्राचीर से विश्वभर में लोगों से कहना चाहता हूँ, कम, मेक इन इंडिया, आइए, हिन्दुस्तान में निर्माण कीजिए। दुनिया के किसी भी देश में जाकर बेचिए, लेकिन निर्माण यहाँ कीजिए, मैन्युफैक्चर यहाँ कीजिए। हमारे पास स्किल है, टैलेंट है, डिसिप्लिन है, कुछ कर गुजरने का इरादा है। हम विश्व को एक सानुकूल अवसर देना चाहते हैं कि आइए, कम, मेक इन इंडिया और हम विश्व को कहें, इलेक्ट्रिकल से ले करके इलेक्ट्रॉनिक्स तक कम, मेक इन इंडिया, केमिकल्स से ले करके फार्मास्युटिकल्स तक कम, मेक इन इंडिया, ऑटोमोबाइल्स से ले करके एग्रो वैल्यू एडीशन तक कम, मेक इन इंडिया, पेपर हो या प्लास्टिक कम, मेक इन इंडिया, सैटेलाइट हो या सबमरीन कम, मेक इन इंडिया। ताकत है हमारे देश में! आइए, मैं निमंत्रण देता हूँ।

भाइयो-बहनो, मैं देश के नौजवानों का भी एक आवाहन करना

चाहता हूँ, विशेष करके उद्योग क्षेत्र में लगे हुए छोटे-छोटे लोगों का आवाहन करना चाहता हूँ। मैं देश के टेक्निकल एजुकेशन से जुड़े हुए नौजवानों का आवाहन करना चाहता हूँ, जैसे मैं विश्व से कहता हूँ कम, मेक इन इंडिया, मैं देश के नौजवानों को कहता हूँ - हमारा सपना होना चाहिए कि दुनिया के हर कोने में यह बात पहुँचनी चाहिए, मेड इन इंडिया। यह हमारा सपना होना चाहिए। क्या मेरे देश के नौजवानों को देश-सेवा करने के लिए सिर्फ भगत सिंह की तरह फाँसी पर लटकना ही अनिवार्य है? भाइयो-बहनो, लालबहादुर शास्त्री जी ने जय जवान, जय किसान एक साथ मंत्र दिया था। जवान, जो सीमा पर अपना सिर दे देता है, उसी की बराबरी में जय जवान कहा था। क्यों? क्योंकि अन्न के भंडार भर करके मेरा किसान भारत माँ की उतनी ही सेवा करता है, जैसे जवान भारत माँ की रक्षा करता है। यह भी देशसेवा है। अन्न के भंडार भरना, यह भी किसान की सबसे बड़ी देशसेवा है और तभी तो लालबहादुर शास्त्री ने जय जवान, जय किसान कहा था।

भाइयो-बहनो, मैं नौजवानों से कहना चाहता हूँ, आपके रहते हुए छोटी-मोटी चीजें हमें दुनिया से इम्पोर्ट क्यों करनी पड़ें? क्या मेरे देश के नौजवान यह तय कर सकते हैं, वे जरा रिसर्च करें, ढूँढ़ें कि भारत कितने प्रकार की चीजों को इम्पोर्ट करता है और वे फैसला करें कि मैं अपने छोटे-छोटे काम के द्वारा, उद्योग के द्वारा, मेरा छोटा ही कारखाना क्यों न हो, लेकिन मेरे देश में इम्पोर्ट होने वाली कम से कम एक चीज मैं ऐसी बनाऊँगा कि मेरे देश को कभी इम्पोर्ट न करना पड़े। इतना ही नहीं, मेरा देश एक्सपोर्ट करने की स्थिति में आए। अगर हिन्दुस्तान के लाखों नौजवान एक-एक आइटम ले करके बैठ जाएँ, तो भारत दुनिया में एक्सपोर्ट करने वाला देश बन सकता है और इसलिए मेरा आग्रह है, नौजवानों से विशेष करके, छोटे-मोटे उद्योगकारों से - दो बातों में कॉम्प्रोमाइज न करें, एक जीरो डिफेक्ट, दूसरा जीरो इफेक्ट। हम वह मैन्युफैक्चरिंग करें, जिसमें जीरो डिफेक्ट हो, ताकि दुनिया के बाजार से वह कभी वापस न आए और हम वह मैन्युफैक्चरिंग करें, जिससे जीरो

इफेक्ट हो, पर्यावरण पर इसका कोई नेगेटिव इफेक्ट न हो। जीरो डिफेक्ट, जीरो इफेक्ट के साथ मैन्युफैक्चरिंग सेक्टर का सपना ले करके अगर हम आगे चलते हैं, तो मुझे विश्वास है, मेरे भाइयो-बहनो, कि जिस काम को ले करके हम चल रहे हैं, उस काम को पूरा करेंगे।

भाइयो-बहनो, पूरे विश्व में हमारे देश के नौजवानों ने भारत की पहचान को बदल दिया है। विश्व भारत को क्या जानता था? ज्यादा नहीं, अभी 25-30 साल पहले तक दुनिया के कई कोने ऐसे थे, जो हिन्दुस्तान के लिए यही सोचते थे कि ये तो सपेरों का देश है। ये साँप का खेल करने वाला देश है, काले जादू वाला देश है। भारत की सच्ची पहचान दुनिया तक पहुँची नहीं थी, लेकिन भाइयो-बहनो, हमारे 20-22-23 साल के नौजवान, जिन्होंने कम्प्यूटर पर अंगुलियाँ घुमाते-घुमाते दुनिया को चकित कर दिया। विश्व में भारत की एक नई पहचान बनाने का रास्ता हमारे आईटी प्रोफेशन के नौजवानों ने कर दिया। अगर यह ताकत हमारे देश में है, तो क्या देश के लिए हम कुछ सोच सकते हैं? इसलिए हमारा सपना डिजिटल इंडिया है। जब मैं डिजिटल इंडिया कहता हूँ, तब ये बड़े लोगों की बात नहीं है, यह गरीब के लिए है। अगर ब्रॉडबेंड कनेक्टिविटी से हिन्दुस्तान के गाँव जुड़ते हैं और गाँव के आखिरी छोर के स्कूल में अगर हम लाँग डिस्टेंस एजुकेशन दे सकते हैं, तो आप कल्पना कर सकते हैं कि हमारे उन गाँवों के बच्चों को कितनी अच्छी शिक्षा मिलेगी। जहाँ डाक्टर नहीं पहुँच पाते, अगर हम टेलिमेडिसिन का नेटवर्क खड़ा करें, तो वहाँ पर बैठे हुए गरीब व्यक्ति को भी, किस प्रकार की दवाई की दिशा में जाना है, उसका स्पष्ट मार्गदर्शन मिल सकता है। सामान्य मानव की रोजमर्रा की चीजें - आपके हाथ में मोबाइल फोन है, हिन्दुस्तान के नागरिकों के पास बहुत बड़ी तादाद में मोबाइल कनेक्टिविटी है, लेकिन क्या इस मोबाइल गवर्नेंस की तरफ हम जा सकते हैं? अपने मोबाइल से गरीब आदमी बैंक अकाउंट ऑपरेट करे, वह सरकार से अपनी चीजें माँग सके, वह अपनी अर्जी पेश करे, अपना सारा कारोबार चलते-चलते मोबाइल गवर्नेंस के द्वारा कर सके और यह अगर करना है, तो हमें डिजिटल इंडिया की ओर जाना

है। और डिजिटल इंडिया की तरफ जाना है, तो इसके साथ हमारा यह भी सपना है, हम आज बहुत बड़ी मात्रा में विदेशों से इलेक्ट्रॉनिक गुड्ज इम्पोर्ट करते हैं। आपको हैरानी होगी भाइयो-बहनो, ये टीवी, ये मोबाइल फोन, ये आईपैड, ये जो इलेक्ट्रॉनिक गुड्ज हम लाते हैं, देश के लिए पेट्रोलियम पदार्थों को लाना अनिवार्य है, डीजल और पेट्रोल लाते हैं, तेल लाते हैं। उसके बाद इम्पोर्ट में दूसरे नम्बर पर हमारी इलेक्ट्रॉनिक गुड्ज हैं। अगर हम डिजिटल इंडिया का सपना ले करके इलेक्ट्रॉनिक गुड्ज के मैन्युफैक्चर के लिए चल पड़ें और हम कम से कम स्वनिर्भर बन जाएँ, तो देश की तिजोरी को कितना बड़ा लाभ हो सकता है और इसलिए हम इस डिजिटल इंडिया को ले करके जब आगे चलना चाहते हैं, तब ई-गवर्नेंस। ई-गवर्नेंस ईजी गवर्नेंस है, इफेक्टिव गवर्नेंस है और इकोनॉमिकल गवर्नेंस है। ई-गवर्नेंस के माध्यम से गुड गवर्नेंस की ओर जाने का रास्ता है। एक जमाना था, कहा जाता था कि रेलवे देश को जोड़ती है। ऐसा कहा जाता था। मैं कहता हूँ कि आज आईटी देश के जन-जन को जोड़ने की ताकत रखती है और इसलिए हम डिजिटल इंडिया के माध्यम से आईटी के धरातल पर यूनिटी के मंत्र को साकार करना चाहते हैं।

भाइयो-बहनो, अगर हम इन चीजों को ले करके चलते हैं, तो मुझे विश्वास है कि डिजिटल इंडिया विश्व की बराबरी करने की एक ताकत के साथ खड़ा हो जाएगा, हमारे नौजवानों में वह सामर्थ्य है, यह उनको वह अवसर दे रहा है।

भाइयो-बहनो, हम टूरिज्म को बढ़ावा देना चाहते हैं। टूरिज्म से गरीब से गरीब व्यक्ति को रोजगार मिलता है। चना बेचने वाला भी कमाता है, ऑटो-रिक्शा वाला भी कमाता है, पकौड़े बेचने वाला भी कमाता है और एक चाय बेचने वाला भी कमाता है। जब चाय बेचने वाले की बात आती है, तो मुझे जरा अपनापन महसूस होता है। टूरिज्म के कारण गरीब से गरीब व्यक्ति को रोजगार मिलता है। लेकिन टूरिज्म के अंदर बढ़ावा देने में भी और एक राष्ट्रीय चरित्र के रूप में भी हमारे सामने सबसे बड़ी रुकावट है, हमारे चारों तरफ दिखाई दे रही गंदगी। क्या आजादी के बाद,

आजादी के इतने सालों के बाद, जब हम 21वीं सदी के डेढ़ दशक के दरवाजे पर खड़े हैं, तब क्या अब भी हम गंदगी में जीना चाहते हैं? मैंने यहाँ सरकार में आकर पहला काम सफाई का शुरू किया है। लोगों को आश्चर्य हुआ कि क्या यह प्रधानमंत्री का काम है? लोगों को लगता होगा कि यह प्रधानमंत्री के लिए छोटा काम होगा, मेरे लिए बहुत बड़ा काम है। सफाई करना बहुत बड़ा काम है। क्या हमारा देश स्वच्छ नहीं हो सकता है? अगर सवा सौ करोड़ देशवासी तय कर लें कि मैं कभी गंदगी नहीं करूँगा तो दुनिया की कौन-सी ताकत है, जो हमारे शहर, गाँव को आकर गंदा कर सके? क्या हम इतना-सा संकल्प नहीं कर सकते हैं?

भाइयो-बहनो, 2019 में महात्मा गांधी की 150वीं जयंती आ रही है। महात्मा गांधी की 150वीं जयंती हम कैसे मनाएं? महात्मा गांधी, जिन्होंने हमें आजादी दी, जिन्होंने इतने बड़े देश को दुनिया के अंदर इतना सम्मान दिलाया, उन महात्मा गांधी को हम क्या दें? भाइयो-बहनो, महात्मा गांधी को सबसे प्रिय थी सफाई, स्वच्छता। क्या हम तय करें कि सन् 2019 में जब हम महात्मा गांधी की 150वीं जयंती मनाएँगे, तो हमारा गाँव, हमारा शहर, हमारी गली, हमारा मोहल्ला, हमारे स्कूल, हमारे मंदिर, हमारे अस्पताल, सभी क्षेत्रों में हम गंदगी का नामोनिशान नहीं रहने देंगे? यह सरकार से नहीं होता है, जन-भागीदारी से होता है, इसलिए यह काम हम सबको मिल कर करना है।

भाइयो-बहनो, हम इक्कीसवीं सदी में जी रहे हैं। क्या कभी हमारे मन को पीड़ा हुई कि आज भी हमारी माताओं और बहनों को खुले में शौच के लिए जाना पड़ता है? डिग्निटी ऑफ विमेन, क्या यह हम सबका दायित्व नहीं है? बेचारी गाँव की माँ-बहनें अंधेरे का इंतजार करती हैं, जब तक अंधेरा नहीं आता है, वे शौच के लिए नहीं जा पाती हैं। उसके शरीर को कितनी पीड़ा होती होगी, कितनी बीमारियों की जड़ें उसमें से शुरू होती होंगी! क्या हमारी माँ-बहनों की इज्जत के लिए हम कम-से-कम शौचालय का प्रबन्ध नहीं कर सकते हैं? भाइयो-बहनो, किसी को लगेगा कि 15 अगस्त का इतना बड़ा महोत्सव बहुत बड़ी-बड़ी बातें करने का

अवसर होता है। भाइयो-बहनो, बड़ी बातों का महत्व है, घोषणाओं का भी महत्व है, लेकिन कभी-कभी घोषणाएँ एषणाएँ जगाती हैं और जब घोषणाएँ परिपूर्ण नहीं होती हैं, तब समाज निराशा की गर्त में डूब जाता है, इसलिए हम उन बातों के ही कहने के पक्षधर हैं, जिनको हम अपने देखते-देखते पूरा कर पाएँ। भाइयो-बहनो, इसलिए मैं कहता हूँ कि आपको लगता होगा कि क्या लालकिले से सफाई की बात करना, लाल किले से टॉयलेट की बात बताना, यह कैसा प्रधानमंत्री है? भाइयो-बहनो, मैं नहीं जानता हूँ कि मेरी कैसी आलोचना होगी, इसे कैसे लिया जाएगा, लेकिन मैं मन से मानता हूँ। मैं गरीब परिवार से आया हूँ, मैंने गरीबी देखी है और गरीब को इज्जत मिले, इसकी शुरुआत यहीं से होती है। इसलिए स्वच्छ भारत का एक अभियान इसी 2 अक्टूबर से मुझे आरम्भ करना है और चार साल के भीतर-भीतर हम इस काम को आगे बढ़ाना चाहते हैं। एक काम तो मैं आज ही शुरू करना चाहता हूँ और वह है - हिन्दुस्तान के सभी स्कूलों में टॉयलेट हो, बच्चियों के लिए अलग टॉयलेट हो, तभी तो हमारी बच्चियाँ स्कूल छोड़कर भागेंगी नहीं। हमारे सांसद जो एमपीलैड फंड का उपयोग कर रहे हैं, मैं उनसे आग्रह करता हूँ कि एक साल के लिए आपका धन स्कूलों में टॉयलेट बनाने के लिए खर्च कीजिए। सरकार अपना बजट टॉयलेट बनाने में खर्च करे। मैं देश के कॉरपोरेट सेक्टर्स का भी आहवान करना चाहता हूँ कि कॉरपोरेट सोशल रिस्पांसिबिलिटी के तहत आप जो खर्च कर रहे हैं, उसमें आप स्कूलों में टॉयलेट बनाने को प्राथमिकता दीजिए। सरकार के साथ मिलकर, राज्य सरकारों के साथ मिलकर एक साल के भीतर-भीतर यह काम हो जाए और जब हम अगले 15 अगस्त को यहाँ खड़े हों, तब इस विश्वास के साथ खड़े हों कि अब हिन्दुस्तान का ऐसा कोई स्कूल नहीं है, जहाँ बच्चे एवं बच्चियों के लिए अलग टॉयलेट का निर्माण होना बाकी है।

भाइयो-बहनो, अगर हम सपने लेकर चलते हैं तो सपने पूरे भी होते हैं। मैं आज एक विशेष बात और कहना चाहता हूँ। भाइयो-बहनो, देशहित की चर्चा करना और देशहित के विचारों को देना, इसका अपना

महत्व है। हमारे सांसद, वे कुछ करना भी चाहते हैं, लेकिन उन्हें अवसर नहीं मिलता है। वे अपनी बात बता सकते हैं, सरकार को चिट्ठी लिख सकते हैं, आंदोलन कर सकते हैं, मेमोरेंडम दे सकते हैं, लेकिन फिर भी, खुद को कुछ करने का अवसर मिलता नहीं है। मैं एक नए विचार को लेकर आज आपके पास आया हूँ। हमारे देश में प्रधानमंत्री के नाम पर कई योजनाएँ चल रही हैं, कई नेताओं के नाम पर ढेर सारी योजनाएँ चल रही हैं, लेकिन मैं आज सांसद के नाम पर एक योजना घोषित करता हूँ - सांसद आदर्श ग्राम योजना। हम कुछ पैरामीटर्स तय करेंगे और मैं सांसदों से आग्रह करता हूँ कि वे अपने इलाके में तीन हजार से पाँच हजार के बीच का कोई भी गाँव पसंद कर लें और कुछ पैरामीटर्स तय हों - वहाँ के स्थल, काल, परिस्थिति के अनुसार, वहाँ की शिक्षा, वहाँ का स्वास्थ्य, वहां की सफाई, वहाँ के गाँव का वह माहौल, गाँव में ग्रीनरी, गाँव का मेलजोल, कई पैरामीटर्स हम तय करेंगे और हर सांसद 2016 तक अपने इलाके में एक गाँव को आदर्श गाँव बनाए। इतना तो कर सकते हैं न भाई! करना चाहिए न! देश बनाना है तो गाँव से शुरू करें। एक आदर्श गाँव बनाएँ और मैं 2016 का टाइम इसलिए देता हूँ कि नई योजना है, लागू करने में, योजना बनाने में कभी समय लगता है और 2016 के बाद, जब 2019 में वह चुनाव के लिए जाए, उसके पहले और दो गाँवों को करे और 2019 के बाद हर सांसद, पाँच साल के कार्यकाल में कम से कम पांच आदर्श गाँव अपने इलाके में बनाए। जो शहरी क्षेत्र के एमपीज हैं, उनसे भी मेरा आवाहन है कि वे भी एक गाँव पसंद करें। जो राज्यसभा के एमपीज हैं, उनसे भी मेरा आग्रह है, वे भी एक गाँव पसंद करें। हिन्दुस्तान के हर जिले में, अगर हम एक आदर्श गाँव बनाकर देते हैं, तो सभी अगल-बगल के गाँवों को खुद उस दिशा में जाने का मन कर जाएगा। एक मॉडल गाँव बना करके देखें, व्यवस्थाओं से भरा हुआ गाँव बनाकर देखें। 11 अक्टूबर को जयप्रकाश नारायण जी की जन्म जयंती है। मैं 11 अक्टूबर को जयप्रकाश नारायण जी की जन्म जयंती पर एक सांसद आदर्श ग्राम योजना का कम्प्लीट ब्ल्यूप्रिंट सभी सांसदों के सामने रख दूँगा,

सभी राज्य सरकारों के सामने रख दूँगा और मैं राज्य सरकारों से भी आग्रह करता हूँ कि आप भी इस योजना के माध्यम से, अपने राज्य में जो अनुकूलता हो, वैसे सभी विधायकों के लिए एक आदर्श ग्राम बनाने का संकल्प करिए।

आप कल्पना कर सकते हैं, देश के सभी विधायक एक आदर्श ग्राम बनाएँ, सभी सांसद एक आदर्श ग्राम बनाएँ। देखते ही देखते हिन्दुस्तान के हर ब्लॉक में एक आदर्श ग्राम तैयार हो जाएगा, जो हमें गाँव की सुख-सुविधा में बदलाव लाने के लिए प्रेरणा दे सकता है, हमें नई दिशा दे सकता है और इसलिए इस सांसद आदर्श ग्राम योजना के तहत हम आगे बढ़ना चाहते हैं।

भाइयो-बहनो, जब से हमारी सरकार बनी है, तब से अखबारों में, टीवी में एक चर्चा चल रही है कि प्लानिंग कमीशन का क्या होगा? मैं समझता हूँ कि जिस समय प्लानिंग कमीशन का जन्म हुआ, योजना आयोग का जन्म हुआ, उस समय की जो स्थितियाँ थीं, उस समय की जो आवश्यकताएँ थीं, उनके आधार पर उसकी रचना की गई। इन पिछले वर्षों में योजना आयोग ने अपने तरीके से राष्ट्र के विकास में उचित योगदान दिया है। मैं इसका आदर करता हूँ, गौरव करता हूँ, सम्मान करता हूँ, सत्कार करता हूँ , लेकिन अब देश की अंदरूनी स्थिति भी बदली हुई है, वैश्विक परिवेश भी बदला हुआ है, आर्थिक गतिविधि का केंद्र सरकारें नहीं रही हैं, उसका दायरा बहुत फैल चुका है। राज्य सरकारें विकास के केन्द्र में आ रही हैं और मैं इसको अच्छी निशानी मानता हूँ। अगर भारत को आगे ले जाना है, तो यह राज्यों को आगे ले जाकर ही होने वाला है। भारत के फेडेरल स्ट्रक्चर की अहमियत पिछले 60 साल में जितनी थी, उससे ज्यादा आज के युग में है। हमारे संघीय ढाँचे को मजबूत बनाना, हमारे संघीय ढाँचे को चेतनवंत बनाना, हमारे संघीय ढाँचे को विकास की धरोहर के रूप में काम लेना, मुख्यमंत्री और प्रधानमंत्री की एक टीम का फॉर्मेशन हो, केन्द्र और राज्य की एक टीम हो, एक टीम बनकर आगे चले, तो इस काम को अब प्लानिंग कमीशन के नए रंग-रूप से सोचना पड़ेगा।

इसलिए लालकिले की इस प्राचीर से एक बहुत बड़ी चली आ रही पुरानी व्यवस्था में उसका कायाकल्प भी करने की जरूरत है, उसमें बहुत बदलाव करने की आवश्यकता है। कभी-कभी पुराने घर की रिपेयरिंग में खर्चा ज्यादा होता है, लेकिन संतोष नहीं होता है। फिर मन करता है, अच्छा है, एक नया ही घर बना लें और इसलिए बहुत ही कम समय के भीतर पर, एक क्रिएटिव थिंकिंग के साथ राष्ट्र को आगे ले जाने की दिशा, पब्लिक-प्राइवेट पार्टनरशिप की दिशा, संसाधनों का ऑप्टिमम युटिलाइजेशन, प्राकृतिक संसाधनों का ऑप्टिमम युटिलाइजेशन, देश की युवा शक्ति के सामर्थ्य का उपयोग, राज्य सरकारों की आगे बढ़ने की इच्छाओं को बल देना, राज्य सरकारों को ताकतवर बनाना, संघीय ढाँचे को ताकतवर बनाना, एक ऐसे नए रंग-रूप के साथ, नए शरीर, नई आत्मा के साथ, नई सोच के साथ, नई दिशा के साथ, नए विश्वास के साथ, एक नए इंस्टीट्यूशन का हम निर्माण करेंगे और बहुत ही जल्द योजना आयोग की जगह पर यह नया इंस्टीट्यूट काम करे, उस दिशा में हम आगे बढ़ने वाले हैं।

भाइयो-बहनो, आज 15 अगस्त महर्षि अरविंद का भी जन्म जयंती का पर्व है। महर्षि अरविंद ने एक क्रांतिकारी से निकलकर योग गुरु की अवस्था को प्राप्त किया था। उन्होंने भारत के भाग्य के लिए कहा था कि मुझे विश्वास है, भारत की दैविक शक्ति, भारत की आध्यात्मिक विरासत विश्व कल्याण के लिए अहम भूमिका निभाएगी। इस प्रकार के भाव महर्षि अरविन्द ने व्यक्त किए थे। मेरी महापुरुषों की बातों में बड़ी श्रद्धा है। मेरी त्यागी, तपस्वी, ऋषियों और मुनियों की बातों में बड़ी श्रद्धा है और इसलिए मुझे आज लालकिले की प्राचीर से स्वामी विवेकानन्द जी के वे शब्द याद आ रहे हैं, जब स्वामी विवेकानन्द जी ने कहा था, मैं मेरी आँखों के सामने देख रहा हूँ विवेकानन्द जी के शब्द थे - मैं मेरी आँखों के सामने देख रहा हूँ कि फिर एक बार मेरी भारतमाता जाग उठी है, मेरी भारतमाता जगद्गुरु के स्थान पर विराजमान होगी, हर भारतीय मानवता के कल्याण के काम आएगा, भारत की यह विरासत विश्व के कल्याण के

लिए काम आएगी। ये शब्द स्वामी विवेकानन्द जी ने अपने तरीके से कहे थे। भाइयो-बहनो, विवेकानन्द जी के शब्द कभी असत्य नहीं हो सकते। स्वामी विवेकानन्द जी के शब्द, भारत को जगद्गुरु देखने का उनका सपना, उनकी दीर्घ दृष्टि, उस सपने को पूरा करना हम लोगों का कर्तव्य है। दुनिया का यह सामर्थ्यवान देश, प्रकृति से हरा-भरा देश, नौजवानों का देश, आने वाले दिनों में विश्व के लिए बहुत कुछ कर सकता है।

भाइयो-बहनो, लोग विदेश की नीतियों के संबंध में चर्चा करते हैं। मैं यह साफ मानता हूँ कि भारत की विदेश नीति के कई आयाम हो सकते हैं, लेकिन एक महत्वपूर्ण बात है, जिस पर मैं अपना ध्यान केंद्रित करना चाहता हूँ कि हम आजादी की जैसे लड़ाई लड़े, मिल-जुलकर लड़े थे, तब तो हम अलग नहीं थे, हम साथ-साथ थे। कौन सी सरकार हमारे साथ थी? कौन से शस्त्र हमारे पास थे? एक गांधी थे, सरदार थे और लक्षावती स्वातंत्र्य सेनानी थे और इतनी बड़ी सल्तनत थी। उस सल्तनत के सामने हम आजादी की जंग जीते या नहीं जीते? विदेशी ताकतों को परास्त किया या नहीं किया? भारत छोड़ने के लिए मजबूर किया या नहीं किया? हमीं तो थे, हमारे ही तो पूर्वज थे, जिन्होंने यह सामर्थ्य दिखाई थी। समय की माँग है, सत्ता के बिना, शासन के बिना, शस्त्र के बिना, साधनों के बिना भी इतनी बड़ी सल्तनत को हटाने का काम अगर हिन्दुस्तान की जनता कर सकती है, तो भाइयो-बहनो, हम क्या गरीबी को हटा नहीं सकते? क्या हम गरीबी को परास्त नहीं कर सकते हैं? क्या हम गरीबी के खिलाफ लड़ाई जीत नहीं सकते हैं? मेरे सवा सौ करोड़ प्यारे देशवासियो, आओ! आओ, हम संकल्प करें, हम गरीबी को परास्त करें, हम विजयश्री को प्राप्त करें। भारत से गरीबी का उन्मूलन हो, उन सपनों को लेकर हम चलें और पड़ोसी देशों के पास भी यही तो समस्या है! क्यों न हम सार्क देशों के सभी साथी दोस्त मिल करके गरीबी के खिलाफ लड़ाई लड़ने की योजना बनाएँ? हम मिल करके लड़ाई लड़ें, गरीबी को परास्त करें। एक बार देखें तो सही, मरने-मारने की दुनिया को छोड़ करके जीवित रहने का आनंद क्या होता है! यही तो भूमि है, जहाँ सिद्धार्थ के जीवन की घटना घटी

थी। एक पंछी को एक भाई ने तीर मार दिया और एक दूसरे भाई ने तीर निकाल करके बचा लिया। माँ के पास गए पंछी किसका, हंस किसका? माँ से पूछा, मारने वाले का या बचाने वाले का? माँ ने कहा, बचाने वाले का। मारने वाले से बचाने वाले की ताकत ज्यादा होती है और वही तो आगे जा करके बुद्ध बन जाता है। वही तो आगे जा करके बुद्ध बन जाता है और इसलिए, मैं पड़ोस के देशों से मिल-जुल करके गरीबी के खिलाफ लड़ाई को लड़ने के लिए सहयोग चाहता हूँ, सहयोग करना चाहता हूँ और हम मिल करके, सार्क देश मिल करके, हम दुनिया में अपनी अहमियत प्रदर्शित कर सकते हैं, हम दुनिया में एक ताकत बनकर उभर सकते हैं। आवश्यकता है, हम मिल-जुल करके चलें, गरीबी से लड़ाई जीतने का सपना ले करके चलें, कंधे से कंधा मिला करके चलें। मैं भूटान गया, नेपाल गया, सार्क देशों के सभी महानुभाव शपथ समारोह में आए, एक बहुत अच्छी शुभ शुरुआत हुई है। तो निश्चित रूप से अच्छे परिणाम मिलेंगे, ऐसा मेरा विश्वास है और देश और दुनिया में भारत की यह सोच, हम देशवासियों का भला करना चाहते हैं और विश्व के कल्याण में काम आ सकें, हिन्दुस्तान ऐसा हाथ फहराना चाहता है। इन सपनों को ले करके, पूरा करके, आगे बढ़ने का हम प्रयास कर रहे हैं।

भाइयो-बहनो, आज 15 अगस्त को हम देश के लिए कुछ न कुछ करने का संकल्प ले करके चलेंगे। हम देश के लिए काम आएँ, देश को आगे बढ़ाने का संकल्प लेकर चलेंगे और मैं आपको विश्वास दिलाता हूँ भाइयो-बहनो, मैं मेरी सरकार के साथियों को भी कहता हूँ, अगर आप 12 घंटे काम करोगे, तो मैं 13 घंटे करूँगा। अगर आप 14 घंटे कर्म करोगे, तो मैं 15 घंटे करूँगा। क्यों? क्योंकि मैं प्रधानमंत्री नहीं, प्रधानसेवक के रूप में आपके बीच आया हूँ। मैं शासक के रूप में नहीं, सेवक के रूप में सरकार लेकर आया हूँ। भाइयो-बहनो, मैं विश्वास दिलाता हूँ कि इस देश की एक नियति है, विश्व कल्याण की नियति है, यह विवेकानन्द जी ने कहा था। इस नियति को पूर्ण करने के लिए भारत का जन्म हुआ है, इस हिन्दुस्तान का जन्म हुआ है। इसकी परिपूर्ति के लिए सवा सौ करोड़

देशवासियों को तन-मन से मिलकर राष्ट्र के कल्याण के लिए आगे बढ़ना है।

मैं फिर एक बार देश के सुरक्षाबलों, देश के अर्द्धसैनिक बलों, देश की सभी सिक्योरिटी फोर्सेज को, माँ-भारती की रक्षा के लिए, उनकी तपस्या, त्याग, उनके बलिदान पर गौरव करता हूँ। मैं देशवासियों को कहता हूँ, राष्ट्रयाम् जाग्रयाम् वयम्, "Eternal vigilance is the price of liberty" हम जागते रहें, सेना जाग रही है, हम भी जागते रहें और देश नए कदम की ओर आगे बढ़ता रहे, इसी एक संकल्प के साथ हमें आगे बढ़ना है। सभी मेरे साथ पूरी ताकत से बोलिए - भारत माता की जय, भारत माता की जय, भारत माता की जय... जय हिन्द, जय हिन्द, जय हिन्द... वंदे मातरम्, वंदे मातरम्, वंदे मातरम्..."

अपने संकल्पों पर चलते हुए बाद में मोदी जी ने अपने प्रथम कार्यकाल में पं. मदन मोहन मालवीय और अटल बिहारी वाजपेयी को भारत रत्न से सम्मानित कर उनके मार्ग का अनुसरण किया।

खाका : नरेंद्र मोदी

पूरा नाम	नरेन्द्र दामोदरदास मोदी
जन्म	17 सितंबर, 1950
जन्म भूमि	वड़नगर, मेहसाणा जिला, गुजरात
अभिभावक	श्री दामोदरदास मूलचंद और श्रीमती हीराबेन
पत्नी	जशोदाबेन चिमनलाल
नागरिकता	भारतीय
पार्टी	भारतीय जनता पार्टी
पद	भारत के प्रधानमंत्री, गुजरात के पूर्व मुख्यमंत्री
कार्य काल	प्रधानमंत्री 22 मई, 2014 से प्रारम्भ मुख्यमंत्री (गुजरात)- 7 अक्टूबर, 2001 से 21 मई, 2014
शिक्षा	एम. ए. (राजनीति शास्त्र)
विद्यालय	गुजरात विश्वविद्यालय
भाषा	हिन्दी, अंग्रेजी, गुजराती

पुरस्कार

16-10-2003 : आपदा प्रबंधन और खतरा टालने की दिशा में संयुक्त राष्ट्र संघ की ओर से सासाकावा पुरस्कार।

अक्टूबर-2004 : प्रबंधन में नवीनता लाने के लिए 'कॉमनवेल्थ एसोसिएशन्स' की ओर से कैपेम गोल्ड पुरस्कार।

27-11-2004 : 'इन्डिया इन्टरनेशनल ट्रेड फेयर-2004 में इन्डिया ट्रेड प्रमोशन ऑर्गेनाइजेशन फॉर गुजरात्स एक्सेलन्स' की ओर से 'स्पेशल कमेन्डेशन गोल्ड मेडल' दिया गया।

24-02-2005 : भारत सरकार की ओर से गुजरात के राजकोट जिले में

सेनिटेशन सुविधाओं के लिए 'निर्मल ग्राम' पुरस्कार दिया गया।

25-04-2005 : भारत सरकार के सूचना और तकनीकी मंत्रालय और विज्ञान-तकनीकी मंत्रालय द्वारा 'भास्कराचार्य इन्स्टिटट्यूट ऑफ स्पेस एप्लिकेशन' और 'जिओ-इन्फर्मेटिक्स', गुजरात सरकार को प्रगति के लिए 'एलिटेक्स' पुरस्कार मिला।

21-05-2005 : राजीव गांधी फाउन्डेशन नई दिल्ली की ओर से आयोजित सर्वेक्षण में देश के सभी राज्यों में गुजरात को श्रेष्ठ राज्य का पुरस्कार मिला।

01-06-2005 : भूकंप के दौरान क्षतिग्रस्त हुए गुरुद्वारा के पुनःस्थापन के लिए यूनेस्को द्वारा एशिया पेसिफिक हेरिटेज अवार्ड मिला।

05-08-2005: 'इन्डिया टुडे' द्वारा श्रेष्ठ निवेश पर्यावरण पुरस्कार मिला।

05-08-2005 : 'इन्डिया टुडे' द्वारा सर्वाधिक आर्थिक स्वातंत्र्य पुरस्कार दिया गया।

27-11-2005 : नई दिल्ली में आयोजित अन्तर्राष्ट्रीय व्यापार मेले में गुजरात पेविलियन को प्रथम पुरस्कार मिला।

14-10-2005 : गुजराती साप्ताहिक चित्रलेखा के पाठकों ने नरेन्द्र मोदी को 'पर्सन ऑफ द इयर' चुना। इसमें टेनिस स्टार सानिया मिर्जा दूसरे क्रम पर और अमिताभ बच्चन तीसरे स्थान पर रहे। ये पुरस्कार दिनांक 18-05-2006 को दिये गये।

12-11-2005 : इन्डिया टेक फाउन्डेशन की ओर से ऊर्जा क्षेत्र में सुधार और नवीनता के लिए इन्डिया टेक्नोलोजी एक्सेलन्स अवॉर्ड दिया गया।

30-01-2006 : इन्डिया टुडे द्वारा देशव्यापी स्तर पर कराये गये सर्वेक्षण में नरेन्द्र मोदी देश के सर्वश्रेष्ठ मुख्यमंत्री चुने गये।

23-03-2006 : सेनिटेशन सुविधाओं के लिए केन्द्र सरकार द्वारा गुजरात के कुछ गाँवों को निर्मल ग्राम पुरस्कार दिये गये।

31-07-2006 : बीस सूत्रीय कार्यक्रम के अमलीकरण में गुजरात एक बार फिर प्रथम स्थान पर रहा।

02-08-2006 : सर्व शिक्षा अभियान में गुजरात देश के 35 राज्यों में सबसे प्रथम क्रमांक पर रहा।

12-09-2006 : अहिल्याबाई नेशनल अवॉर्ड फंक्शन, इन्दौर की ओर से पुरस्कार।

30-10-2006 : चिरंजीवी योजना के लिए 'वॉल स्ट्रीट जर्नल' और 'फाइनान्सियल एक्सप्रेस' की ओर से (प्रसूति समय जच्चा-बच्चा मृत्यु दर कम करने ले लिए) सिंगापुर में 'एशियन इन्नोवेशन अवार्ड' दिया गया।

04-11-2006 : भू-रिकार्ड्स के कम्प्यूटराइजेशन के लिए चल रही ई-धरा योजना के लिए ई-गवर्नन्स पुरस्कार।

10-01-2007 : देश के सबसे श्रेष्ठ ई-गवर्न्ड राज्य का इलीटैक्स 2007-पुरस्कार भारत की केन्द्र सरकार की ओर से प्राप्त।

05-02-2007 : इन्डिया टुडे-ओआरजी मार्ग के देशव्यापी सर्वेक्षण में तीसरी बार श्रेष्ट मुख्यमंत्री चुने गये। पाँच साल के कार्यकाल में किसी भी मुख्यमंत्री के लिए यह अनोखी सिद्धि थी।

14-12-2008 : ऊर्जा संरक्षण अवार्ड से सम्मानित, जिसके बाद विश्व स्तर पर चर्चा का विषय बने।

25-08-2009 : एफडीआई पर्सनल्टी अवार्ड से सम्मानित।

23-06-2010 : यूनाइटेड नेशंस पब्लिक सर्विस अवार्ड से सम्मानित।

18-10-2011 : बेहतरीन पर्यटन के लिए बेस्ट टूरिज्म विभाग सम्मान से सम्मानित किया गया।

01-12-2012 : मंथन अवार्ड मिला।

24-12-2012 : सिटीजन सिक्युरिटी अवार्ड सम्मानित किए गए।

15-01-2013 : रिकार्ड अनाज उत्पादन के लिए भारत सरकार ने कृषि कर्मण पुरस्कार से सम्मानित किया।

26-05-2014 : जनता ने प्रधानमंत्री बनाकर सबसे बड़ा पुरस्कार दिया।

23-05-2019 : 303 रिकार्ड सीटें दिलाकर भाजपा को प्रचंड बहुमत दिलाया और स्वयं एक बार फिर अगले पांच साल तक के लिए प्रधानमंत्री बने रहने का रास्ता साफ किया।

आंकड़े : https://eci.gov.in/ से साभार

नरेंद्र मोदी की क्रांतिकारी 100 योजनाएं

1. प्रधानमंत्री जन धन योजना
2. प्रधानमंत्री आवास योजना
3. सुकन्या समृद्धि योजना
4. प्रधानमंत्री मुद्रा योजना
5. जीवन ज्योति बीमा योजना
6. प्रधानमंत्री सुरक्षा बीमा योजना
7. अटल पेंशन योजना
8. आयुष्मान भारत
9. सांसद आदर्श ग्राम योजना
10. प्रधानमंत्री फसल बीमा योजना
11. प्रधानमंत्री राष्ट्रीय पोषण मिशन
12. प्रधानमंत्री ग्राम सिंचाई योजना
13. गरीब कल्याण योजना
14. प्रधानमंत्री जन औषधि योजना
15. कौशल विकास योजना
16. एम्प्लॉयमेंट जनरेशन प्रोग्राम
17. रिसर्च फेलोशिप स्कीम
18. ऑपरेशन ग्रीन्स मिशन
19. सोलर चरखा स्कीम
20. कुसुम स्कीम
21. गोबर धन स्कीम
22. नेशनल हेल्थ प्रोटेक्शन स्कीम
23. उजाला स्कीम
24. स्त्री स्वाभिमान
25. साइबर सुरक्षित भारत प्रोग्राम
26. जीअसटी इ-वे बिल
27. खेलो इंडिया स्कूल गेम्स 2018
28. सोशल सिक्योरिटी स्कीम
29. स्कीम फॉर एडोलसेंट गर्ल्स
30. फेम इंडिया स्कीम
31. मार्किट असुरेन्स स्कीम
32. अटल भूजल योजना
33. कन्डोनेशन ऑफ डिले स्कीम
34. सृष्टि स्कीम
35. लिवेबिलिटी इंडेक्स प्रोग्राम
36. मेक इन इंडिया
37. स्वच्छ भारत अभियान
38. किसान विकास पत्र
39. सॉइल हेल्थ कार्ड स्कीम
40. डिजिटल इंडिया
41. स्किल इंडिया
42. बेटी बचाओ-बेटी पढ़ाओ योजना
43. मिशन इन्द्रधनुष
44. नेशनल बाओफुएल पालिसी
45. दीनदयाल ग्राम ज्योति योजना
46. ग्रामीण कौशल्या योजना
47. श्रमेव जयते योजना
48. अमृत योजना
49. स्वदेश दर्शन योजना
50. भारतीय जन औषधि परियोजना
51. प्रसाद योजना
52. हृदय योजना
53. उड़ान स्कीम
54. नेशनल बाल स्वछता मिशन
55. वन रैंक वन पेंशन स्कीम
56. स्मार्ट सिटी मिशन
57. गोल्ड मोनेटाईजेशन स्कीम
58. स्टार्टअप इंडिया, स्टन्डप इंडिया
59. इंटीग्रेटेड पावर डेवलपमेंट स्कीम
60. ड्राइविंग ट्रेनिंग सेंटर स्कीम
61. राइज स्कीम
62. सागरमाला प्रोजेक्ट
63. 'प्रकाश पथ' 'वे टू लाइट'
64. उज्वल डिस्कम असुरन्स योजना
65. विकल्प स्कीम
66. नेशनल स्पोर्ट्स टैलेंटसर्च स्कीम
67. राष्ट्रीय गोकुल मिशन
68. कंस्यूमर्स स्कीम
69. नीति आयोग
70. खनिज क्षेत्र कल्याण योजना
71. नमामि गंगे प्रोजेक्ट
72. सेतु भारतं प्रोजेक्ट
73. रियल एस्टेट बिल
74. आधार लिंकिंग
75. क्लीन माय कोच
76. ग्राम स्वराज अभियान
77. प्रधानमंत्री उज्ज्वला योजना
78. ग्रामीण आवास योजना
79. उन्नत भारत अभियान
80. टी बी मिशन 2020
81. धनलक्ष्मी योजना
82. अप्रेंटिसशिप प्रमोशन स्कीम
83. गंगाजल डिलीवरी स्कीम
84. सुरक्षित मातृत्व अभियान
85. विद्यांजलि योजना
86. स्टैंड अप इंडिया लोन स्कीम
87. भारत उदय अभियान
88. सामाजिक अधिकारिता शिविर
89. रेलवे यात्री बीमा योजना
90. स्मार्ट गंगा सिटी
91. मिशन भागीरथ (तेलंगाना में)
92. विद्यालक्ष्मी लोन स्कीम
93. स्वयं प्रभा
94. सुरक्षित सड़क योजना
95. शाला अश्मिता योजना
96. ग्राम परिवहन योजना
97. राष्ट्रीय स्वास्थ्य सुरक्षा अभियान
98. राईट टू लाइट स्कीम
99. राष्ट्रीय संस्कृति महोत्सव
100. सौर सुजाला योजना